Le Royaume des maudits

Kerri
Maniscalco

LE ROYAUME DES MAUDITS

Le Royaume des Damnés - Livre 2

Traduit de l'anglais (États-Unis)
par Axelle Demoulin et Nicolas Ancion

DE SAXUS

Ceci est une œuvre de fiction.
Toute ressemblance avec des personnages, lieux, organisations
ou évènements existant ou ayant existé ne serait que purement fortuite.

AVERTISSEMENT DE CONTENU

ALCOOL, DESCRIPTION EXPLICITE DE BLESSURE, DEUIL,
HARCÈLEMENT, MANIPULATION MENTALE, SANG, SEXE, VIOLENCE

Le Royaume des maudits
par Kerri Maniscalco

Kingdom of the cursed

Conception graphique couvertures, jaquette et pages de garde françaises :
Volodymyr Feshchuk – Eilean Books

Ouvrage publié sous la direction de Élodie Rémond

Composition et mise en pages
PCA

*Le papier intérieur de cet ouvrage est composé de fibres naturelles, renouvelables, recyclables et fabriquées
à partir de bois issu de forêts plantées expressément pour la fabrication de pâte à papier*

ISBN : 978-2-37876-345-9 (broché)
ISBN : 978-2-37876-346-6 (relié)
ISBN : 978-2-37876-347-3 (e-book)

Loi 49-956 du 16 juillet 1949 sur les publications destinées à la jeunesse.

Dépôt légal : octobre 2023

1re édition
10 9 8 7 6 5 4 3 2 1

Achevé d'imprimer en République tchèque par FINIDR en septembre 2023

Pour toi, chère lectrice ou cher lecteur. Toujours.

« Je viens
pour vous mener
à l'autre rive,
dans les ténèbres éternelles,
dans le feu
et la glace. »

Dante Aligheri – *L'Enfer*

Par une soirée d'été exceptionnellement fraîche, alors que la tempête faisait rage, des jumelles naquirent. Cette naissance ne signalait pourtant pas le début d'un merveilleux conte de fées. Ceux qui avaient observé et attendu réalisèrent qu'il s'agissait d'un présage. L'une périrait, et l'autre vendrait son âme. Les anciens du coven discutaient du pourquoi et du comment, mais tous étaient d'accord sur un point : l'arrivée des jumelles marquait le début d'une sombre période. À présent, alors que l'une se laissait emporter par la fureur et lorgnait le trône du diable, tandis que l'autre gisait sans cœur, cernée par la mort, d'autres chuchotaient une nouvelle prophétie : une prophétie qui damnait à la fois les sorcières et les démons.

Notes du grimoire secret Di Carlo

Les Sept Cercles
Vents Violents
Maison Luxure
Portes de l'Enfer
Maison Colère
Lac de Feu
Fleuve Noir
Le Royaume

Maison Gourmandise
Tempête de Péchés
Maison Paresse
Maison Orgueil
Tombes Enflammées
Maison Envie
Maison Cupidité
Bois Sanglant
DES DAMNÉS

AUTREFOIS

En un temps lointain et maudit, un roi arpentait son château. Ses pas faisaient trembler les couloirs, forçant même les ombres à s'enfuir de peur d'être remarquées. Son humeur massacrante allait en s'empirant, à mesure qu'il se rapprochait *d'elle*. Il avait senti sa vengeance bien avant d'entrer dans cette aile du château. La vengeance grondait comme une foule en colère devant l'entrée de sa salle du trône, mais il n'y avait pas accordé d'attention. La sorcière était un fléau pour cette terre.

Un fléau qu'il allait immédiatement éradiquer.

Des ailes de flamme blanche, qui s'achevaient en pointes argentées, jaillirent de ses omoplates lorsqu'il ouvrit en grand les doubles portes. Les battants s'écrasèrent contre le mur, manquant de fendre le bois en deux, mais l'intruse ne leva pas la tête du trône où elle était indolemment vautrée. *Son* trône à lui.

Refusant de le regarder, elle se caressa la jambe comme aurait pu le faire une maîtresse attentionnée face à un partenaire enthousiaste. Sa robe était fendue sur le côté, révélant depuis sa cheville jusqu'à sa hanche une peau parfaitement lisse. Elle dessina des cercles lents sur son mollet, se cambrant à mesure que ses doigts remontaient le long de sa jambe. La présence du nouvel arrivant ne la dissuada pas de glisser ses mains jusqu'à ses cuisses.

« Sors d'ici. »

L'attention de la sorcière se porta enfin sur lui. « Discuter avec toi n'a pas marché. La logique et la raison non plus. Alors je te propose une nouvelle offre des plus alléchantes. » Elle caressa doucement la pointe de ses seins par-dessus le tissu fin de sa robe, et ses paupières s'alourdirent alors qu'elle le fixait avec audace. « Enlève ton pantalon. »

Il croisa les bras et afficha une expression hostile. Même son créateur ne pouvait le faire obéir. Et elle était loin d'être son créateur.

« Sors d'ici, répéta-t-il. Pars avant que je ne te *force* à le faire.

— *Essaie.* » Et d'un mouvement d'une grâce surnaturelle, elle se remit debout, faisant scintiller sa longue robe argentée comme une épée pourfendant les cieux. Elle abandonna toute tentative de séduction. « Si tu me touches, je détruirai tout ce qui t'est cher. Majesté. »

Son ton était narquois, comme s'il n'était digne ni du titre ni de respect qui l'accompagnait.

Il partit alors d'un rire aussi menaçant que le poignard qu'il pressa soudain contre sa gorge délicate. Elle n'était pas la seule à avoir la chance d'être dotée d'une vitesse surnaturelle.

« Tu sembles faire erreur, grogna-t-il. Il n'y a rien qui me soit précieux. Je veux que tu quittes ce royaume avant la tombée de la nuit. Si tu n'es pas partie d'ici là, je lâcherai mes chiens de l'enfer. Quand ils en auront fini avec toi, ce qui restera sera jeté dans le Lac de feu. »

Il attendit de sentir l'odeur de sa peur monter. Mais il n'en eut pas l'occasion, elle bondit en avant et s'entailla le long de la lame effilée, au cours de son brusque mouvement. Du sang gicla sur sa robe étincelante, se répandit sur le sol en marbre lisse, tacha ses manches. La mâchoire crispée, il essuya le poignard.

Sans se soucier du nouveau collier sinistre qu'elle arborait, elle s'éloigna de lui, lui adressant un sourire plus damné que le pire de ses frères. La plaie se referma d'elle-même.

« Tu en es vraiment certain ? Il n'y a *rien* qui te soit précieux ? » Devant son silence, son agacement s'exacerba. « Les rumeurs étaient peut-être vraies, après tout. Il n'y a pas de cœur sous ta cuirasse. » Elle tourna autour de lui, le bas de sa jupe traçant une ligne vermillon sur le sol immaculé. « Peut-être faudrait-il t'ouvrir le torse, pour vérifier. »

Elle jaugea les inhabituelles ailes de flammes argentées et blanches qui ornaient son dos, et son sourire se fit féroce. Les ailes étaient son arme favorite et il appréciait tout particulièrement leur chaleur accablante, insoutenable, qui faisait reculer ses ennemis de terreur ou les forçait à tomber à genoux en versant des larmes de sang.

D'un rapide claquement des doigts de la sorcière, les ailes virèrent couleur cendre, puis disparurent.

La panique s'empara de lui lorsqu'il tenta – sans y parvenir – de les invoquer à nouveau.

« C'est un tour aussi maléfique que le diable en personne. »

Sa voix parut à la fois jeune et vieille alors qu'elle prononçait la formule du sort. Il jura. Bien sûr. C'était pour ça qu'elle avait versé du sang ; c'était une offrande à l'une de ses impitoyables déesses.

« À compter d'aujourd'hui, une malédiction s'abattra sur cette terre. Tu oublieras tout sauf ta haine. L'amour, la gentillesse, tout ce qu'il y a de bien dans ton monde prendra fin. Un jour, cela changera. Quand tu connaîtras le bonheur véritable, je fais le serment de te prendre tout ce que tu aimeras aussi, quoi que ce soit. »

Il entendit à peine un mot de la tirade de la sorcière aux cheveux sombres, tant il s'efforçait vainement d'invoquer ses ailes. Il ne savait pas ce qu'elle en avait fait, mais ses armes bien-aimées avaient bel et bien disparu.

La soif de sang avait rendu sa vision presque rouge, mais il rassembla toute sa volonté pour se maîtriser. La sorcière ne lui serait d'aucune utilité morte, surtout s'il espérait récupérer ce qui venait de lui être volé.

Elle fit claquer sa langue, comme si elle était déçue qu'il n'ait pas libéré sa bête intérieure pour se battre, et entreprit de tourner les talons. Il ne tenta pas de l'attaquer. Quand il parla, sa voix était aussi sombre et calme que la nuit. « Tu fais erreur. »

Elle marqua une pause et jeta un regard par-dessus son épaule délicate. « Ah bon ?

— Le diable est peut-être maléfique, mais il ne joue pas de tours. » Son sourire était la tentation incarnée. « Il pactise. »

Pour la première fois, la sorcière sembla douter. Elle s'était crue plus rusée, plus létale. Elle avait oublié dans quelle salle du trône elle se trouvait et comment il s'était hissé sur ce maudit et misérable siège. Il allait prendre un immense plaisir à le lui rappeler.

C'était le royaume des Damnés, et *il* les dirigeait tous.

« Tu veux conclure un pacte ? »

UN

L'enfer n'était pas ce que j'attendais.

Ignorant le traître Prince de la Colère à mes côtés, j'inspirai lentement alors que de la fumée s'échappait de la magie démoniaque qu'il avait utilisée pour nous conduire ici. Dans les Sept Cercles.

Au cours du bref intervalle qu'il nous avait fallu pour voyager de la grotte de Palerme jusqu'à ce royaume, j'avais eu le temps d'imaginer différentes versions de notre arrivée ici, toutes plus terrifiantes les unes que les autres. Dans chaque cauchemar, je m'étais représenté des cascades de feu et de soufre pleuvant sur nous. Des flammes brûlant si ardemment qu'elles en écorcheraient mon âme et feraient fondre ma chair jusqu'à l'os. Il n'en était rien. À la place, je réprimai un frisson soudain.

À travers la fumée et la brume persistantes, j'apercevais des murs taillés dans une étrange pierre précieuse opaque, s'élevant plus haut que là où ma vue portait. Ils étaient bleu foncé ou noirs, comme si les parties les plus sombres de la mer s'étaient soudain dressées à la verticale jusqu'à une hauteur impossible et avaient gelé sur place.

Des frissons me parcoururent l'échine. Je résistai à l'envie de souffler sur mes mains ou de me tourner vers Colère pour chercher du réconfort. Il n'était pas mon ami, et encore moins mon protecteur. Il était en tout point fidèle au portrait que son frère Envie avait fait de lui : c'était le pire des sept princes démons. Un monstre parmi les bêtes.

Je ne devais surtout pas oublier qu'il était l'un des Damnés. Un de ces êtres immortels qui volaient des âmes pour le diable, ces créatures de minuit égoïstes contre lesquelles ma grand-mère nous avait toujours mises en garde, ma jumelle et moi. Et j'avais de mon plein gré promis d'épouser leur roi, le Prince de l'Orgueil, pour mettre fin à une terrible malédiction. Ou, du moins, c'est ce que j'avais réussi à leur faire croire.

Le corset de métal que mon futur mari m'avait offert un peu plus tôt dans la soirée était devenu insupportablement glacé sous la froidure de l'air. Mes jupes sombres et scintillantes étaient trop fines pour m'offrir une véritable protection ou un peu de chaleur. Quant à mes pantoufles, elles n'étaient guère plus que des bouts de soie noire cousus sur de fines semelles de cuir.

De la glace s'insinuait dans mes veines. Je ne pouvais pas m'empêcher de penser qu'il s'agissait encore une fois d'un plan maléfique conçu par mon ennemi pour me déstabiliser.

Les nuages formés par mon souffle flottaient comme des fantômes devant mon visage. Tétanisants, éthérés. Déstabilisants. Déesse du ciel ! J'étais vraiment *en* enfer. Si les princes démons ne m'attrapaient pas avant, Nonna Maria allait certainement me tuer. Surtout quand elle découvrirait que j'avais vendu mon âme à Orgueil. *Par le sang et les os*. Le diable en personne !

L'image du parchemin me liant à la Maison Orgueil me revint en mémoire. J'avais du mal à croire que j'avais signé un contrat avec mon propre sang. Malgré la confiance que j'avais placée dans ce plan – qui consistait à infiltrer ce monde pour venger le meurtre de ma sœur –, maintenant que je me trouvais ici, j'étais complètement désemparée. À vrai dire, je ne savais pas même ce que signifiait « ici ». Je n'avais pas l'impression d'être dans l'une des sept Maisons royales des démons. Je me demandai comment j'avais pu croire que Colère me faciliterait le voyage.

« Est-ce qu'on attend que mon promis arrive ? »

Silence.

Je m'agitai, mal à l'aise.

La fumée était encore assez dense pour me boucher la vue, et comme mon escorte démoniaque refusait de prononcer le moindre mot, mon esprit se mit à imaginer un large spectre d'éventualités terrifiantes. Pour ce que j'en savais, Orgueil pouvait très bien se tenir juste devant nous, attendant de poser les mains sur sa fiancée.

Je tendis l'oreille, me forçant à capter les sons les plus ténus à travers la fumée. Mais il n'y avait rien d'autre à écouter que les battements frénétiques de mon cœur.

Pas le moindre hurlement de damnés ou de pauvres types torturés pour l'éternité. Un silence absolu et interminable nous entourait. Il semblait impénétrable, comme si toute espérance avait été abandonnée un millénaire plus tôt et qu'il ne restait que l'écrasant silence du désespoir. Ce serait si facile de baisser les bras, de me coucher ici et de laisser l'obscurité s'emparer de moi. Ce royaume était l'hiver dans toute sa splendeur : rude et impitoyable.

Et nous n'avions même pas encore franchi les portes...

Je sentis la panique me gagner. J'aurais tellement voulu être dans ma ville – avec son air marin et son ambiance estivale – que le pincement dans ma poitrine était douloureux. Mais j'avais fait un choix, et je devais l'assumer, quelles qu'en fussent les conséquences. Le véritable assassin de Vittoria était toujours en liberté. Et s'il le fallait, je traverserais les portes de l'enfer mille fois de plus pour le trouver. J'avais peut-être changé de décor, mais pas de but ultime.

Je pris une profonde inspiration, qui apaisa mes émotions.

La fumée se dissipa enfin, m'offrant ma première vue dégagée du monde souterrain.

Nous étions seuls dans une grotte, similaire à celle que nous avions quittée et qui surplombait la mer à Palerme, celle-là même où j'avais créé mon cercle d'os et invoqué Colère près de deux mois plus tôt. Celle-ci était en même temps si différente que mon estomac se retourna à la vue de ce paysage étranger.

Bien loin au-dessus de nos têtes, quelques rayons de lune s'insinuaient dans la caverne. Ce n'était pas grand-chose, mais juste assez pour éclairer le sol parsemé de roches désolées et scintillantes de givre.

À quelques mètres, une porte monumentale se dressait de toute sa hauteur, menaçante, rappelant le prince silencieux qui se tenait à mes côtés. Des colonnes – taillées dans l'obsidienne et représentant des êtres brutalement torturés et assassinés – encadraient deux battants entièrement constitués de squelettes. Humains. Animaux. Démoniaques. Certaines créatures étaient pourvues de cornes, d'autres de crocs. Toutes étaient dérangeantes.

Mon attention se porta sur ce qui semblait être la poignée : un crâne d'élan avec de larges bois recouverts de givre.

Colère, le puissant démon de la guerre, celui qui avait trahi mon âme, esquissa un mouvement. Une petite pointe d'agacement me fit jeter un coup d'œil dans sa direction. Son regard pénétrant était déjà posé sur moi. Son visage affichait son habituelle expression impassible. J'avais envie d'arracher son cœur et de le piétiner, pour voir si je parvenais à lui soutirer le moindre soupçon d'émotion. J'aurais préféré n'importe quoi à l'indifférence glaciale qu'il arborait avec tant d'aisance.

Il m'avait doublée à la seconde où cela arrangeait ses désirs. C'était une créature égoïste. Nonna m'avait mise en garde. Et j'avais été idiote de ne pas le croire.

Nous nous observâmes longuement.

Ici, dans les ombres du monde souterrain, ses sombres yeux dorés brillaient comme la couronne de rubis sur sa tête. Mon pouls s'accéléra à mesure que la joute de nos regards se prolongeait. Sa poigne se resserra légèrement sur moi, et c'est seulement alors que je réalisai que je me cramponnais à sa main jusqu'à m'en faire blanchir les jointures. Je la lâchai et reculai.

Qu'il soit ennuyé, amusé ou même furieux, je n'en avais pas la moindre idée. Son expression demeurait inchangée. Il était aussi distant qu'il l'était au moment où il m'avait offert le contrat avec Orgueil quelques minutes auparavant. Si c'était ainsi qu'il voulait que les choses soient entre nous, très bien. Je n'avais ni besoin ni envie de lui. D'ailleurs, je lui aurais bien dit d'aller au diable, si nous ne nous trouvions pas déjà sur son territoire.

Il m'observait tandis que je mettais de l'ordre dans mes pensées. Je tentai d'afficher un calme que j'étais loin de ressentir. Sachant à quel point il était capable de percevoir les émotions, mes efforts étaient probablement vains. Je le dévisageai.

Faisant de mon mieux pour imiter le prince démon, je pris mon ton le plus hautain. « Les tristement célèbres portes de l'enfer, je présume. »

Il haussa un sourcil sombre, comme pour me demander si c'était ce que j'avais de mieux en stock.

La rage vint remplacer la peur qui s'attardait en moi. Au moins, il était encore bon à quelque chose. « Est-ce que le diable est trop noble et puissant pour venir rencontrer sa future reine en ce lieu ? À moins qu'il ne redoute les grottes humides ? »

Le sourire de Colère débordait de réjouissance maléfique. « Ceci n'est pas une grotte. C'est un vide à l'extérieur des Sept Cercles. »

Il plaça une main dans le bas de mon dos pour me guider. Je fus tellement stupéfaite par ce contact agréable, par la tendre intimité de son geste, que je ne reculai pas. Des graviers glissaient sous nos pas sans faire le moindre bruit. Si on mettait de côté nos voix, l'absence totale de son était si déstabilisante que je manquai de perdre l'équilibre. Colère me rattrapa avant de me lâcher.

« C'est l'endroit où les étoiles ont peur d'entrer », chuchota-t-il près de mon oreille, son souffle tiède contrastant avec l'air glacial. Je frissonnai. « Mais *jamais* le diable. L'obscurité est séduite par lui. Comme la peur. »

Il fit glisser ses doigts nus le long de ma colonne vertébrale, me donnant la chair de poule. Mon souffle se coupa. Je me tournai et repoussai sa main.

« Conduis-moi à Orgueil. Je t'ai assez vu. »

Le sol gronda sous nos pieds. « La nuit où tu as versé ton sang et où tu m'as invoqué, ton orgueil ne s'est pas manifesté dans le cercle d'ossements. C'était ta colère. Ta fureur.

— C'est peut-être vrai, *Votre Altesse*, mais le parchemin que j'ai signé portait bien la mention *Maison Orgueil*, non ? »

J'avançai vers lui, le cœur battant alors que je pénétrais dans son espace. La chaleur de son corps irradiait comme le soleil, tiède et accueillante. Elle me donnait l'impression d'être à la maison. La nouvelle douleur dans ma poitrine était aiguë, dévorante. J'aiguisai ma langue comme une lame et la dirigeai droit vers son cœur de glace, espérant pénétrer le mur qu'il avait si bien érigé entre nous. Que j'eusse tort ou non, je voulais lui faire mal, comme sa traîtrise m'avait anéantie.

« Je choisis donc le diable, et pas toi. Qu'est-ce que ça te fait ? De savoir que je préférerais partager le lit d'un monstre pour l'éternité plutôt que de devoir me soumettre à *toi* une fois de plus, Prince Colère ? »

Son attention se porta sur mes lèvres et s'y attarda. Un éclat séducteur emplit ses yeux quand je fis de même. Il refusait peut-être de l'admettre, mais il avait envie de m'embrasser. Ma bouche se tordit en un rictus moqueur : il avait enfin perdu son indifférence glaciale. Malheureusement pour lui, je lui étais désormais interdite.

Il me fixa encore un moment, puis déclara d'un ton mortellement calme : « Tu choisis le diable ?

— Oui. »

Nous nous tenions désormais assez près l'un de l'autre pour partager nos souffles. Je refusais de reculer. Et lui aussi.

« Si c'est ce que tu désires, annonce-le à ce royaume. D'ailleurs… » Il sortit son poignard de sa veste. « Si tu es si sûre de toi au sujet du diable, fais un serment de sang. Si l'orgueil est vraiment le péché de ton choix, je suppose que tu n'y verras pas d'inconvénient. »

Une lueur de défi brûlait dans son regard, alors qu'il me tendait son arme par le manche. Je m'emparai du poignard de sa Maison et appuyai le métal aiguisé contre le bout de mon doigt. Colère croisa les bras et me jeta un regard impassible. Il ne me croyait pas capable de le faire. C'était peut-être bel et bien mon maudit orgueil qui me gouvernait, mais j'avais l'impression que ma rage bouillonnait aussi au moment où je me piquais le doigt avant de lui rendre sa lame ornée d'un serpent. J'avais déjà signé le contrat d'Orgueil ; il n'y avait aucune raison d'hésiter maintenant. Ce qui était fait était fait.

« Moi, Emilia Maria Di Carlo, choisis librement le diable. »

Une seule goutte de sang tomba sur le sol, scellant le serment. Je reportai mon attention sur Colère. Quelque chose enflammait les profondeurs de ses yeux, mais il se détourna avant que je puisse discerner de quoi il s'agissait. Il fourra le poignard dans sa veste et entreprit d'avancer en direction des portes, me laissant seule au bord du néant.

J'envisageai de m'enfuir, mais il n'y avait nulle part où aller.

Je jetai un dernier regard autour de moi avant de courir après le démon et de lui emboîter le pas. Je serrai mes bras autour de mon torse, essayant désespérément d'arrêter les frissons de plus en plus violents qui me traversaient, ce qui ne réussit qu'à me faire frissonner davantage. Colère avait emporté sa chaleur, et le corset de métal mordait désormais ma peau avec plus de vigueur encore. Si je restais longtemps ici, j'allais mourir congelée. Je convoquai des souvenirs de chaleur et de paix.

Je n'avais eu aussi froid qu'une seule fois auparavant – en Italie du Nord – et j'étais encore jeune et enchantée par la neige. J'avais trouvé cette sensation romantique ; maintenant la vérité me sautait aux yeux : c'était magnifiquement mortel.

Comme mon actuel compagnon de voyage.

Mes dents claquaient comme des marteaux miniatures, c'était le seul son à résonner dans l'espace autour de nous. « Comment pouvons-nous entendre ce que nous disons ?

— Parce que je le veux. »

Quel monstre d'arrogance. Je lâchai un soupir tremblotant. Le son était censé exprimer mon exaspération, mais ne fit sans doute que trahir à quel point j'étais congelée. Une épaisse cape de velours surgit de nulle part et se drapa autour de mes épaules. Je ne savais pas par quelle magie Colère l'avait fait apparaître et je m'en moquais.

Je la serrai plus fort contre moi, reconnaissante de la chaleur qu'elle m'apportait. J'ouvris la bouche pour remercier le démon, mais m'arrêtai aussitôt en me secouant mentalement. Colère n'avait agi ni par gentillesse ni par galanterie. Je supposais qu'il avait dû le faire pour s'assurer que je ne mourrais pas alors qu'il était sur le point d'accomplir sa mission.

Si je me souvenais bien, livrer mon âme à Orgueil lui permettrait de quitter le monde souterrain. Il avait dit un jour que c'était ce qui avait le plus de valeur à ses yeux.

Que c'était merveilleux pour lui ! Son séjour en ces lieux prendrait fin en même temps que le mien commencerait. Tout ce qu'il avait eu à faire pour réaliser son vœu le plus cher, c'était me trahir.

Je l'avais bien compris.

Colère continua vers la porte sans plus se retourner. Il pressa sa main contre le pilier le plus proche de nous et murmura un mot dans une langue inconnue, trop bas pour que je puisse l'entendre. De la lumière dorée irradia de sa paume et s'insinua dans la gemme noire.

Un instant plus tard, les battants s'ouvrirent lentement en grinçant. Je ne voyais pas encore ce qui s'étendait de l'autre côté et mon esprit imagina aussitôt les horreurs les plus invraisemblables. Le prince démon ne m'adressa aucune invitation officielle ; il s'engouffra dans l'ouverture qu'il avait pratiquée sans prendre la peine de s'assurer que je le suivais.

Je remplis lentement mes poumons et calmai mes nerfs. Peu importe ce qui nous attendait, je ferais tout ce qu'il faudrait pour atteindre mes objectifs. Je m'emmitouflai dans ma cape et avançai.

Colère marqua une pause sur le seuil du monde souterrain et daigna enfin me regarder. Son expression était plus dure que son ton, ce qui me cloua sur place.

« Une mise en garde.

— Nous nous apprêtons à entrer en enfer, remarquai-je avec ironie. C'est peut-être un peu trop tard pour les mises en garde. »

Il n'avait pas l'air amusé. « Dans les Sept Cercles, il y a trois règles à respecter. Premièrement, ne révèle jamais tes vraies peurs. »

Ça n'était pas dans mes intentions. « Pourquoi ?

— Ce monde changera du tout au tout pour te torturer. » J'ouvris la bouche, mais il leva la main pour me faire taire. « Deuxièmement, contrôle tes désirs, où ils te tenteront avec des illusions troublantes de réalité. Tu en as eu un avant-goût quand tu as rencontré Luxure. Chacun de tes désirs sera décuplé ici, en particulier quand tu pénétreras dans le Couloir des péchés.

— Le Couloir des péchés. »

Je n'avais pas posé de question, mais Colère répondit malgré tout. « Les nouveaux sujets de ce royaume sont soumis à une épreuve pour voir à quelle Maison royale leur péché dominant correspond le mieux. En le traversant, tu ressentiras une certaine... pression... dans tes émotions.

— J'ai signé pour donner mon âme à Orgueil. Pourquoi devrais-je voir où je serais le plus à ma place ?

— Reste en vie assez longtemps et tu le sauras. »

Je ravalai mon malaise croissant. Nonna m'avait avertie que les mauvaises nouvelles venaient toujours par trois, ce qui signifiait que le pire était encore devant moi. « La troisième règle est... »

Son attention se porta sur le doigt où je m'étais piquée. « ... de prendre garde quand tu conclus un pacte de sang avec un prince de l'enfer. En aucune circonstance tu ne devras en conclure un qui implique le diable. Ce qui est à lui est à lui. Seul un imbécile pourrait vouloir le défier ou le provoquer. »

Je serrai les dents. Le véritable jeu de dupes avait clairement commencé. Son avertissement me rappela vaguement une note dans notre grimoire familial, et je me demandai comment nous en étions arrivées à détenir ce savoir. Mais je mis aussitôt cette pensée de côté, me concentrant sur ma rage grandissante.

Il surveillait certainement mes émotions avec son pouvoir homonyme. Je bouillonnais d'autant plus.

« Vendre mon âme ne t'a pas suffi. Il a fallu que tu recoures à la ruse. Au moins, tu es cohérent.

— Un jour, tu m'en seras reconnaissante. »

J'en doutais fermement. Je formai un poing de ma main blessée. Colère croisa à nouveau mon regard, et un sourire étira les coins de ses lèvres sensuelles. Aucun doute, il sentait grandir ma fureur.

Un jour, le plus tôt possible, je le ferai payer pour tout ça.

Je lui adressai un sourire étincelant, me permettant d'imaginer la sensation de bien-être que je ressentirais le jour où je le détruirais. Son expression se figea et il inclina la tête, comme s'il lisait chacune de mes pensées et se promettait silencieusement de me faire subir la même chose. La haine nous unissait.

Soutenant son regard intense, j'acquiesçai, presque reconnaissante qu'il m'ait trahie. C'était la dernière fois que je me laisserais prendre à ses mensonges. Si tout se passait bien, les tromperies que je leur réservais, à lui et ses frères démoniaques, ne faisaient que commencer. Il faudrait que je joue impeccablement mon rôle, pour ne pas finir morte comme les autres fiancées sorcières.

Je le dépassai et franchis les portes de l'enfer comme si elles m'appartenaient.

« Conduis-moi à ma nouvelle demeure. J'ai hâte de saluer mon cher époux. »

DEUX

De l'obscurité de la grotte, nous débouchâmes dans la toundra étincelante qui s'étendait sur les flancs d'une montagne.

Je clignai des paupières pour évacuer la soudaine douleur dans mes yeux et contempler ce paysage cruel et impitoyable. Que la déesse me maudisse. Je n'aurais pu me trouver dans un endroit plus éloigné de celui qui m'était familier.

Il n'y avait ni mer, ni chaleur, ni soleil éclatant. Nous nous trouvions dans le creux d'un chemin en pente couvert de neige, à peine assez large pour que nous puissions y marcher côte à côte.

Un vent piquant hurla dans le col escarpé et s'infiltra sous ma cape. Derrière nous, les portes se refermèrent avec un claquement qui envoya des échos violents jusque dans les pics enneigés. Ce vacarme inattendu me raidit par réflexe. C'était le premier son que j'entendais depuis mon arrivée dans ce monde et il n'aurait pu être plus sinistre.

Je me retournai, le cœur battant, et observai la magie démoniaque surgir des entrailles de cette terre et se glisser le long des portes. Les mêmes ronces bleu-violet qui nouaient le journal de Vittoria s'insinuèrent dans des cavités oculaires et des mâchoires, s'enroulant jusqu'à ce que le blanc cassé des ossements rayonne d'une teinte glaciale et mystérieuse.

L'air froid me donnait le souffle court. J'étais coincée dans le monde souterrain, entourée de *Malvagi*, et seule. J'avais agi par peur et par désespoir, c'étaient les deux ingrédients indispensables d'une recette de désastre. Une image soudaine du corps profané de ma jumelle imprima ce sentiment dans le sol gelé.

« Tu m'as dit que les portes étaient brisées. » Mon ton était d'une impressionnante causticité. « Que les démons s'échappaient, prêts à répandre la guerre sur Terre.

— La Corne d'Hadès a été rendue.

— Mais bien sûr. »

Les cornes du diable étaient nécessaires pour verrouiller les portes. Apparemment n'importe quel prince démon pouvait les porter, et je n'avais pas pensé à demander à Colère de m'éclaircir sur ce point. C'était un autre moyen qu'il avait trouvé pour contourner la règle stipulant « qu'il ne pouvait me mentir directement » depuis mon invocation.

Si cette partie-là était vraie.

Je relâchai mon souffle et me tournai pour observer le paysage. À notre droite une pente abrupte dévalait le terrain gelé. Au loin, à peine visibles à travers une couche de brouillard ou peut-être une tempête lointaine, les tourelles d'un château se dressaient, semblant pointer des doigts grêles et accusateurs vers les cieux.

« Est-ce que c'est là… » Je déglutis. « Est-ce que c'est là qu'Orgueil vit ?

— Moins impatiente de le rencontrer, hein ? » Un petit air satisfait traversa le visage de Colère avant qu'il feigne à nouveau l'indifférence. « Le premier cercle est le territoire de Luxure. Tu peux imaginer la disposition du terrain comme les sept collines de Rome. Chaque prince contrôle sa propre région, son propre sommet. Le cercle d'Orgueil est trop éloigné pour qu'on puisse le voir d'ici. Il se trouve près du centre, non loin de ma Maison. »

Être aussi proches du bastion de Luxure n'avait rien de rassurant. Je n'avais pas oublié ce que m'avait fait ressentir son influence démoniaque. À quel point j'avais désiré Colère et, combien de vin au goût de pommes trempées dans du miel j'avais bu, et à quel point j'avais dansé sans me soucier de rien, alors qu'un meurtrier traquait les sorcières.

Je n'oublierais jamais non plus comme il m'avait été difficile de recouvrer mes sens après que Luxure eut cruellement retiré ses pouvoirs, faisant de moi une coquille vide. Si Colère n'était pas intervenu, je serais peut-être encore en ce moment dans cet état sombre et terrassant.

Je pouvais presque sentir l'ongle pointu du désespoir frôler ma gorge, me suppliant, m'invitant... Je me fis croire que cette peur grandissante n'était guère plus que de la boue sous mes semelles et l'écrasai.

Colère m'observait de près, son regard brillant d'une lueur d'intérêt. Peut-être attendait-il que je tombe à genoux et l'implore de me reconduire chez moi. Mais il ne suffisait pas que je me trouve dans le recoin le plus glacé de l'enfer pour que je m'abaisse devant lui.

« J'aurais cru qu'il ferait plus chaud, admis-je, ce qui me valut un regard amusé de la part du démon. Le feu et le soufre, tout ça.

— Les mortels ont d'étranges récits édifiants pour tout ce qui concerne les dieux, les monstres et leur supposé créateur, mais la réalité, comme tu peux le constater, est très différente de tout ce que tu as pu entendre. »

Un léger cliquetis attira mon attention et m'empêcha de poser plus de questions. En haut d'une montée vertigineuse à notre gauche, quelques arbres dépouillés étaient balayés par le vent glacial, leurs branches claquant les unes contre les autres. Quelque chose dans ce spectacle me fit penser à de vieilles femmes assises ensemble, tricotant avec des os en guise d'aiguilles. En plissant les yeux, j'aurais presque juré apercevoir leurs silhouettes. Je clignai des paupières, et l'image disparut. Presque immédiatement, un grognement sourd nous parvint, porté par le vent.

Je me tournai vers Colère, mais il n'avait pas l'air d'avoir remarqué l'étrange vision ni d'avoir entendu quoi que ce soit d'intéressant. La journée avait été longue et chargée en émotions, mon imagination me jouait des tours. Je balayai ces sensations dérangeantes.

« Voici le Couloir des péchés, reprit Colère, interrompant sans le savoir mes inquiétudes. La magie du *transvenio* est interdite dans cette zone la première fois que tu l'empruntes pour pénétrer dans le royaume. Il faudra donc que tu te déplaces à pied.

— Je dois y aller seule ? »

Il reporta son attention sur moi. « Non. »

Je soupirai doucement. Je remerciai la déesse pour ses petites faveurs. « Pourquoi est-il nécessaire de passer par là ?

— C'est un moyen pour les nouveaux venus de nouer des alliances avec d'autres qui partagent leur péché dominant. »

Je réfléchis à ce que cette phrase impliquait. « Si je penchais vers la rage, je serais en alignement avec la Maison Colère. » Le prince hocha la tête. « Et ceux qui correspondent à d'autres péchés… seraient-ils rebutés par les autres Maisons démoniaques ? Imaginons qu'un membre de la Maison Colère fréquente quelqu'un de la Maison Paresse ; seraient-ils scandalisés l'un par l'autre ?

— Je n'irais pas jusqu'à dire scandalisés, mais pas loin. Les mortels se rallient à des causes et des partis politiques. Ce n'est pas si différent ici ; simplement nous nous intéressons aux vices.

— Est-ce que les humains et les démons sont mis à l'épreuve de la même façon ? »

Colère sembla choisir ses mots avec soin. « La plupart des mortels n'atteignent jamais le Couloir des péchés ni les Sept Cercles. Ils ont tendance à s'enfermer dans leur propre île privée à l'extérieur des portes, au large de la rive ouest. C'est une sorte de châtiment qu'ils s'infligent eux-mêmes.

— Vous ne les enfermez pas dans la Prison de la damnation ?

— Cette île est une prison. Ils vivent dans une réalité qu'ils ont construite. Ils peuvent partir quand ils le souhaitent. Mais la plupart ne le font jamais. Ils vivent et meurent sur cette île et recommencent encore et encore. »

C'était un enfer, en quelque sorte. « Nonna m'a dit que les Sorcières des Étoiles faisaient office de gardiennes entre les royaumes. Pourquoi les mortels et les Damnés ont-ils besoin de gardes, s'ils ne partent jamais ?

— Peut-être que les âmes mortelles – et mes frères – ne sont pas les seules choses qu'elles ont besoin de surveiller. »

Une réponse vague et frustrante de plus. « Je ne comprends toujours pas pourquoi je dois être mise à l'épreuve.

— Alors je suggère que tu suives la mise en garde que j'ai formulée tout à l'heure et que tu te concentres sur ta survie. »

Il prononça ce conseil à la fois comme un défi et comme une manière détournée de mettre fin à mes questions. J'étais trop tracassée pour me lancer dans une nouvelle joute verbale. L'ombre de la mort planait autour moi, sombre et menaçante comme les nuages qui s'accumulaient dans le ciel. Cet idiot de prince traîna à nouveau son regard sur moi, s'attardant sur mes courbes.

Je ne portais pas mon amulette – il l'avait encore –, il n'y avait pas le moindre doute sur l'endroit qui attirait son attention. Malgré l'épaisseur de la cape, j'avais l'impression de sentir la chaleur de son regard, comme une caresse sur ma peau.

Mes pensées au sujet de la mort s'évaporèrent aussitôt.

« Y a-t-il un problème avec mon corsage ?

— Il semblerait que l'épreuve ait commencé. Je vérifiais ta cape. »

J'expirai doucement et réprimai les insultes hautes en couleur qui fusèrent dans mon esprit.

Il ricana comme si mon exaspération le comblait de joie. Toujours souriant, il se mit à descendre avec aisance le col escarpé d'un pas sûr et affirmé malgré la neige et les plaques verglacées.

Je n'en croyais pas mes yeux… Était-il en train de tasser la neige pour que je puisse la fouler de mes chaussures délicates ? Une fois de plus, il exhibait ses bonnes manières de démon irréprochable.

Il était vraiment prêt à tout pour que j'arrive saine et sauve dans les mains d'Orgueil.

Et puisque ce péché me passait par l'esprit… Je levai le menton, puis adoptai une attitude et un ton plus dédaigneux que ceux que n'importe quel roi ou reine mortels pourrait espérer afficher. J'avais bien le droit de me sentir supérieure, non ? Je m'apprêtais à régner sur le monde souterrain. Il était grand temps que Colère témoigne un peu de respect envers sa reine.

« Je suis parfaitement capable d'y arriver seule. Tu peux disposer à présent.

— Je ne te croyais pas du genre à te tirer une balle dans le pied.

— Si je ne suis même pas capable de marcher dans la neige sans assistance, autant me trancher la gorge et en finir tout de suite. Je n'ai besoin ni de toi ni de personne pour me tenir la main. D'ailleurs, j'aimerais que tu me laisses seule, j'irai plus vite sans toi. »

Il s'immobilisa et regarda par-dessus son épaule. Il n'y avait plus aucune trace de chaleur ni d'espièglerie dans son expression. « Bats-toi contre le Couloir des péchés, ou je t'abandonnerai à ton orgueil démesuré. Tu es bien plus susceptible de succomber à un péché quand tu en présentes déjà les caractéristiques. C'est mon dernier avertissement et je ne t'aiderai pas plus. À toi de voir si tu veux suivre mes conseils ou pas. »

Je serrai les dents et fis de mon mieux pour marcher dans ses traces. À mesure que je m'enfonçais dans les entrailles du monde souterrain, j'avais l'impression que les derniers morceaux de mon être se fragmentaient davantage. Je ne pouvais m'empêcher de me demander s'il resterait quoi que ce soit de familier en moi quand je pourrais enfin rentrer à la maison.

Comme pour écarter les inquiétudes qui m'obsédaient, une fureur bouillonnante s'infiltra en moi alors que nous parcourions des kilomètres dans le silence le plus complet. Sans aucun doute, ma colère était-elle en train d'être mise à l'épreuve. C'était une sensation familière, bienvenue. Même s'il fallait que je veille à ce que ce soit l'orgueil qui me corresponde le mieux, je me concentrai sur ma colère tandis que nous continuions à descendre le sentier, traversions une rivière gelée, puis nous arrêtions près d'une portion de terrain un peu plus plate, qui surplombait une autre zone montagneuse.

Des groupes de conifères ressemblant aux croquis de genévriers et de cèdres du grimoire de Nonna s'étendaient en demi-cercle à l'est de l'endroit où nous nous étions arrêtés. Au-dessus d'eux, des nuages furieux traversaient le ciel à toute allure. Un éclair surgit comme la langue d'une bête furieuse, et un grondement de tonnerre suivit presque aussitôt. Sans ciller, j'observerai les masses sombres qui se rapprochaient au galop. J'avais été témoin de nombreux orages, mais jamais aucun ne m'avait semblé se déplacer plus vite encore qu'une déesse cherchant la vengeance. On aurait dit que l'atmosphère était possédée.

À moins que ce monde ne s'amuse à rejeter les nouveaux habitants et à signifier sa désapprobation. Un trait en commun avec Colère, alors.

« Ceci devra suffire. »

Colère retira sa veste de costume et en drapa délicatement une branche basse. Je m'étais trompée : son poignard n'était pas rangé dans sa veste ; il portait un fourreau en cuir suspendu à son épaule par-dessus sa chemise noire d'encre, et le manche d'or de l'arme brillait à chaque mouvement. Il défit ses boutons de manchette, roula ses manches, et commença à ramasser des branches couvertes de glace.

« Qu'est-ce que tu fais ?

— Je nous construis un abri. À moins que tu ne souhaites dormir dans la tempête, je te suggère de rassembler des branches de pin et de les débarrasser de leur givre. Nous nous coucherons dessus.

— Il est hors de question que je dorme avec toi. » Pour d'innombrables raisons, à commencer par le fait que j'étais promise à son frère et que – en oubliant les questions de survie – je doutais fort que le diable soit ravi que je me blottisse contre un autre prince démon que lui.

Colère arracha une branche du cèdre le plus proche et me dévisagea du coin de l'œil. « Comme tu voudras. » Il désigna les environs d'un geste du bras. « Mais ne compte pas sur moi pour te soigner si tu tombes malade. » Il me toisa. « Si tu ne veux pas mourir de froid, je te conseille de te mettre rapidement en mouvement. »

N'ayant guère envie que l'on teste ma colère ou mon orgueil – ou n'importe quel autre péché, d'ailleurs – je ravalai mes protestations et m'éloignai pour chercher des branches. J'en trouvai quelques-unes non loin de là où Colère faisait tomber la neige aussi vite qu'il le pouvait en secouant les branches. Étonnamment, j'étais aussi efficace que lui. En quelques instants, j'en avais presque récolté plus que je ne pouvais transporter. Ce qui était une bonne nouvelle, car mes doigts étaient rouges et raidis par le froid et l'humidité.

Une fois que j'en eus rassemblé un grand tas, je rapportai le tout à notre campement. Les nuages tournoyaient furieusement et le tonnerre faisait trembler le sol. Il ne nous restait que quelques minutes avant que les premières gouttes ne tombent. Colère avait déjà construit un petit abri circulaire sous l'un des arbres les plus touffus et il était en train d'amasser de la neige autour des branchages qu'il avait plantés dans le sol. Les murs extérieurs étaient en neige tassée, le toit en rameaux, et nous devrions sans doute nous coucher sur le côté pour y tenir à deux. J'avais du mal à imaginer survivre la nuit dans ce refuge de fortune, mais Colère semblait convaincu que nous y serions à l'abri.

Je levai les yeux ; le grand conifère au-dessus de nous nous offrirait une protection supplémentaire. L'emplacement était bien choisi.

Sans se retourner, Colère me tendit un bras. « Donne-les-moi. »

Je fis comme il me l'avait demandé, sans délicatesse, lui tendant une branche à la fois, tout en rêvant de l'assommer avec chacune d'entre elles. Il les aligna, s'assurant que tout le sol était couvert de deux couches de branchages.

Il travaillait rapidement et efficacement, comme s'il avait fait ça mille fois. C'était probablement le cas. Je n'étais pas la première âme qu'il ait volée à la demande du diable. Mais je serais la dernière.

Une fois qu'il eut placé une ultime branche, il se mit à déboutonner sa chemise, en prenant garde d'éviter son fourreau de cuir, qu'il garda sur son torse. Ses muscles puissants saillirent alors qu'il retirait sa chemise, et je ne pus m'empêcher d'examiner le tatouage de serpent qui remontait et s'enroulait autour de son bras droit et de son épaule. Il semblait plus majestueux ici, plus détaillé et impressionnant.

Peut-être parce que sa peau avait l'air plus sombre par contraste avec le pâle arrière-plan de cette contrée ? En tout cas, les lignes doré métallisé qui l'ornaient ressortaient plus fort.

Je me raclai la gorge. « Pourquoi tu te déshabilles ? Tu es affecté par la magie ici aussi ? »

Il leva les yeux. La sueur collait ses cheveux sombres sur son front, lui donnant pour une fois l'air d'un mortel. « Retire ton corset.

— Je préfèrerais m'abstenir. » Je le fixai d'un regard incrédule. « Et on peut savoir ce que tu fabriques, par les sept enfers ?

— Je te donne de quoi éviter de mourir de froid dans ton cercueil de métal. » Il me tendit sa chemise, mais la retira avant que je puisse l'attraper, les yeux pleins de malice. « Sauf si tu préfères dormir nue. À toi de décider. »

Je rougis. « Pourquoi tu ne pourrais pas juste créer d'autres vêtements avec ta magie ?

— Tout recours à la magie pendant ta première traversée du Couloir des péchés est considéré comme une interférence.

— Tu as créé une cape.

— Avant qu'on ne pénètre dans le véritable monde souterrain.

— Dans quoi tu vas dormir, alors ? »

Son expression devint purement maléfique et il haussa un sourcil.

Oh.

Je maudis ce monde et le diable qui y habitait. J'entrai en vitesse dans notre petit refuge de neige et de glace et pris la chemise qu'il me tendait. Je retirai promptement ma cape et la posai sur le sol. Avec galanterie, Colère sortit – juste assez longtemps pour récupérer sa veste – et me dévisagea quand il rentra à nouveau dans l'espace étroit. Les bonnes manières avaient déjà pris fin, apparemment.

Ses lèvres frémirent tandis que je me contorsionnais pour essayer de tourner mon stupide corset sans toucher Colère. Le vêtement ne voulait pas bouger. Et lui non plus. Je dévisageai le démon comme s'il était responsable de la situation. Il avait l'air ravi de me voir enrager, ce malotru.

« Aide-moi, dis-je enfin. Je n'arrive pas à le défaire moi-même. »

Le prince infernal inspecta mon corset avec le même enthousiasme que si je lui avais demandé de me réciter un sonnet au clair de la pleine lune, mais il ne déclina pas ma requête. « Tourne-toi.

— N'aie pas l'air trop content, sinon je vais croire que je te plais.

— Estime-toi heureuse. Ce serait dangereux pour toi que tu me plaises. »

Je ricanai. « Pourquoi ? Tu me gâcherais pour tous les autres princes ?

— Quelque chose comme ça. »

Il sourit et me fit signe de me tourner. Ses doigts se déplacèrent avec précision le long des rubans qui s'entrecroisaient dans mon dos, tirant dessus et les dénouant avec une précision militaire.

Je tenais l'avant du corset pour éviter que ma poitrine ne s'échappe d'un coup lorsque l'arrière s'ouvrit quelques instants plus tard, exposant ma peau. L'air glacé dansait autour de moi.

Je ne m'étais jamais extraite d'un corset aussi rapidement. Soit il avait fait appel à ses sens paranormaux, soit il avait pas mal d'expérience en déshabillage féminin.

Aussitôt, une image de lui au lit avec une autre envahit mon esprit avec une acuité frappante. Je vis des ongles parfaitement limés s'enfoncer dans son dos, de longues jambes bronzées s'enrouler autour de ses hanches, de doux gémissements de plaisir s'échapper tandis qu'il effectuait des mouvements de va-et-vient rythmés.

Un sombre sentiment s'insinuait en moi à cette pensée. Je serrai les dents, retenant un chapelet d'accusations alors que je me tournais vers lui. J'aurais presque pu croire que j'étais…

« Envieuse. » Colère décela aisément mon changement d'humeur.

« Arrête de lire mes émotions », répliquai-je en scrutant son visage. Il était à nouveau indéchiffrable. Toute trace d'ironie ou de méchanceté avait disparu. Il était rigide, comme s'il essayait de se transformer en un bloc de glace. Apparemment, l'idée de me toucher de cette façon lui était insupportable.

« Le couloir va continuer à te mettre à l'épreuve. » Il observa la rougeur qui s'était emparée de mes joues, mais ne fit aucun commentaire. Son attention se porta sur mon cou avant de retrouver mes yeux. « Réprime le plus d'émotions possible. Elles vont devenir plus intenses à partir de maintenant. En plus de la peur qu'il suscite, ce monde se nourrit autant des péchés que du désir, en quantités égales.

— Le désir n'est pas la même chose que la luxure ?

— Non. Tu peux désirer les richesses, le pouvoir, un statut. L'amitié ou la vengeance. Les désirs sont des envies plus complexes que les simples péchés. Parfois ils sont positifs. D'autres fois, ils sont le reflet des insécurités de chacun. Ce monde est influencé par ceux qui y règnent. Avec le temps, il en est venu à se jouer de nous tous. »

Évitant de me regarder, il recula, retira sa couronne, et se coucha à l'extrémité des branches, allant jusqu'à se tourner dans la direction opposée. Malgré tout, nous allions dormir bien trop près l'un de l'autre. Il y avait à peine la place pour glisser une main entre nous.

Envieuse. De lui forniquant comme un porc avec une autre.

Cette simple idée était ridicule, surtout après sa trahison, mais la sensation amère de jalousie ne me quittait pas aussi vite que je l'aurais voulu. Je le maudis en silence et redoublai de concentration afin de maîtriser mes émotions. Il ne fallait surtout pas que ce royaume m'attire plus profondément dans les sept péchés de ses maîtres en se nourrissant de mes sentiments.

Je lâchai le corset de métal et enfilai la chemise de Colère. Elle était trop grande pour moi, mais ça m'était égal. Elle était chaude et imprégnée de l'odeur du prince. Elle sentait la menthe et l'été. Et quelque chose de distinctement, d'immanquablement masculin.

Je jetai un regard dans sa direction. Il était toujours torse nu malgré le froid. En dehors de son pantalon moulant, il ne portait que la gaine suspendue à son épaule et son poignard. La nuit s'annonçait longue et pénible. « Tu ne remets pas ta veste ?

— Arrête d'avoir des pensées déplacées à mon sujet et repose-toi un peu.

— J'aurais dû te tuer quand j'en avais l'occasion. »

Il se retourna pour m'étudier, d'un regard lent et persistant qui se déplaça de mes yeux jusqu'à la courbe de mes joues pour se poser finalement sur mes lèvres. Après un long moment, il ordonna : « Dors. »

Je soupirai, m'affalai sur le sol, et tirai la cape sur moi comme une couverture. L'espace réduit se remplit rapidement de l'odeur des cèdres et des pins. Au-dehors, le vent hurlait. Quelques instants plus tard, des grêlons attaquaient notre abri. Mais aucun ne s'infiltra à l'intérieur.

Je restai couchée là un moment, à écouter la respiration du démon ralentir et devenir régulière. Une fois que je fus certaine qu'il était assoupi, je lui jetai un nouveau coup d'œil. Il dormait comme un bienheureux : le sommeil profond d'un prédateur qui se sait à l'abri. J'observai l'encre scintillante sur ses épaules, les quelques mots en latin trop pâles et lointains pour que je puisse les distinguer clairement.

Même si je savais que ce n'était pas une bonne idée, je me surpris à me demander ce qui pouvait être assez précieux ou important à ses yeux pour qu'il veuille le graver à jamais sur sa peau. J'avais envie d'ouvrir son âme et d'y lire comme dans un livre, de découvrir ses secrets les plus profonds et les histoires qui avaient fait de lui qui il était.

C'était idiot de ma part.

J'essayai de ne pas remarquer la façon dont notre tatouage assorti avait élégamment trouvé place sur son épaule. Les doubles croissants de lune, les fleurs sauvages et les serpents me rappelaient un conte de fées immortalisé dans une fresque à Palerme. Une histoire de dieux et de monstres.

Je m'efforçai de ne pas penser à combien j'avais envie de tracer le contour de ses tatouages, d'abord avec le bout de mes doigts, puis avec mes lèvres. Goûter, explorer.

Je ne m'autorisai surtout pas à m'imaginer *être* la personne qu'il avait étendue et à qui il avait fait l'amour. Son corps dur et puissant ondulant au-dessus du mien, s'enfonçant au plus profond de…

Je réprimai cette pensée scandaleusement charnelle, troublée par son intensité.

Perfide Couloir des péchés. Il était évident que ma luxure était en train d'être mise à l'épreuve, et, vu avec qui je partageais ce lit de fortune, c'était plus dangereux que les bêtes infernales assoiffées de sang qui pouvaient rôder au-dehors. Je ne sais combien de temps passa, mais je finis par trouver le sommeil.

Un peu plus tard, je m'éveillai. La tempête faisait rage, mais ce n'était pas ce qui avait mis fin à mon repos. Un souffle chaud chatouillait ma nuque par vagues régulières. Au cours de la nuit, j'avais dû me glisser contre le démon. Et, étonnamment, aucun de nous n'avait bougé ensuite.

Colère était allongé derrière moi, l'un de ses bras puissants enroulé autour de ma taille comme s'il défiait les intrus d'oser voler ce qui lui appartenait. J'aurais dû m'écarter. Et pas simplement au nom de la bienséance. Rester aussi proche de lui, c'était jouer avec le feu. Mais j'avais beau en avoir déjà ressenti la brûlure, je n'avais pas *envie* de bouger. J'aimais sentir son bras sur moi, son poids, le contact et l'odeur qui m'enserraient comme un python. Je voulais qu'il me fasse sienne, presque autant que j'avais envie qu'il soit *mien*.

À l'instant où cette pensée me traversa, il cessa de respirer de façon régulière.

Je reculai de quelques centimètres, me pressant contre son torse, désireuse que ce contact se prolonge.

Son emprise sur moi se resserra légèrement. « Emilia...

— Oui ? »

Nous nous raidîmes tous les deux au ton sulfureux de ma voix, au désir que je ne parvenais pas à dissimuler. Je reconnaissais à peine cette Emilia qui semblait déborder de désir. Dans mon pays, on enseignait aux femmes que c'était mal de ressentir ces élans. Les hommes, eux, pouvaient s'adonner à leurs besoins premiers sans passer pour impies. C'étaient des coureurs de jupons, des dévoyés : leur comportement était considéré comme scandaleux, mais ils n'étaient pas ostracisés pour autant.

Un homme avec un grand appétit sexuel était considéré comme débordant de vitalité, c'était un bon parti. Il serait expérimenté pour combler sa partenaire le jour du mariage. Tandis qu'on apprenait aux femmes à rester virginales, pures. Comme si nos désirs à nous étaient sales et honteux.

Je n'étais pas humaine, et je n'appartenais pas non plus à la noblesse – les femmes issues de familles nobles souffraient de plus de restrictions encore que celles que j'avais subies –, mais j'avais moi aussi été élevée suivant ces principes.

Cela dit, je n'étais plus dans le monde mortel. Je n'avais plus à respecter ses règles.

Un frisson de surprise me parcourut. Je n'arrivais pas à savoir si c'était d'excitation ou de peur à l'idée de ce qui risquait de se passer si je me libérais de ces entraves. Peut-être que je le *savais*, et que c'était justement ça qui m'effrayait. Je souhaitais quelque chose qui m'avait été défendu. Et là, tout ce que j'avais à faire, c'était tendre la main et l'accueillir. Il était temps de me montrer courageuse, audacieuse.

Plutôt que de me laisser contrôler par ma peur, je pouvais être téméraire. Dès maintenant. Je me lovai à nouveau contre Colère. Mon choix étant fait. Il fit glisser sa main sur le devant de la chemise et joua avec les boutons. Je me mordis la lèvre pour m'empêcher de haleter.

« Ton cœur bat très vite. »

Sa bouche happa le lobe de mon oreille et – que la déesse me maudisse – je me cambrai à son contact, sentant à quel point il appréciait notre position actuelle. Son excitation envoya un frisson jusque dans mes orteils. Je n'aurais pas dû désirer cela. Je n'aurais pas dû *le* désirer, lui. Mais je ne pouvais pas effacer de mon esprit l'image fantôme de lui couchant avec une autre ni l'effet qu'elle provoquait en moi. Je voulais être celle qu'il emmenait dans son lit. Je voulais qu'il me désire de cette façon. Moi *seule*. C'était un instinct primaire, ancien.

Un instinct que mon futur époux n'apprécierait peut-être pas, mais ça m'était égal. Peut-être qu'à partir de maintenant, je ne cherchais plus d'autre approbation que la mienne. Et que tout le reste aille, littéralement, en enfer. Si je devais être la reine de ce royaume, j'en embrasserais pleinement tous les aspects : et mon moi véritable ne s'en priverait pas non plus.

« Dis-le-moi, murmura-t-il, sa voix glissant comme de la soie sur ma peau rougissante.

— Quoi ? dis-je d'une voix haletante.

— Que je suis ton péché préféré. »

Sur le moment, je n'étais pas sûre d'arriver à former des phrases complètes. Colère m'avait déjà provoquée par le passé, il m'avait même embrassée furieusement et passionnément, mais il n'avait jamais tenté de me séduire.

Il défit le premier bouton de ma chemise – de *sa* chemise –, prenant des précautions et un temps infinis avant de descendre jusqu'au suivant. Toutes pensées rationnelles s'envolèrent, son contact me réduisit à ne plus posséder qu'un seul besoin primaire : du désir. Un désir sauvage, indompté et sans fin. Je ne ressentais ni honte, ni inquiétude, ni appréhension.

Ma poitrine se soulevait et retombait pour suivre les battements accélérés de mon pouls. Un autre bouton fut défait. Puis un autre encore. L'emprise que j'avais sur mes émotions se desserra également. Un feu crépitant se mit à me consumer lentement depuis mes orteils jusqu'au haut du corps. C'était à se demander comment la neige en dessous de nous n'avait pas fondu.

S'il ne me touchait pas, peau contre peau, j'allais me consumer. Le cinquième bouton se défit, n'en laissant plus que quelques-uns. J'étais à deux doigts de déchirer cette maudite chemise. Sentant mon empressement, ou peut-être s'abandonnant enfin au sien, il détacha rapidement les derniers et écarta les pans de tissu, révélant ma nudité.

Par-dessus mon épaule, il observa mon corps, son regard s'assombrissant tandis que sa main calleuse glissait sur ma peau lisse.

Il était si tendre, si attentif, alors qu'il me caressait la clavicule. Quand il pressa sa paume sur mon cœur, sentant ses battements comme s'il s'agissait de la source la plus magique de son monde, je crus que j'allais le faire basculer et coucher avec lui immédiatement. Ses caresses légères contrastaient avec la puissance terrifiante qui émanait de lui.

« Tu es nerveuse ? »

Pas du tout. J'étais en extase. Totalement à sa merci. Même si un coup d'œil à son expression brute indiquait que le contraire pouvait être vrai aussi. Je parvins à secouer la tête.

Ses doigts descendirent plus bas, traçant la courbe sous ma poitrine, explorant mon ventre et s'arrêtant pour jouer avec la ceinture en forme de serpents que j'avais oublié que je portais. Si je me tournais légèrement, si je m'inclinais davantage, il pourrait facilement la défaire. C'était pour cela qu'il s'était arrêté. Je pensais pourtant avoir assez manifesté ce que je voulais.

« Dis-le-moi. »

Je préférais lui *montrer*. Enhardie, je me retournai, enroulai un bras autour de son cou, et enfonçai mes doigts dans ses cheveux noir de jais. Nous avions beau être en enfer, il avait un goût de paradis.

Ses mains obstinées remontèrent pour effleurer à nouveau mes seins. Il les pressa doucement, la rugosité de sa peau créant une friction agréable.

Ses caresses étaient aussi délicieuses que dans mes souvenirs. Meilleures, même. Je ne pus m'empêcher de haleter lorsque son autre main obéit finalement à mes désirs inexprimés et glissa dans la direction opposée. Elle dériva le long de mes côtes, de mon estomac, et s'arrêta juste au-dessus de l'endroit que je voulais qu'il explore.

Une chaleur mielleuse s'accumula au bas de mon ventre.

Colère glissa enfin ses doigts sous le bord de ma jupe, effleurant la peau douce entre mes hanches, d'un contact aussi léger qu'une plume. *Que la Déesse me maudisse*. En cet instant, je me fichais de ses mensonges comme de sa trahison. Rien ne comptait en dehors de la sensation de ses mains sur mon corps.

« S'il te plaît. » Je l'attirai à moi. Des lèvres douces effleurèrent les miennes. « Embrasse-moi.

— Dis-le juste une fois. » Il tira doucement mes fesses vers lui, m'offrant un goût damné de ce qui allait suivre. Son excitation palpitante attisa les flammes de mes propres passions. J'aurais aimé qu'il continue *sans* nos vêtements. Je me frottai contre son membre raide et il perdit tout contrôle. Il captura ma bouche avec la sienne, m'embrassant avec plein d'avidité et de fougue.

Une de ses mains resta sur ma hanche tandis que l'autre s'affaira sous mes jupes, remonta le long de ma cheville, de mon mollet, puis entre mes cuisses tandis que son baiser s'approfondissait et que sa langue s'emparait de la mienne. Ses doigts allaient bientôt atteindre mon centre humide et frémissant de désir.

J'avais besoin qu'il le touche. Je gémis son nom alors qu'il allait enfin...

« Bien que tu sembles en proie à une illusion *extrêmement* intéressante, lança la voix de Colère depuis l'autre côté de notre abri, je pense que tu ferais mieux de te rhabiller. Il gèle maintenant. »

Je me redressai en sursaut, clignant des yeux dans l'obscurité. *Par les sept enfers...*

Il me fallut un moment pour calmer ma respiration et un autre pour retrouver mes repères. La chemise qu'il m'avait prêtée avait été jetée avec la cape, et ma peau nue se contractait dans l'air glacé. Ma jupe était remontée autour de ma taille, comme si j'avais essayé de l'ôter sans y parvenir.

Je fixai la place vide et froide à côté de moi, confuse.

« Il y a quelque chose qui ne va pas ? » Peut-être que ma récente association avec la Maison Orgueil nous empêchait de nous fréquenter intimement. « Avons-nous enfreint une règle ?

— J'ai essayé de t'avertir. » Je ne voyais pas son visage, mais j'entendais son sourire plein de satisfaction... et très masculin dans sa voix. Une alarme se mit à résonner dans ma tête. « Tes désirs vont te hanter et te posséder jusqu'à l'inconscience si tu ne parviens pas à les contrôler. Ici, c'est un royaume de péchés *et* de désir. Il dépend de tes vices pour sa survie, exactement comme le monde des humains dépend de l'oxygène et de l'eau. Si tu perds le contrôle un instant, il se jettera sur toi. Et pas toujours de la façon à laquelle tu t'attends. Si tu étais en proie à la haine, par exemple, il pourrait te tester pour voir si le contraire ne serait pas vrai aussi.

— Je… » *Déesse du ciel.* Mon cerveau envahi par la luxure venait enfin de comprendre ce qui s'était passé. Il avait dit que c'était une illusion. Mais c'était un cauchemar, plutôt. J'enfouis mon visage brûlant dans mes mains, cherchant désespérément un sort que je pourrais utiliser pour disparaître. « Ce n'était pas réel… rien de tout ça ?

— Ce que je peux t'assurer – et sa voix dans l'obscurité était chaude et sensuelle –, c'est que, quand que je te toucherai, tu ne douteras pas un instant que c'est réel. »

Frustrée, gênée et furieuse de m'être soumise à mon désir pour lui ne serait-ce qu'une seconde, je ramassai sa chemise et l'enfilai avec des mouvements brusques avant de me tourner sur le côté. « Tu es bien présomptueux.

— Dit celle qui s'est frottée contre ma b…

— Ose finir ta phrase et je t'étoufferai dans ton sommeil damné, démon. »

Le ricanement de Colère me hérissa, et il n'en fallut pas plus pour que mon imagination retourne droit dans les fosses brûlantes de l'enfer. Mon esprit perfide repassa en boucle un petit choix de mot. Il avait parlé de « quand » il me toucherait, et pas de « si ». Comme s'il avait l'intention de transformer un jour mon fantasme érotique en réalité. Il me fallut un long moment pour trouver à nouveau le sommeil.

Mais cette fois, je ne rêvai pas d'être délicieusement séduite par un prince interdit.

Je rêvai d'un meurtre cruel et violent. Et d'une belle femme aux yeux remplis de lumière d'étoiles, hurlant une malédiction en guise de vengeance, en plein cœur de la plus sombre des nuits.

Le plus troublant, c'était que j'avais l'impression de la connaître. Et que sa malédiction était dirigée contre moi.

TROIS

L'aube luttait pour s'infiltrer dans notre petit abri, même si je n'avais aucun moyen de savoir quelle heure il était. Ce monde semblait figé dans un crépuscule permanent. Peut-être était-ce dû à l'orage qui semblait à nouveau menaçant. Pour l'instant, « couvert » semblait être le terme le plus adéquat pour décrire l'atmosphère. Comme pour prouver que j'avais vu juste, le vent crissa au loin, hérissant les petits poils de mes bras.

Seules une légère variation dans l'angle de la lumière et la façon dont Colère grommela « Il est temps d'y aller » indiquèrent que le jour était bien levé. Je m'attendais à ce que le prince arrogant se moque de ce qui s'était produit quelques heures plus tôt, mais il ne fit pas la moindre allusion au fait que je m'étais retrouvée à moitié nue et que je m'étais frottée contre lui, hantée par une sulfureuse illusion d'étreinte entre nous.

Peut-être *n'était-ce* qu'un rêve dans un rêve.

Cet espoir me donna la force de me lever du lit de branchages. Je me tournai d'un côté puis de l'autre pour tenter d'étirer mes muscles douloureux. Ce n'était pas la pire nuit de sommeil de ma vie, mais le repos n'avait pas été confortable pour autant. Ce qu'il me fallait, c'était un bain chaud, des vêtements de rechange et un bon repas.

À la seule pensée de la nourriture, mon estomac gronda si fort que Colère se retourna, le front plissé. « Nous ne sommes plus très loin, mais, à cause du terrain, nous n'arriverons sûrement pas à destination avant la nuit tombée.

— C'est bon, je survivrai. »

Il eut l'air sceptique, mais se retint d'ouvrir sa bouche agaçante.

Je regardai d'un œil morose le corset en métal et entrepris de déboutonner la chemise du démon. Autant enfiler rapidement ce maudit vêtement pour partir sans attendre. J'étais capable de survivre sans manger pendant un bout de temps, mais je finirais par avoir mal à la tête, si cela se prolongeait.

Vittoria était comme moi. Notre père nous taquinait avec ça, disant que notre magie consommait de l'énergie en continu et avait besoin d'être alimentée, et que ça tombait bien qu'il tienne un restaurant. Nonna secouait la tête, le chassait et, discrètement, nous offrait des bonbons.

Une nouvelle source de souffrance s'installa près de mon cœur. J'avais beau tenter de les réprimer, mes pensées de nourriture se transformaient systématiquement en souvenir de *Mer & Vigne*, notre trattoria familiale.

C'était un coup de poing émotionnel suffisamment puissant pour me faire tituber. Ma famille me manquait terriblement et je n'avais encore passé qu'une seule nuit dans le monde souterrain. Le temps fonctionnait différemment ici, il était donc tout à fait possible qu'une heure seulement se soit écoulée à l'extérieur, peut-être moins.

J'espérais que Nonna avait réussi à trouver un endroit sûr pour mettre tout le monde à l'abri. Perdre ma jumelle m'avait dévastée, et mon chagrin était encore assez puissant pour me noyer si je lui laissais prendre le dessus sur ma fureur. Si je perdais qui que ce soit d'autre… J'enfouis ces inquiétudes dans un petit coffre près de mon cœur et me concentrai sur la journée qui m'attendait. Une nouvelle pensée me traversa.

« Où se trouve Antonio ? » Je regardai attentivement Colère, même si je n'arriverais pas à déchiffrer quoi que ce soit s'il décidait de fermer ses émotions. « Tu ne m'as jamais dit où tu l'avais envoyé.

— En lieu sûr. »

Il ne daigna pas en dire plus et il valait peut-être mieux que je laisse tomber pour l'instant. Nous avions d'autres chats à fouetter. Comme sortir du Couloir des péchés sans subir de nouvelles *pressions* sur mes désirs, et enfin être présentée officiellement à Orgueil et à sa cour.

Nous aurions tout le temps de parler d'Antonio plus tard, cette lame humaine qu'un des princes démons avait influencée pour qu'elle tue ma jumelle, ce jeune homme que je rêvais d'épouser avant de découvrir sa haine pour les sorcières.

Dans ma hâte pour me préparer, j'arrachai un bouton de la chemise et grimaçai à la vue du fil qui pendouillait. Sachant à quel point mon compagnon de voyage était pointilleux sur l'habillement, je me préparai à encaisser un sermon. Je levai les yeux, des excuses sur le bout des lèvres, et fus surprise de trouver Colère secouant la tête, m'interrompant avant que j'aie pu commencer à me justifier.

« Garde-la. » Il enfila sa veste noire. Je fronçai les sourcils et il remarqua aussitôt la méfiance que je ne cherchais pas à masquer. « Elle est froissée et fichue maintenant. Je ne tiens pas à être vu portant ça.

— Comme tu es prévenant. Je pourrais tomber en pâmoison. »

J'inspectai sa veste. Le tissu luxueux dans lequel elle était taillée s'étirait sur ses épaules larges, mettant en valeur ses muscles bien dessinés et les lignes puissantes de son torse. C'était évident qu'il préférerait se présenter devant ses sujets démoniaques à moitié nu plutôt qu'arborant une chemise froissée. Je faillis lever les yeux au ciel face à sa vanité, mais parvins à conserver un visage neutre.

Je remarquai un détail qui m'avait échappé la nuit dernière : il portait à présent les deux amulettes. Les premières flammes de la colère montèrent en moi, mais je les étouffai. J'avais déjà été assez mise à l'épreuve pour la journée.

Il ferma le bouton juste au-dessus de son pantalon, laissant visible une portion de son torse musclé et un subtil aperçu de son fourreau de cuir. Cette lame de facture démoniaque n'était pas son arme la plus puissante : un seul regard jeté à *Colère* suffirait à décourager tous ceux qui auraient eu l'idée de s'opposer à lui.

Ses yeux scintillèrent de malice quand il réalisa ce qui avait retenu mon attention.

« Tu préfères que je le déboutonne ? À moins que tu ne veuilles t'en charger ?

— Redescends sur terre. J'étais en train de penser à quel point tu étais prétentieux. Pas de fantasmer sur toi...

— Tu voulais pourtant te glisser sous mon corps pas plus tard que la nuit dernière. Avec pas mal d'insistance, d'ailleurs. »

Je relevai le menton. Puisqu'il pouvait détecter les mensonges, nier aurait été inutile. « La luxure ne requiert pas que l'autre nous plaise, et encore moins qu'on l'aime. C'est une réaction physiologique, rien de plus.

— J'avais l'impression que tu n'étais pas intéressée par le fait d'embrasser quelqu'un que tu détestes, signala-t-il d'une voix calme. Dois-je croire que tu pourrais coucher avec un ennemi, maintenant ?

— Qui sait ? Peut-être que c'est l'effet de ce royaume et de ses machinations diaboliques.

— Mensonge.

— Très bien. Peut-être que je me sentais seule et effrayée et que tu étais une bonne distraction. »

Je calai le bas de la chemise dans mes jupes. C'était bien plus chaud et j'étais ravie d'abandonner mon haut en métal. Je me penchai pour récupérer ma ceinture en forme de serpents et l'attachai autour de ma taille.

Colère suivait chacun de mes mouvements, me jaugeant de ses yeux dorés. Étonnamment, il avait l'air vraiment intrigué par ma réponse.

« Qu'est-ce que ça peut te faire, de toute façon ? demandai-je. Ce n'est pas comme si tu allais partager mon lit.

— Je me demande ce qui a changé.

— Déjà, on est dans le monde souterrain. » Il plissa les yeux pour détecter la moindre contrevérité. Intéressant. « Laisse-moi éclaircir un point. Tu es très agréable à regarder. Et en des occasions où la logique s'efface, je pourrais te désirer, mais je ne *t'aimerai* jamais. Savoure l'illusion de la nuit dernière : un fantasme, voilà ce que c'était et tout ce que ce sera jamais. »

Il m'adressa un sourire moqueur alors qu'il enfilait sa couronne. « Nous verrons bien.

— Ce serait tentant de parier, mais je refuse de m'abaisser à ton niveau. »

Son regard était brûlant, semblable à un tapis de braise sur le point de s'enflammer à nouveau.

« Oh, je crois que tu apprécierais beaucoup chaque instant, si tu t'abaissais à mon niveau. Chaque glissement et plongeon ferait battre ton pouls et trembler tes genoux. Tu veux savoir pourquoi ?

— Non, pas du tout. »

Un demi-sourire énervant flotta sur son visage. Il se pencha tout contre moi, baissant la voix jusqu'à ce qu'elle ne soit plus qu'un murmure à peine audible. « L'amour et la haine puisent tous deux leurs racines dans la passion. » Ses lèvres effleurèrent ma mâchoire alors qu'elles se dirigeaient vers mon oreille. Mon souffle se coupa à cause de sa proximité, de sa chaleur. Il recula juste assez pour croiser mon regard, avant de porter son attention vers ma bouche. Un instant, je crus qu'il allait soulever mon visage par le menton, laisser courir sa langue partout sur mes lèvres et goûter mes mensonges. « C'est toujours étonnant de voir comment la frontière entre les deux s'émousse avec le temps. »

Mes lèvres traîtresses s'entrouvrirent sur un soupir. Avant même que je m'aperçoive qu'il avait bougé, il était sorti de notre petit abri. Un frisson me parcourut l'échine. Ce n'était pas le froid qui m'ébranlait ; c'était la détermination qui avait illuminé son regard. Comme si je lui avais déclaré la guerre et qu'il refusait de résister à l'attrait de la bataille. Je ne savais pas avec certitude s'il parlait du fait que je ne l'aimerais jamais ou que je ne coucherais jamais avec lui, mais dans les deux cas, provoquer le général de la guerre ne pouvait m'attirer que des ennuis.

Tandis que j'enfilais la cape, je me souvins des avertissements de Nonna à propos des Damnés – une fois que quelqu'un a éveillé l'attention d'un prince démon, rien ne l'arrête : il voudra à tout prix mettre la main sur cette personne.

La façon dont Colère m'avait regardée me poussait à penser que ces histoires étaient vraies. Et même s'il avait déclaré que j'étais la dernière créature de tous les royaumes dont il voudrait, et même si j'étais promise à son frère, il était indéniable que quelque chose venait de changer.

Que la Déesse nous vienne en aide à tous les deux.

La matinée s'étira et hurla jusqu'à midi comme un enfant piquant une crise. Des bourrasques de neige soufflaient, féroces et hurlantes, puis repartaient aussi vite qu'elles étaient arrivées. Et juste quand je pensais que le temps était enfin devenu plus clément, nous fûmes bombardés de glace.

Des mèches gelées de mes cheveux collaient à mon visage, et ma cape fusionnait avec mon corps comme une seconde peau. J'avais froid et je me sentais malheureuse d'une façon que je n'avais jamais éprouvée sur l'île tempérée où j'avais grandi. Différentes parties de mon corps étaient soit brûlées soit mordues par la glace, et toute sensation dans mes pieds avait depuis longtemps disparu. J'espérais ne pas perdre deux ou trois orteils suite à des gelures.

Dès que je sentais les premiers picotements de désespoir s'insinuer en moi, je serrais les dents et continuais d'avancer, tête baissée, tandis que les rafales me mordaient de plus belle. Je refusais de succomber aux éléments aussi tôt dans ma mission. Ma sœur, elle, n'aurait jamais abandonné.

Il faudrait bien plus grave que de la glace pour m'arrêter à présent.

Peut-être que ce couloir faisait plus que simplement tester les péchés ; peut-être que combattre les éléments déchaînés était aussi un test d'endurance. De détermination. Qui visait à découvrir jusqu'où on était prêt à aller pour ceux qu'on aimait. Les démons et ce royaume allaient bien vite connaître la réponse.

Soit Colère recourait à la magie, soit les éléments n'osaient pas s'en prendre à sa personne princière. Ses cheveux n'étaient pas affectés par les intempéries, et ses vêtements restaient secs. Comme si son attitude cavalière vis-à-vis de notre périple ne m'exaspérait pas assez, la façon dont le temps se pliait à sa volonté achevait de m'irriter au plus haut point. C'était parfaitement injuste qu'il ait l'air si diaboliquement beau, alors que je ressemblais à une épave échouée après de longs et pénibles périples en haute mer.

Les quelques fois où il n'y avait ni grêle, ni neige, ni abominable combinaison des deux, un épais brouillard glacé planait sur nous comme pour annoncer l'arrivée d'un vilain dieu de l'hiver. Je commençais à penser qu'il devait y avoir un pouvoir suprême ici qui s'amusait à torturer les voyageurs.

Le temps s'étirait, même si le soleil ne daignait jamais apparaître tout à fait. Le ciel n'était teinté que de diverses nuances de gris. Colère et moi n'avions pratiquement échangé aucun mot depuis notre conversation matinale, et ça me convenait parfaitement. Nous ne tarderions pas à arriver à la Maison Orgueil.

Après ce que j'estimais être une ou deux heures de route, je me mis à trembler de façon incontrôlée. Plus je tentais de forcer mes muscles à rester tranquilles, plus ils se rebellaient. Nonna nous avait appris à voir le bon côté des choses en toute situation : maintenant que j'étais autant émotionnellement que physiquement vidée par la météo hostile, je devais encore être testée par le Couloir des péchés. Mes tremblements devinrent rapidement assez bruyants pour attirer l'attention de Colère. Il me parcourut d'un regard calculateur, les lèvres serrées, et accéléra le pas. Il m'aboya de continuer à avancer. De me dépêcher. De lever les pieds. « Plus haut, plus vite, allez, *tout de suite.* » Il était le puissant général de guerre et je pouvais facilement imaginer à quel point ses soldats devaient le haïr pour les exercices qu'il leur infligeait.

Quand des épingles et aiguilles douloureuses se mirent à me transpercer tout le corps, je cherchai à me distraire l'esprit avec un nouveau jeu. C'était peut-être le Couloir des péchés qui m'encourageait, mais je visualisais toutes les façons dont Colère pouvait glisser d'une falaise et s'écraser sur des rochers escarpés. Je les visualisais avec une telle clarté… Je courrais après lui, le cœur battant à mesure que je remontais la piste d'impacts et de branches brisées qu'il aurait laissée derrière lui, son grand corps s'écrasant et rebondissant d'un obstacle à l'autre au cours de sa chute. Une fois que je l'aurais rejoint, je tomberais à genoux et chercherais frénétiquement son pouls. Puis je glisserais mes doigts dans son sang chaud et je tracerais des petits cœurs et des étoiles dans l'hémoglobine.

Il me regarda par-dessus son épaule, les sourcils interrogateurs. « Qu'est-ce qui te fait ricaner comme ça ?

— Je fantasme à l'idée de peindre le monde avec ton sang.

— Voilà qui explique ton air satisfait. »

Ce barbare tordu afficha un large sourire, et aussitôt le Couloir des péchés cessa d'alimenter ma gourmandise et se déchaîna sur ma colère. Avant que je ne me lâche, il demanda nonchalamment : « Je t'ai déjà dit que ta colère est en quelque sorte mon aphrodisiaque personnel ? »

Non, absolument pas. Mais je n'étais pas étonnée que le démon de la guerre soit excité par le conflit. J'inspirai profondément, tentant de calmer ma mauvaise humeur et la colère vers laquelle on me poussait toujours. « Si tu souhaites garder ton appendice favori intact, je te conseille de te taire.

— Quand tu auras fini de penser à mon impressionnant appendice, je te conseille d'accélérer le pas. Nous avons encore un long chemin à parcourir. Et tu as déjà l'air à moitié morte.

— Ton talent pour séduire les femmes n'est surpassé que par ton charme naturel, Prince Colère. »

Ses narines frémirent, et je fis tout ce qui était en mon pouvoir pour empêcher mon visage d'exprimer de l'amusement. Ce qui ne fit qu'accentuer son air renfrogné. Colère ne me taquina plus pendant les quelques heures qui suivirent, mais ce n'était pas parce qu'il broyait du noir : il était déterminé, tendu. Je le soupçonnais d'être beaucoup plus inquiet qu'il ne le laissait paraître. Je faisais de mon mieux pour le suivre, me concentrant sur l'objectif final plutôt que sur l'abominable présent. Nous descendîmes un col difficile, alors que le temps passait de plus en plus lentement, ce qui était une véritable torture. Je me mis à glisser plus souvent, me rattrapant à chaque fois avant de basculer dans le vide.

Colère me décocha un regard noir qui raviva suffisamment ma colère pour que je sois tentée de continuer la route, ne fût-ce que dans le but de l'embêter. Je ne savais pas exactement combien de temps il avait fallu pour que je m'en aperçoive, mais quelque chose picotait mes sens ankylosés. Colère avait pris une belle longueur d'avance afin de s'assurer que le terrain était praticable, et je sentais le léger picotement de malaise se transformer en martèlement que je ne pouvais plus ignorer.

J'arrêtai de marcher, et le son de la neige écrasée sous les pas continua un instant avant de s'éteindre dans un étrange silence. Je balayai lentement les environs du regard. Des pins encadraient cette partie du chemin, les branches alourdies ployant sous la neige épaisse, et bouchaient la vue vers la partie la plus sombre des bois. Les branches surchargées peinaient et gémissaient. La neige fut à nouveau écrasée par des pas.

J'expirai, mon souffle se confondant avec la brume. L'atmosphère fantomatique du lieu était due aux bruits de branches brisées qui tombaient. Je me retournai, et restai clouée sur place.

Une gigantesque créature tricéphale semblable à un chien me fixait, les trois têtes inclinées sur le côté, les trois paires d'oreilles en alerte. Son pelage était aussi blanc que la neige et ses iris étaient d'un bleu glacier. Ces yeux étranges fixaient les miens, leurs pupilles se dilatant et se contractant tour à tour.

Je n'osais pas respirer trop profondément de peur de l'inciter à m'attaquer. Ses crocs étaient deux fois plus longs que des couteaux et ils avaient l'air aussi tranchants. La bête huma l'air, son museau humide toucha presque ma gorge quand il approcha sa tête centrale.

Je ravalai un hurlement lorsqu'il fit un pas de plus vers moi et que ses yeux bleus scintillèrent de...

Avant même que je puisse appeler à l'aide, chacune de ses mâchoires s'ouvrit et se ferma comme s'il voulait me mordre, mais avait changé d'avis… ce qui le choqua autant que moi. Il secoua ses têtes, les yeux perdus, et recula. Comme un prédateur qui vient de reconnaître un adversaire supérieur à lui. Je tombai à la renverse dans le talus et le suivis des yeux, stupéfaite, tandis qu'il s'en retournait dans les bois en grognant doucement et sans jamais me quitter des yeux.

Je ne me remis à respirer que lorsqu'il disparut de ma vue. Moi qui voulais me montrer intrépide face au monde souterrain, c'était raté. « Par le sang et les os, qu'est-ce que *c'était* ?

— Si tu as fini de faire mumuse avec le chiot, j'aimerais qu'on reprenne la route.

— Le chiot ? »

Je fis pivoter ma tête vers le démon. Colère se tenait quelques pas plus loin, ses bras musclés croisés sur sa poitrine et un insupportable air moqueur plaqué sur le visage. Aucune assistance, aucune proposition d'aide. Alors que la situation aurait pu dégénérer à tout moment, il se contentait de se moquer de moi. Typique de son espèce.

« Il avait la taille d'un petit cheval !

— Si j'étais toi, j'éviterais de lui mettre une selle. Contrairement à mes frères, il n'aime pas tellement qu'on le monte.

— Très drôle. »

Je me remis debout et époussetai la neige de ma cape. Comme si je n'étais pas déjà assez détrempée et gelée. « J'aurais pu finir déchiquetée.

— Un certain nombre de démons inférieurs vivent en solitaire dans les bois et les terres alentour. Les chiens de l'enfer sont le cadet de nos soucis. Si tu as fini de dramatiser, remettons-nous en route. Nous avons perdu assez de temps comme ça. »

Bien sûr que ce démon jugeait qu'un molosse à trois têtes était un chiot et que *je* dramatisais. Je le dépassai, marmonnant toutes les obscénités qui me passaient par l'esprit. Son rire sombre m'incita à accélérer le pas, avant que le Couloir des péchés ne nous soumette à d'autres réjouissances diaboliques.

Nous poursuivîmes notre périple sans rencontrer d'autres éléments de la faune. Notre plus grand ennemi était la tempête incessante. Je me promis en silence de ne plus jamais trouver la neige romantique. Et juste quand je pensais que notre calvaire venteux touchait à sa fin, une énième haute montagne apparut dans la brume. J'eus beau me pencher en arrière, je n'en voyais pas le sommet.

Je réprimai un gémissement. Il n'y avait aucune chance que j'arrive à traîner mon corps gelé de l'autre côté de ce mastodonte. Ma tête était traversée par un mélange d'épuisement et d'étourdissement. Ou de vertige. J'envisageai de me laisser tomber par terre sur place. Peut-être que quelques minutes de repos m'aideraient.

Colère poursuivait sa route, me laissant contempler seule ma mort quasi certaine. Exactement comme il l'avait fait face aux portes de l'enfer, il plaça sa paume contre la surface rocheuse. De la lumière dorée scintilla alors qu'il ordonnait à voix basse à la montagne de se plier à sa volonté.

Ou peut-être proférait-il des menaces à l'encontre d'un dieu de l'enfer qui avait une dette envers lui.

J'étais trop loin pour l'entendre et je ricanai en imaginant ce qu'il pouvait exiger. Je ris carrément quand une portion de la montagne s'ouvrit comme une petite porte sur mesure. Bien sûr. La montagne exauçait tous ses vœux. Pourquoi en aurait-il été autrement ?

Dommage qu'il n'ait pas dompté la tempête comme il *aurait dû* le faire avec le chien de l'enfer tout à l'heure. Le chiot à trois têtes aurait sans doute filé dans la direction opposée, la queue entre les jambes.

Sans que je sache pourquoi, ces pensées me plièrent en deux, me firent rire au point que des larmes coulèrent sur mon visage. L'instant d'après, j'avais oublié ce que je trouvais si drôle. La neige tombait en flocons plus épais. Mon pouls se ralentit, mon cœur se serra. J'avais l'impression d'agoniser. Ou de voyager vers une île de...

Colère apparut devant moi en une seconde, ses mains puissantes entourant mes avant-bras. Je ne m'étais pas rendu compte que je perdais l'équilibre, avant qu'il ne me rattrape. Même avec son aide, le décor continuait à tourner autour de moi et je serrai les paupières, ce qui ne fit qu'empirer mon tournis.

Je les rouvris et tentai de me concentrer sur un point fixe pour apaiser la sensation.

Le visage grave de Colère apparut devant ma vision brouillée.

Il m'examinait, les sourcils froncés. Si j'en avais encore été capable, j'aurais levé les yeux au ciel en le voyant une fois de plus se montrer critique envers tout ce qu'il ne trouvait pas à son goût. Tout le monde n'avait pas la chance d'être beau comme un dieu pendant la traversée de l'enfer. Ses lèvres frémirent.

J'avais dû prononcer la dernière partie de mes pensées à voix haute.

« Je devrais peut-être te porter sur la fin du trajet. Si tu te mets à complimenter mon physique divin, tu dois vraiment être gravement malade.

— Non. Absolument *pas*. »

Je titubai vers l'ouverture qu'il avait pratiquée dans la montagne, voulant à tout prix quitter la neige. J'avais à peine fait deux pas dans le tunnel sombre quand mes jambes furent soulevées du sol et qu'un bras chaud et musclé s'étendit sous mes épaules, me maintenant en place.

Je me tortillai pour me dégager, humiliée d'être trimballée comme une vulgaire poupée de chiffon ou comme une enfant. Colère resta de marbre face à mes tentatives. En tant que prochaine reine des Damnés, ce n'était *pas* sous ce jour que je voulais me présenter. À moitié en proie au délire, à moitié gelée, et totalement dépendante d'un démon…

Colère m'avait dit un jour que le pouvoir était tout ici-bas et, malgré mon état de délire, je savais que renoncer à mon indépendance ne serait-ce qu'un instant ferait de moi une cible facile.

« Lâche. Moi.

— Je vais le faire. »

Ma tête roula en arrière et atterrit dans un creux entre son épaule et sa nuque. Il dégageait une chaleur délicieuse.

« Je voulais dire tout de suite.

— J'en suis bien conscient. »

Le monde tournoyait à chacun de ses pas, s'assombrissant de plus en plus. Rester éveillée devint un effort. Ma peau était étrangement trop tendue. Tout était trop froid. Le sommeil allait effacer tout cela. Et je pourrais rêver. De ma sœur. De ma vie avant que je n'invoque un démon. Et de l'époque où je croyais bêtement que l'amour et la haine étaient loin d'être la même émotion.

« Je te déteste ». Ma voix était plus lente que je n'aurais voulu. « Je te hais de la plus noire des façons.

— Je sais ça aussi.

— Mon futur mari ne peut pas me voir dans cet état. »

Je sentis son sourire plus que je ne le vis. « Te connaissant, je suis sûr qu'il verra bien pire.

— *Grazie.* » Abruti. Je me lovai contre sa chaleur et soupirai, rendant peu crédibles mes propres demandes d'être posée à terre. Je ne m'offrirais qu'un instant de répit. « Tu crois qu'il me plaira ? »

Les pas de Colère ne ralentirent pas, mais il me serra un peu plus fort. « Seul le temps nous le dira. »

Je m'assoupis et me réveillai brusquement, après ce que j'espérais n'être qu'une minute ou deux d'absence. Entre la noirceur du tunnel et le rythme de marche régulier de Colère, c'était difficile de rester alerte. Des pensées et des souvenirs sans queue ni tête se bousculaient dans ma tête et s'échappèrent d'entre mes lèvres : « Tu avais dit que tu ne le ferais pas.

— Ferais pas quoi ? »

Le grondement de sa voix faisait vibrer ma poitrine. C'était étrangement réconfortant. Je pressai ma joue contre son torse, écoutant son cœur battre plus vite. Ou peut-être n'était-ce qu'une illusion dans laquelle je me confortais. Sa peau nue brûlait contre la mienne, presque douloureusement.

« Tu avais dit... que tu ne prendrais pas soin de moi... »

Il ne répondit pas. Non pas que je m'attendisse à une réponse. Il n'était ni doux ni gentil. Il était dur et brutal, consumé par la rage et le feu. Il comprenait le combat, la guerre et la stratégie. L'amitié n'avait rien à voir avec tout cela. Encore moins l'amitié avec une sorcière. À ses yeux, j'étais une mission, une promesse faite à son frère, rien de plus. Ça, je le comprenais bien, même si au fond ça me faisait mal. J'avais mes propres objectifs, mes intentions cachées. Et je n'hésiterais pas à détruire quiconque se mettrait en travers de ma route.

Même lui.

Le sommeil réussit finalement à me prendre dans ses bras et je me détendis contre le corps de Colère. Peut-être me ferait-il la surprise de nous faire entrer dans la Maison Orgueil par une porte dérobée pour éviter les démons indiscrets. Je ne pouvais qu'espérer qu'il me témoigne quelque compassion.

De très loin, j'aurais pu jurer l'entendre murmurer : « J'ai menti. »

QUATRE

« Elle est morte ? » Il me fallut une minute pour la replacer, mais je connaissais cette voix. Anir. Le lieutenant humain de Colère. Le démon répondit par une obscénité qui ressemblait beaucoup à *Bien sûr que non, sombre idiot*. « Vous ne pouvez pas m'en vouloir. Elle a quand même l'air carrément morte. Vous devriez peut-être laisser le destin suivre son cours. Personne ne vous le reprochera si son cœur s'arrêtait. Même pas…

— Fais gaffe à toi. Je ne me rappelle pas t'avoir demandé ton avis. »

Des doigts calleux passèrent sur ma gorge, me saisirent les poignets. J'essayai de me redresser, mais j'étais attachée à quelque chose d'aussi dur et immobile qu'un rocher. « Votre Majesté, nous devrions alerter la matrone. Je ne crois pas que ce soit…

— Va me chercher une tasse d'eau chaude et des couvertures. Tout de suite. »

Ma peau brûlait comme si on m'avait jetée dans un feu. Boire quelque chose de chaud ou mettre une couverture étaient les dernières choses dont j'avais envie. Je tirai sur mes chaînes et l'une d'elles se libéra et vint caresser mes cheveux. C'étaient des bras, pas des chaînes. Colère me tenait toujours contre lui. J'essayai d'ouvrir les yeux sans y parvenir. Il fit encore quelques pas et me déposa délicatement sur un matelas. J'espérai du moins que c'en était bien un.

Ce qui voulait dire... Mon cœur battait à tout rompre. Nous devions avoir atteint le château du diable. La panique me poussa à lui agripper les bras alors qu'il tentait de s'écarter. Malgré ma fanfaronnade de tout à l'heure, je n'avais aucune envie d'être seule avec le roi des démons. De moins pas dans cet état.

« N... non... non...

— Ne t'agite pas trop, ou ton cœur pourrait s'arrêter. »

J'inspirai et mon souffle était court, haletant. « Ta... ta façon de traiter une malade...

— Est nulle ? Il y a une raison pour laquelle je ne suis pas un guérisseur. Tu te plaindras plus tard. Tu souffres d'une légère hypothermie. »

Il se dégagea doucement de mon étreinte et recula. J'aurais pu jurer que ses lèvres avaient caressé mon front brûlant avant que son poids ne quitte le lit. Mais quand il parla, son ton était assez dur pour me faire douter de la réalité de ce baiser. « Reste tranquille. »

Du tissu se déchira. Mes yeux s'ouvrirent soudain sous le choc. Colère était penché sur moi et arrachait mes vêtements gelés comme s'ils étaient aussi fins que de vulgaires parchemins. Mes jupes, la chemise, la ceinture. Quelques efforts plus tard, je sentis l'air frais contre ma peau écorchée.

Je grognai presque de plaisir quand il dégagea les vêtements trempés de sous mon corps et les jeta au loin. Je me fichais d'être nue devant le démon. Une fois de plus.

J'avais envie de m'arracher la chair et de m'immerger dans un bain glacé. Ce qui était plutôt étonnant sachant que j'avais été congelée jusqu'aux os juste avant. Mes yeux se fermèrent et j'eus beau lutter, je ne parvins pas à les rouvrir. Des images étranges défilaient dans mon esprit. Des bribes de souvenirs flous flottaient dans une brume épaisse, conséquence possible de mon cerveau en état déplorable. Ou des visions d'un futur que je ne connaîtrais jamais, venues me hanter ? Des statues et des fleurs. Du feu. Des cœurs dans des bocaux, un mur de crânes.

Rien ne faisait sens.

« Emilia… reste avec moi. »

Colère prit ma main et massa délicatement chacun de mes doigts pour leur prodiguer un peu de chaleur. S'il tentait de me maintenir éveillée, ça ne fonctionnait pas. Une somnolence paisible s'empara de moi et je me détendis à son contact, les souvenirs et les images étranges s'effaçant peu à peu. Ses mouvements attentionnés se déplacèrent de mes doigts à mon poignet et remontèrent lentement le long de mon bras jusqu'à mon coude, avant de passer à mon autre main.

Une fois qu'il eut fini de ramener de la vie dans mes doigts, il se déplaça plus bas sur le lit. D'une main, il leva ma jambe à partir de la cheville, et se servit de l'autre pour éveiller les sensations dans mes orteils de la même façon qu'il l'avait fait avec mes doigts. Ses pouces glissèrent sur la plante de mon pied, et je grommelai doucement. Il appliquait *juste* assez de pression pour soulager mes douleurs.

On frappa à la porte et Colère ordonna à la personne de l'autre côté du battant de tout laisser à l'extérieur. Des pas résonnèrent dans la pièce, une porte s'ouvrit, puis se referma avec un claquement, et il était de retour, recouvrant doucement mon corps de la plus douce étoffe que j'aie jamais sentie.

J'étouffai un cri. J'avais l'impression qu'il venait de m'arroser de kérosène, puis de craquer une allumette. Je repoussai d'un coup de pied la couverture, ce qui me valut un grondement frustré de la part du démon.

« Arrête. » Il me maintint en place et m'enveloppa à nouveau dans la couverture. Une lourdeur s'installa près de moi l'instant d'après. Deux grands bras entouraient mon corps, me serrant, son menton reposant sur ma tête. Il glissa une jambe sur ma hanche, assurant notre étreinte.

On aurait dit qu'il était en feu. Et je brûlais déjà. J'essayai de glisser de sous lui, pour atterrir par terre. Je voulais me faufiler sous les lattes du plancher et m'enterrer dans le sol comme un animal en hibernation. Cependant, l'étreinte de Colère ne se relâcha pas ; j'étais coincée contre son corps. Et, avec sa force surnaturelle, toute tentative de résistance serait vaine, tant qu'il choisirait de me maintenir en place. Mon instinct de survie prit le dessus, et je me transformai en chat sauvage griffant celui qui essayait de me mettre en cage.

Les bras de Colère étaient deux bandes d'acier.

« *Lâche*-moi, ordonnai-je.

— Non.

— Ta génitrice ne t'a pas appris à traiter les femmes avec respect ?

— Si tu survis à cette nuit, je respecterai tes souhaits, répliqua-t-il sèchement.

— Tu ne comprends pas... » J'étais en fureur et le besoin de bouger me rendait folle. Ses bras se resserrèrent sur moi, mais jamais au point de me faire mal.

« J'ai besoin d'être dans le sol. Je dois m'enfoncer sous terre maintenant.

— C'est un symptôme courant de l'hypothermie. La sensation disparaîtra quand ton état sera stabilisé. » Il passa un bras derrière mes épaules et me redressa. « Avale ça. *Tout de suite.* »

Son ton indiquait qu'il me pincerait le nez et ferait couler le liquide dans ma gorge de force, si je ne lui obéissais pas. Il n'avait rien d'une infirmière qui choyait ses patients. Je pris une petite gorgée prudente du liquide chaud et retins un cri. Tout était brûlant. Colère me reposa sur un oreiller et tira doucement une autre couverture sur moi. Elle était légère comme une plume, mais me faisait terriblement souffrir. La douleur augmenta jusqu'à ce qu'il ne reste plus qu'elle.

Je serrai les dents, essayant de les empêcher de claquer. Par miracle, quelques instants seulement après avoir avalé le liquide, je me mis à dériver entre divers niveaux de conscience. Je me demandai ce qu'il avait glissé dans le breuvage pour me rendre somnolente à ce point, mais je n'avais plus l'énergie de me sentir menacée. S'il avait souhaité ma mort, il n'aurait eu qu'à laisser faire la nature.

Quelques instants plus tard, un mouvement me tira de ma bataille fiévreuse avec la lucidité. J'avais oublié où je me trouvais. Et avec qui. Une lumière chaleureuse entourait une large silhouette.

Je plissai les yeux, me demandant qui m'avait envoyé un ange. Puis je me souvins. Si la créature de paradis qui me regardait avait un jour été un ange, elle n'avait plus grand-chose en commun avec lui à présent. C'était une créature à craindre et à éviter, qui faisait s'emballer les cœurs et trembler les genoux. Aussi défendue que le fruit offert à Ève, et tout aussi tentante.

Dans un état onirique, j'observai Colère accomplir des tâches singulières. Remplir une tasse de liquide chaud. M'aider à l'avaler jusqu'à ce qu'une chaleur mielleuse finisse par s'insinuer en moi. Apaisante et relaxante, en contraste total avec l'enfer que j'avais ressenti jusqu'à présent. Il s'affaira avec d'autres couvertures. Glissa du bois dans une immense cheminée de l'autre côté d'un lit couleur de nuit. Les draps étaient blancs et argentés comme les étoiles filantes. Ils me semblaient étrangement familiers bien que je ne les eusse jamais vus.

À un moment, je me tournai pour lui faire face et fixai la sueur qui scintillait sur sa peau nue. Je ne sais pas quand au cours de la nuit, il avait retiré les deux amulettes. Il était étendu sous les draps lui aussi, ses bras m'entourant de leur étreinte réconfortante, la chaleur de son corps fusionnant avec la mienne. Il était extraordinaire. Et ça n'avait rien à voir avec son physique.

Je portai mon attention sur ses yeux. Des points noirs parsemaient ses iris dorés, comme de petites étoiles entourant ses pupilles. Il me regardait l'inspecter, son regard à lui examinant mon visage dans le même but. Je me demandai ce qu'il voyait en me regardant, ce qu'il ressentait.

« Parfois, dis-je d'une voix rauque et basse, parfois je crois vouloir être ton amie. Malgré notre histoire. Peut-être que nous aligner, nous et nos deux Maisons, serait à envisager. »

Sa mâchoire se raidit, comme si la simple idée d'amitié ou d'alliance l'épouvantait. « Repose-toi. »

Le feu répandait à présent sa chaleur dans la chambre et mes paupières se fermèrent comme s'il leur avait ordonné d'obéir. Le monde devint brumeux. « Colère… » Je voulais lui dire merci, mais mes mots furent engloutis par le sommeil.

Il se mit à parler en murmures et chuchotements. Écarta les cheveux de mon visage de sa large main tatouée. J'avais l'impression qu'il partageait avec moi un secret… quelque chose d'essentiel. Important au point d'altérer à jamais ma réalité. Je m'approchai, faisant tout mon possible pour écouter. Sa voix résonnait en moi comme un orage lointain, essayant d'éveiller quelque chose, avant que je ne sombre à nouveau dans l'inconscient.

Sans retenir quoi que ce soit, je m'endormis une fois de plus.

Quand je m'éveillai, le côté du lit de Colère était vide. Sans son corps immense, ses regards constants et ses soins pas très délicats, la chambre paraissait trop vaste.

Une chambre.

J'inspirai brusquement, les sens instantanément en éveil. Le plus gros de mon délire était parti, et la réalité me faisait l'effet d'une montagne qui terrassait. Colère m'avait emmenée… je ne savais pas où. La veille, je n'avais pas pu bien voir. Je frottai mes paupières pour les débarrasser des restes de sommeil et remarquai les constellations qui s'étendaient au-dessus de ma tête. Elles étaient tout à fait inattendues.

Je clignai des yeux : le plafond avait été peint pour ressembler à un ciel étoilé. Mais ça n'était pas exactement ça non plus. À mieux y regarder, les constellations étaient en fait de petites lumières qui luisaient faiblement sur un plafond peint d'une teinte bleu sombre rappelant des ecchymoses.

Je balayai la chambre des yeux. Elle était immense. Élégante.

Les murs étaient d'un blanc neige éclatant avec des panneaux décoratifs moulés et sculptés, et l'énorme cheminée de l'autre côté du lit était bordée d'argent. Sa surface brillante reflétait les flammes.

Un gigantesque miroir orné trônait juste au-dessus. Des appliques en argent étaient suspendues de chaque côté de la cheminée. Une paire identique était accrochée au mur derrière le lit. Je m'étonnais que tout soit argenté et non doré comme tout ce qui appartenait à Colère, même si je suspectais qu'en fait d'argent, il s'agissait plutôt d'or blanc.

Le tapis était du même bleu nuit que le plafond et le lit semblait taillé dans la même pierre précieuse que celle qui entourait les portes de l'enfer. Le tapis sombre était recouvert en partie par un autre, jaune tissé de fils d'or.

Toutes les étoffes avaient l'air douces et luxueuses, elles dégageaient une légère odeur d'air frais hivernal et de musc.

De l'autre côté de la pièce, des chaises en verre et une table assortie étaient placées avec goût dans une alcôve. Si les reflets du feu n'avaient pas scintillé sur leurs bords, je ne les aurais peut-être même pas remarquées. À côté de la cheminée, une immense armoire de bois sombre se dressait haute et imposante. Des petites fleurs, des étoiles et des serpents étaient gravés sur ses portes. Les poignées étaient des croissants de lune. On aurait dit un symbole incomplet de la triple déesse. À côté de la garde-robe, une porte devait mener à une autre chambre ou donner sur un couloir.

Ce lieu était à des années-lumière du palais abandonné que Colère avait réquisitionné dans ma ville.

Je me retournai. Sur ma gauche, une autre porte semblait conduire à une salle de bains, à en croire les traces d'eau. Une grande toile peinte était suspendue juste à côté. Le cadre était argenté, aussi finement décoré que le miroir au-dessus de la cheminée, et avait dû coûter une petite fortune.

Le tableau en lui-même ressemblait à une forêt enchantée tout droit sortie des pages d'un conte de fées. Des huiles vert sombre et brun profond donnaient vie au paysage. Des fleurs d'une myriade de nuances foncées parsemaient l'arrière-plan. Du lierre entourait les imposants troncs des arbres.

Des arbres fruitiers offraient leurs délices : des pommes juteuses aux grenades gorgées de graines, en passant par mille variétés d'agrumes. Une brume flottait sur le sol au centre du tableau, et du givre recouvrait les pétales des fleurs sur la droite. La palette de l'artiste était sombre, mais douce. La scène vivante, mais immobile. L'été donnait vie à une moitié, tandis que la glace de l'hiver embrassait l'autre.

C'était un jardin des saisons qui ne ressemblait à rien que j'aie pu voir dans la vraie vie. J'éprouvai un désir soudain de trouver immédiatement l'artiste et de lui demander quelles avaient été ses inspirations pour peindre une œuvre si unique. Si la représentation était inspirée par un endroit réel, je voulais le visiter. Mais avant tout…

Je baissai les yeux pour m'inspecter. Les seuls vêtements que je portais avaient été arrachés de mon corps par la tentative désespérée de Colère de me réchauffer, et jetés Déesse sait où. Je soupirai et tirai les draps à moi, tentant de les nouer en une robe improvisée.

Quelqu'un toussota.

L'accélération subite de mon pouls m'indiqua de qui il s'agissait avant même que je ne porte mon attention sur lui. Les battements de mon cœur augmentèrent à une vitesse encore plus folle lorsque nos regards se croisèrent. Colère se tenait dans l'embrasure de la porte, ses cheveux sombres ébouriffés et humides, portant un nouveau costume repassé à la perfection, et arborant un air quasi contemplatif. Il m'étudia lentement d'un regard acéré, presque clinique. Une robe d'ébène brodée de fleurs sauvages pendait de ses doigts.

« Tu es réveillée.

— Excellent sens de l'observation.

— Sois gentille, c'est moi qui ai ton peignoir. »

Je baissai les yeux vers le vêtement en question. Il avait raison, j'étais clairement en position de désavantage et il fallait que j'y remédie le plus rapidement possible. « Où sommes-nous ?

— Dans une chambre, de toute évidence. »

Toujours aussi insupportable. « La tienne ? »

Il secoua la tête sans daigner en dire plus. Je comptai silencieusement jusqu'à dix. Colère attendit, un coin de sa bouche relevé, comme si m'agacer était son passe-temps favori.

S'il cherchait la dispute, j'exaucerais son désir avec plaisir. Mais je me rappelai ce qu'il m'avait dit à propos de la rage qui était son aphrodisiaque et me tus. « Sommes-nous à la Maison royale d'Orgueil ?

— Non. Ceci est la Maison Colère.

— Le contrat...

— Tu veux aller là-bas ? » Son ton était diplomatiquement neutre.

Quelque chose dans sa question donnait l'impression que c'était un piège, et je ne tenais pas à tomber dans les filets d'un démon tout de suite, ni plus tard, d'ailleurs. Je déglutis.

« J'ai fait un serment de sang.

— Ça ne répond pas à ma question. »

Comme s'il répondait aux miennes ! Je puisai d'ailleurs dans ses stratégies secrètes pour lui renvoyer une interrogation.

« Quelle importance ? Je l'ai signé. Ce qui est fait est fait.

— Tu *veux* aller là-bas ? » répéta-t-il. Je ne voulais évidemment pas y aller, mais je ne voulais pas rester ici non plus, d'ailleurs. Je voulais accomplir l'objectif que je m'étais fixé et rentrer chez moi. Le plus tôt serait le mieux. Je pinçai les lèvres, me refusant à lui répondre à haute voix, et m'obligeai à penser à quelque chose de plaisant. Il sentait les émotions et les mensonges. Et j'avais une théorie qu'il fallait que je teste. Ses yeux se rétrécirent et il me dévisagea, cherchant la vérité que je cachais. « C'est un oui ? »

Je hochai la tête.

Un rare éclair d'émotion traversa son visage, mais il redevint rapidement impassible et traversa la pièce en quelques grandes enjambées. Si je n'avais pas été occupée à le scruter, sa réaction fulgurante m'aurait échappé. À présent la rage embrasait son regard. Un masque pour cacher sa peine.

« Ne t'en fais pas. Quand mon frère daignera s'extraire de ses fêtes et de sa débauche quasi permanentes et que son maudit orgueil cédera assez de terrain pour me permettre de pénétrer dans son domaine de malheur, je respecterai ma part de notre accord. »

J'étais persuadée que chacun de leurs domaines comportait un lot équivalent de malheur, mais je m'abstins de le lui faire remarquer. « Il faut qu'il nous y invite ?

— À moins que tu ne souhaites déclencher une querelle entre nos Maisons, oui. »

Je pris bonne note de cette information. Lancer une querelle entre princes créerait certainement une meilleure diversion que d'autres tactiques plus inoffensives en apparence, comme colporter des ragots.

« Si tu pénètres sur son territoire sans son autorisation, ce serait considéré comme une menace ? Même si tu le fais pour lui rendre un service ? »

Colère acquiesça.

« Ça n'a pas beaucoup de sens. Est-ce que c'est parce que c'est lui le roi et qu'il veut te remettre à ta place ?

— Cultiver une attitude royale est le passe-temps favori de beaucoup de gens, ici. »

Ce qui ne répondait pas vraiment à mes questions. Le Prince Colère, l'un des puissants Sept redoutés et le général de guerre, était aussi Maître de l'esquive. Une idée fourbe se fit jour dans mon esprit. Je forçai mon expression à ne pas manifester d'intérêt et m'empêchai de sourire. Colère avait de nombreux masques en réserve. Il était temps que j'en ajoute quelques-uns à ma panoplie personnelle, moi aussi.

« Puisque je suis sa future épouse, ne puis-je pas décider de me rendre seule jusqu'à lui ? Ne fais-je pas techniquement partie de la Maison Orgueil ? Si c'est le cas, je ne vois pas comment cette règle s'appliquerait à moi. À moins qu'il ne soit encore dévoué à sa première femme, ce qui paraît peu crédible s'il est aussi débauché que tu le prétends. Je suis sûre qu'il m'accueillerait dans notre lit matrimonial. »

Je doutais que Colère l'eût remarqué, mais l'atmosphère de la pièce s'était considérablement refroidie. J'avais touché une corde sensible.

« Orgueil se fera un plaisir de t'accueillir dans son lit, toi et toutes celles qui le fascinent. Toutes en même temps s'il le désire, et si tu le permets les nuits où tu seras avec lui. Bien que je te conseille de prétendre qu'il est le meilleur des amants, si tu ne veux pas faire affront à son péché et te retrouver seule. »

Sa réponse me choqua tellement que j'en oubliai les graines de discorde que j'avais tenté de semer.

« Tu n'es pas sérieux. Orgueil voudrait en inviter d'autres dans notre lit ? Avec moi ? Je ne comprends pas. »

Colère hésita une minute. « Mon frère apprécie parfois d'avoir de multiples partenaires.

— En même temps ? » Je me sentis rougir tandis qu'il hochait lentement la tête.

« Ici, le sexe n'est considéré ni comme un péché ni comme une honte, Emilia. L'attirance et le désir font partie de l'ordre naturel de la vie. Les mortels imposent des restrictions dans ce domaine. Pas les princes de l'enfer.

— Mais Luxure… son influence. Elle est considérée comme un péché, même ici.

— Mon frère a surtout joué avec ton bonheur, et certaines choses qui apportent toutes sortes de plaisirs et de joies, pas seulement les pulsions charnelles. Si on te met à l'épreuve pour une émotion particulière ou que tu te sens poussée vers elle, cela signifie surtout que c'est une émotion avec laquelle ce royaume sent que tu as du mal. » Il inclina la tête. « Si tu es intéressée par le sexe, mais que tu crains la passion ou l'intimité, tu pourrais ressentir une forte attirance sexuelle jusqu'à ce que tu aies résolu tes problèmes personnels sur ce plan. Laquelle des deux t'intimide le plus ? »

Je déglutis, mal à l'aise qu'il aborde la question du plaisir alors que j'étais seule avec lui, et nue sous les draps soyeux.

« Aucune des deux. Et ça ne te regarde pas. Parler de ce que je pourrais faire ou pas avec mon mari est tout à fait inconvenant. Surtout avec toi. »

Colère lança le peignoir dans ma direction sur le matelas, le visage impassible.

« De rien de t'avoir sauvé la vie. Si je compte bien, ça fait deux fois. Et pas une once de gratitude ni pour l'une ni pour l'autre. »

Son ton me mit en rogne. Je me demandais s'il se rendait compte que sa magie fuitait et m'affectait de plus en plus. Peut-être que le fait de me trouver dans sa Maison du Péché exacerbait ma fureur, de même que le fait de réaliser que j'étais inexpérimentée dans certains domaines. Je n'avais pas concrètement pensé au fait que je devrais coucher avec Orgueil ni considéré quel autre devoir conjugal je pourrais être forcée d'accomplir. Je me sentais prise au piège. Ma rage écumante avait besoin d'une cible, et Colère avait l'air partant.

« Tu as toujours besoin qu'on dégouline de remerciements les rares fois où tu te comportes correctement ? Je commence à me demander si ce n'est pas toi Orgueil. Ton ego est en tout cas assez fragile pour que tu puisses l'être. Je devrais peut-être m'incliner à tes pieds ou organiser un défilé en ton honneur. Ça te satisferait ?

— Attention, sorcière.

— Sinon quoi ? Tu vendras mon âme au plus offrant ? raillai-je. C'est un peu tard. N'oublions pas que sans toi et ta traîtrise, je ne serais même pas ici, pratiquement morte de froid, et je ne devrais pas m'inquiéter de coucher avec ton frère et celles qu'il invite entre nos draps !

— C'est *toi* qui as choisi la Maison Orgueil.

— Pourquoi est-ce que tu es encore là ? Je croyais que tu comptais partir dès que tu aurais gagné ta liberté. Tu ne m'as pas assez tourmentée ? Ou tu dois encore rester jusqu'à ce que mon mariage soit consommé ? Si c'est ce que tu attends, je suis sûre qu'Orgueil t'invitera dans la chambre comme témoin, pour s'assurer que je me couche et que je me laisse faire comme une bonne petite reine. »

Si la haine pouvait se condenser en un seul regard, il y était parvenu.

« Il y a des vêtements pour toi dans la garde-robe. Mets ce que tu veux. Fais ce que tu veux. Va où tu veux dans ce château. Si tu décides de quitter la Maison Colère, bonne chance. Je serai de retour quand Orgueil m'enverra une sommation. D'ici là, bonne nuit, *ma dame.* »

Il quitta la pièce en trombe, ses pas résonnant dans la suivante avant qu'une porte ne s'ouvre et ne se ferme, puis que je l'entende s'éloigner d'un pas furieux dans le couloir. Je lâchai un soupir frustré.

Ce démon avait le don d'attiser ma colère comme personne.

Misérable créature. Comment osait-il exiger la vérité de ma part, alors qu'il ne partageait aucun secret avec moi. J'attendis que mon pouls s'apaise. Je lui étais reconnaissante pour tout ce qu'il avait fait la nuit précédente. Et s'il m'en avait donné l'opportunité, je lui aurais dit que j'appréciais tous ses efforts. Il n'était pas obligé de me masser la plante des pieds. Ça n'avait aucun rapport avec l'hypothermie. C'était de la tendresse.

« Que la Déesse nous maudisse tous les deux. » Je soupirai encore. Je n'avais pas eu l'intention de m'énerver autant ni d'être cassante à propos de la grotte, mais les ressentiments s'étaient accumulés. Il valait mieux percer l'abcès et passer à autre chose.

Malgré l'escalade tendue de notre dispute, ma petite expérience avait en partie été couronnée de succès ; Colère ne pouvait détecter un mensonge *avec certitude* que si je parlais. C'était une astuce à ajouter à ma liste mentale.

Mon regard se porta sur la porte et j'envisageai de le poursuivre pour l'attraper par le cou et l'abrutir d'un baiser, mais je réprimai cette envie. Pour découvrir ce qui était vraiment arrivé à Vittoria, j'allais devoir me détacher de lui. Autant m'y mettre tout de suite. Je ne connaissais pas toutes les règles ni l'étiquette du royaume des démons, mais au moins maintenant je savais que les princes n'empiétaient pas sur les domaines royaux des uns et des autres.

Une fois que je partirais pour la Maison Orgueil, je ne verrais plus Colère. Du moins plus pendant un certain temps.

Ma dame.

Quelle absurdité.

Mes yeux tombèrent sur le peignoir et un étrange sentiment fit battre mon cœur. Je ne l'avais pas remarqué pendant que le démon le tenait de l'autre côté de la chambre, mais les fleurs brodées dessus étaient assorties à nos tatouages.

L'encre lavande pâle était le symbole de fiançailles que je nous avais accidentellement imposé quand je l'avais invoqué la première fois. Il avait su en un instant ce que j'avais fait et n'avait pas pris la peine de me dire la vérité. Je ne l'avais appris que des semaines plus tard par Anir, la nuit où nous étions tombés sur une sorcière assassinée dans une ruelle. Colère m'avait juré qu'il avait l'intention de me le dire, qu'il attendait que la confiance se soit installée entre nous pour me révéler nos épousailles à venir, mais j'en doutais fortement.

Tout ce qu'il faisait était calculé. Le moindre de ses mouvements relevait de la stratégie. Il jouait des jeux fourbes et fomentait des plans secrets que je n'avais même pas encore commencé à décrypter. Peut-être étaient-ils liés au meurtre de ma sœur, peut-être pas. Mais même si ses secrets étaient bien gardés, d'une façon ou d'une autre, je finirais par découvrir son véritable objectif. Si j'avais appris une chose à son sujet, c'était le mal incroyable qu'il se donnait pour obtenir ce qu'il désirait.

Je regardai mon bras encré. J'avais imaginé que les tatouages assortis s'effaceraient au moment où j'avais jeté un sort pour mettre fin à nos fiançailles. Mais ça n'avait pas été le cas.

Malgré la magie brisée, ils continuaient à grandir comme des graines dont on aurait pris soin après les avoir plantées. Des morceaux de chacun de nous alimentaient le dessin : ses serpents, mes fleurs, les croissants de lune jumeaux dans un cercle d'étoiles. Ils étaient le rappel constant de mon inexpérience et de ses mensonges par omission.

Je traçai les contours des tiges et des pétales délicats répliqués fidèlement sur le peignoir, le tissu soyeux était frais au toucher. C'était si beau, exactement ce que j'aurais choisi moi-même, si j'avais eu les moyens de me faire fabriquer des vêtements aussi raffinés. Il le savait. Il me connaissait.

Sans doute plus que je ne voulais l'admettre. Et pourtant, il demeurait un mystère pour moi.

Je rassemblai les pans de la robe de chambre, descendis du lit, et me tins nue devant le feu qui crépitait toujours. Quelques heures plus tôt, j'avais frôlé la mort, ma peau brûlant à cause du gel et non des flammes. Il était resté toute la nuit à me serrer contre son corps. Qui n'était pas glacial du tout, contrairement à ce que racontaient les histoires de Nonna à propos des Damnés. Il aurait pu appeler un guérisseur royal pour faire le travail à sa place.

Il aurait aussi pu me laisser mourir comme l'avait suggéré Anir. Mais il ne l'avait pas fait.

Je portai le tissu à mon visage, y respirant les traces de l'odeur de Colère, puis jetai le peignoir au feu.

CINQ

« **Décès par garde-robe** » risquait de devenir mon épitaphe si Colère persistait dans son obsession pour les luxueuses toilettes et les tissus raffinés. Il y avait tant de robes, de jupes, de corsages, de corsets, de tuniques, de bas, de délicats dessous en dentelle, de chemises de nuit en soie et de peignoirs que je dus refermer les portes sculptées de l'armoire et reculer d'un pas. C'était trop.

À la maison, je n'avais que quelques robes sans corset et d'autres en mousseline. Deux paires de chaussures. Des sandales et des bottines à lacets. Quelques blouses et des jupes faites maison. Vittoria et moi partagions nos vêtements pour que notre maigre garde-robe paraisse plus fournie qu'elle ne l'était.

Le contenu de l'armoire ne ressemblait à rien de ce que j'avais pu apercevoir dans le monde mortel. Et je ne parlais même pas du style osé ni de la scandaleuse quantité de peau que les tenues révéleraient une fois portées. C'étaient les couleurs vives, les broderies détaillées et la fantaisie que je n'avais jamais vues auparavant.

Je pris une profonde inspiration et ouvris l'armoire à nouveau. Dans le fond s'alignaient des chaussures allant des pantoufles à petits talons jusqu'aux bottines, en formant un arc-en-ciel de couleurs sombres. Il y en avait des noires, des gris anthracite, des marron foncé, des dorées, et même quelques-unes violet sombre et argentées.

Des rubans, de la dentelle, du cuir. Des robes de soirée arboraient des motifs exotiques et fantastiques d'épines, de serpents, de fleurs et de fruits, elles étaient confectionnées dans des tissus scintillants comme une nuit étoilée. De la soie, du tulle, du velours, et une matière si douce et moelleuse que je la frottai contre ma joue.

Du *cachemire*. Un souvenir à moitié oublié refit surface. Un petit chalet au plus profond d'un bois gelé ; une colonne de fumée argentée serpentant dans le ciel. Des murmures et des chaudrons et… Nonna nous avait offert à Vittoria et moi des gants en cachemire, une fois où nous avions rendu visite à une de ses amies au nord de l'Italie. J'aimais déjà cette matière à l'époque et je l'adorais maintenant. Je sortis une robe gris lavande pâle de l'armoire et déglutis.

« Oh. »

La mode au sein des Sept Cercles était bien plus moulante, décolletée et courte que les tenues du monde d'où je venais. La robe serait aussi près du corps que les gants d'autrefois. Et m'arriverait à mi-cuisses. Si j'avais de la chance.

C'était la toilette la plus obscène que j'aie jamais vue, plus courte encore que les chemises de nuit destinées à celles qui vendaient leurs corps dans les maisons de plaisir. Je me demandais quel effet ça ferait, d'être maîtresse de mon corps et de ma sensualité, débordante de confiance, ne m'excusant ni ne minaudant devant personne.

Soudain, je m'imaginai porter la robe au cours d'une dispute avec le démon qui l'avait choisie… Son regard s'assombrirait et glisserait sur moi avec une lenteur insupportable, me faisant bouillonner de rage. Je le pousserais contre la surface dure la plus proche, haletante, tandis qu'il passerait les doigts sur le tissu doux recouvrant à peine mes cuisses, réfléchissant avec soin à ce qu'il ferait ensuite.

Peut-être que sa bouche de malheur me tenterait et me taquinerait tandis qu'il élaborerait des stratégies pour m'arracher du plaisir.

Il murmurerait toutes sortes de promesses salaces, me réchauffant jusqu'au plus profond de mon être au lieu de me choquer. Je me pencherais et mordrais sa lèvre inférieure, à la fois comme une menace et comme une supplication.

Je lui ferais savoir avec joie que je n'avais plus peur de mes passions et que je ne tenais plus à me priver. Que la honte était la dernière chose que je ressentais quand il était dans mes bras.

Alors il m'embrasserait, lentement et profondément. Explorant avec détermination ma bouche, mon corps. Prouvant ainsi qu'il tenait ses damnées promesses. Je sentirais son désir pousser contre moi, dur, brûlant et palpitant. Ma satisfaction de provoquer cet effet sur lui se transformerait en désir si vite que je n'aurais pas le temps de reprendre mon souffle. Je me presserais contre lui pour ressentir *plus encore*.

Ça ne lui demanderait pas beaucoup d'efforts ensuite de relever ma robe au-dessus de mes hanches, de tomber à genoux, et de m'embrasser partout jusqu'à remonter...

« Par le sang et les os. »

Je m'arrachai à l'illusion induite par la magie. Il faudrait encore *beaucoup* de temps avant que je m'habitue à ce royaume et à ses viles tentations. Ce n'était pas aussi puissant que dans le Couloir des péchés, mais la même magie sombre et séductrice était à l'œuvre, tapie dans l'ombre pour me mettre à l'épreuve, me tenter. C'était une complication de plus. J'allais devoir faire attention à chacune de mes émotions et pensées. Je m'empressai de remettre la robe à sa place et attrapai une robe de chambre, chassant Colère de mes pensées.

Penser au prince de cette Maison du Péché alors que je me tenais près d'un lit nue comme au premier jour, c'était courir après les ennuis. Après avoir enfilé le peignoir, je nouai autour de ma taille la ceinture en soie et palpai la texture une fois de plus.

Ensuite, je décrochai une autre robe qui ressemblait un peu plus aux vêtements de chez moi. Enfin, à ce que portaient les princesses et les femmes de la noblesse. Celle-ci avait un corsage sans bretelles qui ressemblait à un corset noir et mat. La jupe élégante moulerait mes hanches et s'évaserait à mi-cuisses pour descendre en cascade théâtrale jusqu'au sol. Chaque ligne du corset était repiquée de motifs en satin noir qui ornaient aussi la taille. C'était à des années-lumière des simples blouses et jupes que je portais pour travailler.

Le mal du pays m'assaillit d'un coup. Tout le luxe du monde ne pourrait jamais remplacer le réconfort que m'apportait ma famille. J'avais envie d'être dans la cuisine de *Mer & Vigne*, d'écouter la symphonie des sons de ma mère, de Nonna et de ma sœur tandis que nous préparions des plats. Les couteaux qui tranchaient, les poêles qui grésillaient, les cuillères qui claquaient contre les casseroles, et nous toutes qui fredonnions avec bonheur en échangeant les ragots entendus au marché. Mon père et oncle Nino qui discutaient gaîment avec les convives.

L'odeur de la nourriture savoureuse qui flottait dans l'air… Cette vie simple et heureuse avait pris fin à tout jamais.

Que je sois prête ou non, il fallait que j'endosse mon nouveau rôle et que je m'en montre digne. Je le ferais, au propre comme au figuré. Dès à présent.

Je rassemblai les pans de la robe et me dirigeai vers la pièce où le prince s'était lavé, mais m'arrêtai aussitôt.

« Divine Déesse. »

Toutes les surfaces me renvoyaient mon expression stupéfaite. Le sol, le plafond, la baignoire enterrée, la coiffeuse : tout était fait soit en cristal, soit en verre dépoli, soit en or blanc. Des bougies vacillaient dans un lustre circulaire. La pièce scintillait doucement comme si j'avais traversé le monde souterrain et directement posé le pied à la surface de la lune.

Les seules touches de couleur provenaient d'un assortiment de maquillage empilé avec soin près du miroir. Des pinceaux pour les yeux et le visage, des brosses à cheveux. Des pinces, des diadèmes et des épingles couvertes de joyaux. Des boutons de fleurs pour mes boucles. Des pots d'encres multicolores pour mes lèvres. De l'or émietté à répandre sur mon visage ou mon corps, de délicats flacons de parfum dans des tons roses et violets dont je ne connaissais pas le nom exact.

Je posai la robe pour m'emparer d'un des flacons de parfum et le humer. Du lilas, et peut-être de l'amande, avec une note de bergamote. Vittoria aurait à coup sûr adoré cet assortiment de fragrances. Je ravalai la boule qui se formait dans ma gorge et saisit le parfum au lilas. Je tamponnai quelques gouttes sur mes poignets et les frottai l'un contre l'autre. C'était divin. J'en sentis un autre qui me rappela le chèvrefeuille, le bouleau et la crème fouettée épaisse. Avec peut-être un petit soupçon de gardénia, aussi. Un autre avait l'odeur presque exacte des hyacinthes, me rappelant les matinées luxuriantes de printemps.

Je souris un peu en moi-même ; la passion de Vittoria pour la création de parfums m'aidait à mieux identifier les différentes notes. J'aurais pu fermer les yeux un instant et presque prétendre qu'elle était à mes côtés. L'instant se dissipa, comme une ombre passagère disparaissant une fois le soleil caché derrière un nuage.

J'inspectai chaque flacon et chaque objet que Colère avait disposé à mon intention. Rien ne me surprit autant que le bouquet de fleurs. Un vase en cristal décorait la coiffeuse près du maquillage.

Des fleurs odorantes dans des tons blancs, bleu pâle et rose doré tombaient en cascade autour de fougères et d'eucalyptus éparpillés dans la composition. Les fleurs étaient toutes somptueuses, presque identiques à celles du monde des humains, sauf qu'elles étaient recouvertes de givre.

Je les respirai, surprise que leur odeur pénètre à travers la couche glacée. Je traçai le contour des pétales avec un doigt. Je me demandai si les fleurs étaient une idée de Colère ou si quelqu'un d'autre les avait envoyées.

Quelqu'un comme mon futur époux. J'arrêtai de m'interroger. Ça n'avait pas d'importance.

Mon attention se porta sur la baignoire en verre creusée dans le sol. Elle occupait presque tout le centre de la pièce. J'aurais pu nager d'un bout à l'autre et y faire des longueurs. C'était l'une des choses les plus majestueuses que j'ai jamais vues. Avant d'aller dormir, je viendrais absolument y nager. Pour l'instant j'avais des choses à faire, des secrets à découvrir. Et sept cours démoniaques à infiltrer petit à petit, à commencer par la Maison Colère.

Jusqu'à présent, le monde souterrain était très différent des échos que j'en avais eus par la religion mortelle. J'avais beaucoup à apprendre si je voulais pouvoir séparer la vérité de la fiction pendant mon séjour.

Je n'avais le temps que pour un bain rapide. J'ôtai mon peignoir et plongeai dans l'eau, frottant efficacement ma peau et mes cheveux à l'aide du savon qui reposait sur un linge plié. L'eau était à température parfaite. Ni trop chaude ni trop froide, mais délicieusement tiède. Une part de moi envisagea de revenir sur ma décision de me laver rapidement et de plutôt passer le reste de la soirée à flotter dans ce paradis.

Avec un soupir, je me rinçai et sortis. La serviette posée sur le bord du bain était assez grande pour que j'essuie tout mon corps.

Une fois sèche, je ramassai la robe. Que la déesse me bénisse et bénisse le démon qui avait commandé cette garde-robe, la robe était conçue pour être enfilée sans assistance. Je la glissai le long de mes hanches et sur ma poitrine. Des petits crochets sur l'un des flancs assuraient une fermeture aisée.

Je retournai à la chambre et fouillai jusqu'à trouver une paire de talons noirs recouverts de paillettes anthracite et les enfilai. Ils m'allaient parfaitement, comme la robe. Colère était un vrai perfectionniste.

Je retournai à la salle de bains, prête à m'attaquer à mes cheveux. Mon attention se porta sur le maquillage. Notre famille n'avait pas d'argent à consacrer à un si large assortiment de produits de luxe. Je m'assis sur le tabouret en cristal et appliquai du khôl au-dessus des cils de ma paupière supérieure. Mes doigts survolèrent un très bel assortiment de fleurs orange délicatement brodées sur des pinces à cheveux. À la maison, je n'aurais pas réfléchi à deux fois avant de les tresser dans mes cheveux. Mais ici...

Je choisis à la place un rouge violent et sanglant et peignis mes lèvres de la couleur du meurtre.

La garde-robe et ses vêtements ne furent pas les seuls éléments d'extravagance qui me prirent par surprise.

Colère m'avait installée dans des appartements dignes d'une reine. Non seulement ma salle de bains avait presque la taille de ma maison familiale, mais il y avait aussi un boudoir, une chambre, et une autre pièce qui semblait avoir été pensée pour se reposer ou recevoir des invités ou toute autre activité qu'il me plairait d'y entreprendre. Un divan des plus attirants y était installé, qui avait l'air parfait pour s'y lover avec un bon livre. À vrai dire, je ne savais pas trop quoi faire de tant d'espace.

Une étagère à bouteilles qui avait l'air de contenir des spiritueux coûteux remplissait un des murs de la pièce de loisirs. Je passai le doigt sur le verre froid, observant chacune d'entre elles. Des pétales et des herbes sauvages infusaient dans l'alcool à l'intérieur. Des pots-de-vin, littéralement, semblait-il. Je les laissai fermées et continuai mon inspection. Chaque pièce était magnifiquement aménagée, l'ameublement confortable et accueillant, voire d'une élégance raffinée. Il semblait que le prince démon cherchait à m'impressionner.

Ou peut-être essayait-il de s'excuser pour tous les désagréments et les vols d'âmes qu'il avait causés. La trahison passait mieux accompagnée d'un verre de subtile liqueur démoniaque, de suites privées dans de luxueux palais, et de cadeaux de prix. Enfin, c'est ce qu'*il* devait penser.

Même si je supposais qu'il essayait peut-être aussi simplement de manifester du respect à sa future reine. Être fiancée à Orgueil semblait comporter des avantages, même dans une Maison démoniaque rivale.

Je traversai la chambre, me dirigeant vers la sortie que je trouvai dans une antichambre. Il faudrait plus que des jolies robes et des meubles décadents pour régler les choses entre nous. Déjà, le prince pourrait commencer par s'excuser. Et ensuite, nous pourrions peut-être avoir une conversation à cœur ouvert.

Je tenais à régler nos différends avant de partir pour le château de mon mari. Je n'avais pas besoin de plus d'animosité entre la Maison Colère et moi-même.

J'avais déjà assez de soucis comme ça.

On frappa à la porte au moment où ma main se refermait sur la poignée. Je l'ouvris en grand, prête à faire subir les pires supplices à Colère pour avoir été un crétin pareil.

« Oh. » Je clignai des yeux face à Anir. « Je ne m'attendais pas à ce que ce soit vous.

— Moi aussi, je suis ravi de vous revoir. »

Anir portait un plateau couvert dans une main, et une bouteille qui semblait contenir du vin dans l'autre. Ses longs cheveux noirs de jais étaient tirés en un chignon soigné à la base de sa nuque et sa cicatrice argentée brillait sur sa peau cuivrée. Le costume qu'il portait était bien mieux taillé que lorsque je l'avais rencontré à Palerme. Je ne voyais pas sa mortelle lame de démon, mais je savais qu'elle ne pouvait être loin.

« Ce n'est pas ce que je voulais…

— Mais si. Et je m'en fiche. » Il me fit un clin d'œil. « Je me suis dit que vous deviez avoir faim. Ou envie de vous saouler ? »

Mon attention se porta sur l'élégant couloir en pierre derrière lui, dont les arches rivalisaient avec celles d'une imposante cathédrale. Il était désert.

« Est-ce que votre prince vous a envoyé m'espionner ?

— Mangez et buvez et vous le saurez. Je suis terriblement commère quand j'ai quelques verres dans l'estomac. »

Je doutais grandement qu'Anir soit jamais assez saoul pour ne pas faire attention aux propos qu'il tenait. Colère ne pourrait pas lui faire confiance s'il suffisait de coupes de vin ou de liqueur pour lui délier la langue. Je fronçai le nez devant la bouteille.

« Il n'est pas un peu tôt pour de l'alcool ?

— La soirée est déjà bien avancée. Vous avez dormi presque toute la journée. »

Je lui fis signe d'entrer et refermai la porte derrière lui. Anir posa le plateau et la bouteille sur la table en verre dans le coin, puis retira le couvercle avec un geste théâtral. Des fruits, de la charcuterie, du fromage à pâte dure, des olives marinées et des *crostini,* disposés avec un soin expert.

Je fixai cette sélection sans manifester d'émotion.

« Colère a réagi comme s'il ne s'était jamais trouvé face à de la nourriture humaine avant notre rencontre. C'est encore un mensonge ?

— Non. »

Anir sortit deux verres d'un petit meuble à miroir près de la table et nous servit une généreuse rasade de vin à chacun. « Je me fournis en aliments du monde humain dès que je peux. Principalement du fromage, de la charcuterie, des fruits secs, du blé et du riz. Des choses qui peuvent facilement être stockées ou séchées. » Il me tendit mon verre de vin. « Son Altesse s'est assurée que je ramène ces mets. Il pensait que ce soir vous auriez envie de quelque chose qui vous rappelle votre chez-vous. Maintenant que vous n'êtes plus à l'article de la mort et que vous pouvez apprécier tout ça. »

J'acceptai le verre et le reniflai. « Du rouge, ou une sorte de vin démoniaque ?

— Du rouge humain tout ce qu'il y a de plus normal. » Il fit tinter son verre contre le mien. « Vous remarquerez la différence quand vous serez confrontée à du vin de démon. C'est inratable. »

Ignorant cette information de mauvais augure, je pris une gorgée. Le vin avait une note douce et sucrée. Je pris une deuxième gorgée.

« Bon. De la nourriture et du vin humains. Vous êtes censé me faire baisser la garde et gagner ma confiance ? J'imagine que vous allez faire semblant d'être saoul, m'offrir quelque information inoffensive déterminée au préalable par votre prince, et voir quels secrets je vais lâcher en retour.

— Vous êtes toujours aussi cynique ?

— S'il y a une chose que j'ai apprise récemment, c'est à ne faire confiance à personne qui ait le moindre rapport avec le royaume des démons. Chacun y a ses propres desseins, y joue son propre jeu. Si je pose assez de questions, je finirai par prendre sur le fait des mensonges un peu trop hâtivement construits. Bien que, d'après les princes, ils soient incapables de prononcer directement une contrevérité. Une invention de plus, j'en suis sûre. Ou peut-être est-ce pour cette raison que vous êtes là. Vous pouvez mentir à la place de Colère. »

Je pris une olive dans une coupelle et la fourrai en bouche. Son goût saumâtre formait un agréable contraste avec le vin. Je me servis aussi d'un peu de fromage, de charcuterie et de pain. Anir me regardait d'un air désabusé, voire triste.

« Je n'ai pas encore saisi ce qu'il attendait de moi. Il a gagné. »

Anir fit tournoyer son vin. « Et que croyez-vous qu'il ait gagné, exactement ?

— Sa liberté. Sa tromperie. Me faire passer pour une imbécile, parce que je l'ai cru quand il m'a dit que nous allierions nos forces. » Je finis mon verre et m'en servis un deuxième. Avant de le boire, je mangeai une autre olive. « Pourquoi ne pas m'expliquer comment fonctionne la politique chez les démons, pour que je comprenne ce qu'il a pu gagner d'autre en vendant mon âme au diable ?

— C'est ce qu'il vous a raconté ?

— Je... » Je repensai au soir où nous nous étions embrassés, où je lui avais répété ce que m'avait dit Envie. Je n'arrivais pas à me souvenir exactement de ce que Colère m'avait dit, mais... « Il n'a pas nié l'accusation. S'il n'avait pas peur d'être accusé de mensonge, pourquoi ne pas m'avoir détrompée ?

— *Acta non verba.* » Anir sourit. « Il vit selon ce principe. »

Les actions, pas les mots. Je me tus. Colère m'avait emmenée dans le monde souterrain. Il était lié par un contrat avec Orgueil. C'était un acte important, indéniable. Il n'avait pas besoin de dire quoi que ce soit. J'avais compris le message, et c'était clair comme un ciel d'été sans nuages. Colère n'avait aucun scrupule à m'utiliser pour ses propres intérêts. Il m'avait dit qu'il était prêt à mentir, tricher, voler et même tuer pour obtenir sa liberté. J'avais de la chance qu'il m'ait seulement trahie, même si ce n'était qu'une piètre consolation.

« Que savez-vous de la première épouse d'Orgueil ? Comment a-t-elle été assassinée ?

— Voilà une façon intéressante, quoique très peu discrète, de changer de sujet. » Anir posa du fromage sur un morceau de *crostini* et rajouta du *prosciutto* par-dessus. « Puis-je vous donner un conseil que vous n'avez pas demandé ? Une approche plus subtile est souvent plus efficace pour obtenir des informations. Les Maisons royales ont des manières très anciennes, voire d'un autre âge. Ils ne vous donneront rien si vous le demandez directement. C'est considéré comme impoli et même grossier. De plus, ils ne donnent rien sans recevoir en retour. Si vous désirez obtenir quelque chose, vous devez être prête à en payer le prix. »

Je me mordis la lèvre inférieure, pensive. Anir m'offrait la vérité et un conseil spontané. Si je devais miser sur une amitié dans ce monde, je devrais peut-être parier sur lui, sans me préoccuper de sa relation étroite avec Colère. Je posai mon verre.

« Je ne sais pas trop comment aborder le sujet de façon plus subtile ou détournée. Sincèrement, je suis un peu dépassée.

— C'est compréhensible. Beaucoup de choses changent, et vite. J'imagine que c'est difficile… de traverser tant d'émotions. »

C'était une drôle de formulation.

« Vous avez dû passer par le Couloir des péchés vous aussi. Vous imaginez facilement ce que ça fait.

— Ce n'est pas faux. » Il prit une gorgée de vin, le regard dans le vague. « Vous allez avoir besoin de gagner la confiance des princes, de devenir leur amie. Laissez-les conspirer avec vous, vous chercher. Si vous acceptez de jouer avec leur ego et les péchés qu'ils représentent, ils vous offriront des bribes d'information. Soyez toujours prête à leur céder un secret ou à conclure un accord. Choisissez des informations que vous acceptez de partager et qui pourront être utilisées contre vous sans que ça vous dérange. Définissez les clauses d'un contrat avant de l'approuver, sinon ils déformeront les termes à leur avantage. »

Je soupirai. « J'espérais une solution plus rapide.

— Vous vous retrouvez impliquée dans un système qui traverse les décennies et les royaumes. Rien ici n'est simple ou facile. Et c'est bien plus vaste qu'un simple bain de sang sur votre île. Mais si vous commencez par là, peut-être que vous en apprendrez plus. Réduisez votre liste. Concentrez-vous sur la personne que vous pensez détenir les réponses que vous cherchez. De quelle information avez-vous le plus besoin ? Qu'est-ce qui sera le plus bénéfique à votre objectif final ?

— Je n'ai aucune intention cachée. Je suis simplement curieuse. Si la femme d'Orgueil a été assassinée, et qu'il en est de même avec toutes ses épouses potentielles aussi, j'aimerais m'éviter ce destin.

— Si c'était tout à fait vrai, vous ne seriez pas venue ici.

— Je suis ici pour m'assurer que les démons ne s'infiltrent pas à l'extérieur des portes. Pour protéger ma famille. »

Anir ne répondit pas. Nous savions tous deux que ce n'était qu'une partie de la vérité. Si je voulais obtenir des réponses au sujet de la compagne d'Orgueil, et des détails sur sa vie comme sur sa mort, j'allais devoir me rendre aux côtés d'Orgueil. Sauf que j'étais prisonnière d'une puérile bataille d'ego avec Colère et que j'avais besoin d'une invitation.

Je n'étais arrivée à rien avec Envie, et le rôle qu'il avait joué dans le meurtre de ma sœur n'était toujours pas clair. Découvrir qui avait tué la première épouse pourrait être le moyen le plus efficace pour éclaircir *mon* mystère. Et je n'avais pas complètement menti ; savoir ce qui lui était arrivé m'aiderait, moi. J'avais l'impression qu'Anir en savait plus, mais la façon dont il avait formulé sa phrase ne laissait aucune place pour que je creuse le sujet. Au moins, c'était un indice subtil.

« Pourquoi avez-vous choisi de devenir membre de la Maison Colère ? »

Anir ne répondit pas tout de suite, et je regrettai de lui avoir posé une question de toute évidence intime. Il soupira.

« Après le meurtre de mes parents, la colère et la rage furent mes plus grands réconforts. Il l'a senti, il a vu le chemin sur lequel j'avançais et m'a offert un exutoire utile pour libérer ma fureur. »

Nous n'étions pas si différents. « Depuis combien de temps êtes-vous ici ?

— Hmm. Le temps est un peu particulier ici. Une heure mortelle pourrait être une semaine. Un mois. Ou une décennie. Tout ce que je sais, c'est que ça fait un bout de temps. » Anir prit un trait généreux de vin, le front plissé. « À votre tour, maintenant. Qu'est-ce que vous lui avez fait ?

— Je ne suis pas sûre de comprendre ce que vous voulez dire. Qu'est-ce qui s'est passé ?

— Il est sorti et a détruit une montagne de la frange ouest des Terres immortelles. Nous sommes assaillis de lettres des Maisons Luxure et Gourmandise. Ils pensent que la fin est proche et veulent savoir si nous nous préparons à la guerre.

— Pourquoi est-ce que chaque fois qu'un homme pique une crise on accuse une femme d'être responsable de son comportement déplacé ? Si Colère s'est comporté comme un idiot, c'est son affaire. Je ne vois pas ce que sa rage a de si choquant. Il est la personnification même de la colère. Je suis sûre que vous aussi vous l'avez déjà vu fâché. »

Anir afficha un sourire en coin. « Vous êtes certaine qu'il était énervé ?

— Qu'est-ce que cela aurait pu être d'autre ?

— Imaginez une autre émotion.

— Est-ce que déborder d'orgueil et d'arrogance compte ?

— On est dans votre chambre, c'est vous qui décidez. Mais je crois qu'il n'était ni fâché ni orgueilleux. » Ses yeux sombres scintillèrent. « Vous savez, je le connais depuis des années et je ne l'ai jamais vu escorter personnellement quelqu'un dans la Cité de Glace. »

En voyant mon air interrogateur, il précisa : « C'est ainsi qu'on appelle la Maison Colère au sein des Sept Cercles. Plus la Maison est puissante, plus le cercle est froid. »

Ce nom expliquait le verre dépoli et le cristal qui ornaient ma salle de bains.

« Il ne faut pas surinterpréter cette soi-disant bonne action. Il devait m'escorter à cause du contrat. Il avait besoin de mon âme pour régler sa dette.

— Le contrat a été honoré à l'instant où vous êtes arrivés dans le monde souterrain. Il aurait pu vous abandonner dans le Couloir des péchés. Il aurait *dû.* » Anir se leva brusquement et se dirigea vers la porte de l'antichambre. Il tapota l'encadrement et se retourna vers moi. « Il est au balcon du septième étage. Au cas où vous voudriez vous disputer un peu plus. Je pense que c'est bon pour lui. D'être défié. Vous avez bel et bien le don de l'agacer. »

J'eus l'impression qu'il venait de m'enfoncer une lame empoisonnée en plein cœur. C'était tentant, et j'aurais vraiment pu rejoindre le prince démon sans attendre, si je n'avais remarqué un objet placé sur le bord du lit.

Quelque chose qui n'avait pas sa place ici et qui n'y était pas quelques instants plus tôt. Je saluai Anir et me pressai contre la porte fermée, comptant silencieusement les battements accélérés de mon cœur alors que je regardais dans l'autre pièce.

La peur. Ce royaume s'en nourrissait. Et je devais l'en priver de toutes les façons possibles.

J'expirai doucement, comptai jusqu'à dix.

Et puis je me redressai, rejetai les épaules en arrière, et marchai d'un pas décidé jusqu'au crâne humain.

SIX

« *Angelus mortis est vivant* », roucoula le crâne à l'instant où je m'en approchai. Sa voix ressemblait étrangement à celle de ma jumelle. J'en eus la chair de poule. C'était comme si Vittoria avait traversé la barrière entre la vie et la mort pour m'envoyer un message, sauf que quelque chose clochait, ça sonnait faux. « *Fureur. Presque libre. Jeune Fille. Mère. Vieille Femme. Passé, présent, futur, trouve.*

— Vittoria ? » Les mâchoires sans chair se détendirent, et toute la magie noire qui les avait agitées se dissipa. Je déglutis, incapable de détacher les yeux du messager maléfique. « Déesse du ciel ! »

Comment était-on parvenu à déposer une tête de mort ensorcelée sans qu'Anir ni moi ne le remarquions ? C'était presque aussi troublant que la magie utilisée pour faire parler ces restes humains. Je n'avais pas connaissance d'un sort pour commander des ossements. Il y avait bien la nécromancie, mais ce n'était pas ça qui agitait le crâne. Ce n'était même pas *il Proibito*. C'était quelque chose d'autre, quelque chose d'encore plus terrifiant que les interdits.

Je laissai le crâne là où il était posé, me laissai tomber sur la chaise en verre, et pris une bonne rasade de vin, réfléchissant à toute allure. Je repensai aux leçons de Nonna sur la magie noire, et plus particulièrement sur les sorts qui utilisaient des objets touchés par la mort : elle disait que les deux devaient être évités à tout prix. Jamais, pas même une fois, ne nous avait-elle parlé d'une sorcière capable de ramener la vie dans les restes d'un mort. Je ne savais d'ailleurs même pas si c'était ce qui s'était passé. Ça devait être de la magie démoniaque. Ce qui voulait dire que l'expéditeur était probablement l'un des princes de l'enfer.

La question était de savoir lequel et pourquoi.

Je me repassai son message mentalement. *L'ange de la mort est vivant. Fureur. Presque libre. Jeune Fille. Mère. Vieille Femme. Passé, présent, futur, trouve.*

Pour simplifier, et pour m'empêcher de paniquer sur ce macabre messager, je décidai d'y réfléchir mot par mot, en commençant par l'ange de la mort.

Claudia, ma meilleure amie, celle qui était une sorcière dont la famille pratiquait ouvertement les arts obscurs, avait utilisé un miroir noir et des os humains au cours de sa dernière séance de spiritisme, et son esprit avait été hanté par les voix des morts. Elle m'avait aussi parlé d'un ange de la mort.

Je ne croyais pas aux coïncidences.

Je me levai et fis les cent pas dans la pièce, tentant de me rappeler davantage de la séance de Claudia. Cette nuit avait été si terrifiante que les détails étaient flous. Je l'avais trouvée à genoux dans la cour du monastère, les ongles cassés, en train de réciter des messages sans queue ni tête de la part des maudits et des bannis. Elle m'avait recommandé de m'enfuir, mais je n'allais pas l'abandonner aux moines superstitieux. Elle avait parlé d'un voleur rusé qui avait dérobé les étoiles et les avait bues jusqu'à ce qu'elles soient à sec.

Qu'il allait et venait.

Que cela aurait dû être impossible…

Je connaissais au moins quatre princes démons qui parcouraient la Sicile à cette période. Colère, Envie, Avarice et Luxure. L'un d'entre eux devait être l'ange de la mort. Peut-être pas au sens littéral du terme, mais ça pouvait être un surnom. Je m'arrêtai net dans mes déambulations, le cœur battant.

Un seul des démons correspondait à la description. Je l'avais même appelé Samaël une nuit – l'ange de la mort et prince de Rome – trouvant que cela le décrivait bien. Il m'avait jeté un regard perplexe, juste avant de me prévenir de ne plus jamais l'appeler ainsi. *Colère*.

Il ne cachait pas le fait qu'il était le général de guerre. Il excellait dans la violence. S'il était la Mort, il n'avait peut-être pas été *choisi* pour résoudre les meurtres ; peut-être était-il tellement furieux que quelqu'un ait souillé son titre et l'ait impliqué sans le consentement du diable, qu'il était venu spontanément. Ce qui expliquerait pourquoi Orgueil ne voulait pas l'inviter dans son cercle. Le diable punissait Colère pour sa désobéissance.

Si c'était vrai, cela remettait en question toutes les informations que je lui avais soutirées. Si Colère m'avait caché les vérités les plus basiques concernant son implication, il était impossible de dire jusqu'où sa tromperie s'étendait.

Je me massai les tempes. Colère était le mieux placé à mes yeux pour être l'ange de la mort et la fureur dont parlait l'énigme. Venaient ensuite la Jeune Fille, la Mère et la Vieille Femme. Il était plus difficile de relier cette partie-là aux meurtres. Dans notre culture, la Jeune Fille, la Mère et la Vieille Femme étaient les trois déesses qui gouvernaient les cieux, la terre, et le monde souterrain. Les anciennes légendes des sorcières disaient qu'elles avaient donné naissance aux déesses que nous priions, et que l'une d'entre elles – la déesse du paradis et du soleil – était la mère de la *Prima Strega*. La Jeune Femme, la Mère et la Vieille Femme étaient à nos déesses ce que les Titans étaient aux dieux dans les mythologies de mortels.

Si elle était réelle, la déesse du monde souterrain – ou n'importe quelle déesse née dans son royaume – devait certainement être capable de faire parler les os, mais *pourquoi* m'envoyait-elle un message cryptique ? Cela restait un mystère. Les déesses n'avaient jamais manifesté d'intérêt pour les sorcières jusqu'à maintenant. Je ne voyais pas de raison pour qu'elles se mettent soudain à le faire.

Quelle que soit la façon dont la Jeune Fille, la Mère et la Vieille Femme s'imbriquaient dans l'énigme, ce n'était pas lié à une légende qu'on m'avait apprise. Les démons devaient certainement avoir leurs propres histoires et récits concernant ces créatures.

Les réponses n'allaient pas venir à moi tant que je restais enfermée dans ma chambre.

Je pris un foulard dans la garde-robe et ramassai le crâne, en évitant de le toucher directement. Si Vittoria était là, elle l'aurait pris et aurait dansé avec lui dans la pièce sans hésiter, ravivant les angoisses de Nonna au sujet de ses affinités avec la mort. Un sourire flotta sur mes lèvres avant que je l'écarte. Je scrutai la chambre à la recherche d'une cachette, puis m'agenouillai pour enfouir le crâne au plus profond de l'armoire et d'en fermer les portes.

La situation résolue, je m'époussetai les mains et partis explorer la Maison Colère.

Passé la dizaine, j'arrêtai de compter combien d'escaliers en pierre j'avais descendu. Chacun des magnifiques paliers donnait sur un étage qui semblait s'étendre sur des kilomètres. Ce devait être une illusion magique : le château de Colère ne pouvait pas être *aussi* gigantesque.

Au palier suivant, je m'arrêtai pour regarder par un ensemble de trois fenêtres voûtées. Une large étendue d'eau couleur bordeaux s'étendait au fond d'une vallée. De la fumée montait de sa surface, formant des volutes paresseuses. Une branche d'un arbre tout proche tomba dans l'eau et s'enflamma aussitôt.

Je pris note de ne jamais m'approcher de ce lac maudit, sauf si j'avais envie de voir brûler ma chair jusqu'à l'os. Je quittai les fenêtres et m'aventurai dans le couloir.

Le château était principalement construit en pierre claire, semblable au calcaire, et certaines ailes étaient recouvertes de riches tapisseries colorées. L'aile dans laquelle je me trouvais était ornée de représentations d'anges combattant des créatures monstrueuses.

Elles me rappelaient les œuvres de la Renaissance ; les couleurs sombres et profondes contrastaient avec les murs et les colonnes pâles. Des portes sculptées en ossements s'ouvraient sur des salles de bal, des chambres inoccupées et des salons. Je m'arrêtai devant une double porte et traçai les contours de son motif délicat du bout du doigt. Un enchevêtrement de plantes grimpantes, de fleurs et d'étoiles montait jusqu'aux angles supérieurs des battants, tandis que les mêmes plantes tortueuses devenaient des racines qui plongeaient dans les entrailles de la terre représentée au bas des portes.

Des squelettes, des crânes, et des objets gagnés par la pourriture décoraient le seuil.

Je poussai le battant et étouffai une exclamation de surprise. De l'autre côté se trouvait une bibliothèque qui dépassait mes rêves les plus fous. L'excitation me gagna lorsque je pénétrai dans la pièce et fixai les alignements d'étagères en verre. Elles se prolongeaient à perte de vue.

Un large sourire se forma sur mon visage. Les déesses devaient être avec moi ; c'était l'endroit *idéal* pour effectuer des recherches sur tout ce qui concernait la magie et les mythes. Je m'émerveillai en observant les couleurs chatoyantes des dos de vélin des milliers de livres. Quelqu'un les avait rangés par couleur, leurs reliures allant des jaunes les plus brillants aux teintes crème jusqu'aux blancs les plus purs. Des rouges, des violets, des bleus, des verts et des orange ; c'était un arc-en-ciel magnifique qui se dessinait sur un fond de glace.

Je ne pouvais pas imaginer Colère suffisamment serein pour passer une soirée à lire paisiblement, mais s'il le faisait, je n'aurais jamais imaginé qu'il puisse être entouré d'une telle myriade de couleurs. J'aurais plutôt visualisé des tons ébène et des variantes de noir, du bois sombre et luisant, du cuir. L'élégance masculine à son sommet. Mais ceci, c'était…

« Un havre de paix. Presque comme le paradis, mais en moins ennuyeux. »

Je me retournai, une main posée sur mon cœur battant. « Ce n'est pas très poli de prendre les gens par surprise. Je croyais que les princes démons avaient des manières impeccables.

— C'est vrai, dans la plupart des cas. » Le regard de Colère se promena sans la moindre gêne sur ma robe bustier, et je me sentis horriblement consciente de chaque endroit où le tissu soyeux était tendu contre ma peau. Je soupçonnais son inspection d'avoir comme objectif de vérifier que ma tenue était à la hauteur de qui est attendu d'une future reine et que je ne me ridiculiserais pas devant des membres de sa cour, plutôt que quoi que ce soit d'autre. « Ma bibliothèque personnelle est un étage plus bas.

— Laisse-moi deviner… L'enfer ? Du noir, du cuir, de l'or ?

— Des gerbes de feu, des chaînes et des instruments de torture, aussi. » Il afficha un sourire qui dévoila furtivement ses dents, désarmant et dangereux. Une arme de plus qu'il avait aiguisée à la perfection. Peut-être la plus redoutable de tout son arsenal. Surtout ici. « Quand tu te sentiras assez courageuse, je te la montrerai. »

Mon estomac eut un léger soubresaut à l'idée de me retrouver avec Colère dans un espace sombre avec des chaînes. « Appeler tes bibliothèques *Havre de paix* et *Enfer* est assez théâtral à ton goût, j'imagine. » Je marchai le long d'une allée de livres bleus, le démon sur mes talons. Il fallait que j'arrête de regarder son sourire, sinon ce royaume allait imploser. « Des nouvelles de tes frères ?

— Envie, Luxure et Avarice ont tous manifesté leur intérêt pour te recevoir. Des courriers de leurs Maisons nous sont parvenus tout à l'heure. » Son ton était si léger que c'en était presque suspect. « Ils ont spécifiquement demandé que tu sois présente aux célébrations du Banquet du Loup. Je suppose que Paresse et Gourmandise vont finir par renoncer à leurs excès le temps de t'envoyer une invitation, eux aussi. »

Les Lupercales étaient une fête préromaine, qu'on pouvait traduire approximativement par « Banquet du Loup », où des humains sacrifiaient des boucs et enduisaient le front des riches avec le sang des bêtes. Certains coupaient des pièces de viande et couraient nus dans les rues pour frapper les passants avec les lambeaux de chair. Si cette célébration démoniaque ressemblait de près ou de loin à cette tradition, je préférais passer mon tour.

Sans me retourner, je demandai : « Tu vas organiser une fête ? »

Il apparut devant moi et s'appuya avec naturel contre une étagère. Une nouvelle démonstration de sa vitesse surnaturelle. Je ne pus m'empêcher de l'examiner des pieds à la tête. Son costume avait la teinte charbon de l'ombre. Elle me faisait penser à la nuit, à des draps soyeux, à des rendez-vous secrets et à toutes sortes de choses auxquelles je n'aurais pas dû.

« Non. J'attends de voir si Orgueil le fera.

— Il a déjà envoyé une convocation ?

— Non.

— Pourquoi attends-tu de voir s'il le fait ?

— C'est l'une des rares occasions où les sept princes sont conviés dans le même domaine royal. Trois jours en grande pompe s'enchaînent : des dîners, des chasses, un bal masqué, puis le banquet. Nous décidons où les festivités se déroulent selon deux critères. D'abord où l'invité d'honneur choisit d'aller, ensuite quel prince au plus haut rang décide de l'organiser.

— N'êtes-vous pas tous de puissance égale ? » Colère secoua la tête, sans donner d'explications. Je ravalai ma frustration. « Et si l'invité d'honneur ne choisit pas le prince au plus haut rang ?

— C'est toujours le cas. Et s'il ne le faisait pas, il serait fortement encouragé à le faire par sa Maison. Un refus est une grave insulte et a déjà causé plus d'un bain de sang au cours des siècles. » Un instant, il eut l'air excité à l'idée de combattre. Puis son expression se fit contemplative. « Tous les princes souffrent de pulsions des autres péchés, semble-t-il. »

Nos regards se croisèrent et je compris ce qu'il avait vraiment voulu dire. Colère s'excusait pour notre dispute antérieure. Cette formule était une branche d'olivier déposée à mes pieds. Je pouvais la balancer au loin et continuer nos disputes, ou je pouvais l'accepter et tourner la page.

Je repris ma lente marche dans l'allée, cherchant un sujet en particulier, mais affectant la nonchalance pour ne pas éveiller ses soupçons.

« Pour quelle raison célébrez-vous une coutume qui date d'avant l'antiquité romaine ?

— Qu'est-ce qui te fait penser que ce ne sont pas eux qui se sont inspirés de *nos* rites et rituels ? persifla-t-il. Voilà bien une attitude de mortelle. Ils n'ont même pas eu la décence de conserver la bonne date ni les bonnes pratiques. »

J'arrêtai de parcourir les titres des livres et l'étudiai de plus près. « Pourquoi m'expliques-tu tout ça ? Est-ce que chacun des princes de l'enfer se transforme en loup géant et hurle à la pleine lune ? Peut-être devrais-je redouter que tu ne te mettes à haleter devant ma porte avant le banquet.

— Nous portons bien des masques de loup, mais tu n'auras pas droit à des halètements de ma part. Sauf si tu le demandes gentiment. »

Je déglutis, obligeant mes pensées à s'éloigner de là où ce royaume – et ce prince de malheur – les dirigeait. « Tu n'as pas répondu à ma première question. Pourquoi me dire tout ça maintenant ?

— Tu as été sélectionnée pour être invitée d'honneur. » Ce qu'il restait d'humour sur son visage s'évanouit. « Le vote aura lieu le mois prochain. Je n'ai guère de doute que tu seras choisie. Ton arrivée est sur toutes les lèvres dans les Sept Cercles. Je ne pense pas que qui que ce soit d'autre soit à moitié aussi intéressant de toute cette Saison de sang. »

Merveilleux. « On va me forcer à tuer le bouc ? »

Colère soutint mon regard. « Il n'y a pas de bouc, Emilia. »

La façon dont il prononça cette phrase me fit trembler les genoux. « Est-ce que ce sera *moi,* le sacrifice ?

— Non. » Le soulagement m'envahit à ce simple et beau petit mot. « Ta plus grande peur ou un secret sera arraché de ton cœur en guise de sacrifice.

— Non. » Ma voix n'était qu'un murmure tremblotant. Je la détestais.

« Si. » Son ton était dur, ferme. Je le détestais aussi. « Et cela se déroulera en présence de tous les princes de l'enfer et des sujets participant au banquet. Ici, la peur c'est le pouvoir. Plus grande sera ta peur, plus tu nous donneras de pouvoir. Ce serait mieux pour toi de sacrifier ta vie. S'ils s'emparent de ta plus grande peur, je t'assure que tu prieras pour subir plutôt un sort aussi doux et définitif qu'un décès de mortel. »

SEPT

« **Pas question. Je refuse.** » Ce coup-ci, ma voix ne manquait pas d'assurance. « Tu m'as dit que j'avais toujours le choix. »

Son expression se fit glaciale. « À en juger par tes actions récentes, je finissais par me dire que tu avais oublié cette conversation.

— Tu veux discuter de ce qui s'est passé dans la grotte *maintenant* ?

— Pas particulièrement, non.

— Il le faudra bien, à un moment donné... autant le faire tout de suite.

— Très bien. » Il croisa les bras. « Tu peux commencer par m'expliquer ta décision. »

Il disait cela comme si j'avais vraiment eu le choix. Sa voix était tendue par une colère à peine réprimée. J'étais si surprise que je reculai d'un pas et l'examinai avec méfiance. Un muscle de sa mâchoire palpitait et son regard était si dur qu'il aurait pu rendre jaloux bien des diamants. Colère n'était pas juste fâché, il fulminait. Je sentais presque la chaleur de sa fureur irradier entre nous.

Soudain, je compris. « Tu voulais que je refuse Orgueil.

— Je n'ai pas dit ça.

— Ce n'était pas nécessaire. » Pour une fois, ses émotions étaient clairement lisibles sur son visage. Mon choc céda rapidement le pas à l'agacement. Si seulement il s'était confié à moi cette nuit-là, les choses seraient bien différentes. Nous aurions pu élaborer un nouveau plan. Ensemble. La rage me délia la langue. « Dis-moi pourquoi. J'exige de savoir pourquoi tu voulais que je me refuse à lui.

— N'insiste pas, Emilia. Cette conversation est terminée.

— Non, elle est loin de l'être. Est-ce qu'il va me faire du mal ? »

Les rayonnages près de nous tremblèrent. « Tu crois vraiment que je le laisserais faire ?

— Je ne sais pas, répondis-je honnêtement. Je ne sais pas ce qui est réel ou ce qui est une invention, ou ce qui fait partie de ta dernière manigance. Tu m'as amenée ici, dans ce royaume, pour que j'épouse ton frère.

— Ne confonds pas tes choix et mes actes. »

Comme si j'avais eu la liberté d'agir à ma guise. « J'étais censée rester chez moi et regarder les démons détruire mon monde ? Tuer ou torturer ma famille et mes amis, et continuer à arracher le cœur des sorcières ? Tu sous-entends que j'avais le choix, mais ce n'est pas vrai.

— On a *toujours* le choix.

— Pas quand chaque seconde compte et que les portes sont en train de se fissurer. Signer le contrat avec Orgueil était la meilleure solution qui s'offrait à moi pour mettre fin au carnage. J'ai pris une décision avec les informations dont je disposais. Si j'ai commis une erreur ou que tu n'es pas content – pour je ne sais quelle raison – peut-être que tu aurais dû *vraiment* me parler cette nuit-là. À la place, tu t'es tenu là, plein de retenue et de fureur, et tu n'as pas dit un mot ! »

Ses yeux dorés se rétrécirent. « Ça ne t'est jamais venu à l'esprit que je ne *pouvais pas* ?

— Que tu ne pouvais pas quoi ? Me parler ?

— Interférer.

— Avec la magie ou un décret démoniaque ? » Je scrutai son visage, mais son agacement avait cédé la place à ce masque inexpressif qu'il portait si bien. Je contins ma rage, ne tenant pas à me disputer. « Je croyais que seul le diable était maudit. Est-ce que tu sous-entends que ce n'est pas le cas ? Est-ce qu'il y a quelque chose que je devrais savoir à ton sujet ? »

Il serra les poings le long de son corps. Il avait l'air de vouloir filer vers une arène d'entraînement pour évacuer la frustration. « Peut-être que c'est une question que tu aurais dû poser à ta famille de mortels. Le moins qu'on puisse dire est que leurs histoires comportaient des lacunes habilement choisies. Tu ne t'es jamais demandé pourquoi, *sorcière* ?

— Comment oses-tu parler de ma famille… »

Il s'évanouit par magie dans un nuage de fumée, me laissant stupéfaite. Ma famille n'avait pas de secrets. Nonna avait toujours partagé avec nous des récits à propos des Damnés, de leurs mensonges et de leurs manipulations. Elle nous avait mises en garde contre les arts obscurs et les rétributions qu'exigeait cette sorte de magie. Tout cela était vrai.

Je me mis à arpenter l'allée entre les alignements de livres. Soit Colère avait tort, soit il me mentait, soit il omettait encore une partie de la vérité. Nonna nous avait parlé de la dette de sang entre la Première Sorcière – la *Prima Strega* – et le diable, et du fait qu'il exigeait un sacrifice sanglant en échange de quelque chose qui lui avait été volé.

La Corne d'Hadès, les deux amulettes que ma sœur et moi avions reçues à la naissance, s'était avérée être ce fameux bien dérobé. Ses cornes. Colère les avait récupérées la nuit où il m'avait apporté le contrat d'Orgueil. Il les avait utilisées pour verrouiller les portes de l'enfer, comme il l'avait promis, puis les avait cachées.

Je sentis grandir la frustration en moi, mais la confusion la remplaça bien vite. Nonna était au courant pour les Sorcières des Étoiles et les cornes du diable, et elle ne nous en avait rien dit.

J'avais découvert la vérité au sujet des cornes grâce au journal de ma sœur, et grâce à Colère et Envie j'en savais plus sur les Sorcières des Étoiles, même si ce n'était pas le nom qu'ils avaient employé. Envie m'avait qualifiée de Sorcière de l'Ombre.

Nonna n'avait pas d'emblée avoué être au courant de ces deux secrets quand je l'avais interrogée.

J'en vins à me demander à propos de combien d'autres choses elle ne m'avait pas tout révélé. Nous avions appris le strict minimum concernant la magie terrestre : comment jeter de simples sorts et manipuler les herbes et les objets d'intention ; les charmes de protection ; les sorts qui induisaient le sommeil et d'autres sans danger qui manipulaient la buée sur un verre pour le faire glisser sur une surface. Des choses qui n'exigeaient pratiquement aucun talent.

Un mot ou une phrase en latin ici et là, une pincée de ci ou de ça et le sort était jeté, renforcé par notre sang magique. Qu'y avait-il d'autre que j'ignorais encore à propos de la malédiction ?

Ou à propos de notre magie, d'ailleurs.

Je déambulais nerveusement en cercle, plus agitée que jamais. Maintenant que je remettais les choses en question, je n'arrêtais pas de trouver des failles dans nos vies. Nonna avait passé un temps invraisemblable à nous mettre en garde contre le comportement des démons, mais s'était abstenue de faire notre éducation pour ce qui concernait nos propres capacités. Je ne pouvais m'empêcher de me demander s'il y avait une raison à cela. Nonna était bien trop intelligente pour avoir oublié des leçons importantes.

La magie offensive était certainement aussi essentielle que nos sorts de protection défensifs. Mais elle ne nous avait jamais rien appris sur les sorts agressifs. En réalité, elle avait l'air plutôt déterminée à nous éloigner de la magie à tout prix. Notre utilisation pouvait-elle se révéler dangereuse ?

Vittoria et moi avions ordre d'écouter Nonna, de lui obéir et de suivre les règles, si nous ne voulions pas subir les conséquences de nos erreurs. Je n'avais jamais voulu la mettre en colère ou lui causer du tort.

Vittoria, elle, repoussait sans cesse les limites, sans craindre les répercussions.

La remarque acerbe de Colère m'avait touchée au plus profond de mon âme, m'avait contaminée. Comme prévu. Son artillerie ne se limitait pas à l'acier, aux balles, aux sourires malicieux et aux baisers enivrants. Ses mots étaient tout aussi meurtriers que quand il visait une cible et l'atteignait. Je ne pouvais pas m'empêcher d'être rongée par l'idée qu'il avait peut-être raison.

Il y avait des failles dans mon éducation que je ne pouvais ignorer.

Certains sorts me venaient avec aisance, comme s'ils faisaient appel à la mémoire du corps. D'autres, j'avais dû les apprendre et je les oubliais presque toujours. Je ne me souvenais pas où ni comment j'avais découvert le sort de vérité, je savais simplement qu'un jour j'avais voulu connaître la vérité et un sort était sorti de nulle part pour dérober la liberté de choix des autres. Nonna avait été furieuse quand je le lui avais dit. Au lieu de me féliciter d'avoir utilisé un tel niveau de pouvoir, elle m'avait punie.

Au bout des rayonnages, je trouvai un énorme fauteuil somptueux dans lequel m'asseoir. Une pensée à laquelle je ne pouvais échapper me suivit jusque-là. Peut-être que Colère ne faisait pas seulement référence à Nonna.

Ma sœur avait trouvé le premier livre de sorts, utilisé la magie des démons pour verrouiller son journal, et rassemblé Avarice et les métamorphes pour des raisons qui m'échappaient en partie, sachant que c'étaient des ennemis naturels.

Je baissai les yeux vers mes mains, surprise de voir que je portais toujours la bague en forme de branche d'olivier que Colère m'avait offerte. Je fis tourner distraitement l'anneau en or autour de mon doigt. Je me demandais ce que Vittoria avait pu découvrir d'autre avant sa mort. La vérité sur la malédiction du diable et la dette de sang ? Peut-être avait-elle été tuée pour ce savoir, plus que pour toute autre raison.

Un souvenir enfoui profondément dans ma mémoire émergea, puis m'échappa. Une volute de fumée que je ne parvins pas à rattraper. J'avais l'étrange impression que le diable n'avait peut-être pas été maudit.

Si c'était vrai… alors il était possible que les meurtres de sorcières n'aient rien à voir avec le fait qu'il veuille se trouver une épouse, et que tout ce qu'on m'avait toujours appris ait été fabriqué de toutes pièces. Nonna. Vittoria. Les sept princes de l'enfer. Au moins l'un d'entre eux m'avait menti.

Et j'étais plus déterminée que jamais à découvrir pourquoi.

Il me fallut m'acharner pendant plusieurs heures assez frustrantes, mais je trouvai enfin ce que je cherchais. Je sortis des rayonnages un grimoire sur la magie pour débutants et me laissai tomber dans un fauteuil dans un coin moins lumineux. Je regardai autour de moi ; j'avais l'impression d'être seule dans la bibliothèque. Même s'il n'y avait rien de suspect à ce qu'une sorcière soit en train d'étudier la magie, je ne voulais pas que quelqu'un s'aperçoive que mon éducation était incomplète. J'ouvris le volume relié en cuir usé et entamai ma lecture.

D'après la sorcière qui avait rédigé l'ouvrage, notre magie était semblable à un muscle qui avait besoin d'exercice. Si on l'ignorait trop longtemps, elle s'atrophiait. Elle la décrivait aussi comme une « Source » : un endroit dans lequel nous pouvions puiser à volonté, comme un puits sans fonds enfoui en nous.

Les sages Fileuses du Destin disent que notre pouvoir est un cadeau des déesses et qu'il a donc tendance à imiter leurs capacités dans une certaine mesure. Certaines lignées remarqueront une affinité pour certains sorts, surtout ceux utilisant les quatre éléments. C'est une indication de la déesse qu'une sorcière devrait prier pour renforcer cette magie. Le cinquième élément, dont on parle moins, l'éther, est considéré comme le plus rare, mais ce n'est peut-être pas vrai dans ce contexte.

J'interrompis ma lecture et laissai ces informations m'imprégner. Une émotion que je n'avais pas envie d'examiner de près les accompagnait. Ce n'était pas vraiment de la suspicion ni tout à fait de la fureur, mais quelque chose de proche des deux. Nonna ne nous avait jamais expliqué d'où venait notre pouvoir ni comment il fonctionnait. Il était possible que ma grand-mère ne l'ait pas su exactement, mais j'avais du mal à y croire.

C'était la première fois que j'entendais parler des Fileuses du Destin et de la possibilité de prier une déesse en particulier. On nous avait toujours appris à les prier toutes. Je fouillai ma mémoire à la recherche d'autels que Nonna aurait pu élever pour une déesse précise, mais n'en trouvai aucun. Peut-être que notre magie n'était alignée avec aucun des éléments.

Je feuilletai le grimoire, cherchant plus d'informations sur les Fileuses du Destin, mais elles n'étaient plus mentionnées. Je retournai au début, me concentrant sur la Source.

Ma colère envers Nonna et ma propre absence de remise en cause de notre éducation perturbait ma lecture.

« *Concentre-toi.* »

Sans avoir trop confiance en mes capacités, je fermai les yeux, fis le vide dans mes pensées et tentai de sentir cette source interne de puissance. Au début il n'y eut rien d'anormal du tout, puis le monde s'effaça autour de moi d'un coup. L'obscurité envahit mon esprit. Je ne savais rien, je n'étais rien. Je devins rien.

Un vide avait pris place en moi, une ouverture béante vers une noirceur infinie. J'eus l'étrange impression que cette source attendait depuis longtemps que je m'y abreuve. Maintenant que j'avais pris conscience de son existence, elle m'attirait plus que tout le reste. Je ressentais *tout*. Je descendis profondément, profondément, au plus profond de moi jusqu'à mon centre, près de mon cœur qui cognait furieusement, et m'arrêtai. Ma magie somnolait là. Je ne savais pas exactement comment je le savais, mais c'était une certitude. Je ramenai ma conscience autour de la magie, tentant de mieux la comprendre. Quelque chose d'ancien et de puissant, qui débordait de rage, entrouvrit un œil, furieux d'avoir été éveillé.

Je m'extirpai de cet endroit avec un cri étouffé.

« Sainte Déesse du ciel… qu'est-ce que *c'était* que ça ? »

Je feuilletai à nouveau le grimoire, mais il n'y avait aucune mention d'un pouvoir comme celui dont je venais de faire l'expérience. Ça ne correspondait certainement pas à la terre ni à l'air, le feu, l'eau ou l'éther. C'était énorme, omniscient, puissant, de la plus inquiétante des façons. Sa rage brûlait avec une intensité qui oblitérait la raison. Si je pouvais plier cette force à ma volonté… je pourrais détruire ce royaume.

Ce n'était pas ce que je voulais faire. Je voulais simplement venger le meurtre de ma jumelle. Je pris une profonde inspiration et fermai les paupières, prête à essayer à nouveau.

« Oh, veuillez m'excuser. »

Je relevai la tête de mon exercice de magie, abandonnant l'entraînement, et fermai le grimoire avec un claquement sec. Une jeune femme – avec des cheveux bouclés noirs de jais, des yeux d'une riche teinte sépia, et la peau brune – m'adressa une révérence polie. De petites têtes de mort d'animaux étaient attachées dans sa longue chevelure, comme les fleurs que je glissais dans la mienne. Une robe brun roux épousait chacune de ses courbes généreuses. Elle tenait un livre sur l'arboriculture, un choix intéressant même s'il était surprenant.

« Vous devez être Emilia. Toute la cour est très intriguée par vous. Je m'appelle Fauna. »

Je lui adressai un sourire peu assuré. J'avais espéré que les ragots soient aussi répandus ici que sur le marché de Palerme. « Quel genre de vilaines rumeurs courent à mon sujet ?

— Oh, les bruits habituels. Que vos cheveux sont faits de serpents, votre langue de feu, et que, quand vous êtes en colère, vous crachez des flammes comme les puissants dragons de glace de la Distance impitoyable. » Elle sourit en voyant mon air stupéfait. « Je vous taquine. Les gens sont trop malins pour faire courir des rumeurs tant que le Prince Colère est dans sa demeure. Vous êtes son invitée personnelle, vous êtes donc intouchable. Il s'est montré très clair sur ce point. Peu importe qu'il s'agisse d'un seigneur ou d'une dame de la Cour Royale Démoniaque, si votre nom était sur la moindre langue, il l'arracherait aussitôt.

— Ou plutôt, il dévisagerait les contrevenants jusqu'à qu'ils se dessèchent et meurent pour avoir entravé sa mission. »

Elle me lança un regard décontenancé. « À vrai dire, il a été assez littéral dans sa menace. Seigneur Makaden a de la chance d'en avoir réchappé sans y perdre la sienne. Le prince lui a promis que la prochaine fois qu'il parlerait en mal de vous, sa langue serait plantée sur une pique devant la salle du trône et y resterait jusqu'à ce qu'elle pourrisse. Le statut éminent de Makaden à la cour est probablement la seule raison pour laquelle il n'est pas encore mutilé. »

Je dus me rappeler de respirer alors que l'image prenait forme dans ma tête. « Vraiment ? Colère a menacé d'arracher la langue de quelqu'un ?

— Ce n'était pas une menace en l'air, mais un avertissement à prendre au pied de la lettre. Son Altesse n'est pas magnanime envers ceux qui le défient. Ce matin, il a fait s'ébouler une montagne sur Domitius, son lieutenant-général. »

Le sourire de Fauna s'effaça. « Ils le cherchent encore sous les décombres. »

J'étais sans voix. Anir avait parlé du fait qu'il avait détruit une montagne. Il n'avait pas dit que quelqu'un s'était fait écraser en dessous. Colère était un prince de l'enfer. Un général de guerre. L'un des puissants Sept redoutés. Cette information n'aurait pas dû me surprendre. J'avais déjà été témoin de sa violence.

Tout de même, cette histoire servirait à me rappeler à qui j'avais affaire et où je me trouvais. Il allait falloir que je la joue finement, quand je me rendrais dans une autre cour.

Le fait que Colère ait blessé un officier de haut rang n'aurait pas dû être un choc. Il avait probablement dû passer sa mauvaise humeur sur lui, après notre dernière dispute. La culpabilité enfonça ses griffes en moi, même si je savais que je n'y étais pour rien. Il était seul responsable de ses actes.

« Vous savez pourquoi Colère l'a attaqué ?

— Je crois que Domitius a suggéré que l'on serve votre cœur encore battant aux soldats. Bien que d'autres assurent qu'il ait fait des commentaires déplacés à propos de votre physique. Je crois qu'il a suggéré de vous goûter pour voir si vous étiez aussi sucrée que vos *seins semblables à des fruits mûrs* le laissaient supposer.

— Et l'autre ? Qu'a-t-il dit ?

— Seigneur Makaden a demandé à Son Altesse s'il y avait d'autres règles qui gouvernaient les langues, hésita-t-elle, et...

comment elles s'appliquaient à vous. Aucune de ces deux personnalités n'est considérée comme… portée sur la plaisanterie. Sa Majesté a eu raison d'agir diligemment. Une brebis galeuse dans le royaume des démons peut gâter tout le troupeau. »

Charmant. C'était une façon délicate de me faire comprendre que les paroles des deux démons auraient été suivies d'actes. Ou du moins qu'ils auraient essayé. Je n'étais peut-être pas habile avec les armes ni au combat, mais je me débrouillais avec les lames, grâce au temps que j'avais passé en cuisine à découper des carcasses. Je savais quelles zones vitales viser et n'hésiterais pas à poignarder quelqu'un qui me voudrait du mal.

J'exigerais une arme de Colère, la prochaine fois que je le verrais. Il m'accorderait bien un moyen de protection. Je ne voulais pas me reposer sur lui ni sur quiconque pour assurer ma sécurité.

« Est-ce que l'un d'eux était votre amant ?

— Par tous les diables non. » Fauna lâcha un petit ricanement. « Vous rencontrerez bien assez tôt l'objet de mes désirs, cela dit. Demain soir, en fait. »

La méfiance m'envahit, accompagnée d'appréhension.

« Qu'est-ce qui se passe demain ?

— Rien de terrifiant ni de scandaleux. Seulement un dîner avec les membres de l'élite de la Maison Colère. » Son sourire était large et radieux. « N'ayez pas d'inquiétude. Le Prince Colère a interdit les “étripages lors des rassemblements” il y a un siècle au moins. Désormais, on ne s'écharpe plus qu'avec des œillades assassines. On se fusille du regard par-dessus nos verres de vin et on rêve de poignarder nos ennemis pour de vrai. Considérez ça comme un entraînement pour le banquet.

— J'ai entendu dire qu'on arrachait une peur de l'invité d'honneur. Est-ce que quelqu'un peut proposer de prendre sa place ? » Si c'était le cas, j'étais prête à marchander avec Colère ou le diable lui-même s'il le fallait. « Par exemple un membre de la haute noblesse ?

— Quand bien même ce serait autorisé – ce qui est envisageable –, personne ne le ferait. » Fauna me jeta un regard compatissant.

« Certainement aucun des princes de ce royaume. Cela donnerait trop de pouvoir aux autres membres de la royauté. » Elle serra son livre contre elle. « Vous êtes logée dans l'Aile de Cristal, n'est-ce pas ?

— Peut-être ? » Je haussai une épaule. « Il y a beaucoup de cristal dans ma chambre.

— Magnifique. Je viendrai vous retrouver avant le dîner et vous escorterai jusqu'en bas. »

Avant que je puisse donner mon assentiment ou poser plus de questions, elle se précipita hors de la bibliothèque.

Je secouai la tête. Ma première journée au sein de la Maison Colère avait été un désastre. Mon arrivée en hypothermie, le crâne ensorcelé, les disputes avec le prince, les secrets que ma famille aurait gardés à propos de la magie, un membre de l'armée de Colère mutilé, puis la menace du Banquet du Loup qui planait sur tout cela.

La dernière chose au monde que j'avais envie de faire était d'offrir ma pire peur à un royaume qui s'en servirait pour me torturer. Mais peut-être que si j'apprenais à maîtriser mon pouvoir, je pourrais résoudre le meurtre de Vitoria et retourner chez moi dans le monde des mortels bien avant que cela ne se produise.

Je pris le grimoire et me relevai pour me mettre en route vers mes appartements. Il fallait que je me prépare pour le lendemain. Après l'anecdote sur la montagne abattue, j'étais convaincue que ce dîner serait une nouvelle sorte de bataille damnée.

J'aurais beaucoup de chance si je m'en sortais indemne.

Je ne retournai pas dans l'Aile de Cristal. Ma curiosité prit le dessus et je décidai d'investiguer l'enfer de Colère à l'étage inférieur. Connais ton ennemi… et ses habitudes de lecture.

Je trouvai un escalier en colimaçon vers l'arrière de la librairie arc-en-ciel et descendis précautionneusement vers l'obscurité en contrebas. Mes suppositions sur l'ébène, le noir et le cuir n'étaient pas loin de la réalité de sa bibliothèque personnelle. De sombres fauteuils de cuir usé et doux étaient installés devant une cheminée qui occupait un mur en pierres apparentes. J'aurais pu facilement tenir dans l'âtre et tendre mes bras au-dessus de ma tête sans pour autant en toucher le sommet. Plusieurs tapis tissés dans divers tons d'anthracite et de noir, rehaussés de détails brodés d'or, étaient répartis avec goût dans la pièce.

Ici, les étagères étaient taillées dans l'obsidienne, et les livres étaient reliés de cuir dans des tons sombres. Un lustre circulaire aux fines branches de fer était suspendu à des poutres apparentes et répandait une lumière accueillante dans la pièce. C'était le lieu parfait pour se lover devant le feu crépitant et s'adonner à la lecture. Une couverture moelleuse était négligemment jetée sur le dos d'un des fauteuils accueillants.

Dans une alcôve un peu éloignée de l'espace de lecture principal, une paire de menottes avec des chaînes pendait du mur. Colère ne plaisantait pas. Ma bouche s'asséch a et je m'empressai de détourner les yeux.

La torture n'était pas la première chose qui m'était venue à l'esprit. Et je ne tenais pas à ce que ce royaume joue à nouveau de sa magie perfide sur mes émotions passagères. Je traversai le reste de la pièce, absorbant ce que je pouvais.

Des livres et des carnets consacrés à la stratégie militaire, à l'Histoire, celle des démons comme celle des mortels, des rituels sorciers, des grimoires, et même quelques notes manuscrites en piles ordonnées sur un immense bureau imposant. Certaines en latin, et d'autres dans une langue que je ne pouvais pas déchiffrer. Rien d'incriminant ni d'utile. Rien qui ait trait aux déesses ou à leur magie, pas de fables démoniaques concernant la Jeune Fille, la Mère ou la Vieille Femme. Aucun sort pour réanimer des crânes ou d'autres ossements.

Juste des stylos et des pots d'encre. Une pierre brute qui, supposais-je, devait servir à aiguiser les lames.

Sur une étagère derrière le bureau se trouvaient sept volumes de carnets consacrés à chacune des sept Maisons démoniaques. Huit carnets, en réalité, s'il fallait en croire la forme dans la poussière.

Peut-être que l'une des Maisons était si prolifique qu'il lui avait fallu plus qu'un journal pour y consigner l'information nécessaire ? Dans tous les cas, l'un des textes était manquant.

Les titres étaient la seule chose rédigée en latin. Je feuilletai plusieurs carnets, mais je ne connaissais pas la langue dans laquelle ils étaient écrits. La frustration monta en moi et je remis les livrets à leur place. Rien n'était jamais facile.

Un décanteur en partie rempli d'un liquide couleur lavande et un verre en cristal assorti attirèrent mon attention. Curieuse de connaître les plaisirs que Colère s'offrait, je versai un peu de la liqueur dans le verre et reniflai. Des notes d'agrumes et d'extraits de plantes mélangées. Je pris une petite gorgée prudente et sifflai entre mes dents sous le coup de la brûlure d'alcool. C'était fort. Assez proche d'un brandy humain, mais avec une note plus douce de vanille. Si je pouvais l'allonger avec de la crème et des glaçons, ce serait divin.

Et cela pourrait bien m'aider à survivre à la soirée du lendemain, aussi. Je m'en ferais porter un verre avant le repas.

Je reposai la liqueur et m'assis au bureau pour tenter d'ouvrir les tiroirs. Ils étaient fermés à clé, bien sûr. Glissée sous une sculpture de serpent en cuivre que je supposais être un presse-papier, j'aperçus une enveloppe marquée d'une écriture raffinée.

Sans aucune culpabilité, je lus la missive.

Mon frère,

Ils ont été trouvés.

VIII

A

Je la relus une seconde fois, sans pour autant arriver à comprendre l'unique ligne. Je supposais que le A était l'initiale d'Avarice. Mais cela aurait aussi pu être celui d'Appétit, en référence à Gourmandise. *Ils ont été trouvés. VIII.* Envie et Avarice étaient tous les deux à la recherche de la Corne d'Hadès, mais Colère n'avait jamais montré beaucoup d'intérêt pour ces amulettes. D'autant plus qu'elles étaient désormais en sa possession, tant qu'Orgueil ne nous invitait pas dans son territoire.

« Alors, que cherchais-tu, mon cher Colère secret ? »

Je soulevai le presse-papier en forme de serpent et le fis rouler entre mes mains. « Ouille. »

Je le retournai ; des petits rivets aiguisés dessinant un motif géométrique saillaient du dessous. C'était un sceau, pas un presse-papier. Ou peut-être remplissait-il les deux fonctions ? Je le mis de côté et reportai mon attention sur le message. Quelque chose me frappa cette fois. Il ne nommait personne. Ce qui voulait dire qu'il m'était impossible de savoir si Colère était vraiment le destinataire ou s'il l'avait intercepté. Peut-être ce petit mot était-il adressé au diable, pour lui faire savoir que ses cornes avaient été récupérées ? Le A pouvait tout aussi bien symboliser le véritable nom de Colère, et c'était lui qui envoyait la missive. Ou peut-être n'y avait-il rien d'important dans ce billet. J'étais si désespérée de trouver des indices que j'en inventais.

Aucune date n'était mentionnée, impossible pour moi de déterminer s'il s'agissait d'informations récentes ou d'histoire ancienne. À moins que ce ne soit la signification du « VIII ». Je n'avais aucune idée de la façon dont les démons décomptaient le temps. Sur Terre, nous étions à la fin du XIXe siècle, mais ici on pouvait tout aussi bien être à la huitième ère. Ou peut-être était-ce une référence au huitième journal manquant. J'aurais pu passer une éternité à me perdre en élucubrations.

Je rangeai la missive inutile, m'emparai d'une plume, d'un pot d'encre et d'un parchemin, et, le grimoire sur la magie pour débutant toujours sous le bras, regagnai mes appartements, me sentant encore plus frustrée et perdue qu'auparavant. Demain, il fallait espérer, apporterait quelque clarté, même si celle-ci ne prenait la forme que de simples observations des interactions entre démons au sein de la cour.

Comme j'étais issue d'un milieu populaire, je n'avais pas eu l'occasion de fréquenter les cercles fortunés à Palerme. Demain serait aussi un test pour voir si j'arrivais à m'intégrer. Mon chemin vers la vengeance serait à combustion lente, plutôt qu'une tornade infernale. D'ici à ce que j'envahisse la Maison Orgueil, je serais devenue une véritable experte en matière de tromperie.

Quand le démon responsable de la mort de Vittoria sentirait enfin les flammes de ma fureur, j'aurais déjà réduit en cendres sa Maison du Péché.

HUIT

Du sang séché ou un merlot vieilli, réduit dans une casserole pour arroser une pièce de viande incrustée de poivre. Je me tortillais de droite à gauche devant le miroir en pied doré, incapable de décider quelle description convenait le mieux à la couleur unique de la robe de soirée que je portais. Nonna aurait dit qu'il s'agissait d'un présage sanglant et aurait adressé des prières aux déesses.

Cette couleur me plaisait.

Je n'avais évidemment jamais assisté à un dîner de démons royaux auparavant, mais le message qui m'était parvenu tôt le matin, où j'avais aussitôt reconnu l'écriture élégante de Colère, m'avait fait savoir qu'une tenue audacieuse et élégante était de rigueur. Cette robe était les deux à la fois. Un corset rigide plongeait en un V profond entre mes seins, mettant en valeur mon teint bronzé. Une fine peau de serpent noire était brodée sur le haut, tandis que la jupe s'étendait dans la même teinte de vin foncé. Cette parure était digne d'un démon rayonnant de toute sa gloire gothique.

Comme cette robe était sans bretelles, mon tatouage scintillant était parfaitement visible. Pour le mettre en valeur, j'avais choisi de ne pas porter de gants. Je n'arborais aucun bijou, à l'exception de la bague dont Colère m'avait fait cadeau. Elle constituerait un sujet de discussion intéressant, à n'en pas douter.

Et j'espérais qu'elle remplirait bien sa fonction.

Le *cornicello* en argent que j'avais si longtemps porté autour du cou me manquait, mais je devais accepter que mon amulette avait disparu pour de bon. Je me dirigeai vers la salle de bains et jouai avec mes cheveux défaits. La veille, j'avais vu que la chevelure de Fauna était détachée, sauvage et charmante ; j'avais décidé d'arranger la mienne de la même manière pour éviter tout faux pas. De longues vagues sombres descendaient en cascade dans mon dos, et les mèches plus courtes qui encadraient mon visage tombaient vers l'avant alors que je mimais une conversation imaginaire avec des convives d'un côté et de l'autre.

Non, ça ne me convenait pas. Je ne voulais pas me cacher derrière quoi que ce soit ce soir. Les gentilshommes et les dames de l'enfer devaient pouvoir me regarder sans aucune barrière.

Quelle que soit ma peur ou ma nervosité, je voulais qu'elle reste indétectable.

Dans le tiroir d'une coiffeuse, je découvris de petites pinces en forme de crâne d'oiseau et je tirai le haut de mes cheveux vers l'arrière, puis disposai joliment les os autour du sommet de mon crâne, comme un diadème de la mort, et j'ajoutai des fleurs entre les éléments macabres. Voilà. J'avais désormais l'air d'une princesse de l'enfer, voire de sa future souveraine.

À bien y réfléchir, avec des ossements dans ma chevelure et l'éclat de colère à peine voilé qui brillait dans mes yeux, je pouvais aussi passer pour la déesse de la mort et de la fureur.

Je retournai dans ma chambre à coucher et m'arrêtai à mi-chemin. Sur la table en verre, à côté de la bouteille de vin qui restait de la visite d'Anir la veille, se trouvait un autre crâne.

« Par le sang et les os. » Mon juron était presque littéral.

J'inspirai profondément et m'approchai suffisamment pour que la tête de mort puisse délivrer son message. Presque immédiatement, elle s'exprima de cette voix qui me rappelait celle de ma sœur, et je sentis la chair de poule me couvrir tout le corps. « Sept étoiles, sept péchés. Comme en haut, comme en bas.

— Déesse du ciel. Qu'est-ce que ça *signifie* ? »

Je ne m'attendais pas à une réaction et je ne fus pas trop déçue de ne pas en obtenir. Je laissai échapper un soupir. Je détestais les énigmes. Elles étaient difficiles à comprendre et sans intérêt. Je sortis l'encrier, la plume et le parchemin que j'avais pris dans la bibliothèque de Colère et griffonnai quelques notes.

Si l'un des frères prenait le temps d'adresser des messages par l'entremise de crânes possédés, cela signifiait forcément quelque chose. À moins que l'un des sept princes ne s'amuse avec moi par ennui. Ce dont je doutais, mais que je ne pouvais pas exclure. Peut-être étaient-ils assez mesquins pour le faire.

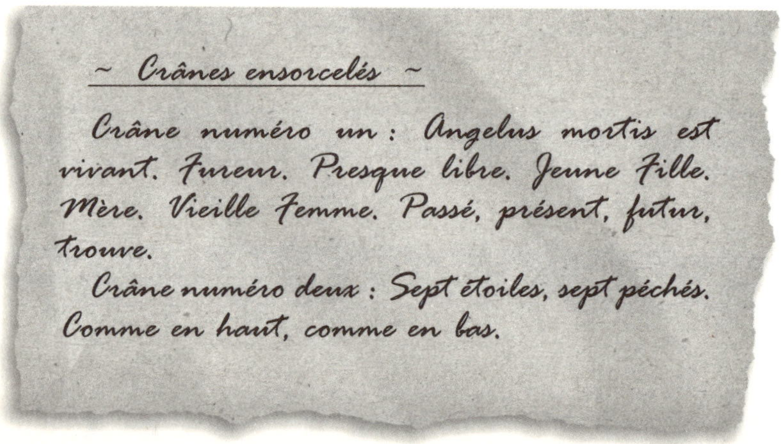

~ Crânes ensorcelés ~

Crâne numéro un : Angelus mortis est vivant. Fureur. Presque libre. Jeune Fille. Mère. Vieille Femme. Passé, présent, futur, trouve.

Crâne numéro deux : Sept étoiles, sept péchés. Comme en haut, comme en bas.

Les sept péchés étaient les plus faciles à décoder : clairement, cela faisait directement allusion aux princes de l'enfer. *Comme en haut, comme en bas* faisait partie de la prophétie… ce qui était moins clair. Personne ne semblait savoir avec certitude ce que ces mots signifiaient. D'après Nonna, ils avaient un rapport avec Vittoria et moi : nous étions censées apporter la paix dans les deux royaumes au prix d'un grand sacrifice. Mais même ma grand-mère ne connaissait pas toutes les réponses. C'est ce qu'elle prétendait, du moins.

Mais qui connaissait toute la vérité, au fond ? Pour le reste… pour le reste, il faudrait que j'effectue des recherches.

Je démarrai une nouvelle ligne dans mes notes, déterminée à coucher chaque hypothèse sur le papier pour pouvoir la barrer ou y ajouter des informations au fil du temps. Mettre ce que je savais par écrit m'aidait souvent à *visualiser*.

Et puis, c'était la méthode qu'utilisaient les détectives dans les romans, et ils résolvaient toujours les mystères avant la dernière page du livre. Je n'étais pas une experte, mais je ferais de mon mieux. Je griffonnai ensuite toutes les informations dont je me souvenais au sujet de la prophétie.

~ Prophétie ~

Comme en haut, comme en bas

- Quand des sorcières jumelles naissent, elles doivent porter la Corne d'Hadès. (Vittoria et moi.)
  - Les jumelles signalent la fin de la malédiction du diable.
- Certaines sorcières pensent que cela signifie l'usage de la magie claire et de la magie obscure.
  - D'autres pensent qu'un prince de l'enfer tombera amoureux d'une sorcière.
- Une jumelle régnera en enfer, l'autre au paradis. (Les deux seront obligées de se sacrifier.)

Mon souffle resta coincé dans ma gorge lorsque je relus le deuxième point. *Les jumelles signalent la fin de la malédiction du diable.*

« Sainte Déesse du Ciel, ce n'est pas possible… »

Comment cette information nous avait-elle échappé ? Une fois de plus, je me mis à réfléchir à toute allure à la séance de divination de Claudia. Elle avait dit qu'« il » déambulait librement et que c'était impossible. Elle ne parlait pas de l'ange de la mort. Elle nous mettait en garde contre le diable. Si ma jumelle et moi mettions fin à sa malédiction, c'était sans doute notre naissance qui avait brisé la magie qui le liait, et non une de nos actions.

Ce qui voulait dire qu'il n'avait pas été enchaîné en enfer comme nous le pensions.

Et cela faisait près de vingt ans qu'il ne l'était plus. Pendant tout le temps où j'enquêtais sur le meurtre de Vittoria, il était libre, et faisait Déesse sait quoi.

Pourquoi alors Orgueil avait-il pris possession du corps d'Antonio et avait-il envoyé Colère me chercher à sa place ? S'il n'était pas forcé de rester en enfer, il aurait pu venir me chercher lui-même. Moi, comme *toutes* ses fiancées potentielles. Pourquoi déléguer cette mission à Colère ?

À moins que mes soupçons antérieurs aient été justes et qu'il n'ait en réalité jamais eu besoin d'une épouse. Et que, par conséquent, les meurtres aient été commis pour une autre raison.

Je sentis la peur glisser lentement le long de ma colonne vertébrale. Je jetai un coup d'œil à la nouvelle pendule sur ma table de nuit.

J'avais souhaité avoir une table de chevet et une pendule avant de me coucher, et elles étaient toutes deux apparues par magie pendant que je dormais. Je ne savais pas si la chambre était ensorcelée pour répondre à mes désirs, ou si Colère avait simplement deviné que j'en aurais besoin. La seconde supposition était plus probable. L'attention qu'il portait aux détails était incroyable. Comme s'il n'avait rien de mieux à faire que de me faire livrer des tables de nuit.

Comme le dîner commençait à minuit, il me restait encore une heure. Juste assez pour retourner rapidement dans la bibliothèque personnelle du prince démon. J'avais prévu de consacrer ce temps à la maîtrise de ma source de magie, mais cet entraînement pouvait attendre. Il fallait que je récupère le carnet consacré à la Maison Orgueil et que je le rapporte en cachette dans mes appartements. Qu'il soit rédigé dans une langue de démons ou non, je trouverais un moyen de le lire, même s'il fallait que je négocie une partie de mon âme pour y parvenir.

Je parvins à pousser le crâne et le journal volé à côté du premier crâne, dissimulant le tout derrière une robe volumineuse, puis à fermer ma garde-robe juste au moment où l'on frappait à la porte. Expirant doucement, j'adressai une rapide prière à la déesse du mensonge et de la tromperie, espérant non seulement survivre à cette nuit, mais en sortir plus victorieuse que je ne pouvais en rêver.

Je lissai le devant de mon corsage et passai de ma chambre à coucher au salon qui faisait office d'antichambre.

Avec un peu de chance, les battements rapides de mon cœur seraient pris pour de la nervosité à l'approche du dîner.

J'ouvris la porte et me retrouvai face à Fauna et à son large sourire. Sa joie ne semblait pas forcée et un nœud se desserra dans ma poitrine. Je pourrais peut-être conclure un marché avec elle pour qu'elle lise le journal : c'était une démone, elle était sans doute capable de déchiffrer la langue démoniaque.

Mais je n'étais pas encore prête à lui accorder ma confiance.

Sans avoir conscience que je la jaugeais en silence et que je réfléchissais à ce qu'elle pourrait m'apporter, elle examina rapidement ma toilette. « Vous êtes ravissante, Emilia.

— Vous aussi. » C'était peu dire. Elle était resplendissante dans une robe argentée qui semblait être cousue en métal liquide. Des images de cuirasses de centurions romains me vinrent à l'esprit ; il ne lui manquait qu'une jupe ou une cape écarlate pour compléter sa silhouette. « Votre robe ressemble à une armure.

— C'est l'idéal pour se protéger des regards assassins. » Elle ponctua cette réplique d'un clin d'œil et retourna dans le couloir, son expression devenant sérieuse. « Vous êtes prête ? Nous devrions bientôt y aller. Les invités sont censés arriver en retard, mais pas au point d'attiser l'ire royale. »

Mon pouls s'accéléra. Je n'avais pas eu de nouvelles de Colère – et je ne l'avais pas vu non plus – en dehors du message qu'il m'avait envoyé pour me recommander le choix de tenue. Je ne savais pas du tout à quoi m'attendre de sa part cette nuit : comment il se comporterait devant ses sujets, s'il ignorerait ma présence, s'il se moquerait de moi ou s'il me ferait asseoir à une place d'honneur.

Peut-être ne prendrait-il même pas la peine de venir ? Peut-être me jetterait-il dans la fosse aux lions et verrait-il si j'étais assez redoutable pour que des crocs me poussent et que je m'en sorte toute seule. Suite à notre rencontre à la bibliothèque, j'avais en tout cas l'impression qu'il en voulait à ma famille. Quel meilleur moyen de se venger d'eux que de me laisser seule pour affronter une pièce remplie de démons assoiffés de sang ?

« Colère sera-t-il là ?

— Oui. »

D'une seule syllabe, la voix grave et suave de Colère s'empara de mon attention. Mes yeux se tournèrent vers lui. Il se tenait dans le couloir, vêtu comme à son habitude d'un costume noir, et son regard s'assombrit à ma vue. Une couronne de serpents d'obsidienne saupoudrée d'or était posée sur sa tête. Si une ombre menaçante avait pris vie, aussi redoutable et tentante que le péché lui-même, elle lui aurait ressemblé en tout point.

Je me dis que c'était son apparition inattendue devant ma suite qui faisait s'affoler mon pouls, que cela n'avait absolument *rien* à voir avec la beauté du prince ou la lueur prédatrice dans son regard. Qui était entièrement tourné vers moi, comme si le reste du royaume pouvait brûler sans qu'il s'en préoccupe. Il y avait quelque chose dans ses yeux qui…

Fauna se retourna pour voir qui avait attiré mon attention et s'empressa d'exécuter une profonde révérence. « Votre Altesse.

— Laissez-nous. »

Avec un rapide regard compatissant dans ma direction, Fauna s'élança et disparut dans le couloir. Une fois que le bruit de ses chaussures à talons s'estompa, Colère s'approcha et m'examina depuis le diadème en ossements d'animaux que je portais, jusqu'à sa bague à mon doigt, puis plus bas jusqu'à mes orteils avant de remonter. Je m'efforçai de respirer à intervalles réguliers.

Je n'arrivais pas à savoir si c'était de l'avidité, de la colère ou de la luxure qui brillait dans ses yeux. Peut-être une combinaison des trois ? Visiblement, le monde souterrain ne se contentait plus de tester et d'aiguillonner *mes* désirs, Colère aussi semblait mener ce genre de bataille à présent.

Lorsqu'il eut enfin terminé l'inspection minutieuse de ma tenue, il me fixa droit dans les yeux. Une petite étincelle me traversa lorsque nous nous dévisageâmes.

C'était très léger, un peu comme l'électricité statique que l'on ressent lorsqu'on touche du métal après s'être frotté les pieds par une journée aride. Sauf que… ce n'était pas *rien*, justement.

Cela ressemblait plutôt au premier signe annonciateur d'un orage violent. Du genre de tempête qui force à planter les pieds fermement dans le sol ou à courir se mettre à l'abri. J'avais l'impression de sentir l'air autour de nous devenir épais et sombre, alourdi par la menace de la nature prête à déchaîner sa fureur. Si je fermais les paupières, je pouvais imaginer le tonnerre faisant claquer mes dents, les vents violents menaçant de m'emporter dans une tornade et de me dévorer tout entière. Le genre de tempête capable de détruire des villes et d'anéantir des royaumes.

Et Colère pouvait la contrôler d'un simple regard puissant.

« Tu ressembles à un magnifique cataclysme », conclut-il.

Je ris pour tenter d'apaiser l'étrange tension dans la pièce. Le choix de ses mots me fit m'interroger sur l'étendue de sa capacité à déchiffrer mes émotions. Peut-être que mes secrets n'avaient jamais été à l'abri avec lui. « C'est le rêve de toutes les femmes d'être comparée à une catastrophe naturelle.

— Une violente révolte. Ça te va à ravir. »

Un sourire faillit apparaître sur son beau visage, mais il préféra m'adresser un signe pour que je tourne sur moi-même. Je m'exécutai lentement pour lui laisser le loisir de me contempler sous toutes les coutures.

L'arrière de la robe était aussi scandaleux que le devant. Un décolleté en V plongeait jusqu'en bas de mon dos, révélant ma peau presque jusqu'à mes hanches. Une fine chaîne en or s'étendait entre mes épaules et oscillait comme un pendule contre ma colonne vertébrale. C'était le seul autre bijou que je portais.

En tendant l'oreille, je perçus un très léger son rauque tandis qu'il reprenait son souffle. Une sorte de satisfaction me parcourut.

J'avais eu peur d'être mal à l'aise en exhibant tant de peau, à l'avant comme à l'arrière, en portant une robe qui épousait avec séduction chacune de mes courbes, mais c'était le contraire. Je me sentais puissante. Je comprenais maintenant pourquoi Colère choisissait ses vêtements avec un tel soin. J'attirais les regards sans même ouvrir la bouche.

C'était un pari risqué que j'avais décidé de courir en préparant ma tenue et – à en juger par les points de chaleur dans mon dos que je supposais dus au fait qu'il était incapable de détacher les yeux de ma personne – il me semblait que la stratégie fonctionnait. Je voulais que tous les regards soient rivés sur moi quand je ferais mon entrée, que toutes les conversations cessent. Je ne me cacherais pas derrière des colonnes et je ne me glisserais pas dans la foule pour rester discrète. Si les sujets de Colère lui ressemblaient un tant soit peu, je ne pouvais pas paraître faible. Ils sentiraient ma peur, comme un groupe de requins attirés par une goutte de sang dans la mer, et m'attaqueraient avec la même violence prédatrice.

Je fis mine de pivoter à nouveau, mais Colère m'arrêta en me touchant légèrement l'épaule. Sa peau nue était brûlante contre la mienne. « Attends. »

Peut-être était-ce la douceur avec laquelle il le dit, ou l'intimité dans sa voix, mais je me conformai à son souhait. Il rassembla soigneusement mes cheveux et les écarta sur le côté, laissant les mèches me chatouiller et me taquiner alors qu'elles glissaient sur mes épaules. Je me mordillai la lèvre. Mes épaules étaient plus érogènes que je ne l'avais imaginé. Ou peut-être était-ce simplement la façon dont Colère se rapprochait de moi, au point que je sente sa chaleur contre ma peau, et une petite partie de moi, intriguée, désirait en sentir davantage.

Il passa un collier par-dessus ma tête, et le poids du bijou se posa juste au-dessus de mon décolleté. Il l'attacha plus lentement que nécessaire, mais je ne me plaignis pas et ne reculai pas d'un pouce.

Lorsqu'il eut terminé, il fit glisser un doigt le long de ma colonne vertébrale, suivant la ligne de la fine chaîne, provoquant en moi sans le vouloir un léger frisson. Il me fallut toute l'obstination que je pouvais rassembler pour ne pas me laisser aller à sa caresse. Pour me rappeler ma haine. Parce que c'était sûrement ce que j'éprouvais en cet instant : le feu dévorant et ravageur de la haine.

Je me tournai lentement jusqu'à ce que nous nous fassions à nouveau face. Son regard se posa sur mon collier et je baissai enfin les yeux pour voir ce dont il avait orné mon cou. J'inspirai brusquement lorsque mon *cornicello* en argent accrocha la lumière. « Le diable sait que tu me donnes ça ? »

Il ne détourna pas son attention de l'amulette. « Considère ceci comme un prêt, pas un cadeau.

— Tu peux faire ça ? Il ne va pas s'en prendre à toi ? »

Il jeta un coup d'œil théâtral à chaque extrémité du couloir désert avant de me regarder à nouveau. « Tu vois quelqu'un qui essaie de m'arrêter ? » Je secouai la tête. « Alors pas la peine de t'inquiéter.

— Je ne suis absolument pas… » Sa bouche se tordit en un de ses dangereux sourires, tandis que je m'écartais, laissant le mensonge en suspens. J'expulsai un souffle silencieux. « Ça ne veut pas dire ce que tu penses. Arrête de sourire.

— Qu'est-ce que *tu* crois que je pense que ça veut dire, exactement ?

— Je me fiche de ce que tu penses. J'ai simplement décidé de me montrer cordiale pour le moment. Et je tolère juste la situation actuelle jusqu'à ce que je parte pour la Maison Orgueil.

— Tu en es certaine ?

— Oui.

— Alors, dis-moi que tu me détestes, que je suis ton pire ennemi. Mieux encore, dis-moi que tu ne veux pas m'embrasser.

— Je n'ai pas envie de jouer à ce jeu. » Il haussa un sourcil et attendit. Je luttai contre l'envie de lever les yeux au ciel devant sa suffisance. « Très bien. Je ne veux pas t'embrasser. Content ? »

Une étincelle de compréhension s'alluma dans son regard. Je réalisai une seconde trop tard ce que je venais de faire, ce qu'il avait appris au moment où les mots avaient quitté mes lèvres traîtresses. Il fit un pas en avant et je reculai rapidement, mon dos entrant en contact avec le mur.

Il se pencha, s'appuya de chaque côté de moi, avec un regard si ardent qu'il aurait suffi pour allumer un feu. « Menteuse. »

Avant que je ne creuse plus encore ma propre tombe, sa bouche se pencha vers la mienne, me dérobant mon souffle, mettant fin à toute autre tentative de déni aussi facilement qu'il m'avait volé mon âme.

NEUF

Son baiser me submergea et me conquit en un instant. Exactement comme il le souhaitait. Ce n'était pas un baiser rapide ou violent, ni alimenté par la haine ou la fureur. C'était une braise, la promesse d'un feu ardent à venir, annoncé avec tendresse. Cet échange me parut presque mignon : c'était le genre d'étreinte chaste que deux amants qui se courtisent dérobent quand leur chaperon a le dos tourné… jusqu'à ce qu'il soulève lentement mes bras par-dessus ma tête et me colle à la paroi en me maintenant par les poignets. Il coinça ma lèvre inférieure entre ses dents et la mordit doucement. Puis je me souvins : Colère n'était pas un ange. Et j'étais tout à coup plus que disposée à me laisser damner.

Maudits soient ce royaume et ses machinations machiavéliques ! Sa soif de péché. Mon besoin indéniable de *lui*. En cet instant, il n'y avait pas de serment de sang avec le diable. Pas de fiançailles ou d'obligations envers ma famille. Il n'y avait que nous, ce prince damné et moi, et cette satanée chaleur qui ne cessait de monter entre nous.

Le corps de Colère se moulait contre le mien, dur comme de la pierre et inflexible là où il le fallait. La faim que je ressentais était tout aussi intense que la sienne. J'aurais voulu détester ça. J'aurais voulu ne pas passer ma langue sur ses lèvres ni soupirer lorsqu'il obéit à ma demande silencieuse et m'embrassa plus profondément.

Ce nouveau baiser dévorant pillait, volait. C'était tout à la fois des excuses, du désir brut et un refus farouche de se soumettre à de véritables sentiments. Un besoin primaire réduit à son niveau le plus élémentaire. Je n'arrivais pas à savoir si me laisser emporter par ce sentiment sauvage m'effrayait ou m'enthousiasmait.

Je m'écartai, le souffle court. « Tout ceci est bien réel ?

— Oui. »

Comme pour prouver la véracité de ses dires, il fit basculer son bassin vers l'avant et je fus presque certaine que le château tout entier trembla à la seconde où nos corps se touchèrent. Il n'y avait pas de doute sur l'intensité du désir que ce prince des ténèbres éprouvait pour moi. J'agrippai les revers de sa veste et ramenai ses lèvres contre les miennes.

L'espace d'un instant qui fit s'emballer mon cœur, je souhaitai qu'il relève ma robe, qu'il s'enfonce en moi et libère jusqu'au dernier tous mes désirs enfouis. J'avais envie d'oublier où je me trouvais et ce que je devais faire. Je voulais abandonner les blessures, la douleur et le chagrin qui ne me quittaient jamais vraiment. Tout ce que je désirais, c'était l'oubli délicieux que me procuraient les caresses. Colère pouvait facilement me procurer tout cela. Et bien plus encore.

Il se maîtrisa et se détacha de notre baiser pour commencer à caresser langoureusement le haut de mon corsage. Le besoin m'envahit et sembla se refléter en lui. Il fit glisser ses mains le long de mes flancs, me serrant un peu plus contre son corps. « Tu pourrais encore me détruire.

— Plus tôt que tard, si tu continues à parler et que tu ne recommences pas à m'embrasser.

— Exigeante créature angélique. »

Il me sourit avec indulgence, puis s'exécuta. *Ce baiser*. Il était langoureux et enivrant, et je me rendis compte qu'il n'était pas le seul à risquer la destruction. Il leva mon visage vers le sien, traça les contours de ma mâchoire, puis passa les doigts le long de mon cou, effleurant délicatement la zone où mon artère pulsait.

De petites étincelles d'électricité jaillissaient sous sa caresse. J'avais presque oublié qu'il m'avait marquée, me donnant ainsi un moyen de l'invoquer sans utiliser sa dague. Le minuscule S, presque invisible, picotait. Nonna m'avait dit que la marque était un grand honneur, rarement accordé.

Cela ne lui avait pas fait plaisir.

Je recouvrai immédiatement la raison et me forçai à mettre de côté l'ivresse de ses baisers. Je sentis la magie du monde se retirer comme la marée qui descend, alors que sa déception s'abattait en vagues réticentes autour de nous.

Colère relâcha doucement son emprise, sentant le changement en moi.

« Pourquoi ? » Je parvins juste à articuler ce mot, d'une voix encore chargée de désir.

« Je ne pensais pas que tu préférerais avoir un public. »

Une image indécente de lui me prenant sur la table de la salle à manger traversa mon esprit. Elle était si nette que j'aurais juré avoir entendu les exclamations choquées des invités pendant que leur prince me montrait à quel point il pouvait pécher, avoir vu les verres se briser et les fourchettes tinter contre la plus somptueuse vaisselle démoniaque, tandis que Colère nous menait tous les deux au bord du précipice, sans se soucier des convives autour de nous.

Je ravalai un rire nerveux. Ce serait une entrée fracassante à coup sûr qui laisserait une impression que la Maison Colère n'oublierait pas de sitôt. Je chassai ces pensées scandaleuses.

« Ce n'est pas ce que je voulais dire, et tu le sais très bien. » Bien que je me *demande* pourquoi il avait décidé de m'embrasser maintenant.

Il montra les dents dans un semblant de sourire et une lueur d'admission pétilla dans ses yeux. Il admettait avoir esquivé ma question. Je ne pus m'empêcher de secouer la tête tandis qu'un sourire amusé tirait sur les commissures de mes lèvres. C'était un progrès, même s'il était léger. Ou peut-être apprenais-je enfin à mieux déchiffrer ses expressions. Même si je soupçonnais qu'en cet instant précis, il faisait moins d'efforts pour rester impénétrable. J'essayai de ne pas laisser ma méfiance gâcher ce moment.

« Je parlais du fait que tu m'as marquée. Pas de ceci – je nous désignai tous deux d'un signe de tête –, appelle-le comme tu veux. »

Il scruta mon visage pendant une minute chargée de tension, tandis que les derniers vestiges de chaleur le quittaient. Ses yeux étaient à nouveau d'un noir presque solide. Cette fois, le grondement qui ébranla le château était indubitable. Il fit rouler ses épaules vers l'arrière, comme pour libérer la tension dans son corps et... entre nous.

Colère me tendit le bras, toute trace de passion évacuée de son visage.

J'avais devant moi un prince de l'enfer, froid et insensible comme il se doit.

« Nous ne pouvons plus nous attarder. Il est temps que tu rencontres ma cour. »

Le souvenir de notre arrivée devant les énormes portes en ossements sculptés de la salle à manger royale était flou. Je ne me rappelais pas si Colère m'avait parlé au cours du trajet à pied qui m'avait semblé interminable ou s'il m'avait escortée dans un silence total et stoïque. C'était probablement la seconde proposition, je ne pouvais pas l'imaginer prendre part à une activité aussi prosaïque qu'une conversation sur ma journée ou le temps qu'il faisait.

De toute façon, je ne l'aurais pas remarqué.

Un sentiment étrange habitait ma poitrine ; un léger tiraillement, un pincement, ou un mélange bizarre des deux. Au début, je crus que c'était la panique qui agitait ma cage thoracique, la peur de ce qui venait de se produire entre nous, mais ce n'était pas cela. Le sentiment se répandait lentement, s'écoulait de mon cœur comme un ruisseau qui dévalait vers mon bras.

Colère tourna la tête vers moi, le front plissé.

Je baissai les yeux vers ce qu'il fixait. Mon *cornicello* émettait la lueur violette et surnaturelle du *luccicare* humain. C'était arrivé deux fois auparavant. La première fois lorsque j'avais trouvé Colère penché sur le cadavre de ma jumelle. Et la deuxième quand j'avais trouvé mon amulette à moitié enterrée dans un tunnel, après qu'elle avait été volée. Juste avant que les démons *Umbra*, presque incorporels, n'attaquent et qu'Envie n'enfonce sa dague dans le ventre de Colère.

Mes mains se recroquevillèrent en poings lorsque je me souvins du sang de Colère séché sur mes mains, sous mes ongles. La sensation absolue de…

« Respire, me recommanda-t-il d'une voix grave et apaisante. Nous allons faire les présentations, puis nous partirons si tu ne souhaites pas rester dîner avec eux.

— Je ne suis pas nerveuse. »

Et j'étais surprise de constater que je disais vrai. Je lâchai le bras de Colère et passai mes doigts sur le métal froid de l'amulette pour me réconforter, une vieille habitude dont je ne me départirais sans doute jamais. *Les cornes du diable*, me rappelai-je avec un petit frisson. Pas une amulette pour éloigner le mal. Ce pendentif n'était plus le porte-bonheur innocent que j'avais toujours cru qu'il était.

Lorsque je le touchai, un léger courant électrisa ma peau, m'alarmant suffisamment pour que je retire ma main. C'était nouveau. Je reportai mon attention sur Colère. « Tu as vu ça ? »

Il acquiesça, ne quittant pas des yeux la corne du diable rétrécie. L'inquiétude était toujours visible sur ses traits. « Peux-tu le porter pendant le repas ?

— Bien sûr. Je le porte depuis près de vingt ans.

— Si tu ressens la moindre gêne, préviens-moi immédiatement. »

Il sembla sur le point d'ajouter autre chose, mais il se ravisa au dernier moment. Les battements de mon cœur s'emballèrent. « Quel genre de gêne ?

— Quoi que ce soit d'inhabituel. Même si c'est léger ou que cela te paraît inoffensif. »

Je m'apprêtais à lui parler de la sensation de picotement, mais elle diminua jusqu'à disparaître avant que je ne puisse former les mots sur mes lèvres. Peut-être *était-ce* la nervosité qui me gagnait. J'étais descendue dans le monde souterrain avec l'un des Damnés, j'avais conclu un pacte sanglant avec le diable et, dans quelques secondes, j'allais rencontrer la cour de démons perfides du Prince de la Colère.

Et en sus de tout le reste, je venais d'être embrassée par quelqu'un qui n'était *pas* mon promis et mes lèvres étaient probablement gonflées de façon compromettante. Même si mes sentiments pour Colère étaient beaucoup plus complexes, ce baiser ne m'avait pas déplu. En fait, il semblait avoir révélé une vérité à laquelle je refusais d'accorder mon attention. Il m'avait demandé si je pouvais partager le lit de quelqu'un que je détestais, et alors que mon esprit était encore en proie à la colère de sa trahison, mon corps avait réagi à ses caresses.

Je ne pouvais pas imaginer qu'Orgueil puisse bien prendre la nouvelle de mon rendez-vous galant avec son frère. Il avait peut-être des espions dans cette cour, désireux de lui faire plaisir et prêts à rapporter la moindre anecdote croustillante… Même si cela ne me dérangeait pas de semer la discorde entre les deux Maisons, je ne voulais pas m'aliéner mon fiancé et gâcher ma chance d'élucider le meurtre de Vittoria. J'avais tout à fait le droit d'être nerveuse. Il serait étrange au contraire que je ne le sois pas.

Colère se pencha et effleura mon cou du dos de la main, sa voix aussi douce que ses caresses. La magie qui alimentait sa marque d'invocation m'apaisa instantanément. « Prête ? »

J'acquiesçai. Il étudia mon visage et dut voir que j'étais effectivement disposée à faire mon entrée officielle dans la Maison Colère. Sans prévenir, il tourna les talons et ouvrit les portes d'un coup de pied.

Il franchit le seuil à grandes enjambées au moment où les battants s'écrasaient contre le mur. Ses pas faisaient l'effet de coups de tonnerre dans le silence soudain. Mon souffle se coinça dans ma gorge. Ce n'était *pas du tout* la façon dont j'avais imaginé faire mon entrée magistrale. Étant donné son penchant pour les beaux vêtements et les manières impeccables, je pensais qu'il serait plus... distingué ou raffiné. J'aurais dû savoir qu'il ne fallait jamais rien présumer de lui.

Une vague de démons élégamment vêtus tomba à genoux lorsqu'il entra dans la pièce, la tête inclinée et les yeux baissés. Il s'arrêta dans l'entrée de l'immense salle à manger et attendit que je le rejoigne. Mes pas étaient lents et réguliers, contrairement à mon pouls.

J'eus l'impression qu'une éternité et une seconde seulement s'étaient écoulées avant que je ne franchisse les portes, le tissu de ma robe chuchotant contre la pierre, et que je ne m'arrête près du Prince de la Colère.

Il s'exprima alors, d'une voix empreinte d'une autorité royale : « Levez-vous. Et souhaitez la bienvenue à Son Altesse Emilia Maria Di Carlo, votre future reine. »

Les déesses devaient veiller sur moi, car je parvins à ravaler ma stupéfaction sans la laisser transparaître. Je tournai discrètement vers Colère mon regard interrogateur. On ne m'avait pas parlé de « Son Altesse ». J'imaginais que cela arriverait après le couronnement, ou quelle que soit la cérémonie équivalente dans l'univers démoniaque. Le coin de sa bouche tressaillit avant que son expression ne se durcisse à nouveau et qu'il ne s'adresse à la mer de démons curieux, toujours sur le même ton froid et impitoyable.

« Rappelez-vous ce que j'ai dit à propos du respect. En tant que promise d'un prince de l'enfer, le statut de Dame Emilia a été rehaussé. Vous ne vous adresserez à elle qu'en l'appelant "Son Altesse" ou "Ma dame". Si vous l'insultez, vous devrez en répondre devant *moi.* »

Colère fixa un noble en particulier, et je supposai qu'il s'agissait de celui dont Fauna m'avait dit qu'il l'avait déjà menacé. Je n'aurais pas voulu être la cible de ce regard : il était si glacial qu'il fit frémir les nobles environnants. Et ils ne semblaient pas être le genre de sujets à se laisser facilement intimider.

« Considérez ceci comme mon dernier avertissement. »

Colère se tourna alors vers moi et me tendit le bras. J'y plaçai ma main dans le creux et levai le menton. Nous marchâmes côte à côte jusqu'à une immense table placée au fond de la pièce, et je laissai discrètement mon regard parcourir la salle pour observer le décor. Une tapisserie suspendue au mur du fond représentait un ange guerrier aux prises avec des démons. Des têtes coupées roulaient à ses pieds, éclaboussées de sang et les yeux laiteux. Un choix assez particulier, pour une salle à manger.

Je détournai mon attention de ce rayon de soleil. La table vers laquelle nous nous dirigions était constituée d'une seule pièce de vieux bois magnifique. Un chemin de table composé de divers conifères courait en son centre, et un candélabre en fer aux bras grêles trônait juste au-dessus de la verdure. Des bougies crème et or décoraient la surface d'un bout à l'autre, diffusant une agréable lueur vacillante. Des assiettes en faïence noire étaient disposées devant des chaises dorées. Les couverts étaient eux aussi d'un or profond. C'était de l'élégance rustique à l'état pur. Un style masculin avec des touches chaleureuses inattendues. Parfait pour un prince guerrier. Ce service me plaisait beaucoup.

Colère nous orienta vers le centre de la table où se trouvaient deux sièges plus hauts et plus décorés que les autres. Pas exactement des trônes, mais presque. Contrairement à ce qu'on m'avait dit des cours royales humaines, nous ne serions pas assis aux extrémités opposées de la table. Nous étions installés au centre et tous les autres étaient répartis autour de nous. Deux rangées de tables en bois similaires, mais plus petites, se trouvaient de part et d'autre de la pièce, formant un chemin que nous devions emprunter.

Ces tables n'étaient pas dotées de sièges en or, mais de bancs en bois assortis. Toutes les surfaces étaient ornées d'une multitude de bougies, des flammes décoratives destinées à réchauffer le cercle le plus froid de l'enfer.

Des serviteurs que je n'avais pas remarqués alors qu'ils étaient alignés le long du mur s'avancèrent, tirant gracieusement nos chaises avant que nous n'atteignions nos places. Colère attendit que je m'asseye la première. Des verres remplis d'un vin sombre furent rapidement servis et posés devant nous.

Des baies congelées remontèrent à la surface, charmantes et alléchantes. Mon regard se porta sur le prince. Je m'apprêtais à demander pourquoi personne ne se dirigeait vers les autres sièges, mais je décidai de me taire.

L'attention de Colère était tournée vers moi, ses yeux brillaient presque à la lueur des bougies.

Tout se fondit soudain dans l'obscurité. Comme si nous étions seuls tous les deux dans la pièce. Dans tout le royaume. Je ne pus empêcher mes pensées de revenir à la vision scandaleuse que j'avais eue juste avant, de lui en train de me faire l'amour jusqu'à ce que des étoiles dansent devant mes yeux. Comme les héros libertins de mes romances préférées promettaient de le faire à l'objet de leur affection et de leur désir.

Ce royaume ridicule et ses penchants pour le péché ! Il choisissait le pire moment pour répandre sa magie perfide. Même si je n'étais pas tout à fait surprise. Colère m'avait prévenue que ce royaume détectait les points les plus sensibles de chacun et les exploitait à l'envi. J'étais en proie à une lutte intérieure contre mes émotions et mes désirs physiques.

Tant que je n'apaiserais pas ce conflit en moi, je serais sans doute assaillie par ces besoins.

Je détournai mon attention de Colère et me déplaçai sur mon siège, mal à l'aise, pour chercher le vin. Boire un verre me changerait les idées ou… me transformerait en une créature sauvage qui arracherait les vêtements du prince. Penser à ses habits était une énorme erreur ; une simple association d'idées me mena rapidement à l'imaginer *sans* sa chemise. Par le sang et les os, cette attirance interdite s'aggravait chaque minute.

Je devrais peut-être quitter la table pour aller prendre l'air. Je jetai un coup d'œil autour de moi pour voir s'il y avait un balcon ou une terrasse. Il fallait que je me calme au plus vite. Suite aux présentations royales, tout le monde ici devait savoir que j'étais promise au frère de Colère. Cela semblerait déplacé que je désire ce prince, alors que je m'apprêtais à épouser le roi des démons.

Colère se pencha vers moi, ses lèvres frôlèrent presque mon oreille, et je le sentis sourire. Sa voix n'était qu'un murmure de façon à ce que moi seule puisse l'entendre : « Un mot de toi et je les congédie. »

Je fus assaillie par la tentation. « J'ai l'air si nerveuse que ça ?

— Je suis pratiquement certain que ce que je perçois n'a aucun rapport avec la nervosité. » Un rougissement monta le long de mon cou. Je ne savais pas qu'il pouvait sentir… l'excitation ? Que la déesse me maudisse ! Ce royaume finirait par me tuer. Je me forçai à focaliser mes pensées sur la raison qui m'avait amenée ici. Ce n'était ni la séduction ni le désir qui m'avaient poussée à vendre mon âme. C'était la vengeance. La fureur. Et ces émotions étaient bien plus puissantes que n'importe quelle magie pécheresse.

Ou que n'importe quel maudit prince, aussi séduisant soit-il.

Je collai mes lèvres à son oreille. « Et le couteau avec lequel j'envisage de te poignarder, tu le sens, Altesse ?

— Si c'est une tentative pour changer de sujet, c'est un échec lamentable. » Il laissa sa main tomber sous la table et elle atterrit délicatement sur mon genou. C'était de toute évidence une façon non verbale de me faire comprendre qu'il ne croyait pas à mon dernier mensonge. « Cela m'intéresse surtout de savoir où ceci peut mener, *ma dame*. Tu oublies sur quel péché je règne. J'aime jouer avec les couteaux.

— Tes sujets nous observent. »

De sa main libre, il prit son vin et en but une longue gorgée avec des gestes minutieux. Il se comportait comme si nous savourions un verre tous les deux seuls, au lieu d'être au centre de l'attention des nobles de l'enfer.

Il posa sa coupe et fixa la foule silencieuse et attentive. « Vous pouvez vous asseoir. »

Je répugnais à l'admettre même mentalement, mais son contact permettait effectivement de chasser ma nervosité tandis que la cour royale prenait place. C'était difficile de se concentrer sur la peur alors que ses longs doigts caressaient le tissu léger de ma robe et drainaient toute mon attention vers ce point de contact. J'imaginais qu'il tentait de m'apaiser, mais ses caresses avaient l'effet inverse. Mon cœur battait à tout rompre.

Le prince maudit ne semblait pas le moins du monde affecté par son petit jeu. Je baissai les yeux vers son bas-ventre.

« Je suis ravi d'enfin faire votre connaissance, Dame Emilia. Vous êtes splendide comme une déesse ce soir. Une véritable enchanteresse inoubliable. »

La main de Colère se crispa sur ma jambe, avant qu'il ne continue à faire glisser lentement son doigt le long de la couture extérieure de ma robe. Je détournai mon regard du prince. De l'autre côté de la table, derrière son siège, un démon aux cheveux clairs m'adressait un grand sourire. C'était le noble que Colère avait fusillé du regard au début de la soirée. Je ne lui rendis pas son sourire. « Je suis désolée, je ne crois pas que nous ayons été présentés. Vous êtes ?

— Seigneur Baylor Makaden, ma dame. »

C'était bien lui, le démon qui avait fait des commentaires grossiers. Il s'assit et se mit immédiatement à bavarder avec les seigneurs et les dames qui se trouvaient de chaque côté de lui. D'autres nobles charmants nous rejoignirent et des plateaux de nourriture furent bientôt apportés aux différentes tables.

Des filets de viande cuits dans une pâte feuilletée. Des tubercules rôtis et assaisonnés d'herbes. Des pains croustillants qui dégageaient des fragrances d'épices inconnues. Des saucières remplies de liquides sombres. Aucun de ces plats ne m'était familier ou ne me rappelait la maison, mais ils n'étaient pas aussi différents que je l'avais redouté. J'avais secrètement craint que l'on serve des animaux étranges à quatre yeux et des abats crus encore fumants. Au contraire, tout était appétissant.

Colère retira sa main de mon genou pour me surprendre en découpant la viande et en remplissant mon assiette d'un peu de tout ce qui se trouvait sur la table. Des seigneurs et dames nous observaient derrière leurs cils baissés, certains assez audacieux pour chuchoter. J'avais l'impression que ce n'était pas le comportement habituel du prince. Il les ignora, même s'il sentait sans doute leur attention et leurs suppositions muettes.

« Un supplément de sauce, ma dame ? » proposa-t-il.

Je levai les yeux vers lui, le pouls battant. Il se donnait en spectacle, mais je n'avais aucune idée de l'intérêt qu'il pouvait en tirer. Jouant le jeu, je secouai la tête. « Non, merci, Altesse. »

Mon utilisation de son titre sembla lui plaire, bien que personne d'autre ne dût remarquer la courbe presque imperceptible de ses lèvres. Après s'être occupé de mon assiette, il se servit de généreuses portions, puis engagea la conversation avec le noble qui se trouvait à sa gauche.

Ça, c'était la version que j'avais imaginée précédemment, celle d'un prince aux manières exemplaires. Pas d'un barbare qui enfonçait les portes à coups de pied. Même si les deux aspects de sa personnalité étaient aussi intrigants l'un que l'autre. Que la déesse me vienne en aide ! Je n'aurais pas dû le trouver intrigant ou attirant...

J'écoutai poliment la dame à côté de moi se plaindre de sa servante, puis de ses aigreurs d'estomac et de la tapisserie dévorée par les mites dans sa salle de réception.

Je la laissai parler sans l'interrompre de toutes les choses qui la mettaient en colère, tandis que je mangeais sans un mot. Elle examina mon tatouage, l'amulette, et s'arrêta sur la bague à mon doigt, mais elle ne posa aucune question. Jusqu'à présent, personne n'abordait de sujet digne d'intérêt et je n'apprendrais sans doute pas grand-chose en dehors de quelques ragots inoffensifs. Ce soir, la cour ferait preuve d'un comportement exemplaire.

Je n'étais pas sûre d'être enchantée par la soirée, mais au moins la nourriture valait la peine. Ma viande se coupait comme du beurre et avait un goût tout aussi riche. Je fis de mon mieux pour me concentrer sur les conversations et ne pas me laisser distraire par les saveurs. Ceux qui avaient préparé ce repas étaient doués. J'aurais aimé les voir à l'œuvre dans la cuisine et prendre des notes. Je pourrais peut-être inventer mes propres versions de sauce.

Ajouter un peu de sel de mer et d'herbes à la pâte feuilletée, pour compléter les saveurs avec lesquelles la viande avait été marinée.

À plusieurs reprises, je sentis un regard inquisiteur et lorsque je levai les yeux, je m'aperçus chaque fois que Seigneur Makaden avait les yeux rivés sur ma poitrine. Son expression lubrique indiquait qu'il ne s'intéressait pas à l'amulette. Je l'ignorai comme l'avait fait Colère. Les porcs comme lui n'étaient pas dignes d'attention. Bien que cette comparaison ne rende pas justice aux pauvres cochons.

La dame à côté de moi – qui s'appelait Dame Arcaline – mit fin à sa litanie de plaintes assez longtemps pour me demander : « Avez-vous rencontré un membre de la cour en dehors du dîner de ce soir ?

— Oui, j'ai rencontré Dame Fauna dans la bibliothèque. »

Dame Arcaline émit un son dédaigneux, se détourna et s'intéressa soudain au démon assis de l'autre côté.

Avec tout ce qui s'était passé, j'avais oublié Fauna. Je bus une gorgée de vin et parcourus la salle à manger du regard, surprise de la voir discuter avec Anir et un autre jeune démon à l'extrémité de notre table. C'était dommage qu'ils ne soient pas plus près, le repas aurait été bien plus amusant.

Avant que je ne puisse réfléchir à la camaraderie que je pouvais ressentir envers certains membres de la cour de Colère, Seigneur Makaden se pencha par-dessus la table pour lorgner hardiment mes lèvres. C'était déjà mieux que son examen si peu discret de mon décolleté. Heureusement pour lui, Colère était en pleine discussion avec le gentilhomme à sa gauche et n'avait pas remarqué son regard lubrique. J'étais disposée à ignorer sa bêtise ce soir pour préserver la paix. Demain serait un autre jour.

« Permettez-moi de vous poser une question, Dame Emilia. » La voix grinçante de Makaden me détourna de mon repas. « Avez-vous déjà goûté quelque chose qui procure autant de plaisir que la nourriture des démons ? À chaque bouchée, vous semblez en proie à l'extase. Je dois admettre que c'est un spectacle captivant. J'envie votre fourchette. »

Les nobles assis près de moi continuaient à discuter poliment, mais je sentais leur attention se reporter sur nous. La question était suggestive, et frôlait les limites de la bienséance. Au cours du long dîner, j'avais pu comprendre que certains sujets de conversation étaient aussi scandaleux ici que dans le monde des mortels. Mais le vrai scandale semblait surgir quand on évoquait ouvertement d'autres péchés.

Je ne me dérobai pas.

« Dites-moi, Seigneur Makaden, êtes-vous toujours aussi préoccupé par la bouche des gens ? Peut-être devriez-vous réévaluer quelle Maison du Péché vous correspond le mieux ? »

Il but une gorgée de son vin, puis passa un doigt sur le bord du verre sans quitter un instant mes lèvres des yeux. Plus il me fixait, plus la colère que je m'efforçais de contenir commençait à bouillir.

Je me demandai quelle impression je ferais à la Maison Colère si je mutilais ce goujat avant le prochain plat. Si Colère avait interdit les « étripages lors des rassemblements », ce devait être un événement assez fréquent auparavant. En tant que future reine, j'échapperais sans doute à toute forme de châtiment. Pour effacer l'expression répugnante du visage de Makaden, j'étais prête à affronter l'ire de Colère.

« On m'a déconseillé de parler de votre langue, ma dame. Je m'abstiendrai donc de la qualifier d'acerbe. Cependant, puisque vous avez parlé de bouche, je ne peux m'empêcher de m'interroger. Vous semblez apprécier la viande, mais votre petite bouche parfaite a-t-elle déjà eu le plaisir de goûter une saucisse ? »

Ma mâchoire se crispa si fort que je fus surprise que Colère n'entende pas mes dents grincer. Seigneur Makaden ne faisait pas allusion à de la viande hachée dans un boyau, même si le mot qu'il avait employé avait été choisi avec soin pour lui permettre de prétendre le contraire. J'expirai lentement. Il essayait de m'énerver.

Je refusais de le laisser gagner.

« Si ce n'est pas le cas, nous allons devoir y remédier bientôt. Ce soir, peut-être ? » Il plongea un doigt dans le vin, puis suça lentement le liquide. Le large sourire qu'il m'adressa n'atteignit pas ses yeux haineux. Je fantasmai un instant sur l'idée de lui arracher ces horreurs globuleuses. « Je la préparerai moi-même. On m'a dit plus d'une fois que la mienne est délicieuse. »

Je serrai les doigts autour de mon couteau. Je n'avais qu'une envie : le lui plonger dans le cœur. Sans trop réfléchir aux conséquences, je soulevai la lame et me levai. Ma belle chaise raya la pierre en émettant un avertissement strident.

La salle poussa une exclamation collective. Aussitôt recouverte par les hurlements et les gargouillis de Seigneur Makaden. Un liquide chaud m'aspergea la poitrine et le visage. J'étais tellement abasourdie que je laissai tomber le couteau et m'essuyai les joues. Mes doigts étaient enduits de liquide rouge.

Une seconde plus tard, une odeur métallique me prit à la gorge. Du sang. Le sang éclaboussait maintenant l'alignement de conifères sur la table, et *moi* aussi. Mon attention se porta sur la source de l'hémoglobine.

Sur la place à table réservée à l'abominable seigneur trônait une langue coupée et empalée.

Je fixai mon couteau avec stupéfaction, ne sachant pas si je l'avais attaqué… Puis je remarquai la dague de Colère. Elle vibrait encore sous l'effet de la force qu'il avait employée pour l'enfoncer dans l'assiette, puis dans la table. Je laissai échapper un souffle silencieux, incapable de détourner le regard. Les pierres précieuses lavande des yeux du serpent brillaient de fureur. Ou de soif de sang.

J'avais oublié que la dague se délectait de ses offrandes.

« Le dîner est terminé », annonça le prince démon d'une voix dangereusement basse. Il dégagea sa lame ensanglantée. « Sortez. »

DIX

Les chaises et les bancs raclèrent aussitôt le sol en pierre. Anir vint me rejoindre quelques instants plus tard et m'attrapa le coude avec douceur, mais fermeté, pour m'escorter hors de la salle à manger royale. Il nous fit monter un escalier dérobé, qui s'ouvrait derrière une tapisserie aux couleurs vives représentant un jardin.

J'étais tellement sous le choc que je ne protestai pas. Je ne cherchai pas non plus à savoir si Colère nous avait suivis. Peut-être était-il en train de dépecer les restes de Makaden. D'embrocher divers organes pour les placer sur des piques à l'extérieur du château, en guise d'offrande aux rapaces charognards qui devaient tournoyer dans ces cieux maudits. Déesse du ciel ! L'écho des hurlements du misérable seigneur me parvenait encore. Il me glaçait jusqu'à la moelle.

« Comment ? » J'avais du mal à comprendre les soixante dernières secondes. Colère était intervenu si vite que je n'avais pas eu conscience de l'attaque avant qu'elle ne soit terminée. Puis il était resté là, ordonnant tranquillement à tout le monde de partir, comme s'il ne venait pas d'arracher brutalement un organe…

Je me frottai les bras : la cage d'escalier me parut soudain insupportablement froide.

« Attention où vous mettez les pieds. Les pierres ne sont pas nivelées dans ce passage. »

Je rassemblai mes jupes et me concentrai sur l'ascension des marches aussi vite que me le permettaient ma toilette et mes chaussures. Le choc cédait petit à petit la place à une émotion bien différente, qui me surprit autant que la soudaine explosion de violence. Je serrai ma robe si fort que cela en devint presque douloureux, comme si j'étranglais le tissu.

Anir nous conduisait volée après volée, jetant de temps à autre un coup d'œil par-dessus son épaule, sa main libre posée sur le manche de son couteau. Je ne pensais pas que quelqu'un puisse être assez téméraire ou assez stupide pour nous suivre, surtout après la scène sanglante que nous étions en train de fuir.

Colère avait explosé à cause d'une *insinuation*. Si quelqu'un tentait de s'en prendre physiquement à moi ou de m'agresser, une mort rapide serait un geste clément. Or, je n'avais pas aperçu la moindre trace de miséricorde sur le visage du prince démon.

De la fureur froide et rien d'autre.

Ce qui était bien pire. Un accès de colère finit toujours par s'apaiser, mais la colère froide dont le prince avait fait preuve était glaciale. Des siècles pourraient s'écouler et elle resterait intacte.

Nous sortîmes par un panneau dissimulé en haut des escaliers et une légère sensation de picotement m'envahit. Anir ne dit plus rien jusqu'à ce que nous nous retrouvions devant la porte de ma suite.

Là encore, son regard attentif scruta le couloir désert, comme s'il s'attendait à ce que des ennuis se matérialisent. Je ne partageais pas son inquiétude. Mes appartements privés se trouvaient au bout de cette aile et il n'y avait qu'une seule autre série de portes ici. Même si Makaden avait des alliés, des démons furieux rendus fous par le péché de leur Maison d'élection, Colère les éliminerait sans la moindre hésitation.

Si ma colère était un aphrodisiaque pour lui, celle de sa cour alimentait probablement massivement son pouvoir. Il se nourrissait de fureur, dans tous les sens du terme.

Je jetai un coup d'œil à l'autre extrémité du couloir ; une grille en fer forgé était tombée du plafond, interdisant l'accès à toute personne qui tenterait de pénétrer dans cette section. À force de serrer les dents, ma mâchoire était douloureuse. L'enfermement ne m'enchantait pas, mais il restait une autre issue dans le panneau secret, si je voulais partir. Une sortie protégée par de la magie, comme en témoignaient les picotements que je ressentais. Colère avait utilisé la même magie dans mon royaume pour me protéger de ses frères.

Ce n'était pas rassurant qu'il ait dû prendre de telles précautions dans sa propre Maison royale, mais j'étais convaincue que personne ne pourrait passer à travers ses protections.

« Makaden l'a bien cherché, cela fait des décennies que ce sort l'attendait. »

Je reportai mon attention sur Anir. « J'imagine que oui.

— Alors pourquoi… » Il s'interrompit pour m'examiner avec soin. « Êtes-vous en colère ? »

C'était faux. J'étais furieuse. C'était un miracle que de la vapeur ne s'échappe pas de mes oreilles.

Si j'étais incapable de gérer seule des créatures répugnantes comme ce Seigneur Makaden, je ne gagnerais jamais le respect de cette cour ni d'aucune autre.

Colère aurait dû s'estimer heureux que ce ne soit pas lui qui soit à mes côtés en ce moment. Je lui aurais planté sa précieuse lame dans la gorge, j'aurais arraché mes vêtements et, tandis que je l'égorgerais d'une oreille à l'autre, je me baignerais dans son sang chaud.

Le plaisir inattendu que je ressentis en pensant à un acte aussi sombre et sauvage me ramena à la raison. Alors que les flammes de ma fureur s'éteignaient, les braises de la rage demeuraient. Je n'étais pas aussi horrifiée que j'aurais dû l'être par ma soif de sang.

Anir esquissa un demi-sourire. Il avait dû lire mes envies de meurtre dans mes yeux et les trouver amusantes. Il était assez malin pour ne pas en rire.

« Ses appartements privés se trouvent au bout de ce couloir. Donnez-lui dix minutes, je suis sûr qu'il s'y trouvera. »

J'étais trop furieuse encore pour manifester ma surprise. Bien sûr, Colère m'avait placée près de lui. Il surveillait attentivement la fiancée de son frère. Il se comportait une fois de plus en mercenaire consciencieux. Sauf lorsqu'il m'avait embrassée avant le dîner. Je doutais que cela fît partie de ses ordres. Mais, le connaissant, c'était peut-être un stratagème tordu qu'il avait fomenté pour me maintenir préoccupée et m'empêcher de lui causer plus d'ennuis.

Je tournai les talons et claquai la porte de ma suite derrière moi.

Je passai le temps en nettoyant le sang et les restes de Makaden de mon corps et de mes vêtements. Je m'assis à la coiffeuse de ma salle de bains et plongeai la serviette de lin dans le lavabo en cristal, l'eau prit aussitôt une teinte rouge rosée. Je tamponnai l'humidité restante tout en contemplant la femme silencieuse dans le miroir. Je n'y reconnus pas la moindre trace de la fille que j'avais été avant l'assassinat de ma sœur.

Cette Emilia avait péri dans la pièce en même temps que ma jumelle, on lui avait arraché le cœur également, et elle ne reviendrait probablement jamais. Même si je me battais bec et ongles, dupais les gens, vendais mon âme, rien ne ramènerait jamais ma sœur. Même si je parvenais à détruire ceux qui avaient fait du mal à Vittoria, je ne voyais pas comment je pourrais un jour retrouver ma vie simple et tranquille. Celle dans laquelle des livres et des recettes suffisaient à me combler.

Cette nouvelle réalité me paraissait étrange, mais elle me convenait. Désormais, je ne me dérobais pas face à la violence, mais je regrettais d'être privée d'une punition que j'aurais aimé infliger moi-même. Je m'interrogeais sur la mort, sur ceux que nous avions perdus et sur le fait que leur disparition nous avait dérobé un élément vital à nous aussi.

Une larme roula sur ma joue tandis que je mettais de côté la serviette maculée de sang.

« Ça suffit », m'ordonnai-je d'une voix basse et ferme, en me levant. Je posai mes mains sur le meuble et je me penchai en fixant mon reflet. « *Assez.* »

Il n'y avait plus de place pour la tristesse ou le chagrin dans mon monde. Dans mon cœur.

Je me concentrai intensément sur cette colère, cette étincelle dans ma poitrine, proche de la source de ma magie. J'avais l'impression de sentir un puits de lave bouillonner en moi, prêt à entrer en éruption. Je n'avais jamais ressenti mon pouvoir aussi fortement et je me rendis compte qu'il ne me faudrait pas grand-chose pour l'exploiter. Il suffisait que je l'atteigne et que je m'en saisisse.

Je me concentrai sur ma magie, m'imaginant l'extraire de son mystérieux lieu d'origine et la transformer en une poignée de flammes. Au lieu de lutter contre moi-même et de la forcer à venir, je lâchai prise.

Je laissai partir mes pensées, mes peurs. Mes inquiétudes.

Je libérai tout, sauf ma colère. Je m'y accrochai comme à l'essence la plus vitale de mon univers. Parce que c'était un élément essentiel dans ce cercle de l'enfer. Si la fureur du Prince de la Colère était un glacier, la mienne était un brasier incandescent. Et elle ne s'éteindrait pas rapidement.

J'inspirai et expirai, m'imaginant en train d'insuffler une nouvelle vie au feu. Si je parvenais à maîtriser ma colère, à me concentrer sur elle sans la moindre émotion, elle pourrait brûler avec une telle puissance et si longtemps qu'elle pourrait faire fondre la glace impénétrable de Colère.

Je tendis ma paume et murmurai : « *Fiat lux.* »

Que la lumière soit.

C'était peut-être un blasphème pour certains mortels. Mais pas pour une sorcière qui résidait dans le monde souterrain et était fiancée au diable. Une minuscule boule de flammes rose doré plana au-dessus de ma paume. Elle crépitait comme du vrai feu, mais ne me brûlait pas. J'attendis que la douleur commence à se faire sentir, que ma chair soit couverte de cloques. Ou qu'elle se carbonise. Que la bague de Colère fonde et tombe de mon doigt.

La flamme ne faisait que brûler plus ardemment, pulsant doucement comme pour me saluer.

Je la contemplai sans rien sentir alors qu'elle prenait la forme d'une fleur de feu. Pendant une fraction de seconde, j'envisageai de la projeter contre le mur et de regarder ma chambre – et tous les meubles si raffinés – partir en fumée. De minuscules bourgeons de braise s'épanouiraient en un jardin de cendres et de flammes.

Je refermai lentement mes doigts autour de la fleur incandescente, l'éteignant comme j'aurais dû le faire pour la lumière dans les yeux de Makaden. J'étais encore trop en colère pour me réjouir de ce que je venais d'accomplir. Cette magie que je ne savais pas être capable d'invoquer. J'aurais le temps de célébrer cet événement plus tard.

J'avais plus urgent à faire. À commencer par affronter le maître démoniaque de cette maison.

La fureur poussa mes pieds à se mettre en mouvement exactement dix minutes après le départ d'Anir. Elle me propulsa hors de ma chambre, dans le couloir, et me permit de faire irruption dans les appartements privés de Colère comme si c'étaient les miens.

La porte claqua contre le mur, faisant vaciller violemment les bougies posées sur la cheminée. Colère ne fut ni surpris ni dérangé par mon irruption. Il me tournait le dos et était occupé à se dévêtir. Comme s'il savait que j'allais venir, furieuse, mais pas effarouchée.

Je croisai les bras. « Alors ? »

Le prince démon m'ignora avec superbe. Il se débarrassa de sa chemise et la jeta sur un fauteuil. Son pantalon reposait sur ses hanches et le feu qui flambait dans l'âtre m'offrait une vue imprenable sur les traits d'encre qui suivaient les contours des muscles finement sculptés de son dos.

Sans prononcer un mot ni me regarder, il s'éloigna dans son espace personnel. Je le suivis à la trace, trop énervée pour prêter attention aux détails de sa chambre. Je remarquai juste les murs bordeaux foncé, les meubles et les tissus couleur ébène. Les lieux étaient sombres et sensuels, comme les autres parties du château où le prince passait le plus clair de son temps.

« Regarde-moi. » Ma voix était basse, douce. On aurait dit une caresse, mais c'était intentionnel. La douceur avait pour but de faire oublier la dureté de mon ordre.

Colère se retourna avec une lenteur délibérée. Il y avait quelque chose de séduisant dans sa façon de bouger ; puissante et forte, mais avec toute la fluidité nécessaire requise pour se battre s'il le fallait. Ses gestes étaient ceux d'un prédateur. Mais je n'avais pas peur. Pas même après sa démonstration de violence au cours du repas. Il ne me ferait jamais de mal. Et j'étais presque certaine que ce n'était pas simplement à cause de sa mission.

En le regardant maintenant, annonciateur d'un châtiment infini, sans l'ombre d'un regret dans ses yeux, je compris non seulement ce qu'il faisait, mais *pourquoi* il le faisait, même s'il l'ignorait encore.

Derrière lui, le grand lit couvert de draps soyeux ressemblait à un lac immobile. Un jeté en fourrure ébène recouvrait le bas du matelas. J'envisageai de me déshabiller et de me lancer dessus, afin de provoquer de nouveaux remous dans la perfection lisse de son monde. Pendant une fraction de seconde, j'imaginai presque que ce ne serait pas la première fois que je le ferais. Je coupai court à cette pensée avant que la magie du péché ne prenne le dessus.

L'expression de Colère se fit impénétrable. « Il est tard. Tu devrais t'en aller.

— Il faut qu'on discute de ce qui vient de se passer.

— J'ai donné un ordre, Makaden l'a ignoré. À deux reprises. Les conséquences étaient on ne peut plus claires. »

Je plissai les yeux ; sa réponse était un peu trop rigide et semblait répétée avec soin. Je me rapprochai. « C'est tout ? Tu l'as attaqué à cause de l'ordre que tu avais donné ?

— Il a insinué que tu devrais goûter son sexe. Devant ma cour. » Ses épaules frémirent sous l'effet de l'effort qu'il faisait pour contrôler sa respiration, pour garder son calme. Il n'aurait pas dû s'en soucier. La tempête qui se déchaînait en ce moment dans son regard ne pouvait être apaisée. « Si j'avais laissé passer son insubordination, j'aurais été perçu comme faible.

— C'était *mon* combat. Si tu interviens chaque fois que quelqu'un dit quelque chose de peu flatteur, personne ne *me* respectera ni ne *me* craindra jamais. Je refuse de paraître faible pour que tu conserves ta force. » Je m'approchai et m'arrêtai pile devant lui. La chaleur de nos colères combinées me piquait la peau. Je me demandai s'il ressentait la même chose. Et si cela l'apaisait. « Était-ce un problème de fierté masculine ? Je doute fort que ton emprise sur ta cour soit si ténue qu'un noble odieux puisse affaiblir ta domination.

— Tu sais que l'orgueil n'est pas mon péché. »

Ce n'était pas la première fois que je me demandais si c'était l'entière vérité, mais je laissai tomber.

« Je veux un poignard. Peut-être que si j'étais armée et que je pouvais éventrer quelqu'un moi-même, tu ne te montrerais plus aussi autoritaire devant tes sujets. Parce que si tu recommences – j'employais un ton empreint de douceur, ce qui lui fit plisser le front de méfiance –, la prochaine fois, je te plante mon couteau dans le corps. Considère ceci comme une promesse de la part de ta future reine. »

Colère croisa les bras et me fixa. Une émotion que je n'arrivais pas à cerner apparut dans ses yeux ; il réfléchissait sans doute à une centaine de raisons pour lesquelles m'armer était une mauvaise idée. Surtout après cette dernière déclaration. J'attendis l'argument qu'il semblait vouloir me présenter.

« Je veillerai à ce qu'on te fournisse une arme. Et des leçons sur comment t'en servir.

— Je n'ai pas besoin…

— C'est mon offre. À quoi bon t'armer, si c'est pour que tu te blesses au cours d'un affrontement, parce que tu ne sais pas manier une lame. Marché conclu ?

— Une exigence raisonnable… et tu acceptes ? Aussi facilement ?

— Apparemment, oui. »

Je l'observai. « Tu avais déjà envisagé de m'armer.

— Je suis le général de guerre : naturellement, j'y ai pensé. Nous reparlerons dans la matinée des différentes formes que pourraient prendre les cours. Puisqu'il est question d'entraînement physique, nous ajouterons le blocage de l'influence magique. Acceptes-tu les conditions de notre marché ?

— Oui.

— Très bien. Retourne dans tes appartements. Je suis fatigué. »

Je me dispensai de commenter son attitude désagréable. Il était toujours tendu, il n'avait pas encore digéré sa propre colère. J'envisageai de le laisser en sa triste compagnie, mais préférai le taquiner avec un demi-sourire. « J'imagine. C'est épuisant de mutiler les gens. »

Il faillit me rendre mon sourire narquois, mais le sien n'atteignit pas tout à fait ses lèvres. « Bonne nuit, Emilia.

— Bonne nuit, mon pourfendeur de langue, mon jaloux tout puissant.

— Tu dis des choses horribles. »

Mais la lueur malicieuse dans ses yeux indiquait que mon commentaire ne le dérangeait pas. Bien au contraire. Je crus qu'il allait tourner les talons et s'éloigner, mais il semblait cloué sur place, une expression indécise sur le visage.

Je réalisai avec un peu de retard que je n'étais pas partie non plus.

Je restai immobile tandis qu'il levait mon visage, ses longs doigts caressant mon cou avec délicatesse. J'aurais dû penser à la dague qu'il venait de manipuler, au sang qui tachait ses mains quelques instants plus tôt. À son comportement impitoyable. Ces mains pouvaient arracher une langue sans trop d'effort, mais elles étaient aussi capables de tendresse. De protection.

Et, sans doute, de plaisir.

Je m'humectai les lèvres, me rappelant notre baiser. « Je me contente de dire la vérité. »

Le regard de Colère plongea dans le mien avant de s'en détacher avec un effort visible. Il ne niait pas être jaloux. Il ne semblait pas non plus surpris par cette émotion. Je me demandai s'il l'avait déjà identifiée et ne savait pas quelle conclusion en tirer. Même s'il n'y avait pas grand-chose à faire, si l'un de nous deux envisageait une relation entre nous. J'étais promise à son frère. Et son devoir envers sa mission passerait toujours en premier. Ce qui s'était joué entre nous avant le dîner ne se reproduirait plus.

Sa main me lâcha, et sa chaleur manqua instantanément à ma peau, tandis que mon esprit se débattait sous l'assaut de sentiments confus et contradictoires.

« Je veillerai à ce que tu aies ton poignard et ta première leçon demain. Bonne nuit. »

Cette fois, il n'y eut aucune hésitation de sa part. Il disparut par une porte en panneaux diaphanes et, me sentant congédiée, je me retournai enfin pour repartir par où j'étais venue. Je m'arrêtai juste au seuil de l'antichambre ; mes pieds refusaient de me porter hors de la pièce. Je savais que je devais partir, j'avais obtenu ce que j'étais venue chercher, mais quelque chose me retenait.

Je revins dans la chambre à coucher, plus près des panneaux qui ondulaient dans la brise et jetai un coup d'œil au travers.

Colère s'était échappé sur un balcon. Il me tournait le dos et contemplait les collines et les montagnes enneigées qui se découpaient au loin, une bouteille de vin perchée sur la balustrade à côté de lui. La température ne semblait jamais l'affecter. Elle ne l'avait en tout cas pas empêché de dormir dehors pendant la tempête. Peut-être était-ce un des avantages de l'immortalité.

Ou peut-être m'étais-je légèrement trompée tout à l'heure ? Sa fureur n'était peut-être pas aussi froide que je l'avais imaginée. Peut-être était-il aussi ardent à l'intérieur. Et sa capacité à résister au froid était dans ce cas due à la chaleur de sa colère permanente, qui mijotait, brûlait, le réchauffant tellement que les éléments glacés ne pouvaient lui nuire.

Mon attention se porta à nouveau sur sa boisson. Le givre grimpait le long du verre, créant de petites toiles d'araignée de glace. Le liquide dans la bouteille ne ressemblait à rien de familier ; il s'apparentait au merlot ou au chianti, mais sa robe n'était pas d'un rouge profond. Elle était d'un violet si foncé qu'elle semblait presque noire. Mais ce n'était pas ce qu'il y avait de plus étrange ni de plus beau. Dans le vin, de petites taches argentées flottaient comme des bulles scintillantes. Colère remplit son verre et le fit tourner, créant une frénésie d'argent.

On aurait dit qu'il créait sa propre galaxie scintillante. Il reposa le verre sur la balustrade et inclina la tête. « Si tu as l'intention de continuer à rôder dans ma chambre, tu devrais boire ça. Ça t'aidera à dormir. »

J'envisageai de retourner dans mes appartements, mais la curiosité l'emporta. Je sortis sur le balcon et examinai le verre sans le toucher. « Ça ne risque pas me faire sauter par-dessus la balustrade et plonger dans la neige, j'espère ? »

Au lieu de répondre, Colère prit le vin et en but une bonne gorgée. Puis il me le tendit et me fixa avec un air de défi.

Je jouai brièvement avec l'idée de le pousser par-dessus la balustrade dans les congères en contrebas, mais je supposai qu'il m'entraînerait avec lui et imaginer nos corps tomber ensemble fit battre mon cœur plus vite. Non pas parce que je craignais la chute ou une blessure à l'arrivée ; je savais que Colère nous guiderait de façon à ce qu'il touche le sol en premier. C'était l'endroit où *j'atterrirais* qui faisait paniquer mon pouls.

Je me contentai de boire à petites gorgées le breuvage qui semblait constellé d'étoiles. Il était… délicieux.

« Alors ? s'enquit-il. Qu'en penses-tu ?

— J'adore.

— Je m'en doutais. » Sa voix était calme à présent, méditative. Comme s'il n'avait pas voulu prononcer ces mots à voix haute ou les admettre. J'aurais aimé posséder un tout petit peu de sa capacité à ressentir les émotions des autres. J'étais curieuse de savoir ce qu'il ressentait, pourquoi son ton semblait si résigné.

Je savourai une autre petite gorgée en me concentrant sur les saveurs. Quelque chose d'épicé, comme du gingembre frais. Un peu d'agrumes qui ressemblaient au citron vert. Et il y avait une richesse profonde qui mélangeait parfaitement les deux. Ce n'était pas du rhum, mais quelque chose d'approchant. Je vidai mon verre et hésitai à me resservir.

Colère sourit. « Le vin de baies démoniaques est l'une des deux meilleures choses que ce royaume ait à offrir. »

Je pris la bouteille et la secouai légèrement. Le liquide scintilla comme de la poussière d'étoiles. C'était l'une des choses les plus magnifiques que j'aie admirées au cours de mon existence. « Qu'est-ce qui lui donne cet aspect de ciel nocturne ?

— Ce sont des graines de baies démoniaques. Elles sont assez petites pour ressembler à des bulles. Ou des étoiles. »

Je remplis mon verre et m'appuyai contre la balustrade. L'air était piquant, mais j'étais loin d'avoir froid. C'était peut-être le vin qui me réchauffait de l'intérieur. D'ici, je pouvais clairement voir le lac enflammé qui séparait cette portion de territoire du splendide château au loin. Un pont reliait les deux étendues de terre, et au-dessous, les eaux sombres étaient agitées comme la surface d'un chaudron bouillonnant.

Pendant une seconde, j'envisageai de parler à Colère de la magie que j'avais invoquée. Mais je préférai faire un signe de tête en direction du château. « De quelle Maison royale s'agit-il ? »

Il suivit mon regard. « Celle d'Orgueil. »

Je pris une nouvelle gorgée. Les baies démoniaques pétillèrent sur ma langue. L'atmosphère était tout à coup si calme que j'entendis le léger crépitement des bulles dans le verre. « Tu as des nouvelles de lui ?

— Non.

— Il sait que je suis ici ?

— Oui, il est au courant. »

Je soupirai. J'espérais sincèrement qu'Orgueil se remettrait assez vite de son péché homonyme et qu'il enverrait sa maudite invitation. Je voulais découvrir la vérité sur le meurtre de ma sœur et retourner auprès de ma famille avant d'être vieille et grisonnante. Ou avant qu'ils ne soient croulants et gris, eux aussi. Je ne vieillirais probablement pas beaucoup au cours de mon séjour ici. Cette pensée perça l'armure que j'avais érigée autour de mon cœur, et je la repoussai.

Nous gardâmes le silence et c'était agréable, nous étions tous deux perdus dans nos pensées, occupés à siroter nos boissons. Colère bougea un peu, son bras frôla le mien, et je songeai au fait que je me sentais parfaitement bien. Ici. Avec lui. Mon ennemi. Enfin, pas tout à fait.

Les limites de ce que nous étions et de ce que *je* pensais de notre relation s'estompaient. Je ne savais pas si c'était simplement parce que je le connaissais et que je cherchais désespérément à m'accrocher à quoi que ce soit d'un tant soit peu familier depuis mon arrivée ici. Ou si les péchés et les illusions déployaient des trésors d'énergie pour brouiller les pistes. Lorsque nous nous étions embrassés avant le dîner, il ne m'avait pas du tout donné l'impression d'être un adversaire.

Même si j'étais impatiente de recevoir l'invitation d'Orgueil, j'avais pris goût à passer du temps avec Colère. J'attendais même avec une certaine anticipation nos joutes verbales. Voir ses narines se dilater sous l'effet de la frustration devenait étrangement attachant. Cette idée aurait dû me perturber, surtout après l'incident du dîner, mais ce n'était pas le cas.

Je ne savais pas trop ce que cela disait de moi, de l'entité que j'étais en train de devenir, mais un désir primitif s'était éveillé lorsque Colère avait attaqué Makaden avec sa lame, pour voler à mon secours.

Pendant un petit moment, j'avais eu l'impression que nous étions à nouveau partenaires. Je ne m'attendais pas à ce que le temps passé ensemble à Palerme me manque, et je n'étais pas sûre de comprendre ce que cette impression signifiait. Son attention se reporta sur moi.

« Quelle est la seconde chose merveilleuse offerte par ce royaume ? » demandai-je en croisant son regard. Il était plus proche que je ne m'y attendais et ses yeux s'attardèrent brièvement sur ma bouche, comme si elle l'intriguait et le séduisait. Mon cœur s'emballa. Il fronça les sourcils et secoua la tête, semblant se souvenir que j'avais posé une question. Ses pensées l'avaient complètement envoûté. « Tu as dit que le vin était une des deux merveilles. Quelle est la seconde, alors ?

— Le Bassin du Croissant de lune. » Il hésita. « C'est un lagon. »

L'étrange tension planait entre nous comme un sortilège qui refusait de se rompre. Je haussai un sourcil, tandis que les commissures de me lèvres se soulevaient légèrement. « Laisse-moi deviner, comme on est en enfer, le lagon est gelé ?

— Eh bien non, en fait. C'est l'un des rares lieux dans les Sept Cercles à ne pas être touché par la glace. Le Bassin est situé au-dessus d'un champ de lave, l'eau y est plus chaude que dans un bain, quelle que soit la température de l'air.

— On doit combattre un chien à trois têtes pour y arriver ?

— Non.

— Est-ce que pour s'y rendre, on doit à nouveau traverser le Couloir des péchés ? » Colère fit non de la tête, sans rien ajouter. Je me rapprochai et l'examinai avec méfiance. Il était plus taiseux que d'habitude. Ce qui signifiait qu'il me cachait *effectivement* quelque chose. « Où est-ce ?

— Oublie que je t'en ai parlé. » Il remplit son verre et but une longue gorgée de vin, refusant de croiser mon regard inquisiteur. « Il se fait tard.

— Par le sang et les os. C'est ici, pas vrai ? Tu m'as caché l'existence d'une source chaude ?

— Pas caché. Il y a des règles à respecter avant d'entrer dans l'eau. Je doute qu'elles te plaisent. Et même si c'était le cas, je ne pense pas que ce soit une bonne idée.

— Je vois. » Il se redressa en entendant mon ton acerbe et jeta un lent coup d'œil dans ma direction. Quand je fus certaine d'avoir toute son attention, je continuai : « Au lieu de me demander mon avis, tu as décidé à ma place. Étant donné que je dois épouser le diable, cela fait de moi ta future reine, non ? » Il ne répondit pas. « J'aimerais que tu m'y emmènes. Maintenant, s'il te plaît.

— Rien de fabriqué ne peut entrer dans l'eau.

— Rien... Tu veux dire les vêtements ?

— Oui. Tu devras te déshabiller complètement avant d'entrer dans l'eau, ma future reine. » Son sourire était la cruauté pure. « Je n'imaginais pas que tu aurais envie de te baigner avec moi entièrement dévêtue.

— C'est tout ? » J'en doutais fort. Il m'avait vue sans vêtements à plusieurs reprises au cours des derniers mois. Ce n'était pas un élément dissuasif. Il devait y avoir un enjeu plus fort. Pour sa propre survie. « J'imagine qu'il y a quelque chose dans l'eau que tu voudrais éviter. »

Il me dévisagea lentement. Impossible de deviner ce qu'il ressentait. « Parfois, elle sonde le cœur de ceux qui y entrent. Et reflète leur vérité. »

Je soutins son regard. Peut-être était-ce le vin, ou ce monde et son penchant pour le péché, ou la façon dont ses yeux brillaient de triomphe, mais je refusais de m'avouer vaincue.

Je me souvins de ce qu'Anir avait dit à propos de défier Colère. Si je devais renoncer à une partie de ma vérité pour découvrir quelque chose sur lui, ce n'était pas cher payé.

Je fis un geste du menton en direction de la bouteille et des verres. « Prends-les et allons voir ce lagon magique. J'aurais bien besoin d'un bain chaud et relaxant après cette soirée. »

Le sourire de Colère s'effaça. « Tu es certaine que c'est ce que tu souhaites ?

— Oui. »

C'était une réponse terriblement dangereuse, comme en témoignait l'épaisse tension qui retomba rapidement entre nous, mais c'était la vérité. Je ne voulais pas retourner seule dans ma chambre ni me séparer du prince pour l'instant. Une aventure nocturne dans une source d'eau chaude magique semblait être une distraction idéale. Je voulais avoir un souvenir agréable auquel me raccrocher, avant d'aller me coucher. Je ne voulais pas me repasser en boucle l'incident de la langue embrochée jusqu'à ce que le sommeil m'emporte. Et si je retournais seule dans ma chambre, c'était exactement ce qui allait se passer.

Au lieu de m'y conduire à pied, Colère prit ma main dans la sienne et nous y emmena par magie. La sensation familière de brûlure fut remplacée par un léger picotement chaud sur ma peau, qui était loin d'être désagréable. Je tressaillis lorsque je sentis la terre ferme sous mes pieds un instant plus tard.

Il me lâcha une fois qu'il fut sûr que je n'allais pas tomber. « La magie du *transvenio* n'est pas aussi dérangeante lorsque nous voyageons à l'intérieur de ce cercle. »

J'avais envie de lui poser mille questions sur la magie, mais je me rendis compte que toute pensée cohérente avait quitté mon cerveau lorsque j'avais aperçu l'endroit où nous étions arrivés. Nous nous trouvions sur la rive sombre et scintillante d'un lagon. Il avait la forme d'un énorme croissant de lune et l'eau était d'un bleu laiteux et glacier.

Un brouillard flottait paresseusement au-dessus de la surface. Je parvins à détacher mon regard du bassin étincelant suffisamment longtemps pour jeter un coup d'œil aux murs d'obsidienne qui nous entouraient. Ce lac était souterrain.

« Où sommes-nous exactement ?

— Sous la Maison Colère. » Il descendit un peu le long de la rive, puis désigna une arche de pierre. « Le Lac de feu se jette dans le bassin par là. »

Je levai les yeux, m'attendant à voir encore de la pierre, et j'étouffai un cri de surprise. La pierre nous recouvrait effectivement, mais quelqu'un y avait peint les phases de la lune, ainsi que quelques étoiles. *Époustouflant* n'était pas la description la plus exacte ; *éthéré* lui rendait peut-être mieux justice.

J'allais mettre mes orteils dans l'eau quand le prince démon me ramena prudemment en arrière. « Aucun tissu ne doit souiller l'eau. Tu dois enlever ta robe ou soulever tes jupes.

— Pourquoi ? »

Il haussa une épaule. « Tu vois ça ? »

Je suivis son regard jusqu'à un énorme morceau de bois flotté. Je me penchai plus près et plissai les yeux pour mieux voir. « Est-ce que c'est... Ce sont des os ? »

Je détournai mon attention de ce qui restait de la malheureuse créature et me concentrai sur le prince à mes côtés. L'expression amusée sur son visage était presque aussi pécheresse que lui. « Tu veux toujours faire trempette ?

— Que se passerait-il si tu emportais le vin et les verres dans l'eau ?

— Je ne le ferais pas. Viens, dit-il en me tendant la main. Je te ramène à ta chambre. Tu peux garder le vin. Il te détendra autant que la lagune. Tu disposes d'une grande salle de bains privée. Cela devra suffire. »

Soit il craignait que la lagune ne révèle une vérité qu'il voulait garder cachée, soit il était convaincu que je changerais d'avis et que je retournerais me coucher. Je lui adressai un sourire moqueur tout en défaisant habilement les fermetures de ma robe. Il me regarda me glisser hors de l'étoffe rouge et soyeuse. Il déglutit lorsque mes sous-vêtements en dentelle touchèrent le sol.

J'enlevai sa bague et la posai sur un rocher lisse et plat. Puis je me redressai et soutins son regard.

Je me tenais nue devant lui, me sentant tout sauf intimidée. Je haussai un sourcil. « Tu vas te déshabiller pour qu'on puisse se baigner tous les deux, ou tu as l'intention de me reluquer toute la nuit ? »

ONZE

Les vêtements de Colère disparurent, le laissant debout, nu et rempli de fierté.

Mais toute trace d'arrogance que j'avais ressentie s'envola en même temps que ses vêtements. Que le diable me maudisse : j'essayai – et échouai lamentablement – de ne pas nourrir son ego en l'admirant ouvertement.

De grands artistes auraient pu essayer de figer son image, ils n'y seraient sans doute pas parvenus. Sa maîtrise était telle qu'elle empêchait sa véritable apparence d'être coulée dans quelque chose d'aussi banal que le bronze ou d'être sculptée dans le marbre.

Mon regard passa sur ses larges épaules, descendit le long de ses pectoraux sculptés, puis lentement plus bas encore, s'attardant sur chaque ligne qui creusait son abdomen, sur ses hanches, jusqu'à ce que j'aperçoive enfin son…

Je reportai rapidement mon attention sur son visage. Il était *très* évident qu'il était attiré par moi. Manifestement, la magie du péché qui vibrait sous la surface de ce monde l'affectait plus que je ne l'avais imaginé. Cependant, étant donné ses commentaires au cours du dîner et vu comment notre baiser avait été avide et chargé de désir, peut-être n'était-ce pas si simple. Pour aucun de nous deux.

Mon regard traître se baissa à nouveau. J'essayai de ne pas le fixer trop longtemps, mais il portait un tatouage intéressant sur la cuisse gauche. Pointé vers le bas, un poignard s'étendait de sa hanche à son genou. On aurait dit que la lame était recouverte de roses dessinées en gros plan sur sa surface, tandis que des motifs géométriques étaient gravés sur le manche. Contrairement à ses autres tatouages métalliques, celui-ci avait été réalisé dans des tons de gris.

Je ramenai mon attention vers ses yeux et attendis, le cœur battant, qu'il examine chaque centimètre de ma peau nue. Ma nervosité me faisait vibrer d'anticipation. C'était la première fois que je me déshabillais devant lui sans que ce soit le résultat d'une intervention médicale visant à me ramener à la vie. Le regard de Colère resta rivé sur le mien tandis qu'il me tendait la main, paume vers le haut. Je ressentis une pointe de déception.

Je fis mine de détacher mon *cornicello,* mais il secoua la tête. « Tu peux le laisser. Les fleurs et les os dans tes cheveux aussi. »

Surprise, je lâchai l'amulette et enroulai mes doigts dans les siens. Techniquement, puisqu'il s'agissait des cornes du diable, elles ne comptaient sans doute pas comme un objet fabriqué. Les os et les fleurs étaient également des matériaux organiques. J'espérais que Colère ne se trompait pas et que tout irait bien.

Nous marchâmes jusqu'au bord de la lagune et l'eau clapota sur mes orteils, chaude et soyeuse.

Il m'observait, attendant de voir si je souhaitais aller plus loin. Je fis un pas de plus et savourai la sensation de l'eau : j'avais l'impression qu'un million de petites bulles éclataient sur ma peau.

Une fois que nous nous fûmes avancés assez profondément, Colère lâcha ma main et se laissa glisser sous la surface. Il remonta un instant plus tard, rejetant la tête en arrière et me bombardant de gouttelettes. Son rire était sonore et spontané. Son sourire était l'un des plus sincères que je l'aie jamais vu afficher. Mon cœur se figea un instant. Je m'empressai de plonger avant qu'il ne puisse apercevoir mon expression.

Lorsque je remontai à la surface et repoussai de mon visage mes cheveux mouillés et emmêlés, je le surpris en train de me dévisager. Contrairement à moi, il n'essayait pas de cacher ce qu'il ressentait en ce moment. Je repensai aux Damnés, à leurs jeux pour pécheurs. Aux histoires selon lesquelles leurs baisers étaient tellement addictifs que les mortels qui y auraient goûté vendraient leur âme pour en avoir d'autres. Le danger qu'il y avait à attirer leur attention. J'avais indéniablement attiré l'attention de Colère. Et le seul danger que je percevais était ce délicieux sentiment de puissance que cela provoquait en moi.

Un choix se présentait à moi. Colère, la tentation incarnée, attendait, comme s'il savait où mes pensées me conduisaient. L'interdit le rendait plus tentant.

Ou peut-être n'était-ce qu'un mensonge que je me racontais. Peut-être que j'aimais simplement l'embrasser, même si j'avais parfaitement conscience que ce n'était pas une bonne idée ? Je m'approchai et lui tendis lentement la main. Sa respiration se coinça dans sa gorge lorsque je le fis tourner pour qu'il soit dos à moi et que je traçai timidement les phrases en latin tatouées sur ses épaules. J'étais curieuse de voir cette encre depuis le moment où je l'avais fait apparaître dans le cercle d'ossements, quelques mois plus tôt. Sa peau se couvrit de chair de poule à chaque fois que j'y passais doucement le bout des doigts.

« *Astra inclinant, sed non obligant.* » Je me mordillai la lèvre et essayai de traduire. « Les étoiles… »

Il pivota pour me faire à nouveau face. Ses yeux brillaient doucement dans l'obscurité. « Les étoiles nous influencent, elles ne nous contraignent pas.

— C'est beau. »

Je compris que c'était capital qu'il ait gravé de façon permanente sur son corps son refus d'être lié par quoi que ce soit. Je pensai au lien de fiançailles, que je lui avais imposé sans le savoir. Puis je l'avais lié au cercle d'invocation pendant plusieurs jours, refusant de le libérer. Pas étonnant qu'il m'ait détestée à l'époque. C'était étonnant qu'il ne me déteste pas maintenant.

« Je suis désolée. » Ma voix était si basse que je n'étais pas sûre qu'il m'ait entendue. « De t'avoir lié. »

Il vint plus près de moi et replaça une mèche humide derrière mon oreille. Ses doigts s'attardèrent avant qu'il ne recule. « Le destin peut distribuer les cartes, essayer de nous encourager à emprunter un chemin ou intervenir dans nos vies, mais en fin de compte nous restons libres de choisir notre propre chemin. N'en doute jamais.

— Je croyais que tu n'avais pas de liberté de choix. »

Son sourire se teinta de tristesse : « Tout le monde a le choix. Mais pour certains, il a un prix.

— Tu t'es fait tatouer cette phrase pour te rappeler que tu as le choix ?

— Oui. » Il plongea son regard dans le mien. « Je crois que c'est John Milton, un poète mortel, qui l'a le mieux exprimé. "Mieux vaut régner en enfer que de servir au ciel." Je t'ai parlé du pouvoir du choix, de l'attrait qu'il exerce sur moi. Je ferais des choses horribles, impardonnables, pour rester maître de mon destin. Aussi maudit et misérable soit-il. Il *m'appartient*. À moins d'avoir été privé d'un vrai choix, on ne peut pas comprendre l'attrait qu'il exerce.

— Et le serpent, c'était un autre choix ?

— Toutes les marques sur mon corps, à l'exception de nos tatouages, ont été choisies par moi. »

Mon attention se porta sur ses lèvres et s'y attarda avant que quelque chose n'attire mon attention un peu plus bas. Une autre phrase rédigée à l'encre argentée, qui se distinguait à peine, était tatouée sous sa clavicule gauche. Je ne l'avais jamais aperçue. Sans réfléchir, je passai le bout de mes doigts sur les lettres. *Acta non verba.*

Je n'eus aucun mal à comprendre cette phrase. *Des actes, pas des mots.*

« Et le dessin sur ta cuisse ? »

Colère s'immobilisa, et je remarquai seulement que je m'étais approchée si près que nos corps se touchaient presque. J'en oubliai ma question et tout le reste, sauf les flammes dans son regard qui me consumaient lentement, centimètre par centimètre. Je ne pensais pas qu'il pût voir grand-chose, car l'eau m'arrivait presque au cou, mais je n'avais pas pour autant l'impression que c'était une véritable barrière.

Lorsqu'il me fixait avec une telle intensité... toute haine ou animosité entre nous disparaissait, dévorée par les flammes. Peut-être était-ce là la vérité qu'il ne voulait pas que la lagune révèle. La magie du monde s'empara de moi, encourageant mes émotions jusqu'à ce que je ne puisse plus nier non plus mon désir grandissant. Sa peau humide glissa contre la mienne tandis que je réduisais la distance qui nous séparait encore.

Peut-être était-ce la beauté onirique de la scène céleste peinte au plafond, ou la vapeur sulfureuse du Bassin du Croissant de lune. Ou peut-être était-ce simplement le désir qui se concrétisait, mais je désirais ardemment sentir ses mains sur mon corps. Nous étions deux adultes consentants. Et je voulais qu'il libère toute sa puissance sensuelle sur moi.

Je repensai au fantasme où il me prenait contre le mur ou sur la table.

Jamais, de toute ma vie, je n'avais réagi à quelqu'un de manière aussi charnelle. J'avais déjà eu des amourettes, des rêves de baisers et bien d'autres choses encore, mais il ne s'agissait pas d'une simple idylle. C'était du désir à l'état pur.

Mon envie devenait incontrôlable. Je mourais d'envie de le toucher, je n'acceptais plus de me priver ou de brider ma passion. Il ne me restait plus qu'à faire le premier pas.

Je me hissai sur la pointe des pieds et repoussai ses cheveux humides en arrière, par petites touches.

J'attendis de voir s'il allait s'écarter, s'il allait me dire que j'étais la dernière créature qu'il désirait dans tous les royaumes. Son expression était presque aussi tendue que son corps. Je n'arrivais pas à savoir s'il luttait contre l'attirance ou s'il laissait consciencieusement une ennemie le séduire.

Je me penchai et collai mes lèvres contre l'encre à sa clavicule, lui donnant une nouvelle occasion de se déplacer. Au lieu de s'écarter, il posa la main dans le bas de mon dos pour me maintenir en place. J'avais la conviction, sans l'ombre d'un doute, que le puissant guerrier me laisserait partir si je décidais de m'arrêter ou de m'éloigner. Ma bouche se déplaça jusqu'à son autre épaule, où je l'embrassai.

« Emilia. » Il prononça mon prénom doucement. Il ressemblait comme deux gouttes d'eau à la version de lui que j'avais évoquée dans le Couloir des péchés, mais ce n'était pas un simple fantasme. Cette fois c'était bien réel.

« Je sais que tu ne me révéleras pas ton vrai nom. » Je fis glisser mes mains le long de son torse. Son regard intense traquait chacun de mes gestes. « Mais c'est un peu étrange de murmurer *Colère* dans un moment pareil. »

Mon attention remonta plus haut tandis qu'il fermait les paupières et appuyait son front contre le mien. Le puissant général de guerre était en proie à un combat intérieur. Peut-être redoutait-il qu'il s'agisse d'un nouveau jeu de stratégie, un qu'il perdrait s'il commençait à se plier à mes règles.

Je ne savais pas non plus si cette crainte était justifiée. Pour une fois, nous étions sur un pied d'égalité.

« Alors peut-être qu'on ne devrait plus se soucier de parler, continuai-je. Du moins, pour ce soir. » J'explorai les lignes qui striaient son abdomen ; il ne s'éloigna pas et ne broncha pas à mon contact. « Nous pourrions choisir de communiquer d'une manière différente. Sans mots. »

Je repensai à notre dernier baiser, sauvage et débridé. Il était alimenté par un besoin primitif et par la luxure. Je guidai son visage vers le mien et effleurai ses lèvres. C'était un murmure doux, sucré. Il contenait une question, à laquelle je n'étais pas sûre qu'il répondrait.

Je voulais que les choses soient différentes, cette fois. Même si cela ne devait pas durer. Nous pouvions nous offrir cette nuit, ce moment, et nous abandonner à la force magnétique qui nous attirait l'un vers l'autre.

Il n'y avait ni passé ni avenir : le présent et rien d'autre.

Cette rencontre n'avait pas à signifier plus que ce qu'elle était. Nous n'étions pas obligés de tomber amoureux ou d'oublier nos projets. Ce soir, nous pouvions faire une pause, une trêve qui ne durerait que jusqu'au lever du soleil. Pour une nuit, nous pourrions cesser de prétendre que ce n'était pas ce que nous désirions tous les deux. Si j'affrontais cette partie inconnue de moi en cet instant, peut-être que le royaume cesserait de me tourmenter avec des déluges d'illusions sensorielles.

Je rompis notre étreinte. « À moins que tu ne veuilles pas de ça. »

Pendant une seconde qui fit battre mon cœur à tout rompre, il ne réagit pas. Je crus avoir mal évalué le moment. Puis il répondit par un tendre baiser et je n'eus plus l'impression d'être face à un ennemi. Ni qu'il m'embrassait pour une raison autre que parce qu'il en avait *envie*. Dans cette grotte souterraine, loin des yeux de sa cour et des rôles que nous étions censés jouer, nous pouvions simplement être nous-mêmes.

Ce fut l'option qu'il choisit. Comme moi. Et, après tout, le choix, c'était le pouvoir.

Ses mains puissantes glissèrent le long de mes flancs tandis qu'il s'approchait de moi, nous collant l'un contre l'autre. Je me retrouvai entourée de ses bras, de son odeur, de son corps musclé. De toute son énergie et de son attention. Il semblait être la magie faite homme, peut-être encore plus que lors de nos deux dernières rencontres.

Quelque chose en moi prit vie.

Cette fois, lorsqu'il introduisit sa langue dans ma bouche, la sensation fut si agréable que mes genoux faillirent se dérober sous moi. Mes mains se posèrent sur ses hanches et les siennes descendirent jusqu'aux miennes, se glissant sous l'eau chaude et remontant le long de mon dos tandis qu'il m'ancrait contre lui.

Je me cambrai à son contact, oubliant toute idée de lenteur. J'avais besoin de plaisir. Et je voulais qu'il m'en offre autant que je lui en donnerais en retour.

Il sourit dans mon cou avant de déposer un baiser chaste sous mon oreille. Je n'avais pas besoin de voir son visage pour savoir que ma réaction l'amusait. « Son Altesse est très exigeante. »

S'il essayait de me distraire avec la marque d'invocation, cela ne fonctionnait pas. Chaque fois qu'il l'avait touchée auparavant, elle avait étouffé toutes les émotions. Je ne permettrais pas qu'il nous distraie maintenant. La partie de moi qui venait de se réveiller n'avait pas envie de s'assoupir à nouveau.

Mes mains plongèrent sous l'eau et je les fis remonter lentement le long de ses jambes avant de les écarter à nouveau.

Il poussa un juron et je souris. « On a dit qu'on ne parlait plus, tu as déjà oublié ?

— Continue comme ça, et je maudirai toutes les divinités. »

Je dessinai de petits cercles sur sa cuisse, les déplaçant de plus en plus haut jusqu'à ce que toute son attention se concentre sur l'endroit précis qu'il souhaitait que j'explore ensuite. Qu'il ait un avant-goût de la folie qu'il m'avait fait subir au dîner. « C'est horriblement frustrant, hein ? Désirer tellement quelque chose pour en être privé quand il est enfin à portée de main. »

Apparemment, il avait reçu mon message haut et fort. Sa main glissa entre mes jambes et il approcha sa langue de la mienne au moment précis où il caressait la partie de mon corps qui brûlait de désir. Je haletai dans sa bouche, mais mon souffle fut coupé lorsqu'il m'attira encore plus contre lui. Son excitation se pressait contre mon corps. Dure et séduisante. Comme lui.

« C'est mieux, ma dame ? »

Oh, déesse, oui ! *Beaucoup* mieux.

Il fit lentement tourner son doigt cruel autour de mon point culminant, tout en m'embrassant passionnément. La chaleur explosait dans mes veines à chaque caresse tentatrice. J'avais fait quelques mauvais choix dans ma vie, mais prendre Colère comme amant n'en ferait *pas* partie. Il agirait de façon aussi débridée que je l'avais imaginé, et cette partie primitive de moi se réjouissait de ce nouvel affrontement de nos volontés.

Je soulevai mes hanches, l'incitant à poursuivre son exploration tout en passant mes bras autour de son cou, l'attirant vers moi pour un baiser plus profond. Son doigt plongea partiellement en moi et je retins un gémissement. Il le retira et se concentra entièrement sur la réaction de mon corps au mouvement, ma légère expiration frémissante, la façon dont je me collais instinctivement contre lui et m'accrochais plus fermement. Il apprenait ce qui me donnait le plus de plaisir, il modifia subtilement le geste à mesure qu'il le répétait.

Que la déesse me vienne en aide ! Le démon de la guerre était un stratège à tous les niveaux.

Il frotta doucement cette partie palpitante de mon corps avec un deuxième doigt avant de reprendre ses baisers lents et enivrants. J'étais en feu. Sans autre magie que la puissance exquise de ses caresses, il transformait mon corps en un million de petites flammes de désir.

Et il en était bien conscient. Ces caresses qui faisaient monter mon désir me rendaient folle.

« Emmène-moi dans ta chambre à coucher, s'il te plaît. » Ma voix était impalpable, comme de la fumée. « Tout de suite.

— C'est ce que tu veux ?

— Oui. » Plus que tout. Je réussis à hocher la tête et ses doigts habiles me récompensèrent en m'offrant une nouvelle caresse merveilleuse. « Dépêche-toi. »

Il me mordilla la lèvre. « Ma reine l'ordonne ?

— Oui. » Oh, déesse, oui.

« Suis-je ton humble serviteur maintenant ? »

Je m'écartai. Une lueur diabolique enflammait son regard. Je voulais répondre, j'allais le faire, mais ma réaction fut entravée par son baiser. Nous savions tous les deux qu'il n'était pas du genre à accepter qu'on lui donne des ordres. Il s'abstint donc de toute précipitation. Cette maudite créature prit bien son temps pour m'embrasser, tandis que ses doigts continuaient d'explorer, de titiller, de m'arracher du plaisir par mille détours dont j'ignorais l'existence.

Il m'avait promis que lorsqu'il me toucherait je ne confondrais pas la réalité avec une illusion. Il n'avait pas menti. Le Couloir des péchés, ce royaume… rien ne pouvait être comparé à sa magie.

Lorsqu'il posa à nouveau les mains sur moi, je poussai machinalement mes hanches vers l'avant et il répondit enfin à mes supplications silencieuses. Il enfonça ses doigts plus profondément et il me mordit doucement la lèvre pour calmer le cri de plaisir que je tentais d'étouffer. Sa manœuvre eut pour effet de faire grimper mon désir plus haut encore.

« Laisse-toi aller, ma dame. » Je répétai timidement mon mouvement de va-et-vient. Il m'observait d'un regard de braise. « Comme ça. »

Il emprisonna mon gémissement avec un baiser et j'enfouis les mains dans ses cheveux ; j'avais besoin de le sentir plus encore. Sans que je sache comment, j'avais bondi et enroulé mes jambes autour de ses hanches. Son bras libre me maintenait aisément en place. Le contact de l'eau chaude qui frémissait et le frottement de ses doigts rugueux m'emportèrent aux limites d'un désir sauvage. L'instinct prit le dessus.

Nos corps pressés l'un contre l'autre, nos langues, nos dents et notre faim mutuelle faisaient grimper ma température. Je me rendis compte que la magie de ce monde ne créait pas ce désir, mais qu'elle renforçait ce que je ressentais déjà. Et c'était bien plus puissant que je ne m'étais jamais permis de l'admettre. J'ondulais des hanches pour suivre chacun de ses mouvements profonds. Je n'avais plus peur de chercher à amplifier au maximum le plaisir qu'il me donnait.

Dans la ferveur que je déployais pour explorer les sensations, je glissai le long de son corps, frôlant accidentellement son membre. Il gémit, émettant un son profond pareil à un grondement. Mon sourire n'était que pur plaisir maléfique. Je répétai le mouvement et l'air siffla entre ses dents. Ses baisers devinrent voraces.

Je me balançai à une cadence régulière contre sa main, contre lui. La chaleur montait crescendo en moi, cherchant un exutoire. Il avait le regard brouillé par le désir grandissant, ses doigts toujours enfouis en moi. Je ne l'avais jamais vu agir avec une telle absence de retenue. Cela ne faisait qu'augmenter mon plaisir.

« Emilia... » Je le fis taire en l'embrassant. Tant pis pour sa chambre. Je le prendrais ici. Maintenant. Ma main se referma sur son excitation et il gémit. « Par le sang du démon, j'ai besoin de...

— Emmène-moi au lit. *Immédiatement.* »

Le Prince de la Colère, qui ne recevait d'ordre de personne, se soumit au mien.

Interrompant ses caresses et ses manœuvres visant à faire monter mon désir, il nous emmena par magie, les corps à moitié emmêlés, dans sa chambre à coucher.

DOUZE

Les doigts de Colère étaient toujours enfouis entre mes jambes lorsqu'il nous appuya contre la porte de ses appartements, la respiration haletante et courte. Il n'avait pas réussi à atteindre la chambre à coucher. Et pour cause. Ma main restait enroulée autour de son impressionnante longueur. Je continuais à caresser sa peau soyeuse, émerveillée que chaque mouvement lui fasse perdre un peu plus ses moyens.

Je m'en voulais un peu d'éprouver tant de fierté en ce moment, mais j'adorais être la raison pour laquelle le contrôle strict qu'il s'imposait avait fini par céder.

Je ne voyais pas d'autre moyen d'expliquer qu'il nous ait transportés dans le couloir qui reliait nos suites. Au moins, la grille qui condamnait cette aile était toujours baissée, et personne ne pouvait s'approcher suffisamment pour nous voir. Ni m'apercevoir alors que le corps puissant de Colère recouvrait le mien. Même si cela n'avait pas d'importance qu'on me voie.

J'étais trop submergée par les vagues de plaisir qui montaient et montaient en moi pour me soucier de l'endroit où nous étions, ou de qui se trouvait là. Je le voulais ici même. Que les Sept Cercles aillent au diable ! Je n'étais pas encore mariée à Orgueil. En dehors de sa brève possession d'Antonio, je ne l'avais jamais rencontré. Je doutais d'ailleurs que le diable s'oppose à ce que je prenne un amant avant que nos vœux maudits ne soient échangés.

Notre union n'était certainement pas un mariage d'amour. Et si Orgueil s'en souciait, il ne le montrait absolument pas. Il n'y avait toujours pas de lettre, ni d'invitation, ni la moindre indication que le diable soit informé de mon arrivée. Le Prince de l'Orgueil se plaisait seul dans son château et, pour le moment, cela me convenait parfaitement.

Colère continuait à m'embrasser, à me titiller avec ses doigts et à bouger en rythme dans ma main qui ne relâchait pas son emprise, et je désirais plus que tout mettre cette puissante créature à genoux dans une extase implacable. Cet aspect sauvage et sans entrave de sa personne était presque aussi enivrant que ses caresses.

Je n'avais jamais rien vécu d'aussi puissant, d'aussi juste. Il était *idéal*. Et j'avais la certitude absolue que nous étions à deux doigts de découvrir à quel point nous étions bien ensemble. Peut-être avions-nous toujours été destinés à finir ici, perdus dans cette passion débridée.

Ses grognements de plaisir se mêlant aux miens renforçaient notre ensorcellement, j'étais proche de l'explosion, proche de cette puissance formidable qui s'édifiait et se brisait, et…

Une douleur éclata en torrents violents, me coupant le souffle. Toujours à l'écoute de mes émotions, Colère s'arrêta instantanément, rompant notre euphorie. « Ça va ?

— Non. » Je n'avais jamais autant détesté un mot. « J'ai une horrible d… douleur.

— Où ? » Sa voix était rauque, épaisse.

« Mon cœur. » Je le lâchai et grimaçai. « Par le sang et les os. Ça fait vraiment mal.

— Viens. Je vais faire venir un guérisseur…

— Je crois que ça vient de la Corne d'Hadès. »

Colère avait déjà la main tendue vers la poignée de la porte de sa chambre, mais il la lâcha. Son attention se porta sur l'amulette que je portais encore et il maudit les déesses de façon impressionnante.

D'un coup, le décor se désintégra dans un halo de fumée et de lumière noire scintillante. Je ne l'avais pas vu bouger, mais alors que nous étions nus devant sa chambre à coucher, au bord de l'extase mutuelle, en un instant nous nous retrouvions, partiellement habillés, devant une porte en bois couverte d'entailles dans une tour.

Des torches d'allure médiévale brûlaient de part et d'autre du battant. J'étais presque aussi choquée par le lieu où nous nous trouvions que par la chemise de nuit ébène que je portais à présent. Celle qui cachait encore mal mes formes. Colère arborait un pantalon noir et rien d'autre. Si ce n'est une expression légèrement inquiète.

« Où sommes-nous ? » Je tendis la main pour détacher le *cornicello*. La douleur s'intensifia.

« Ne l'enlève pas. » On aurait dit que les dernières minutes de passion n'avaient pas existé. Colère était à nouveau un bloc de granit dévasté par la fureur. Sauf que cette dernière n'était pas dirigée contre moi. Il approcha son poing du bois et frappa assez fort pour faire trembler les gonds en métal. Il appela d'une voix dure comme l'acier : « Matrone ! »

La vague de douleur qui suivit me força à fléchir les genoux, mais je refusai de me laisser abattre. Même s'il ne me regardait pas, mon attitude n'échappa pas au prince. Le tambourinement suivant délogea une pierre. Je posai une main sur son bras et le serrai doucement. « Colère.

— Si tu n'ouvres pas cette porte, je jure sur mon sang...

— Vous allez faire s'écrouler toute la tour avec vos bêtises, mon garçon. » La porte s'ouvrit, révélant une femme âgée aux longs cheveux argentés et lavande. Elle portait une robe d'un violet profond resserrée par une ceinture en corde qui me rappelait les images de prêtresses que j'avais vues dans des peintures et des livres.

Son regard sombre se tourna vers moi, évaluant la situation.

« Fille de la Lune, sois la bienvenue. Je suis Celestia, la matrone des malédictions et des poisons. Et je vous attendais. » Elle recula et écarta le battant en grand pour nous accueillir. « Entrez avant que Sa Majesté ne détruise le royaume.

— La prochaine fois, ouvre ta porte plus vite. »

Colère entra le premier dans la pièce d'un pas furieux, les sens en alerte et prêt à en découdre. À part les teintures, les antidotes et les poisons, je ne savais pas quel ennemi il s'attendait à trouver ici, mais je souffrais trop pour m'en soucier. Je le suivis à l'intérieur et m'arrêtai. La pièce circulaire était bordée de bois sombre, de pierres froides et d'étagères qui grimpaient jusqu'en haut de la tour. Une échelle était appuyée contre une section, comme si la matrone était en train de cataloguer des articles sur les rayonnages les plus hauts lorsqu'elle avait été interrompue. Un mélange éclectique de senteurs flottait dans l'air et se combinait pour former un parfum agréable.

J'avais du mal à respirer profondément et l'odeur, aussi plaisante soit-elle, commençait à me retourner l'estomac. La sueur perlait sur mon front tandis que j'inspirais et expirais l'air en serrant les dents. Pour éviter de me concentrer sur la nausée qui montait irrépressiblement, je parcourus l'espace des yeux.

Sur une longue table, près d'une unique fenêtre voûtée, se trouvaient plusieurs fioles contenant des liquides étranges : certains fumaient, d'autres bouillonnaient, d'autres encore clapotaient contre le verre fin comme pour trouver un moyen de sortir. Les liquides dotés de sensibilité étaient quelque chose de nouveau pour moi et ce spectacle me parut déconcertant.

Une étagère contenait des plantes arrivées à maturité, des semis, des pétales et des herbes séchées. Il y avait des cataplasmes et des talismans, des chaudrons, des figurines sculptées de créatures ressemblant à des chimères, des divinités et des dieux ailés. Des pierres, rugueuses ou lisses, et – à en juger par la teinte sombre de la sève qui en suintait – des lames et des aiguilles empoisonnées qui scintillaient dans la lueur vacillante du feu.

De grosses bougies dégoulinaient de cire sur un manteau de cheminée en bois au-dessus d'un énorme âtre situé au centre de la pièce, et des bâtonnets d'encens brûlaient en formant de jolis panaches.

On aurait dit que la Matrone des malédictions et des poisons disposait de tout le matériel nécessaire pour mener à bien des activités maléfiques.

Je déglutis avec difficulté lorsque la vague de douleur suivante me submergea. J'avais l'impression que mon corps était en proie à une guerre brutale contre lui-même. Et ce qui causait la douleur était en train de gagner l'affrontement.

D'une main ferme sur mon dos, Colère me guida vers un petit tabouret en bois et se tourna vers la matrone. « Fais quelque chose. Tout de suite. »

Elle fit claquer sa langue en traversant lentement la pièce. « Les exigences et les menaces sont l'apanage des peureux et des faibles. Ces traits de caractère ne vous correspondent pas : alors, silence.

— Ne mets pas ma patience à l'épreuve. »

Celestia se dirigea vers un récipient rempli de ciseaux et de cisailles. Certains avaient des poignées en or ou en argent, d'autres étaient en pierres précieuses étincelantes ou en ossements ternes, que ce soient ceux de mortels ou de créatures du monde souterrain. Je n'examinai pas les ustensiles de trop près.

Colère, lui, tournait autour du matériel. « Plus vite.

— Je ne m'immisce pas dans votre travail, mon garçon, ne vous mêlez pas du mien. Maintenant, arrêtez de me tourner autour et asseyez-vous, ou sortez évacuer votre colère ailleurs. » Elle planta son regard froid dans le sien. « Faites-le pour elle, pas pour moi. »

Il ne sortit pas, ne s'assit pas et ne fit pas d'autres commentaires, mais il laissa la matrone s'activer. Je décidai que j'aimais bien cette femme intrépide et je me demandai qui elle était pour Colère. Elle devait sûrement savoir qu'il venait de couper une langue. En ce moment, le prince démon était particulièrement féroce, et elle ne lui prêtait pas la moindre attention. Je doutais qu'il y eût beaucoup de gens assez courageux pour lui tourner le dos, surtout quand son pouvoir frappait comme une vipère en colère, comme c'était le cas ces derniers temps.

Mais je ne me plaignais pas. À sa manière rustre, il veillait sur moi.

Elle prit une paire de ciseaux fins et dorés aux poignées en forme d'ailes d'oiseau, puis un pichet rempli d'un liquide céruléen étincelant, une fiole d'herbes séchées, et choisit un autre pot débordant de pétales dans des tons bleu givré et argentés. Elle apporta le tout sur son établi, sortit un bol en bois d'une armoire, puis un mortier et un pilon.

Après avoir tout inspecté une dernière fois, elle posa sur moi ses yeux marqués par le passage du temps. « Je dois prendre une mèche de vos cheveux pour la teinture.

— Non. » La panique s'empara de moi, et le mot franchit mes lèvres avant que je ne réalise que j'avais confié ma peur à une inconnue. Les mises en garde de Nonna résonnaient dans mes oreilles. Elle nous ordonnait de brûler nos cheveux et nos ongles coupés, plutôt que de laisser à quiconque la possibilité d'utiliser les arts obscurs sur nous. « Est-ce nécessaire ? La douleur s'estompe déjà. Peut-être que Son Altesse a réagi de manière excessive. »

Son regard s'adoucit. « Vous n'avez rien à craindre de moi, mon enfant. Vous allez boire toute la teinture. Puis nous brûlerons le bol. Il ne restera rien pour ceux qui vous veulent du mal. »

Je sentais le regard de Colère sur moi, comme deux tisonniers brûlants dans ma nuque, mais je refusais d'en tenir compte. La décision m'appartenait à moi seule. Je pris une profonde inspiration et hochai la tête. « D'accord. »

Celestia coupa quelques mèches, les saupoudra d'une dose d'herbes et de deux de pétales. Elle écrasa le tout dans le mortier à l'aide du pilon jusqu'à ce que le tout soit réduit en poudre.

Une fois qu'elle parut satisfaite de la consistance, elle murmura un sort dans une langue que je ne connaissais pas, puis ajouta au mélange quelques gouttes d'un liquide bleu étincelant.

Elle versa le tout dans un calice d'argent gravé de runes et remua vigoureusement. « Ce ne sera pas la boisson la plus agréable, mais les Larmes de Saylonia aideront à en atténuer le goût.

— Les Larmes de Saylonia ?

— Certains disent qu'elle est la déesse du chagrin et de la peine. Mais elle n'est pas que cela. Les larmes sont recueillies dans un temple des Îles changeantes.

— Où se trouvent-elles ? Ici ? »

Elle reporta son attention sur le prince tout en remuant la boisson dans la direction opposée. Le mouvement fit déborder un peu du contenu. « C'est presque prêt. »

Colère observait chaque pas que la matrone effectuait dans ma direction avec une lueur menaçante dans les yeux. Comme si un seul geste déplacé pouvait déclencher le combat auquel il était préparé.

J'ignorai son comportement étrange et m'intéressai à la matrone qui s'approchait. « Je porte l'amulette depuis des décennies, et je n'ai jamais ressenti une douleur pareille.

— Vous vous êtes baignée dans le Bassin du Croissant de lune, n'est-ce pas ?

— Oui. » Mes cheveux étaient humides et il était inutile de mentir. « Comment le savez-vous ?

— Je l'ai deviné. Certains pouvoirs magiques ne peuvent pénétrer dans ces eaux sans conséquences graves. Certains disent que l'eau a appartenu aux déesses et qu'elle brûle ce qui ne lui appartient pas. D'autres pensent que les Redoutés tentent de récupérer ce qui leur a été enlevé. Et ils ne se soucient pas de la manière dont ils parviennent à restaurer leur pouvoir, seul compte le résultat. La vengeance est un objectif terrible.

— Les Redoutés ? » Je fouillai ma mémoire pour trouver des récits ou des légendes de mon enfance, mais ce nom ne m'évoquait rien. « C'est ainsi que vous appelez les déesses, ou les princes démons ?

— Ça suffit. » La voix de Colère était posée, mais son ton ne laissait pas de place à la discussion. « Certaines personnes feraient mieux de garder pour elles les superstitions et les contes populaires. » Il croisa les bras, d'un air sévère. « Sa teinture est terminée ? »

Je baissai les yeux vers mon amulette. Colère m'avait dit de ne pas l'enlever. Je lui lançai un regard accusateur. « Tu ne m'as pas mise en garde contre les risques. Et maintenant, tu t'inquiètes ? »

Celestia plissa les yeux, mais garda le silence quelques instants sans cesser de remuer la teinture. « S'il avait su l'effet que cela aurait sur vous, je doute qu'il vous y aurait emmenée. C'est au sujet de son autre secret que vous devez l'interroger. Il est parfaitement conscient de l'effet que celui-ci a sur vous deux. Et pourtant, il ne vous en a pas soufflé mot. Nous avons peut-être enfin découvert votre talon d'Achille, Votre Majesté. »

Colère devint immobile comme une statue. La température de la pièce chuta au point que ma respiration se mit à former de petits nuages. Les pots s'entrechoquèrent et les étagères tremblèrent sous l'effet du pouvoir que le prince retenait, de la rage qu'il combattait. La matrone avait manifestement atteint la cible qu'elle visait.

Encore plus intriguée par sa réaction, je l'étudiai de près. Il était pratiquement méconnaissable. Aucun changement n'était décelable dans ses traits froids, mais je sentais l'immense vague de magie qu'il attirait comme la marée.

« Attention, prévint-il. Tu t'aventures sur un terrain dangereux.

— Bah. » Elle balaya son avertissement d'un geste de la main, sans se préoccuper du bourdonnement de colère qui grésillait dans l'air. Elle me tendit le calice et me fit signe de boire.

Je portai mon attention sur Colère, et ce qui avait enflammé son péché homonyme disparut lorsqu'il aperçut mon regard inquiet. La température revint à la normale. Il désigna la coupe d'un mouvement du menton. « C'est bon. Bois. »

Je portai la préparation à mes lèvres et m'arrêtai. L'odeur était loin d'être agréable. Je rassemblai mon courage avant que la douleur ne revienne et avalai tout d'un trait, ignorant le goût à la fois sucré et amer des herbes. Mes symptômes disparurent sur le coup.

« Voilà, c'est déjà fini, mon enfant. »

Je lui rendis le calice et la regardai jeter le bol en bois dans les flammes. Il fut réduit en cendres en quelques secondes. « Est-ce que je devrais enlever l'amulette maintenant ? »

Elle se tourna vers Colère en haussant un sourcil argenté. Je ne me retournai pas assez vite pour apercevoir la réaction du prince, mais la matrone pinça les lèvres. Elle baissa les yeux sur mon cou avant de croiser à nouveau mon regard. « Non. Le *talisman* ne vous gênera plus.

— Fais attention à toi, Celestia.

— Allez brandir une épée ou donner un coup de poing sur un rocher et sortez d'ici. Vous imaginiez que je n'entendrais pas parler de votre démonstration de colère ? Domitius et Makaden sont des imbéciles. Mais seul un plus grand imbécile pouvait agir comme vous l'avez fait. Certains pourraient penser que de nouveaux péchés sont en train de naître. Vous devriez vous montrer vigilant, *Votre Altesse*. D'autres observent. Et ils s'intéressent particulièrement à votre cour.

— Attention à ce que tu dis. » La fureur de Colère se déchaînait, comme des bourrasques au cœur de la tempête. La matrone sourit, mais son expression n'avait rien de la démonstration affectueuse d'une grand-mère envers son petit-fils. Elle était dure comme le fer. Celle de Colère était pire encore. « Je n'ai pas d'ordres à recevoir de toi.

— Alors, considérez que c'est une suggestion. Quoi qu'il en soit, c'est irresponsable de ne pas le lui dire.

— Oui, j'aimerais beaucoup savoir de quoi vous parlez tous les deux. » Maintenant que ma douleur avait disparu, je commençais à ressentir de l'agacement. Je savais que Colère me cachait encore des choses. Des secrets que même Celestia estimait que j'avais le droit de connaître. Et après ce qui venait de se passer entre nous dans le bassin, je ne tolérerais plus ces cachotteries. Je jetai un regard acerbe au prince. « Quelqu'un doit répondre à ma question. Tout de suite. »

Celestia nous observa tour à tour. « C'est une conversation que vous feriez mieux d'avoir tous les deux. En privé. » Cette fois, son grand sourire était annonciateur d'ennuis. « Mais vous devriez l'emmener au Temple de la Fureur, loin des oreilles indiscrètes. Quelque chose me dit que vous allez réveiller tout le château. »

Sur ce, elle nous fit sortir de sa salle des teintures et claqua la porte en vieux chêne dans notre dos. Je fixai le prince. D'une manière ou d'une autre, il allait me dire la vérité. Je ne comprenais pas comment Celestia pouvait connaître son secret alors que je l'ignorais, et mon agacement fit place à de la colère pure. Mais qui n'était pas provoquée par cette Maison du Péché.

Combien d'autres membres de sa cour étaient au courant des informations qu'il me cachait et qui me concernaient ? C'était inacceptable d'être la seule tenue dans l'ignorance.

« Je veux la vérité. Plus de mensonges. Tu me dois bien ça. »

Il semblait sur le point de trouver une arme à brandir. Mais sa frustration ne semblait pas dirigée contre moi, ni même contre la matrone.

Peut-être était-il en colère contre lui-même. Quel que soit le jeu ou le plan qu'il avait préparé, il était clairement révolu. Et il ne s'était pas déroulé comme il l'espérait.

« *Putain.* » Colère se passa une main dans les cheveux et s'éloigna de moi pour se mettre à arpenter la pièce. « Je pensais qu'on aurait plus de temps. Mais après ce soir, il est évident que ça ne peut plus attendre. »

Colère nous conduisit dans sa bibliothèque personnelle et jeta un sort pour que nos voix ne puissent être entendues en dehors de la pièce. Je me tenais devant l'énorme âtre afin de me réchauffer les mains. Entre la température fraîche du château, l'épuisement qui me gagnait suite à la douleur, ma chemise de nuit trop légère et mes cheveux humides, j'étais frigorifiée jusqu'à l'os.

La peur jouait également un rôle dans les frissons qui me traversaient. Était-il possible que quelque chose soit arrivé à ma famille ? S'ils avaient été blessés – ou pire –, je n'étais pas sûre que Colère me le confierait.

Il savait qu'ils étaient ma faiblesse autant que ma force et que je négocierais mon retour dans mon monde et résilierais mon contrat avec Orgueil. Cela compliquerait certainement sa mission et ce point serait un motif suffisant pour qu'il ne soit pas honnête avec moi.

Sa nervosité ne contribuait pas non plus à m'apaiser. Elle se communiquait à moi à tel point que mes nerfs étaient si tendus qu'ils menaçaient de craquer à tout moment.

Il arpentait la pièce comme un grand fauve en cage. Avant notre étreinte passionnée dans le lagon, puis dans le couloir devant sa chambre, je ne l'avais jamais vu que calme ; même furieux, il n'était jamais… agité de la sorte. C'était déconcertant de le voir dans un état pareil. Le fait qu'il se soit montré désagréable envers la matrone était étonnant aussi. Il pouvait parfois se montrer bourru, arrogant ou débordant de suffisance masculine, mais il n'était jamais grossier.

« Tu veux bien t'asseoir ? » Je me frottai les bras. « Tu me rends nerveuse. »

Il se dirigea vers son bureau et versa deux doigts de liquide lavande dans son verre. Il le vida d'un trait avant de le remplir rapidement et de me proposer le deuxième verre. Je secouai la tête.

L'attente était insupportable. Et j'avais déjà plusieurs nœuds dans l'estomac. Je voulais savoir ce qu'il avait à dire, et pourquoi cette confession l'affectait autant. Même lorsqu'il avait attaqué Makaden plus tôt dans la soirée, il n'avait manifesté ni regret ni inquiétude. Juste une efficacité calculée. Il avait exécuté une sentence et était impartial face à la brutalité de sa décision.

« Ce suspense est-il vraiment nécessaire ? » Ma voix était étonnamment calme, en contradiction totale avec les battements frénétiques de mon cœur. « Ce que tu as à me dire ne peut pas être si grave. »

Du moins, je l'espérais.

Il s'arrêta enfin de s'agiter, assez longtemps pour me regarder droit dans les yeux. Son expression était indéchiffrable. Un calme glacial et déconcertant s'était emparé de lui. Un sentiment d'appréhension courut le long de ma colonne vertébrale. Son attitude me rappelait celle d'une sage-femme qui s'apprête à annoncer une funeste nouvelle.

« Tout à l'heure, tu m'as demandé pourquoi je t'avais marquée. Je ne suis pas sûr que tu comprennes exactement la signification de ce geste ni pourquoi on l'accorde si rarement. »

Je le fixai, perplexe, momentanément prise au dépourvu par son changement soudain de sujet. Je me demandai ce que la marque d'invocation venait faire là-dedans. Au moins, je comprenais comment Celestia était au courant de ce secret ; son attention s'était brièvement portée sur mon cou. J'avais cru à tort qu'elle observait mon talisman en forme de corne de diable.

« Alors ? insista-t-il, attirant à nouveau mon attention sur lui. Que sais-tu là-dessus ?

— Nonna m'a expliqué que la marque permettait d'invoquer un prince de l'enfer sans objet lui appartenant. Que c'est un grand honneur auquel peu de gens ont droit. Et que, tant qu'il respire, le prince démon doit toujours répondre à l'invocation. Sauf, bien sûr, quand j'ai essayé de t'invoquer et que tu n'es pas venu. » Mon ton devint glacial. « J'ai cru que tu étais mort. »

Il recula d'un pas, et son attention se porta rapidement sur moi, comme s'il réfléchissait à toute vitesse.

« Après avoir été blessé par la dague de la Maison Envie, je n'étais pas assez rétabli pour voyager entre les royaumes. Je ne me rendais pas compte que mon absence te dérangeait. » Je lui lançai un regard furieux qui lui arracha un demi-sourire malicieux. Son expression amusée s'effaça presque instantanément. « Sais-tu pourquoi elle est donnée si rarement ?

— Parce que les princes sont des sales grincheux et qu'ils n'aiment pas qu'on les invoque selon notre bon vouloir ? »

L'ombre d'un sourire effleura à nouveau ses lèvres avant qu'il ne se reprenne. « Parce que c'est un lien magique qui ne peut jamais être rompu.

— C'est impossible. Toute magie peut être annulée.

— Pas ce lien. La mort ne suffit même pas à le défaire.

— Mais tu es immortel.

— Je te laisse imaginer combien de temps ce lien dure. »

Nous nous dévisageâmes, tandis que la vérité se déployait entre nous. J'avais du mal à assimiler l'information et ce qu'elle impliquait. Colère se taisait, le visage fermé, tandis que j'encaissais le choc. Comment ce lien pouvait-il perdurer même après la mort ? Je n'arrivais pas à concevoir comment ça fonctionnait. Nos âmes étaient à jamais liées. Or, j'avais vendu la mienne, mais je n'avais aucune idée de ce que ça impliquait pour le lien. Ou pour lui.

« Emilia. » Sa voix était calme, mais ferme. « Dis quelque chose.

— Un jour, tu m'as conseillé d'éviter de m'exprimer en termes absolus. Parce qu'ils ont tendance à ne *jamais* s'appliquer, tu t'en souviens ?

— Te rappelles-tu ce que j'ai dit la nuit où tu as été attaquée par le *Viperidae* ? »

Colère s'approcha pas à pas, sans me quitter des yeux. Il devait sentir que j'étais à deux doigts de m'enfuir et s'efforçait de ne pas faire de gestes brusques pour ne pas m'effrayer. Son attention se porta sur sa marque.

Machinalement, je portai la main à l'endroit de mon cou où le symbole presque invisible zébrait ma peau. Je souffrais trop cette nuit-là pour avoir retenu ce qu'il m'avait dit, puis nous nous étions retrouvés dans la baignoire, et les cauchemars avaient démarré peu de temps après.

Et avant que je ne me réveille, il m'avait dit…

« Je t'ai dit de vivre assez longtemps pour me détester. Et je le pensais. » Il tendit la main et passa les doigts sur le côté de mon cou, d'un toucher aussi léger qu'une plume. « C'est la nuit où je t'ai marquée. Mais ce n'est pas tout. »

La panique s'agita dans ma cage thoracique comme un oiseau pris au piège.

J'avais l'horrible impression de savoir où il voulait en venir et je ne voulais pas être complice de cela. Je crus sentir mon tatouage de fiançailles picoter, me rappelant son existence. Comme si je l'avais oublié.

Je forçai mes pieds à rester fermement ancrés dans le sol, même si j'avais surtout envie de m'enfuir, de me réfugier dans mes appartements, la porte fermée à clé, pour ne jamais en ressortir.

« Arrête. » Je tournai les talons et me mis à m'éloigner. Une nouvelle angoisse prenait racine en moi. Je ne voulais plus entendre ses aveux. « Ramène-moi à mes appartements.

— Pas avant que tu ne saches toute la vérité. »

Colère se dressait maintenant devant moi, son regard plongé dans le mien. Je détestais plus que tout sa vitesse surnaturelle. Il ne tendit pas la main vers moi, ne me barra pas la route et ne m'accula pas dans un coin, mais son expression annonçait clairement qu'il ne s'éloignerait pas avant que je n'accepte d'entendre sa confession. Je savais qu'il attendrait une éternité s'il le fallait, jusqu'à ce que le soleil s'éteigne et que la dernière étoile disparaisse du ciel. Je n'avais pas le luxe de perdre autant de temps.

Je hochai finalement la tête, lui accordant la permission de continuer. De bouleverser mon monde une fois de plus.

« La magie que j'ai utilisée et que tu as prise pour un sort de renaissance ? C'était la marque. Elle nous a liés, chair contre chair, d'une manière qui a permis à mes pouvoirs de te guérir. Tu n'as réchappé à cette attaque que parce que j'ai absorbé le venin dans mon corps à travers ce lien magique. »

Son corps immortel, qui ne pouvait être contaminé ou éliminé par le poison, le venin ou toute autre substance qui m'aurait tuée. Je déglutis. Colère s'était lié à une ennemie jurée juste pour que je vive. C'était un acte aux conséquences terribles. Il avait tout sacrifié pour me sauver, la nuit où j'étais partie à la recherche de l'amulette de ma sœur, où j'avais affronté le démon à l'allure de serpent et où j'avais failli mourir. Cette évidence me frappa de plein fouet. Pas étonnant qu'il ait été furieux de me voir si désinvolte.

Le prix qu'il avait payé était beaucoup plus élevé que je ne l'avais jamais imaginé. Mais pour moi aussi.

« La marque était plus qu'un moyen de m'invoquer ou de te sauver. Et, en raison d'un autre lien magique que nous partageons, c'était aussi, en partie, un signe d'acceptation. Je crois que tu comprends où je veux en venir, mais veux-tu que je continue ? »

Mon cœur cognait dans ma poitrine à cause des mots qu'il avait choisis. *Acceptation*. Nous ne parlions plus de la marque d'invocation ou de la magie à laquelle il avait eu recours pour me débarrasser du venin, mais de ma peur, de celle qui continuait à croître en cet instant même. J'étais incapable de le fixer droit dans les yeux. « J'ai rompu le sort après ça.

— Tu ne parais pas pleinement convaincue. Pourtant, la vérité a toujours été là, sous tes yeux. »

J'examinai l'encre traîtresse sur son bras nu, les tatouages magiques qui n'avaient pas disparu. J'avais soupçonné mon inversion de sort de ne pas avoir fonctionné, mais j'avais repoussé mes inquiétudes. Il avait raison. Je n'avais pas *voulu* admettre ce que cela signifiait. Je me refusais encore à le faire.

« Je peux ? » Colère tendit la main vers moi, mais s'arrêta avant de me toucher. J'acquiesçai. Il me prit le bras et retroussa la manche de ma chemise de nuit. Il plaça son avant-bras contre le mien, attendant que la vérité cesse de s'agiter comme un oiseau effrayé et se pose en moi.

Il était indéniable qu'ils étaient parfaitement identiques. Et je savais pour quelle raison.

Je détournai mon attention de nos tatouages pour la porter sur sa figure. Son magnifique visage, froid et royal. Celui d'un dieu déchu. Et de mon destructeur. Ma peau picotait d'anticipation.

« Tu cherches la vérité ? Permets-moi de te la donner. Orgueil ne t'a pas convoquée à sa cour et n'essaiera jamais de le faire. Du moins, pas pour la raison que tu crois.

— Parce que… »

Je le savais, oh déesse, je le savais. J'avais tout de même besoin qu'il prononce les mots.

« Tu n'es pas sa promise, Emilia. » Le monde tangua sous mes pieds. Le regard de Colère était suffisamment assuré pour empêcher mes genoux et le royaume de trembler. « Tu es la mienne. »

TREIZE

Tu es la mienne. Tout ce qui n'était pas compris dans ces quatre mots s'effaça. Le choc, le déni et la confusion totale disparurent d'un coup. C'était comme si j'avais quitté la bibliothèque de Colère pour retourner dans le néant. Je sentais mon pouls battre dans chacune de mes cellules. La phrase résonnait doucement, tambourinait contre mes nerfs, s'insinuait dans mon cœur.

J'avais l'impression que la magie qui nous unissait s'était pleinement réveillée : l'aveu de Colère l'avait arrachée à son sommeil et l'avait remise en mouvement.

Ce puissant prince guerrier débordait de vitalité, il était habité par une puissance immortelle, il était la mort et la rage incarnées... Je fus soudain entraînée dans une vision.

Avait-elle surgi du passé, du futur ou n'était-elle qu'une illusion façonnée dans ce monde de péchés, je n'arrivais pas à le discerner. Nous étions dans le lit de Colère ; les flammes vacillantes de centaines de bougies scintillaient sur la surface luisante des draps de soie, sur les murs de couleur sombre et la sueur qui brillait sur son torse nu.

J'étais à califourchon sur le prince démon, les cuisses écartées pour accommoder son corps puissant. Il m'observait avec une sorte d'avidité primitive, les yeux mi-clos, dévorant chaque centimètre de mon corps tandis que mes hanches ondulaient, cherchant le plaisir sans aller jusqu'au bout. Je faisais monter notre désir en ne comblant pas tout à fait la légère distance qui séparait nos corps.

Il s'approcha de moi, mais je le plaquai contre le matelas et lui mordillai les lèvres avant de me laisser happer par ses lents baisers. Bientôt, il ne se contenta plus d'être un spectateur ; ses mains s'accrochèrent à mes flancs, me guidant sur son ardeur féroce. Il me chuchota un mot d'amour et d'un rapide coup de reins, nous fûmes unis dans tous les sens du terme. Pour l'éternité.

Je réussis à inspirer une grande bouffée d'air, chassant la vision. Du déni refit surface dans mes pensées confuses. « *Nous* sommes toujours fiancés. »

Les yeux de Colère semblaient perdus dans le vide, comme s'il avait ressenti cette illusion séduisante en même temps que moi et qu'il se sentait encore parcouru par des frissons de plaisir. Son ton froid ne correspondait pas à la chaleur qui persistait dans son regard. « Oui, je dois devenir ton mari.

— Mon mari. Toi, pas Orgueil ?

— Emilia…

— S'il te plaît. »

Je dressai la paume pour le retenir. Quelque chose d'ancien secoua mes os. J'ignorai cette sensation, me concentrant plutôt sur la colère qui se déployait en vrilles ardentes, remplaçant tout sentiment de choc ou de déni, faisant le vide dans ma tête. Ce n'était pas possible. Je ne pouvais pas accepter cette complication supplémentaire, pour de nombreuses raisons, à commencer par mon désir de venger ma sœur.

« Tu m'as menti. »

Il garda le silence quelques instants, avant de déclarer avec calme : « Malgré les circonstances pas vraiment idéales de notre union, nous sommes bien assortis. Plutôt bien, non ? »

Je le fixai sans sourciller. Avec une déclaration aussi follement romantique, qui avait besoin d'amour ou de passion ? Si je n'épousais pas Orgueil pour mener à bien mon projet, je le ferais par amour ! Affirmer que nous étions « plutôt bien assortis », c'était déformer complètement la réalité. J'avais bien plus souvent envie d'étrangler Colère que de l'embrasser ou de coucher avec lui. Et j'avais l'impression qu'il ressentait la même chose. Mais c'était peut-être justement un signe que nous étions *plutôt bien assortis*. Notre mariage allait-il être une union profane de deux fureurs ?

« Ton frère est au courant ?

— Bien sûr. »

Le prince démon semblait s'être préparé à un déferlement de violence ; ses pieds étaient discrètement écartés de la largeur de ses épaules, son corps incliné vers l'avant. Il méritait une bonne gifle pour m'avoir caché une telle information, mais j'avais du mal à assimiler ses aveux et ses mots – aussi anodins fussent-ils – avaient un étrange effet sur moi : ils faisaient soudain bouillir mon sang.

Tous mes sens vibraient à l'unisson, de façon presque surnaturelle. J'avais conscience de chacun de ses mouvements, du léger déplacement de ses pieds et de sa respiration régulière. Cette perception plus lucide n'atténua pas ma colère. Au contraire, elle ne faisait que l'attiser.

Je commençai à me rendre compte d'autres choses. Si j'étais membre de la Maison Colère, les autres Maisons royales, comme la cour d'Orgueil, ne partageraient jamais avec moi le moindre ragot au sujet de leur prince. Tous les espoirs que j'avais nourris et les plans que j'avais élaborés pour obtenir les informations dont j'avais besoin à propos de la première femme d'Orgueil étaient réduits à néant.

« C'est de la folie. »

Je m'étais extirpée du chaos dans lequel mon univers avait basculé après la mort de Vittoria et j'avais créé un semblant d'ordre en venant ici. Et je n'y étais parvenue que grâce à la promesse que je lui avais faite.

Et maintenant… maintenant, je perdais une fois de plus le contrôle de ma vie, à cause des Damnés.

De Colère en particulier. Ma fureur explosa enfin.

« Tu n'arrêtes pas de me dire que j'ai le choix. Quand est-ce que je peux réellement décider de quoi que ce soit ? Certainement pas lorsqu'il s'agit de choisir une Maison démoniaque. Ou un prince auquel je crois être fiancée. Et pire encore, à Palerme, quand je t'ai demandé si tu me ferais venir ici, pour régner en enfer ? Tu as dit que tu ne m'y forcerais jamais ! Apparemment, c'est parfaitement acceptable pour toi de substituer la ruse à la force. Félicitations. » Je me mis à applaudir lentement. « Tu es vraiment doué pour déformer la vérité. Je dois avouer que tu m'impressionnes. »

Il n'avait pas l'air soulagé, mais sa posture défensive se relâcha légèrement. Je vis le moment exact où le souvenir du soir dont je parlais remontait, quand je croyais avoir rompu nos fiançailles avec un sort qui défaisait le précédent. Il avait juré qu'il ne me forcerait pas à me marier et qu'il ne m'emmènerait pas dans le monde souterrain. Une fois encore des demi-vérités, voire des mensonges.

« Tu as toujours le choix. Tu n'es pas obligée de confirmer notre mariage. »

Je pointai un doigt accusateur vers la marque d'invocation.

« Et ce lien ? Je n'ai pas l'impression que c'est un choix. J'ai conscience que tu as sacrifié beaucoup aussi, mais au moins tu étais conscient de ce que tu décidais. De toute façon, tu aurais dû me le dire avant. J'avais le droit de savoir.

— La marque est la meilleure solution de rechange que j'ai trouvée à ce moment-là. Pour te sauver du venin, je n'avais pas mille autres options à envisager avant que le poison ne fige ton cœur. Je t'ai demandé de m'autoriser à t'aider cette nuit-là. Voilà ton choix. Tu nous as fiancés. Et j'ai accepté. »

Comme si j'avais besoin qu'on me rappelle cette grave erreur. « La meilleure solution de rechange pour quoi ?

— Pour retarder certaines pulsions, provoquées par l'acceptation.

— Des pulsions ? »

Ma bouche se referma avec un claquement audible lorsque je compris. Mes pensées et mes sentiments lubriques à l'égard de Colère s'étaient peu à peu amplifiés. Ils avaient érodé ma méfiance et mon impression de trahison. Je croyais que c'était l'effet de ce royaume, que c'était son inclination au désir qui alimentait mes émotions et me poussait vers ce besoin presque primitif de coucher avec lui. Mais ce n'était pas cela. C'était surtout une exigence beaucoup plus ancienne de revendiquer mon mari. D'assurer que notre mariage aurait lieu.

Déesse du ciel. *Colère* était mon promis.

Je menais une bataille sur plusieurs fronts, sans le savoir. Pas étonnant qu'il ait été si difficile de résister à la tentation. Je luttais contre le lien, et contre ce royaume qui me poussait à assumer mon désir sexuel sans culpabilité ni honte.

Pour être honnête, les sentiments conflictuels avaient commencé bien avant que nous n'arrivions dans le monde souterrain. Lorsque Colère avait été attaqué par Envie et qu'il s'était vidé de son sang devant moi, quelque chose avait basculé.

Et avant cela, lorsque j'étais sous l'emprise de Luxure, j'avais désiré ardemment Colère. Pendant un instant, cette nuit-là, il avait semblé vouloir réduire la distance qui nous séparait.

Je me forçai à revenir au moment présent. « L'acceptation des fiançailles crée le désir ?

— Pour que les liens du mariage soient confirmés, il faut le consommer et organiser une cérémonie traditionnelle. » Il scruta mon visage, probablement pour voir si j'allais le frapper cette fois. J'en avais envie. Terriblement. « Tu as l'air...

— Fâchée ? » Je haussai les sourcils et inclinai la tête. Il était assez malin pour savoir que le silence qui suivait était deux fois plus dangereux qu'un simple accès de violence.

« *Crée* n'est pas le mot juste. L'acceptation *encourage* l'achèvement du lien. Tu dois déjà ressentir ces émotions, sinon le lien n'aurait rien à encourager.

— Le royaume m'a-t-il déjà *encouragée*, ou est-ce seulement notre lien qui me pousse ?

— Les deux.

— Et quel rôle joue ta marque d'invocation, exactement ?

— Te marquer tend à réprimer les pulsions du mariage, parce que la marque a mis en place son propre lien indéfectible entre nous. Si on la compare à de l'eau, ce serait comme une rivière qui se divise en deux cours d'eau plus petits. Chacun dilue l'autre dans une certaine mesure, jusqu'à ce qu'ils se rejoignent. »

C'était pour cela qu'il effleurait la marque de ses doigts à chaque fois que nous nous embrassions ; il essayait de diluer mes pulsions. Il l'avait également fait lorsque j'étais sous l'influence de Luxure près du feu. Ce qui signifiait qu'il avait étouffé mes pulsions de mariage pendant un certain temps. Sans prendre la peine de me le dire, bien sûr.

Je ne sais pas pourquoi cette idée me faisait si mal, mais elle m'affectait indéniablement.

« Que se passera-t-il si je refuse notre union ? Est-ce que j'aurai encore envie de toi dans mon lit ?

— Les envies resteront, mais elles ne te forceront jamais la main, Emilia. Ce n'est pas comme ça que ce lien fonctionne. Tu auras toujours le choix. Comme avec n'importe quel autre partenaire.

— Bien sûr, j'ai toujours le choix, raillai-je. Sauf si je veux épouser le diable. »

Colère se raidit. Les mots étaient sortis de ma bouche sans que j'y réfléchisse. Je n'avais pas pensé non plus à l'impact qu'ils pourraient avoir sur le prince. Pour qu'il ressente lui aussi ces pulsions, il fallait qu'il éprouve des sentiments pour moi.

Et c'était… c'était trop compliqué à analyser.

Je savais que c'était injuste de lui en vouloir, surtout qu'à l'origine c'était moi qui l'avais piégé avec des fiançailles, mais je ne pouvais pas m'empêcher de me cramponner à ma fureur. Tous mes plans étaient en train de partir en fumée. Si je ne rendais pas visite à la Maison Orgueil, je ne découvrirais peut-être jamais ce qui était réellement arrivé à ma jumelle. La seule raison pour laquelle j'avais signé ce satané contrat, c'était pour avoir la chance de m'introduire dans le nid de vipères et de tenter d'empêcher que d'autres sorcières soient assassinées.

À présent, je me retrouvais dans ce royaume, coincée dans une situation qui entravait ma mission. Je n'étais pas venue ici pour trouver l'amour ou pour devenir la princesse de la Maison Colère. J'étais venue pour me venger. Pour devenir reine. Pour éliminer le démon qui avait tué Vittoria et sauver ma famille et mon île du danger que représentaient ces envahisseurs démoniaques. Et Colère compliquait tout.

« Pourquoi as-tu gardé ces informations secrètes ? exigeai-je de savoir. Si tu ne voulais pas que je signe le contrat d'Orgueil, tu aurais pu me parler de tout ça dans la grotte, cette nuit-là. Pourquoi ne pas m'avoir demandé de m'aligner sur ta Maison ? Cela n'avait aucun sens de me cacher ça.

— Fiancée ou pas, tu es libre de rejoindre la Maison du Péché de ton choix. Je ne me mettrai jamais en travers de ta route. Et je ne t'ai pas expliqué ça, parce que je ne voulais pas que tu viennes ici.

— Pourquoi est-ce que tu ne voulais pas que je vienne ? » Il pinça les lèvres. Je n'allais pas le laisser une fois de plus esquiver ma question. « Dis-moi. Dis-moi que ça a un rapport avec la malédiction et pas avec une autre personne que tu aimes. J'ai besoin de comprendre pourquoi tu me révèles certains secrets alors que tu en caches d'autres.

— Je ne peux pas. Contente-toi des réponses que tu as obtenues. »

Le choix de ses mots ne m'échappa pas. *Je ne peux pas* et *je ne veux pas* étaient deux choses très différentes. Je l'examinai, mais son expression ne laissait rien transparaître. Je savais qu'il avait choisi les termes de sa réponse avec soin.

« C'est pour ça que je ne peux pas voyager entre les cours des démons sans invitation ? Parce que, techniquement, je suis liée à ta Maison ? »

Il confirma d'un hochement de tête. « Il te faudra toujours une escorte pour traverser le royaume, car c'est dangereux de voyager seule, et il faudra qu'une délégation de chaque Maison se retrouve à la frontière de nos territoires, mais oui. Comme tu es ma promise, tu es considérée comme la future co-dirigeante de la Maison Colère. Par conséquent, ce serait perçu comme un acte d'agression si tu débarquais dans une autre cour sans avertissement ni permission.

— Et le contrat que j'ai signé avec la Maison Orgueil ?

— Si nous contractons notre mariage, il devient caduc.

— Et si le mariage n'a pas lieu ? Et les meurtres de sorcières ? Ils continuent à se produire en ce moment ?

— Non. Ils ont cessé.

— Comment est-ce possible ? Ta mission consistait à trouver une épouse au diable. À moins que ça n'ait jamais été ta véritable mission… »

Colère semblait vouloir en dire plus, mais ne pouvait ou n'y arrivait pas. Son silence ne faisait que renforcer mon inquiétude : je redoutais que les meurtres n'aient rien à voir avec le fait que le diable se cherche une épouse pour briser la malédiction. Les sorcières auraient alors été assassinées pour une raison que je n'avais pas encore découverte. Mon agacement finit par se mêler à ma colère et je fusillai du regard le prince des secrets.

Il se décida enfin à briser le silence. « Si tu choisis de ne rien décider, l'affaire sera portée devant le Temple du Destin. Un conseil des trois se réunira alors pour examiner la question. Cette voie n'est pas recommandée, mais c'est à toi de choisir.

— Merveilleux. Que fera le conseil ? Il décidera si je me marie avec toi ou avec quelqu'un d'autre ?

— Il se prononcera sur notre sort à tous. »

Je regrettais de ne pas avoir accepté le verre qu'il m'avait proposé un peu plus tôt. J'étirai ma nuque, essayant d'apaiser la tension qui raidissait mes muscles. De trop nombreuses émotions s'affrontaient pour prendre le dessus. Colère vint vers moi et plaça un verre dans ma main, puis se mit à arpenter la bibliothèque en décrivant des cercles, nerveux.

« Comment as-tu su que j'avais envie d'un verre ? Est-ce que tu es capable de ressentir mes émotions avec une telle clarté, ou est-ce un bonus de notre lien de fiançailles ? Ou de la marque d'invocation ? Je n'arrive plus à suivre, avec tes tours.

— Tu as posé les yeux sur le verre, Emilia. J'ai simplement interprété ton langage corporel. »

Je le regardai faire les cent pas. Mon esprit tourbillonnait à chaque fois qu'il repassait devant moi. Ses actes commençaient à prendre tout leur sens. Il ne m'avait pas laissée mourir de froid parce que j'étais sa future épouse. C'était aussi la raison pour laquelle il était resté à mes côtés dans le Couloir des péchés, même si Anir avait dit qu'il n'aurait pas dû le faire. Un autre souvenir me revint en mémoire. À Palerme, Anir avait conseillé à son maître de nouer définitivement les liens du mariage, lui rappelant que cela sécuriserait sa Maison. Il avait mentionné l'obtention des pleins pouvoirs. Et lorsque Colère était venu me chercher dans la grotte, j'avais observé un changement dans son pouvoir. Il m'avait semblé infini. Plus fort.

Colère éprouvait peut-être *certains* sentiments ou une attirance physique pour moi, mais étant donné sa nature, je me demandais s'il n'avait pas agi en partie par instinct de conservation.

« Tes sujets le savent ?

— Oui. Tout le royaume est au courant. »

C'était pour cela qu'il avait fait de Seigneur Makaden un exemple public. Le noble n'avait pas simplement désobéi à un ordre royal, il avait défié Colère et insulté sa future épouse. Il en allait de même pour l'officier sur lequel il avait fait s'écrouler la montagne : il avait menacé de tuer la princesse de la Maison Colère. Si quelqu'un me faisait du mal, le pouvoir de Colère s'en trouverait diminué dans une certaine mesure. Et je savais combien les princes de l'enfer étaient épris de pouvoir.

Assez pour se lier à une personne dont ils pourraient à l'occasion apprécier la présence dans leur lit, mais qu'ils n'aimeraient jamais vraiment. Pour l'éternité.

Plutôt bien assortis.

Le choix des mots me déplaisait. Il n'avait pas non plus nié qu'il y avait eu quelqu'un d'autre dans sa vie. Quelqu'un qu'il avait choisi avant que je ne détruise son monde.

« Je t'ai invité à partager un lit avec moi ce soir. » Ma voix était basse, mais mon ton n'était pas mièvre. Il s'immobilisa et son regard lourd se posa sur le mien. Mon attention se porta sur son visage. « Tu m'aurais dit tout ça avant que nous ne couchions ensemble ?

— Même si c'était tentant, je n'aurais pas consommé notre mariage ce soir. Il y a de nombreuses autres façons de donner et de recevoir du plaisir, sans mettre en péril ta liberté de choisir.

— Est-ce que tu me dis la vérité ? Ou juste ce que tu imagines que j'ai envie d'entendre ? »

Il me fixa, la mâchoire de plus en plus crispée. La température autour de nous baissa de quelques degrés. Je m'attendais à ce que les fondations du château tremblent. « Pour quel genre de monstre me prends-tu ? »

Je n'avais pas de bonne réponse à cette question. Et jusqu'à ce que j'en trouve une... J'inspirai profondément en réfléchissant aux options qui s'offraient à moi. Colère avait mentionné que certains de ses frères souhaitaient m'accueillir dans leurs Maisons. Il était peut-être temps de leur rendre visite.

« Je veux que tu m'accompagnes à la Maison Envie dans la matinée. Peux-tu envoyer un message pour prévenir le prince que j'accepte son invitation ? »

Colère mit un long moment à réagir. On aurait pu croire qu'il n'était pas sûr d'avoir bien entendu.

Il m'étudiait avec une intensité telle que je commençais à craindre qu'il puisse m'observer à travers ma chair et mes os, jusqu'au fond de mon âme. Je gardai une expression indifférente et me forçai à penser à des activités apaisantes : ramasser des coquillages au bord de la mer, rire avec ma sœur et Claudia, boire du vin et parler de choses simples.

Tout pour éviter que mes émotions me trahissent.

Il finit par hocher la tête. Il n'était pas content, cela se voyait à la façon dont il s'était crispé quand j'avais formulé ma requête, mais il n'essayait pas non plus de m'arrêter ou de m'emprisonner.

Je n'étais pas sa princesse dorlotée. Jusqu'à présent, je continuais à avoir le choix.

« Tu es certaine que c'est ce que tu veux ? Même après ce qu'a fait Envie ?

— Oui. » Je réfléchis à ma prochaine demande. « J'ai aussi besoin d'un nécessaire de couture.

— Tu n'as plus besoin de raccommoder toi-même tes vêtements, Emilia. Une couturière peut s'en charger.

— J'en voudrais quand même un pour les cas d'urgence.

— Très bien. J'en ferai porter un dans ta chambre et j'informerai mon frère ce soir de ta visite. C'est tout ?

— Pour l'instant.

— Viens. » Il me tendit la main. Sa voix et son expression étaient suffisamment affables pour que je me méfie en m'approchant. J'ignorai la petite étincelle qui passa entre nous lorsque ses doigts se refermèrent sur les miens. S'il la sentit aussi, il n'en laissa rien paraître. « Je vais te conduire à tes appartements pour que tu prépares tes bagages. Nous partirons pour la Maison Envie aux premières lueurs de l'aube. »

QUATORZE

Colère avait eu une requête, apparemment anodine, avant de me laisser préparer la malle en vue de ma visite. Il avait demandé qu'on me fasse porter une robe habillée le matin, une toilette appropriée pour être reçue par un prince de l'enfer. Sans me soucier de ses intentions cachées – dont j'étais certaine qu'elles devaient être nombreuses –, je m'étais dit qu'il n'y avait pas de mal à exaucer son souhait et j'avais accepté.

Je tentai de me persuader que mon consentement rapide n'avait *rien à voir* avec le fait que mon *fiancé* se trouvait dans ma suite privée, torse nu près de mon lit, semblant avoir été taillé dans l'essence même de la tentation. Il se tenait à bonne distance, c'était presque douloureux pour moi, mais il ne pouvait rien faire pour atténuer la conscience que j'avais de lui. L'espace entre nous semblait vibrer à la fois de tension et d'anticipation. Je ne savais pas si j'étais la seule à ressentir cela ou s'il en faisait aussi la dure expérience. Il avait repris son attitude de prince énigmatique et aimable, difficile à cerner.

J'étais loin d'être aussi calme que lui. Mes émotions étaient encore à fleur de peau depuis que j'avais appris la vérité, et je me sentais en droit de me réfugier dans le déni jusqu'à pouvoir faire le tri dans ces informations. Loin du prince.

Une lueur amusée se dessina enfin sur ses traits froids, lorsque je le poussai hors de mes appartements et que je refermai pratiquement la porte sur ses talons. J'appuyai ma tête contre le mur et expirai. Comme j'avais changé d'attitude ! Une heure plus tôt, je mourais d'envie de le mettre *dans* mon lit.

Je chassai de mon esprit le souvenir de notre étreinte romantique devant sa chambre. Me remémorer la sensation de ses mains qui me caressaient et m'exploraient ne m'aiderait pas à mettre de l'ordre dans mes idées.

« Quel cauchemar ! »

Je me précipitai dans ma salle de bains pour m'asperger le visage. Lorsque j'aperçus mon reflet dans le miroir, je compris immédiatement sa réaction amusée. Mes yeux sombres étaient écarquillés et fous, mes cheveux en bataille suite à notre baignade, et ma peau rougie comme si une fièvre s'était emparée de moi. Un désordre sauvage et frénétique régnait en moi et cela transparaissait à l'extérieur. Ce n'était pas le genre de réaction au mariage qui stimule l'ego ou la confiance d'un homme. Mais après tout, Colère ne manquait ni de l'un ni de l'autre.

Mon regard s'arrêta un instant sur mon amulette, m'arrachant brièvement à mes pensées de maris, de femmes et de liens magiques indéfectibles. Vu la réaction d'Envie en apercevant la Corne d'Hadès la dernière fois, je ne voulais pas que le pendentif s'approche de lui. Je ne voulais pas prendre des risques inconsidérés en l'exhibant sous son nez alors que je me trouvais dans sa Maison royale.

Je l'enlevai et le plaçai au fond du tiroir de ma coiffeuse. Je dirais à Colère où le trouver le lendemain matin. En refermant le tiroir, je remarquai quelques objets qui n'étaient pas présents à mon arrivée dans la chambre : un miroir à main en argent, ainsi qu'une brosse et un peigne assortis, qui étaient posés sur la table.

Ils avaient dû être apportés après le moment où je m'étais nettoyée du sang de Seigneur Makaden. J'admirai les détails gravés dans le métal précieux, la qualité du travail était époustouflante.

Un cadeau de plus – et un cadeau attentionné – de la part de mon futur mari. Je soupirai. Si Colère se mettait à me faire la cour, je n'étais pas certaine de garder à l'esprit toutes les raisons pour lesquelles nous n'allions pas bien ensemble, qui étaient pourtant nombreuses.

Pour commencer, c'était un prince de l'enfer, un ennemi juré des sorcières. Ensuite, c'était quelqu'un de très secret et nous ne nous faisions pas assez confiance pour nous ouvrir complètement à l'autre. Je désirais trouver un jour un véritable partenaire, un égal et un confident. Quoi qu'il arrive, Colère cacherait toujours son jeu, et je n'étais pas sûre qu'il serait un jour capable de me mettre dans la confidence. Et comme notre relation était précaire, je ne lui parlerais sans doute jamais de mes plans non plus.

Je retirai les pinces ornées de crânes d'animaux et de fleurs que j'avais placées autour de mon front, puis passai le peigne dans mes boucles relâchées, en m'efforçant vainement d'apaiser mon pouls.

Je reposai le peigne et retournai dans ma chambre à coucher. Je fis les cent pas dans la pièce à si vive allure que je me mis presque à transpirer. J'étais trop tendue pour chercher à dormir. Même si j'étais très tentée de repousser mes sentiments, je devais ordonner le chaos qui m'habitait avant de me mettre en route pour la Maison Envie.

Colère était un prince séduisant, toujours célibataire, et il devait être très populaire auprès des jeunes femmes de la noblesse. Il se montrait parfois un peu distant, et arrogant, mais il était aussi charmant et séducteur quand il le voulait. Il s'était un jour surnommé : « Son Altesse Royale de l'indéniable Désir ». Et, que la déesse le maudisse, je devais admettre qu'il y avait un fond de vérité. S'il jetait son dévolu sur une personne, je doutais que l'élue résiste longtemps à ses charmes.

Il abordait toutes les situations en stratège et ce n'était qu'une question de temps avant que l'objet de son désir ne cède avec joie à ses manœuvres de séduction. Il s'était montré un amant généreux dans le Bassin du Croissant de lune, il s'était focalisé sur mes besoins comme si cela lui apportait énormément de plaisir.

J'imaginais d'ailleurs qu'avant mon arrivée dans son monde, il avait eu son lot de partenaires qui ne demandaient qu'à partager son lit. Certaines devaient convoiter son trône et sa puissance, d'autres ne devaient s'intéresser qu'à son corps.

J'arrêtai brusquement d'arpenter la chambre lorsqu'une autre pensée me vint à l'esprit. Elle piquait comme les petites pointes sur les carapaces de crabe quand nous les servions dans notre trattoria. J'y avais déjà pensé, mais maintenant je prenais conscience des implications.

Colère n'avait professé ni amour ni affection, il avait juste dit que nous étions plutôt bien assortis. Même si ce n'était pas le moment le plus romantique de mon existence, il y avait une part de vérité dans cette déclaration.

Je le connaissais assez pour savoir qu'il ne me forcerait jamais à quoi que ce soit et qu'il n'interviendrait pas dans ma liberté de choisir, et, qu'au moins, je ne me retrouverais pas liée au diable. Mais je ne pouvais m'empêcher de me demander s'il n'y avait pas quelqu'un d'autre *qu'il* préférerait épouser. Avant que je ne l'invoque accidentellement et que nous nous retrouvions fiancés, quelqu'un d'autre occupait possiblement son lit et son cœur.

Quelqu'un à qui il pensait peut-être en ce moment même. Lors de notre première rencontre, il m'avait clairement fait comprendre qu'il détestait les sorcières. Même si ses sentiments pour moi étaient en train de se dégeler, ils ne seraient sans doute jamais suffisants pour qu'il m'aime vraiment. Garderait-il une maîtresse, si nous nous mariions ?

Je n'aimais pas la sensation de malaise qui accompagnait ces pensées.

J'avais beau essayer de calmer mon cerveau, je ne pouvais m'empêcher de repenser à nos étreintes passionnées dans la lagune, puis devant sa chambre à coucher. Ses mains sur mon corps, mon dos collé contre la cloison, sa langue qui s'emparait de la mienne... dans ces moments-là, il me semblait... bon pour moi.

Mais cela ne voulait pas dire qu'il l'était. Pour une multitude de raisons. La passion et le désir ne pouvaient pas effacer le manque de confiance entre nous ou les secrets que nous gardions tous les deux. Une bonne relation se construisait sur une base solide d'honnêteté, et je ne connaissais même pas son vrai nom.

Outre la possibilité réelle que Colère ne s'autorise jamais pleinement à m'aimer, je ne savais pas si je pourrais jamais m'autoriser à le faire en retour. Coucher avec lui, certainement. L'épouser, peut-être. Mais laisser tomber tout le reste et l'accepter tel qu'il était, avec ses innombrables secrets ? Je n'en étais pas certaine.

« Que la déesse me vienne en aide. » C'était un désastre.

J'avais accepté un mariage de convenance avec Orgueil. Mais seulement parce que cela me permettait d'accéder à sa Maison et de mieux comprendre comment le meurtre de son épouse pouvait être lié à celui de Vittoria. Me lier à Colère… Je ne voyais pas comment cette alliance m'aiderait dans la mission que je m'étais fixée.

Quand j'y réfléchissais, elle n'entraînait que des complications supplémentaires.

Je me jetai en travers du lit et invoquai la Source. Ma magie réagit presque instantanément, heureuse que je fasse appel à elle alors que j'étais distraite par autre chose. Je créai pratiquement tout un jardin de fleurs en flammes couleur rose-or et les fis flotter jusqu'au plafond, tandis que mon esprit revenait aux deux princes qui occupaient la majorité de mes pensées.

Je ne savais rien d'Orgueil, en dehors du fait que c'était le diable. Je commençais à connaître un peu mieux Colère, et me trouver près de lui atténuait parfois le pincement que je ressentais dans la poitrine. Cela n'effaçait pas les souvenirs de ma jumelle – personne ne pourrait jamais avoir cet effet –, mais je trouvais une sensation perverse d'apaisement quand je me disputais avec lui.

Je relâchai l'emprise sur ma magie et laissai les fleurs de flamme se consumer lentement. Je regardai les pétales se transformer en braises noircies qui flottèrent jusqu'au sol et s'éteignirent avant de toucher le tapis. Je soupirai, trop perturbée pour me réjouir de cette démonstration de magie, la plus impressionnante que j'eusse jamais réalisée jusqu'à présent. Ce n'était pas le lien du mariage qui me dérangeait, mais réaliser que ma famille n'avait pas réussi à me tirer des profondeurs de mon chagrin, alors que le prince démon y parvenait.

Certains jours, je le détestais à cause de cela, mais je lui étais aussi reconnaissante de ne pas tolérer que ma flamme s'éteigne. Il m'avait provoquée, taquinée et poussée à bout, jusqu'à ce que je n'aie plus qu'une envie : lui tordre le cou. Et être furieuse était beaucoup mieux que de me transformer en fantôme dévasté par la tristesse et la peine.

La nuit fut longue et agitée, et ce royaume ne fit rien pour me faciliter la tâche, alors que je passais par toutes les émotions possibles. Je m'étais relevée à deux reprises pour me diriger vers la porte de mes appartements, la main déjà posée sur la poignée, avant de me ressaisir et de retourner au lit.

J'étais venue ici pour découvrir la vérité au sujet de ma jumelle. Plus je pensais à Vittoria, plus il m'était facile de m'éloigner de ces autres *pulsions*. Et quand ces pensées ne suffisaient pas, je plongeais dans la Source, créant une gamme de fleurs enflammées de différentes tailles. Je m'entraînai à éteindre certaines fleurs, tout en augmentant l'intensité des flammes sur d'autres.

Lorsque la robe arriva juste avant l'aube, accompagnée de la bague en branche d'olivier que Colère m'avait offerte dans le monde des mortels, j'avais les yeux gonflés de sommeil, mais j'étais ravie en ouvrant le paquet. Elle était en dentelle noire, avec de longues manches ajustées et une jupe ample, mais elle n'était pas tout à fait pudique : elle était échancrée sur le côté depuis le bas de ma poitrine jusqu'à ma taille.

Ces bords ouverts étaient bordés de motifs dorés scintillants qui ressemblaient à des plantes grimpantes en fleurs. Des serpents s'enroulaient également dans le feuillage.

Si les vêtements portaient un nom, cette robe aurait dû s'appeler *Tentation*.

Et en cet instant, alors que nous entrions dans l'antichambre couleur émeraude de la salle du trône d'Envie, au milieu d'une foule de nobles vêtus de soie et de velours d'un vert profond, tout le monde remarqua que Colère avait choisi ma toilette avec un objectif précis en tête.

Son costume parfaitement coupé était la version masculine de ma robe. Veste noire, gilet noir et or avec le même motif de fleurs et de reptiles, chemise noire et pantalon assorti. Des anneaux en or, qui ressemblaient plus à des armes qu'à de simples bijoux, scintillaient à ses doigts. Sa couronne était composée de feuilles de laurier en or entrelacées de serpents d'ébène étincelants.

Je ne portais ni diadème ni tiare, mais Colère avait choisi pour moi ses couleurs habituelles, le noir et l'or. C'était sa façon à lui de montrer à cette cour quelle était ma véritable place. À ses côtés.

À en juger par les chuchotements et les regards curieux dans notre direction après que le héraut se fut précipité pour se préparer à nous annoncer, le plan de mon compagnon fonctionnait à merveille.

Pour ma part, j'avais deviné ses intentions dès que j'avais sorti la robe de son emballage de tissu sombre. Mon prince n'était pas aussi subtil qu'il l'imaginait. Ou peut-être n'avait-il pas cherché à l'être. La dernière fois qu'il avait vu Envie, ce dernier l'avait éventré. Peut-être que la possessivité dont il faisait soudain preuve en public avait plus à voir avec la querelle privée qui opposait les deux frères qu'avec moi.

Mais il était possible que ce soit aussi un moyen de plus pour Colère de s'assurer que tous les membres de la cour réfléchiraient à deux fois avant de s'en prendre à moi. Il protégeait l'augmentation de ses pouvoirs qui devrait naître de notre union et agaçait son frère par la même occasion. J'étais certaine que sa galanterie n'était pas étrangère à son choix non plus.

Colère ne voulait surtout pas qu'il m'arrive malheur. Je savais que c'était cela, plus que tout le reste, le véritable moteur de ses actions. C'était pour cette raison que j'avais enfilé la robe qui me désignait comme faisant partie de sa Maison royale, au même titre que nos tatouages magiques et sa marque royale.

Il m'offrait sa protection, et seule une imbécile la refuserait. J'avais peut-être réagi de façon stupide auparavant, mais je pouvais remercier la déesse : j'apprenais vite.

Le héraut adressa un signe de tête à deux gardes postés devant les doubles portes, puis frappa le sol de son bâton à pointe d'émeraude. Les battants s'ouvrirent, m'offrant mon premier aperçu de la cour royale d'Envie. La salle aux allures de cathédrale était dallée de marbre vert sapin et des alignements de colonnes assorties se dressaient de part et d'autre d'une longue allée. Des membres de la noblesse élégamment vêtus formaient des groupes disposés en petits cercles, ils avaient les yeux rivés sur le héraut.

Et sur les deux personnes qui se tenaient derrière lui, attendant d'être présentées.

Colère ne prêtait pas la moindre attention à l'assistance, mais j'étais sûre qu'il avait déjà repéré l'emplacement des issues et les endroits où les gardes étaient postés. Pour l'instant, le général de guerre restait en retrait, derrière sa façade de prince froid. Il exsudait d'arrogance, comme s'il s'attendait à la considération de cette cour et n'en était pas surpris.

Je regardai au-delà de la foule, ignorant les regards curieux, jusqu'à ce que mon attention se pose sur l'estrade. Le Prince de l'Envie était affalé sur son trône, l'air complètement blasé. On aurait dit qu'il aurait préféré se trouver n'importe où ailleurs et en compagnie de n'importe qui d'autre. Je supposai que c'était une pose. Il avait sûrement détecté la présence de son frère. Et le malaise qui se propageait dans la pièce.

Après un long silence pour obtenir l'effet le plus théâtral possible, la voix du héraut rompit le silence : « Son Altesse Royale, le Prince Colère de la Maison Colère, général de guerre et l'un des Sept, et Dame Emilia Di Carlo, de la Maison Colère. »

Je n'aurais pas cru que la salle pourrait devenir plus silencieuse, mais ce fut pourtant ce qui se produisit. Les murmures se turent. Les pieds qui s'agitaient s'immobilisèrent. On aurait dit que la cour s'était pétrifiée. Sauf son prince. Dès que nous fûmes annoncés, Envie se redressa. Son expression indolente fit place à un intérêt rusé tandis que nous avancions à pas lents pour remonter l'allée. Je l'examinai de près.

Il portait une veste en velours en queue-de-pie de la couleur d'une forêt à feuilles persistantes et une couronne en argent ornée de pierres précieuses. Ses cheveux noirs de jais étaient différents de la dernière fois où je l'avais vu. Ils étaient plus courts sur les côtés et un peu plus longs sur le dessus. Cette nouvelle coiffure mettait en valeur les lignes et les angles prononcés de son visage, ses pommettes assez aiguisées pour transpercer plus d'un cœur. Il ne portait pas de barbe, son visage était juste recouvert d'une légère ombre qui ne faisait qu'accentuer sa beauté sauvage.

Si je n'avais pas eu conscience du monstre impitoyable qui se cachait derrière son apparence, je me serais laissé attirer par ces traits fascinants.

J'essayai de camoufler mon appréhension lorsque ses yeux d'un vert surnaturel passèrent rapidement sur son frère et s'arrêtèrent sur mon visage. Envie avait séquestré ma famille, puis blessé Colère en tentant de s'emparer de la Corne d'Hadès. Je n'étais pas obligée de l'apprécier ou de lui faire confiance au cours de notre visite.

Je devais juste me servir de lui pour arriver à mes fins.

« Mon frère. Je vois que tu as amené ta Sorcière de l'Ombre. » Il avait à nouveau l'air de s'ennuyer un peu, même si j'aurais juré voir les commissures de ses lèvres frémir lorsque Colère se raidit à côté de moi. « Je ne pensais pas que tu voudrais la partager. Mais la tenue que tu as choisie pour elle est très attrayante. Toute cette peau ne demande qu'à être adorée. Il est temps que je trouve la foi, tu ne crois pas ? »

Je retins ma langue uniquement parce que je souhaitais obtenir des informations.

« Tu as perdu tes bonnes manières en même temps que tes cheveux longs, dirait-on. » Colère me serra doucement la main. « Dame Emilia a gracieusement accepté ton invitation. Je lui aurais conseillé de la brûler et de renvoyer les cendres à l'expéditeur. Accompagnées d'un tas fumant de merde de chien de l'enfer.

— Tu n'as jamais été porté sur la subtilité. Laisse-moi la *dame* et sors d'ici.

— Je l'accompagnerai à ses appartements avant de partir.

— Non. »

Un sourire menaçant se dessina lentement sur le visage de Colère. « Ce n'était pas une demande. Je *l'escorterai* jusqu'à ses appartements. Puis je m'en irai. »

La tension se dressa comme une armée entre les deux frères, en position d'attaque et prête à frapper. Je n'osais pas me retourner, mais j'entendais des froissements d'étoffes, comme si les membres de la cour reculaient pour s'éloigner des deux princes.

Je me demandais à quelle fréquence ils se battaient et s'ils utilisaient des armes ou faisaient appel à la magie, voire les deux.

Aucun des frères ne se détourna de l'autre et je résistai à l'envie de lever les yeux au ciel, tandis qu'ils continuaient à se foudroyer du regard. Encore un peu et ils allaient baisser leurs pantalons pour comparer la longueur de leurs membres virils.

Envie finit par s'adosser à son trône et tambourina de ses doigts gantés les accoudoirs. Il nous observa tour à tour et son demi-sourire moqueur réapparut.

« Très bien. Si ça te fait déguerpir plus vite, je l'autorise. » Il désigna du menton un serviteur aux cheveux argentés qui attendait non loin de là. Le démon s'avança immédiatement, impatient de contenter son maître.

« Montre à mon frère et à son jouet ses appartements. S'il n'est pas parti d'ici un quart d'heure, recours à la force. Mon hospitalité et ma bonne grâce envers la Maison Colère a des limites. Pour chaque minute de dépassement du temps que je lui accorde, je trouverai des punitions créatives à infliger à sa précieuse enchanteresse. »

J'observai discrètement Colère du coin de l'œil. Cette fois, il ne mordit pas à l'hameçon de son frère. Il inclina légèrement la tête, puis tourna le dos à Envie. Je me rendis rapidement compte que c'était sans doute la plus grande preuve de mépris qu'il pouvait offrir.

Son geste montrait qu'il jugeait Envie indigne de sa peur. Je pouvais pratiquement entendre le Prince de l'Envie grincer des dents alors que nous nous éloignions.

Honnêtement, j'étais étonnée qu'il ne se soit pas battu davantage. Colère s'était rendu dans une autre cour et personne n'avait semblé choqué par ses exigences. Ni par le fait que leur prince les ait acceptées relativement rapidement. Peut-être que la réputation de Colère et son rôle de général servaient de mise en garde.

Il posa ma main sur son bras tandis que nous sortions de la salle du trône et suivions le serviteur dans un grand escalier.

Le château d'Envie était principalement décoré dans des tons argentés et verts, avec des touches de noir et de blanc. Nous foulions un carrelage en damier et je souris en remarquant le motif du sol. Ses invités étaient de simples pièces de jeu d'échecs, qui se déplaçaient dans les couloirs richement décorés, destinés à susciter l'envie chez les visiteurs. Les nombreuses nuances de vert et les richesses exposées étaient étudiées pour alimenter le vice qui gouvernait cette Maison.

Des statues de marbre étaient exposées de chaque côté du couloir doré, mais je ne leur accordais qu'un bref coup d'œil. Je ne voulais pas succomber par inadvertance à des sentiments de jalousie face à l'abondance de magnifiques objets d'art. Colère ne me serrait pas moins fort, mais je sentais que la tension s'échappait de son corps à mesure que nous progressions dans la forteresse de son frère.

Le palier suivant se divisait en deux ailes et nous fûmes dirigés vers la droite.

Le serviteur s'arrêta devant une porte située près de l'extrémité et s'inclina. « La suite de ma dame. Votre malle se trouve déjà à l'intérieur. Avez-vous besoin d'autre chose ? » Colère secoua la tête. Le domestique expira et reporta son attention sur moi. « Sonnez si vous avez besoin de quoi que ce soit. »

Avant que Colère ne puisse effrayer le démon, je lui adressai un sourire chaleureux. « Merci. »

Le serviteur se figea un instant, puis répondit d'un signe de tête et disparut rapidement dans le couloir par lequel nous étions venus. Colère le regarda partir avant de se tourner vers moi. « Le personnel n'attend pas de remerciement pour son travail.

— Toute personne qui travaille ou qui fournit un service réconfortant doit être remerciée. »

Colère m'observa d'un air impénétrable, avant de balayer du regard les appartements qui m'avaient été attribués. Son attention se posa sur les moindres recoins, anfractuosités et grains de poussière, comme s'il s'attendait à ce qu'une créature malfaisante surgisse et nous attaque.

À moins qu'il ne fût dégoûté par ces nuances de vert et d'argent.

Je lui emboîtai le pas, essayant de me retenir de sourire alors qu'il jetait un coup d'œil sous le lit à baldaquin, puis tirait les rideaux et secouait les fenêtres. Il fit irruption dans ma salle de bains, la main posée sur le manche de sa dague, prêt à en découdre. Prince de l'enfer ou garde personnel, c'était difficile de dire qui il était tandis qu'il inspectait ma suite.

Je me mordis la lèvre pour m'empêcher de rire lorsqu'il prit une cruche, la secoua un peu et l'approcha de son nez. Je n'avais pas l'impression qu'Envie ait eu l'idée d'y glisser du poison, mais Colère ne voulait courir aucun risque.

Il me surprit en train de l'épier et tourna vers moi son regard féroce. « Tu me trouves amusant ?

— En ce moment ? Très. »

Il rejeta le pichet plus loin et s'avança vers moi à pas lents et délibérés. J'étais face au prédateur qu'il dissimulait à peine sous ses vêtements élégants. Son apparence civilisée n'était qu'un masque, pour dissimuler sa vraie nature. Le chasseur avait pris le dessus et il avançait, sa nouvelle cible en point de mire.

Un frisson me parcourut l'échine avant que mon sourire ne s'efface et que je ne recule. Il n'arrêta sa poursuite que lorsque l'arrière de mes cuisses frôla le lit. Il marqua alors une pause, m'offrant une chance de m'échapper de l'autre côté. Mais je ne bougeai pas. Je restai là où j'étais.

Il fit un pas de plus, puis s'arrêta, m'offrant une dernière possibilité de fuir avant de combler la distance qui nous séparait. Je pouvais soit m'asseoir, soit rester debout. M'asseoir, c'était provoquer les ennuis. Mais rester debout était pire. Nous serions beaucoup trop près l'un de l'autre. Je ne bougeai pas.

Il était maintenant suffisamment près pour que ma poitrine frôle son torse à chaque respiration. À vrai dire, je ne me sentais pas du tout effrayée. Je m'humectai les lèvres et son regard s'assombrit.

« Et maintenant ? » Il baissa le visage vers le mien, sa bouche planant juste au-dessus de la mienne. « Êtes-vous toujours amusée, ma dame ? »

Mon pouls s'accéléra. À en juger par son regard brûlant, il savait parfaitement ce que je ressentais en ce moment. Je repris mon souffle et expirai lentement.

« Si jamais je décide de revenir, dois-je envoyer une demande formelle à ta Maison ? »

Un muscle se contracta dans sa mâchoire, indiquant qu'il avait remarqué les mots que j'avais choisis et que la possibilité que je ne revienne pas ne lui plaisait pas. Au lieu d'argumenter ou de me donner un ordre arrogant, Colère recula et prit ma main dans la sienne, la retournant avec précaution. Il porta ma paume à ses lèvres, y déposa un baiser chaste, puis referma mes doigts autour. La chaleur remonta le long de mon bras, réchauffa mon sang et mon corps bourdonna de désir. Sa tendresse inattendue n'aidait pas à clarifier notre relation.

« Ma maison est ta maison, Emilia. Tu n'as pas besoin d'invitation. Lorsque tu décideras de revenir, j'enverrai une escorte. » Il désigna le lit. « Assieds-toi, j'ai quelque chose pour toi. »

Mon attention se porta sur sa bouche et je m'empressai de détourner les yeux, luttant contre la magie pécheresse du royaume, contre l'influence de notre lien de mariage et contre l'attrait de Colère.

Ce n'était pas le moment de penser à l'embrasser.

Il ne dit rien, n'afficha pas de sourire suffisant, mais je sentais presque son plaisir frémir, tandis que je mettais de l'ordre dans mes émotions. Décidant qu'il ne risquait pas de me sauter dessus ici, je me perchai sur le bord du matelas.

Colère se mit lentement à genoux, puis souleva mon pied gauche et le posa sur sa cuisse tendue. Je voulus le retirer, mais il le maintint en place. Nous savions tous deux que je pouvais briser son emprise si je le voulais vraiment, je restai donc immobile.

« Si nous décidons de consommer notre mariage, ce ne sera pas dans la maison de mon frère, à la va-vite. Tu mérites mieux que cela. » Il attendit que je me détende, comme si c'était possible après une telle déclaration, puis commença à faire remonter ma robe. Il s'arrêta près de mon mollet nu, et son regard plongea dans le mien. « Fais-moi confiance.

— Dit le prince du mensonge. »

Il ne releva pas l'insulte. Je pensai à son tatouage, au fait que les actes étaient plus précieux pour lui que les mots. La confiance se méritait, mais pour la gagner, je devais lui offrir un point de départ. L'un de nous devait faire le premier pas.

Je lui adressai un signe de tête pour l'inviter à continuer et il sembla cloué sur place avant de rompre l'illusion. Il attrapa mes jupons dans ses poings et les fit passer au-dessus de mon genou avant de s'arrêter à mi-cuisse. Pas une seule fois il ne détourna son attention de mon visage ni ne permit à sa peau nue de toucher la mienne. Il s'assura également que seule ma jambe gauche soit exposée.

« Tiens. » Il désigna ma jupe d'un geste du menton. « Tiens-les comme ça. »

Je lui pris l'étoffe des mains et le regardai sortir un étui en cuir de son costume. Il en tira une fine dague qu'il tendit pour que je l'examine. Des fleurs sauvages étaient gravées sur le manche et la lame en argent brillait suffisamment pour refléter mon admiration.

« Elle est magnifique.

— Elle fera l'affaire pour l'instant. » Il remit la dague dans son fourreau et glissa la lanière de cuir autour de ma cuisse, attachant la boucle. Il passa un doigt sous la lanière et leva les yeux vers moi. « C'est trop serré ?

— Non, c'est parfait.

— Lève-toi et marche un peu pour en être sûre. » Il recula rapidement et se détourna tandis que je rajustais mes jupes et me levais. Je fis le tour de la chambre en me tournant et me retournant. « C'est bon ?

— Oui, merci. Comment as-tu su que j'étais gauchère ? »

Colère jeta un coup d'œil vers l'endroit où l'arme était dissimulée. « Tu utilises ta main gauche pour couper le pain ou siroter ton vin. » Sans me laisser l'occasion de réagir, il ajouta d'un ton bourru : « Quand tu voudras rentrer, envoie une missive. Je reviendrai te chercher.

— Je... »

Je ne savais pas trop quoi dire. Je ne savais pas si rentrer signifiait accepter notre mariage. Il y avait une attirance indéniable entre nous, mais le feu qui me dévorait était peut-être en grande partie le résultat de la magie qui essayait de nous attirer l'un vers l'autre, de ne faire de nous qu'un au sens propre comme au sens figuré. Il était impossible de savoir si ce désir brûlerait encore aussi fort si nous nous y soumettions.

Et j'avais d'autres projets de vie. Comme retourner auprès de ma famille. Choisir Colère signifierait refermer à tout jamais la porte de mon ancienne vie. Je pourrais peut-être rendre visite à mes proches de temps en temps, mais mon monde se fracturerait encore plus qu'il ne l'était déjà. Pour moi, l'amour véritable ne cherchait pas à dérober la vie d'une personne, mais plutôt à l'améliorer.

« Je ferais mieux de m'installer. »

Le prince démon garda une expression parfaitement neutre, mais je vis dans son regard un éclair qu'il ne fit pas disparaître assez vite. Avant que je puisse lui dire au revoir, il disparut dans un tourbillon de lumière noire scintillante et de fumée, m'abandonnant au destin que j'avais choisi.

Et à mon nouveau plan.

QUINZE

Je n'eus pas l'occasion de ruminer ma décision très longtemps. Peu après le départ de Colère, un domestique apparut portant une boîte contenant une robe et un message du maître de maison. Dans moins d'une heure, je dînerais avec le prince de cette cour dans ses appartements privés. Apparemment, Envie ne souhaitait pas que notre rencontre se déroule en public. Ou peut-être n'avait-il pas envie de partager sa dernière « curiosité », comme il l'avait dit un jour.

Ma nervosité bourdonnait, comme un essaim d'abeilles pris au piège dans mon estomac. Envie était impitoyable, mais j'étais persuadée qu'il ne me ferait pas de mal maintenant. Pas tant que je serais dans ce royaume, car cela déclencherait une guerre entre la Maison Colère et la Maison Envie. Être membre de la Maison Colère apportait sans aucun doute quelques avantages politiques. Je n'étais plus une simple sorcière sans défense. Une cour royale de démons me protégeait. Envie allait devoir réfléchir longuement avant de me planter une dague dans le dos.

Le fait d'en être convaincue rationnellement n'apaisait pas toutes mes inquiétudes pour autant.

J'avais du mal à oublier la nuit où il avait pris mes parents en otage et réquisitionné notre maison. Je n'arrivais toujours pas à croire que Nonna l'avait banni dans le monde souterrain en utilisant des pouvoirs magiques que j'ignorais qu'elle possédait. Ce tourbillon était l'une des choses les plus étranges que j'avais jamais vues.

Je chassai ces souvenirs et me concentrai sur le présent. Je me remémorai ce que Colère avait dit à propos des vainqueurs et des victimes. Ce soir, je serais victorieuse. J'étais venue ici pour obtenir des informations.

Et je ferais tout ce qui était en mon pouvoir pour réussir. Si je devais revêtir la tenue de mon ennemi, qu'il en soit ainsi. C'était un très petit prix à payer. Je porterais sa robe ridicule et battrais des cils, tout en comptant les minutes qui me séparaient du moment où j'obtiendrais ce que je voulais vraiment.

« Voyons voir quelle toilette tu as choisie, prince de la jalousie. »

J'ouvris la boîte et levai les yeux au ciel. La robe était magnifique, en velours vert sapin assez foncé pour être confondu avec du noir, les longues manches étaient ajustées, le corsage étroit plongeait presque jusqu'à mon nombril, et la jupe était ample.

Une émeraude de la taille d'un œuf de rouge-gorge était suspendue à une chaîne en argent étincelante. Ce collier d'une opulence scandaleuse était probablement une jolie arme qu'Envie souhaitait que j'utilise contre son frère. J'imaginais l'expression de Colère se renfrogner lorsqu'il verrait le cadeau de la Maison Envie scintiller sur ma poitrine.

Je commençais à réaliser que le concours de celui qui pisse le plus loin n'était pas un passe-temps idiot que chez les mortels.

J'envisageai de garder ma tenue actuelle, mais je me dis qu'Envie serait plus enclin à partager des informations s'il n'avait pas à se méfier de la tenue offensante de la Maison Colère. Et je ne souhaitais pas non plus m'abaisser au niveau ridicule de leurs combats de coqs.

Après avoir enfilé la robe et retroussé les manches pour montrer mes avant-bras, je posai un peu de rouge sur mes pommettes et mes lèvres. Je pris le collier. La pierre précieuse était impeccable, elle ferait sans doute envie à tous ceux qui la verraient. Et moi aussi.

Je venais de l'attacher autour de mon cou lorsqu'un domestique entra dans ma chambre.

« Si vous êtes prête, je vais vous accompagner au dîner, Dame Emilia. »

J'espérais être seule quelques instants et pouvoir m'entraîner à invoquer ma magie, au cas où les choses tourneraient mal, mais quelques heures ne me semblaient de toute façon pas suffisantes pour surmonter les années d'entraînement qui me manquaient. Je souris au serviteur. « Je vous en prie, je vous suis. »

Lorsque je me dirigeai vers la porte, j'aperçus mon reflet dans un grand miroir. J'avais l'air prête à me battre de la manière la plus élégante et la plus féroce qui soit. J'étais vraiment en train de me transformer en princesse de l'enfer.

Que la déesse vienne en aide aux démons !

Nous nous rendîmes à l'autre extrémité du couloir qui partait de ma suite. Sans surprise, Envie m'avait installée dans l'aile royale. Mieux valait garder ses ennemis près de soi, et sa future belle-sœur plus près encore. Je me demandai si c'était l'une des raisons de la mauvaise humeur de Colère. Les deux frères prenaient clairement plaisir à se faire enrager mutuellement. Mais ils allaient devoir trouver quelqu'un d'autre pour qui se disputer. Lien magique ou pas, je n'appartenais à personne.

Un garde impassible inclina la tête, avant de s'écarter et d'ouvrir la porte. Une immense pièce s'étendait devant moi, presque entièrement plongée dans l'obscurité. Sans doute pour me rendre nerveuse.

Mais je n'avais pas grand-chose à redouter dans les ombres. Bientôt, elles se plieraient à *ma* volonté.

J'entrai et marquai une pause pour évaluer les lieux tandis que la porte se refermait avec un cliquetis derrière moi. Ce n'était pas exactement un bureau ni une salle à manger d'apparat. Dans le monde des mortels, cette pièce aurait pu être un de ces clubs de gentlemen décrits dans mes romans d'amour préférés.

Une table circulaire avec deux chaises était disposée près d'un mur de baies vitrées, laissant filtrer un peu de lumière douce. Des bougies fichées dans un impressionnant candélabre d'argent étaient allumées sur la table, et des chandelles placées dans quelques recoins les plus éloignés ajoutaient quelques touches de lumière chaude.

La majeure partie de la pièce était tout de même plongée dans l'ombre, y compris la porte où je me trouvais. Je levai les yeux vers le plafond. Son centre était orné d'une fresque : des êtres ailés sur des nuages, certains lumineux, d'autres orageux.

Mon regard fit le tour de la pièce et s'arrêta sur la silhouette sombre du prince. Envie se prélassait dans un énorme fauteuil en velours, dans un coin mal éclairé, un verre de liquide ambré dans une main. Une de ses longues jambes était relevée, sa cheville posée sur l'autre genou. Il n'aurait pas pu avoir l'air plus à l'aise ou détendu, même s'il l'avait voulu. Cependant, la façon dont il serrait son verre indiquait qu'il n'était pas aussi à l'aise qu'il voulait me le faire croire.

Il prit une longue gorgée de sa boisson. Même si son regard était caché, je le sentais tout de même m'observer. « Tu sais comment semer la zizanie, mon chou. »

Je restai dans l'ombre. « Je suis peut-être appétissante, Votre Altesse, mais je vous assure que je ne suis le chou de personne. Encore moins le vôtre. »

Le Prince de l'Envie se pencha vers l'avant, dans la lumière des bougies, et parvint, même assis, à me toiser avec une attitude d'aristocrate. Ses traits magnifiquement durs étaient figés dans un froncement de sourcils visant à montrer qu'il n'était pas impressionné. « Tu peux remercier les diables pour ça. Je ne partage pas ce qui m'appartient.

— Maintenir ses maîtresses par la contrainte, il n'y a pas là de quoi se vanter.

— Le pouvoir de décision est attrayant, tandis que la force ne l'est pas. La manière forte n'est pas toujours la meilleure. Sauf si la personne qui partage mon lit me le demande gentiment. » Son regard s'attarda sur moi, et je me demandai s'il voyait bien dans l'obscurité. « Je suppose que tu as accepté mon invitation pour jouer avec les mille nuances de l'envie.

— Vous n'aimez pas inspirer l'envie ?

— Te faire venir ici pour rendre mon frère jaloux ne m'apporte *rien*. » Il posa son verre sur une table basse et épousseta des poussières imaginaires sur son costume. J'aperçus sa lame à pointe d'émeraude dépasser de sa veste et résistai à l'envie soudaine de l'utiliser sur lui. Il reprit son verre et le vida d'un trait. « Se servir de quelqu'un est grossier, quel que soit le point de vue où on se place. »

Si c'était son avis, tant mieux. Je fis un pas vers la lumière, et son attention se porta sur le tatouage lavande pâle sur mon avant-bras. Il avait été amusé par ce tatouage la première fois qu'il l'avait aperçu. Maintenant, je savais pourquoi.

« Le soir où j'ai fait votre connaissance, vous étiez au courant de mes fiançailles avec Colère. Vous avez évoqué des réseaux enchevêtrés. Cela aurait été gentil que vous vous montriez moins énigmatique. Surtout si vous cherchiez à former une alliance avec moi.

— Au cas où tu ne l'aurais pas encore remarqué, je ne suis pas *gentil*. Et je ne prétends pas l'être. Et, même si j'étais affligé d'une conscience, j'aurais détesté gâcher votre plaisir. » Les lèvres d'Envie se plissèrent en un trait cruel lorsqu'il remarqua mon collier. « C'était bien plus intéressant de me tenir en retrait et de voir comment ça se passait. Certains d'entre nous ont même parié sur le résultat. Tu n'as pas idée de combien j'ai gagné sur le dos d'Avarice. Mais il m'est redevable désormais, et je suis sûr que tu peux imaginer qu'il n'apprécie pas ça du tout. »

Je traversai la pièce avec détermination. Un buffet avec une carafe et un second verre m'attendaient et, sans attendre d'y être invitée, je me servis deux doigts du liquide ambré, puis je m'assis dans le fauteuil en velours à côté de celui d'Envie. Il plissa les yeux, mais ne fit pas de remarque sur mon impolitesse. Ou sur mon manque de bienséance et de respect pour son rang élevé.

« Vous vouliez que je rejoigne votre Maison, alors que vous étiez au courant du lien de fiançailles que je partageais avec votre frère. » Je bus une petite gorgée, m'attendant à sentir ma gorge brûler. « Vous devez vous sentir seul. À jouer ces jeux en solitaire.

— Je ne sais pas ce que tu cherches à faire, mais je te conseille d'arrêter tant que je suis encore d'humeur hospitalière. »

Son ton était glacial, mais il ne dissimula pas assez rapidement la pointe de douleur dans ses yeux. Mon premier coup avait fait mouche. Je mis de côté tout sentiment de culpabilité. Sa souffrance momentanée n'était rien en comparaison du meurtre brutal de ma jumelle.

« Voyez-vous ça. » Je souris par-dessus mon verre. « Moi qui avais l'impression de ne pas avoir encore eu l'aperçu de vos manières. D'abord, les menaces de votre toutou vampire à mon égard, puis la prise en otage de ma famille. N'oublions pas non plus ce petit incident dans les tunnels avec votre armée de démons invisibles ni, bien sûr, l'étripage de Colère.

— Pour quelqu'un qui est *ici* plutôt qu'avec son fiancé, tu sembles bien fâchée que je l'aie blessé. J'aurais cru que tu considérerais ce geste comme une faveur.

— Retourner votre lame contre vous-même aurait été la plus grande faveur que vous puissiez m'accorder. »

Comme lorsque Colère était mécontent, la température autour de nous sembla chuter. J'avais déjà ressenti l'horreur froide de la puissance et de l'influence d'Envie, cette jalousie glaciale qui érodait tout sens moral. Les premiers effleurements de son énergie me caressèrent le dos, mais j'étais prête à les affronter.

Je fis semblant d'écarter une mèche de cheveux de mon visage et, d'un geste, je passai les doigts sur la marque de Colère. Comme je l'espérais, elle annula l'influence du prince avant qu'elle ne puisse s'emparer de moi.

Envie eut un brusque mouvement de recul et m'examina à nouveau. Un sourire se dessina lentement sur son visage, éteignant sa rage. « Tu es pleine de surprises ce soir. Moi qui redoutais de m'ennuyer au dîner. »

Je conservai une expression neutre, même si mon cœur battait à tout rompre. S'il essayait à nouveau d'utiliser son pouvoir, je n'étais pas sûr que mon petit tour fonctionnerait une deuxième fois. Il semblait le sentir et réfléchir au prochain coup qu'il jouerait. Son examen paresseux me fit penser à un chat qui se demande si un oiseau qui vole près de lui vaut la peine de quitter sa place au soleil.

Le regard d'Envie se posa sur la dague de sa Maison.

Il la retira de son fourreau et passa un doigt le long de la lame. Je ne doutais pas qu'il était en train d'imaginer des façons créatives de s'en servir sur moi. Ma main se rapprocha doucement de ma propre arme, mais je ne relevai pas mes jupes pour révéler sa présence. Quoi qu'il puisse arriver, j'étais prête.

Nous restâmes assis là pendant un temps inconfortablement long. Le silence était uniquement rompu par le *tic-tac* d'une horloge qui résonnait dans la pièce. Envie caressait le métal, et j'aurais juré que la lame ronronnait presque. Alors que j'étais persuadée qu'il allait bondir sur moi, on frappa à la porte, rompant la redoutable tension entre nous. Il remit sa dague en place. Sur son ordre, des serviteurs entrèrent en portant de plateaux émeraude et des plats chargés de nourriture, pour les poser sur la table circulaire située à l'extrémité de la pièce.

Le prince se leva d'un mouvement gracieux et me tendit le bras. « Ce soir, brisons le pain, et pas des os, Sorcière de l'Ombre. »

Je me levai d'un bond, ignorant son bras tendu. Nous n'étions pas amis et je ne pensais pas qu'il aimerait que je fasse semblant en de pareilles circonstances. Tout dans cette soirée ressemblait à une épreuve. Ce qui me convenait parfaitement. J'avais moi-même un examen à faire passer.

Je me dirigeai vers la table et m'assis sur la chaise qu'un serviteur tira pour moi. Envie ne sembla pas vexé, mais plutôt amusé lorsqu'il s'installa en face de moi. Je doutais que beaucoup de ses sujets eussent jamais tenté de le contrarier. Comme Colère, mon refus de m'effacer devant sa toute-puissance pouvait l'intriguer suffisamment pour qu'il me tolère. Moi et mes questions. Jusqu'à ce qu'il s'en lasse. Je devais avancer prudemment pour le défier, frôler la limite, sans trop la franchir.

« *In vino veritas.* » Il fit signe aux domestiques de s'éloigner et remplit lui-même nos coupes. « *Dans le vin, la vérité*. Les mortels sont impressionnants parfois. Mais je suppose qu'ils sont particulièrement sensibles à leurs péchés. Donne du vin à un homme et il parlera avec poésie de ses saveurs. Il le comparera même probablement à une femme avec qui il a partagé son lit. » Son regard glissa vers le mien. « Ou qu'il désire conquérir. »

Je ne répondis pas. Je ne croyais pas qu'il voulait coucher avec moi. Et si c'était le cas, ce serait uniquement pour s'en servir comme arme contre son frère. « Pourquoi détestez-vous les mortels ?

— Les suppositions sont la mort de la vérité. » Il but une nouvelle gorgée de vin. « Je ne te conseille pas de t'aventurer dans cette voie. » Il désigna mon verre. « As-tu déjà essayé d'utiliser ta magie sur de la nourriture ou des boissons ?

— Non. Pourquoi au nom des sept enfers ferais-je une chose pareille ?

— Huit. Et je te pose cette question parce que tu peux envoûter le vin pour qu'il te donne la vérité. Comme tu le ferais avec un sort de vérité. Celui qui le boira sera sous son emprise.

— Je suis censée croire que vous me dites ça par pure bonté d'âme ?

— Ne dis pas n'importe quoi. Je peux t'assurer que ce qui se rapproche le plus de la fibre morale chez moi, c'est l'ingestion de la fibre que l'on trouve dans le vin de baies démoniaques. Tu souhaites connaître la vérité et moi aussi. Pourquoi ne pas faire en sorte que nous obtenions tous les deux ce que nous désirons ? Pas de jeux. »

Je l'examinai avec méfiance. « Vous devez vouloir quelque chose de terriblement malfaisant, pour être prêt à céder une information à votre ennemie.

— Nous pouvons être amis ce soir. » Il grimaça en prononçant le mot « ami », comme si la simple idée lui faisait mal. Je haussai un sourcil et il feignit l'ignorance. « Ou amants. »

J'attendais de sentir la magie de ce monde me séduire avec des pensées de lits, de corps et de passion, comme elle l'avait fait presque à chaque fois que l'idée de passer la nuit avec Colère m'était venue à l'esprit. Envie était beau, son corps était souple, mais musclé. J'imaginais qu'il se montrait attentif à la personne qui partageait son lit, même si c'était quelqu'un qui ne l'intéressait pas beaucoup. Ne fut-ce que pour rendre cette personne folle d'envie une fois qu'il la délaisserait pour d'autres partenaires.

Je ne ressentis pas le moindre sentiment romantique, juste une irrépressible envie de lui balancer un coup de pied.

« Si je disais oui, vous m'emmèneriez vraiment dans votre lit.

— La guerre exige toujours des sacrifices, ma chère. Je ferais le nécessaire. Mais ce ne serait guère un sacrifice. Les confidences sur l'oreiller sont agréables. On révèle beaucoup de secrets après un moment aussi intime. » Envie fixa son vin avec une expression lointaine. « Maintenant, sois un amour et ensorcelle notre vin. »

J'hésitai. Je voulais obtenir des réponses honnêtes à mes questions, mais je n'étais pas sûre d'être prête à lui donner la même chose en retour. Il pouvait me demander n'importe quoi et je serais obligée de tomber le masque.

Certains risques valaient la peine d'être pris, tandis que d'autres étaient tout simplement insensés.

Envie pencha la tête sur le côté pour mieux m'observer : « Est-il plus important de protéger à tout prix ta vérité que d'apprendre la mienne ? C'est peut-être la peur qui te retient. Peut-être que je devrais plutôt te séduire.

— Vous ne pouvez pas me convaincre d'agir selon votre bon vouloir, Votre Altesse. La prudence m'impose de considérer tous les aspects avant de me soumettre à votre interrogatoire.

— Je pourrais te forcer à me révéler ce que je veux, tu sais », dit-il d'un ton léger, décontracté. Il proférait des menaces avec la même facilité que s'il commentait le temps qu'il faisait. Je passai à nouveau mes doigts sur la marque, attirant son attention sur mon cou. « Par la violence, ma chère. Alexei n'est pas le seul membre de ma Maison à posséder des crocs. Si tu perdais suffisamment de sang, les effets seraient assez similaires à ceux du vin de vérité. Et me causeraient moins d'inconvénients à titre personnel, naturellement. »

Bien sûr. Sa solution serait de me livrer à ses vampires. Je repensai à ma jumelle. Vittoria avait dû elle aussi conclure des accords risqués.

Je reculai de la table et quelqu'un s'empressa de tirer ma chaise. Il me faudrait du temps pour m'habituer à être dorlotée comme une aristocrate trop gâtée.

Je m'approchai d'Envie et pris son verre. J'y murmurai un sort de vérité, puis répétai le processus avec les bouteilles de réserve et mon verre.

Le sourire du prince me parut particulièrement inquiétant lorsque je regagnai ma place. Il leva sa coupe. « Trinquons à une nuit de vérité entre ennemis. Que nos cœurs ne saignent que d'avoir perdu un peu de dignité, plutôt qu'à cause d'un poignard dans le dos. »

Il vida son verre d'un trait. Je haussai les sourcils. « Est-ce nécessaire ?

— Pas du tout. » Il se resservit et but une longue gorgée. « Mais ça ne fait pas de mal. »

Je pris une timide lichette de vin. Le goût n'était pas différent. Si je n'avais pas prononcé moi-même le sort, je n'aurais jamais deviné qu'il y avait quoi que ce soit de suspect. J'inspectai le liquide en plissant le front.

L'éclat de rire soudain d'Envie m'arracha à mes pensées. « Les sorcières qui t'ont élevée ont elles aussi gardé des secrets, je vois. C'est délicieux.

— Qu'est-ce qui est délicieux ?

— De voir ton monde idéal s'effondrer.

— Vous êtes une personne horrible.

— Ma chère, tu l'oublies toujours. Je n'ai jamais été affligé d'humanité. » Il haussa une épaule et but encore. « D'ailleurs, ma remarque était positive. Un phénix renaît de ses cendres pour une raison précise. Ton monde doit être détruit pour que tu puisses renaître. Et tu renaîtras. Comme ils l'ont toujours redouté.

— Combien de temps faut-il avant que le sort de vérité fonctionne ? »

Il termina son verre et se resservit aussitôt. « Il fonctionne déjà.

— Est-ce que vous m'aimez bien ?

— Je te trouve tolérable. Si tu devais connaître une fin violente, je ne verserais pas une larme. Je ne me réjouirais pas non plus. Je poursuivrais mon existence, comme si je n'avais jamais croisé ta route. »

J'émis un ricanement qui ressemblait à un grognement de cochon et qui n'était pas digne d'une dame, et pris une nouvelle gorgée de vin. « La nuit où ma nonna vous a attaqué… vous sembliez la connaître. Comment ?

— Les malédictions sont des choses étranges. » Il vida un nouveau verre et se resservit en éclaboussant du vin sur les bords de sa coupe. « Parfois, elles se comportent comme des arbres. Elles restent enracinées à l'endroit où elles ont été plantées. D'autres fois, elles sont comme des fleurs sauvages. Leurs graines sont charriées dans l'air par les abeilles et s'envolent avec les oiseaux. Elles s'emmêlent, poussent et se développent loin de l'endroit où on les a semées. Un peu comme des clés. Toutes les clés ne rentrent pas dans les serrures. Certaines sont bien plus fourbes. »

J'attendis que ses digressions absurdes reviennent à une réponse cohérente. Il se contenta de m'examiner. « Tout ça n'a aucun rapport, même lointain, avec la question que j'ai posée. Vous êtes saoul ?

— Oui, assez. » Son sourire était le premier sourire sincère qu'il m'adressait. Une fossette se creusa dans sa joue droite. Cela adoucit la dureté qu'il portait comme une armure. « Mais ce que j'ai dit est vrai. Il y a des choses que je ne peux pas révéler, quel que soit le sort jeté au vin, parce que des pouvoirs plus grands sont encore en jeu. Je connais ta grand-mère. Et je connais des tas d'autres secrets intéressants. »

Je voulais savoir comment il connaissait Nonna, mais cela ne servait à rien d'essayer de lui soutirer des informations qu'il ne voulait ou ne pouvait clairement pas me céder. « Parlez-moi de la malédiction, alors.

— C'est une histoire si ancienne que rares sont ceux qui connaissent son origine. Et même leurs souvenirs sont corrodés avec l'âge et la patine qui s'est formée sur eux a terni leur éclat jusqu'à ce qu'ils ne soient plus l'ombre de ce qu'ils étaient.

— De quoi parlez-vous ?

— De la malédiction et des souvenirs volés. Et de la révélation de nombreux mensonges. » Il se pencha brusquement en arrière, manquant de faire basculer sa chaise. « Mon frère ne te forcera jamais à l'épouser. Cela va à l'encontre de tout ce qu'il défend.

— Je n'ai pas parlé de votre frère.

— Non, mais j'imagine que tu es curieuse. A-t-il indiqué qu'il souhaitait que tu complètes le lien ? »

Je ne voulais pas répondre, mais le sort de vérité fit sortir les mots de ma bouche. « Il m'en a parlé, mais il n'a pas indiqué ce qu'il préférait.

— Je ne te demanderai pas si tu y as réfléchi. D'autant plus que nous savons de quelle manière le lien est accepté. En partie, du moins. » J'essayai de masquer mon soulagement, mais Envie dut en déceler le léger éclat sur mon visage. Son sourire était aussi cruel que ravi. « Il ne te forcera peut-être pas à te marier, mais il n'attendra pas docilement dans l'ombre. Ce n'est pas non plus sa façon de faire. Il manifestera sa présence et ses intentions à chaque Maison royale. Comme il l'a fait aujourd'hui. »

J'avalai une nouvelle gorgée du vin de vérité. « Pourquoi faites-vous cela ?

— Pardon ?

— Vous cherchez sans cesse à semer la méfiance entre votre frère et moi. » Je n'eus pas besoin de boire mon vin pour poser ma question suivante. « Êtes-vous si envieux de lui ? Ou convoitez-vous simplement tout ce qui n'est pas à vous ?

— Je ne suis pas en permanence en proie à des pensées envieuses. » Ses yeux verts brillèrent sous le coup d'une émotion qui n'était pas basée sur le mépris ou sur son péché homonyme. « À cause de la colère de mon frère, quelque chose d'important m'a été enlevé. J'espère un jour lui rendre la pareille. Ce n'est pas l'envie qui me motive. C'est la vengeance. J'imagine que c'est quelque chose que toi et moi avons en commun, même si je doute que tu l'admettes, malgré le vin que tu as bu. »

Comme la phrase n'était pas formulée comme une question, le sort ne m'obligea pas à répondre. « Je ferais n'importe quoi pour récupérer ma sœur. Vous devriez pardonner les péchés qui se sont interposés entre Colère et vous. Le bonheur devrait être la seule chose qui compte.

— Je me fiche comme du diable de son bonheur. » Il jeta un coup d'œil furieux à sa coupe, mais n'y toucha pas. « Il est évident que toi tu t'en soucies, par contre. Probablement plus que tu n'oses l'admettre. Es-tu amoureuse de lui ? »

Je serrai les dents et saisis mon verre. C'était inutile. Les mots jaillirent de ma bouche. Je m'accrochai à la formulation utilisée par Envie et laissai la vérité s'échapper librement de mes lèvres. « Non, je ne suis pas amoureuse de lui. Mais je ne nie pas qu'il m'attire. Il m'a emmenée dans ce royaume, a vendu mon âme à son frère et m'a menti en me cachant qu'il était mon mari potentiel.

— La dame fait trop de protestations, ce me semble.

— Shakespeare. » Je levai les yeux au ciel. « Comme c'est pompeux et peu surprenant de vous entendre le citer. Devrais-je envier votre éducation à présent ? »

Il m'observa par-dessus le rebord de son verre, le regard affûté. « Étrange, n'est-ce pas, qu'une paysanne sicilienne ait des goûts aussi raffinés en matière de littérature. Ou aime lire quoi que ce soit, d'ailleurs. »

Son insinuation me hérissa. « Nous n'avions peut-être pas d'argent ni de serviteurs, Votre Altesse, mais nous savons lire et écrire.

— Je suppose que tu vas m'expliquer que ta compétence en lecture est due aux sorts que ta grand-mère t'a enseignés. Ou aux recettes de votre petite gargote, ou à d'autres balivernes du même genre.

— Où voulez-vous en venir ?

— C'est étonnant, c'est tout. Et tu sais à quel point j'aime les curiosités. »

Je souris. C'était la transition parfaite vers ma prochaine question. « Pourquoi aimez-vous tant collectionner les objets ?

— Je m'intéresse surtout aux objets divins. Enfin, ce n'est pas tout à fait vrai. » Il rit, comme s'il n'arrivait pas à croire que la vérité lui échappât encore si librement. « Je ne m'intéresse plus qu'à un seul objet divin : le Miroir de la Triple Lune.

— Qu'est-ce que c'est ? »

Il claqua des doigts et un serviteur apparut. Il murmura quelques mots trop bas pour que je puisse entendre et le domestique s'éloigna. Un instant plus tard, il revint, tenant un coffret en verre gravé, simple, sans prétention. Je me penchai immédiatement par-dessus la table, espérant mieux voir.

« C'est un miroir des dieux. *Des déesses*, devrais-je dire. » Il passa son index le long de la boîte en verre, puis le frotta contre son pouce, comme s'il cherchait de la poussière. « On dit qu'il est incrusté de la magie de la Jeune Fille, de la Mère et de la Vieille Femme et qu'il peut montrer le passé, le présent et le futur si on le lui demande. Ce miroir reposait dans cette boîte, c'est du moins ce qu'on m'a raconté. »

Passé, présent, futur, trouve. Des frissons me parcoururent l'échine. C'était presque exactement les mots que le crâne ensorcelé avait prononcés, y compris *Jeune Fille, Mère et Vieille Femme*.

Envie fit basculer le couvercle, révélant un coussin en velours martelé couleur lavande avec une encoche dans laquelle aurait dû se trouver un miroir à main. Je fis de mon mieux pour ne pas réagir. Mais mon cœur battait la chamade. S'il existait un objet divin capable de me montrer le passé, il me permettrait de résoudre le meurtre de ma sœur.

Je sentis l'excitation me gagner. C'était sans doute cet objet que le crâne voulait que je trouve. J'en étais certaine. Avec le miroir, je n'aurais plus à me soucier d'épouser Orgueil ou Colère et de choisir quelle place occuper dans leurs Maisons des Péchés.

« On dirait un conte pour enfants.

— Toutes les légendes contiennent des fragments de vérité. » Pendant une seconde, son regard redevint lointain. « Quoi qu'il en soit, on dit qu'il faut le grimoire de sorts de la Vieille Femme, la Clé de la Tentation et le miroir pour activer la magie de la déesse.

— Laissez-moi deviner. » J'adoptai un chuchotement de conspiratrice. « Vous vous êtes tout procuré sauf le miroir.

— Ma chère, je crois qu'il est temps que tu examines mes curiosités par toi-même. » Envie se leva. « On y va ? »

SEIZE

Avec un sens exagéré de la mise en scène, Envie poussa les portes richement décorées et s'effaça, se comportant soudain comme un gentleman, pour me permettre de franchir la première le seuil de son cabinet de curiosités.

Doutant de ses véritables intentions, j'hésitai un instant. Je ne pensais pas qu'il me conduisait droit dans un nid de vampires, mais avec lui tout était possible.

Me souvenant de la dague attachée à ma cuisse, j'entrai et m'arrêtai devant le spectacle.

Ce n'était pas des vampires qui m'attendaient, mais de hauts géants ténébreux qui se tenaient parfaitement immobiles. La pièce était étrangement proche de l'image qui m'était venue à l'esprit lorsque j'avais rencontré Envie pour la première fois dans le monde des mortels. À l'époque, j'avais imaginé des humains paralysés et posés sur un macabre damier. Le sol sur lequel nous nous trouvions maintenant ne faisait pas partie d'un échiquier ; il était simplement constitué de carreaux de marbre noir et blanc. Et les êtres figés étaient des œuvres d'art, pas des mortels piégés par un prince de l'enfer particulièrement sadique.

Les sculptures nous accueillirent en silence, certaines en bronze, d'autres en marbre. Elles étaient obsédantes, belles, si réalistes que je dus tendre la main pour m'assurer qu'elles n'étaient pas faites de chair. Je n'avais jamais visité de musée, mais j'avais vu des illustrations dans des livres et j'étais stupéfaite par l'ampleur de sa collection.

« Es-tu trop abasourdie pour parler, ou le vin te retourne-t-il l'estomac ? »

Je clignai des yeux, réalisant que j'étais clouée sur place. « J'ai eu une étrange impression de déjà-vu. »

L'attention d'Envie se porta sur mon visage, mais il se contenta de hausser une épaule. « De nombreux musées et collections dans le monde des mortels s'en inspirent. Ce n'est pas étonnant que les lieux te semblent familiers.

— Je ne suis jamais allée dans un musée. »

C'était assez vrai pour satisfaire le sort de vérité. Mais je n'arrivais pas à me débarrasser de l'impression désagréable d'avoir déjà eu un aperçu de ce cabinet de curiosités quelques mois plus tôt. Je n'avais jamais mis le pied dans ce royaume ni dans cette Maison royale de démons. Peut-être que je possédais un talent de voyante latent et qu'il commençait à se manifester ?

D'après Nonna, il n'était pas rare que la magie continue à se développer tout au long de la vie d'une sorcière. Il semblait par ailleurs logique que ma nouvelle utilisation de la Source débloque d'autres types de magie. Talent latent ou pas, ce n'était pas le plus important. Je me secouai pour revenir à l'instant présent.

La pièce était caverneuse, nos pas y résonnaient tandis que nous nous dirigions silencieusement vers le pied de la première sculpture. Elle représentait un homme nu, seulement vêtu d'un casque ailé et d'une bandoulière. Il se tenait debout, un bras tendu vers l'avant, brandissant la tête coupée de Méduse. Dans l'autre main, il tenait fermement une épée. Quelque chose m'attrista.

Envie s'approcha de la scène et son expression s'adoucit. « Persée et Méduse. Il existe des œuvres similaires sur la terre des mortels, mais rien d'aussi splendide que celle-ci. Le sculpteur a su capturer ses yeux baissés, son refus d'être transformé en pierre et maudit.

— C'est un travail remarquable, mais horrible.

— Toutes les histoires n'ont pas une fin heureuse, Emilia. »

J'en avais tristement conscience. Ma vie avait pris des virages inattendus, et la plupart n'étaient ni idéaux ni même positifs. Nous avions tous notre lot d'ossements, voire des squelettes entiers de souffrance, enfermé dans nos placards. Je réalisai soudain qu'Envie était profondément blessé et posai les yeux sur lui. Je me demandai qui lui avait brisé le cœur à ce point. Il surprit mon regard et me fixa durement. Les questions au sujet de son chagrin ne seraient pas les bienvenues. Sans trop savoir pourquoi, je laissai passer l'occasion de l'interroger, alors qu'il était obligé de répondre sincèrement. Tous les secrets n'étaient pas destinés à être partagés.

Nous passâmes en silence à la statue suivante. Celle-ci était magnifique. De loin ma préférée. Un ange – avec un corps puissant sculpté par la guerre – penché en arrière, le dos arqué, les bras derrière la tête, comme s'il avait été balancé de très haut et maudissait celui qui l'avait fait tomber. Les plumes étaient si détaillées que je ne pus m'empêcher de tendre la main pour les toucher.

« L'ange déchu. » Le ton d'Envie était calme, respectueux. « Une autre très belle pièce. »

J'étudiai le majestueux ange guerrier. Son corps ressemblait à celui de Colère. Je n'aurais pas été étonnée d'apprendre que le sculpteur s'était inspiré de lui. « Est-ce qu'il est censé symboliser Colère ou Lucifer ?

— C'est mon interprétation de mon maudit frère. » Les lèvres d'Envie se tordirent en un rictus. « Juste avant que le diable ne perde ses précieuses ailes. La même chose nous est arrivée à tous juste après.

— Pourquoi immortaliser un moment pareil ?

— Pour ne jamais l'oublier. » Sa voix était tout à coup aussi dure que la statue en marbre. Il secoua la tête, et son expression parut à nouveau indifférente, comme s'il avait remis en place le masque qui avait glissé accidentellement. « Viens. Il y a une autre pièce remplie d'objets que tu trouveras peut-être plus intéressants. »

Lorsque nous arrivâmes au milieu de la salle suivante, qui était décorée de tableaux, d'esquisses et de miroirs exposés dans différents cadres sculptés, je remarquai les lutrins.

Je m'approchai, attirée par un en particulier. Un bourdonnement à la fois étrange et familier s'éleva en moi. Cette impression ne m'était pas inconnue. Je la reconnaissais. Même si elle n'était pas exactement telle que dans mon souvenir. Il n'y avait pas de murmures ni de voix fiévreuses qui montaient et descendaient en provoquant une cacophonie. Il n'y avait que le bourdonnement discret. Je l'avais ressenti dans le monastère la nuit où j'avais trouvé ma jumelle morte. Et une nouvelle fois quand j'avais affronté Antonio. À l'époque, j'ignorais ce que c'était et ce que ce bourdonnement me voulait.

Je m'arrêtai devant le grimoire ouvert. Il était enfermé dans un caisson en verre, mais je sus, sans voir sa couverture, de quoi il s'agissait. C'était le premier livre de sorts, le grimoire personnel de la *Prima*.

« Comment avez-vous eu ça ? » Ma voix était trop forte dans cette petite pièce. « Il était avec moi la nuit où...

— La nuit où tu as failli tuer cet humain flagorneur ? »

Je fis volte-face et le fusillai du regard. « Le grimoire a disparu cette nuit-là. Je pensais... Un démon *Umbra*. » J'inspirai profondément. « Vous en avez envoyé un pour m'espionner, pas vrai ?

— *Espionner* est un vilain mot. Sans compter que le démon surveillait le monastère. C'est toi qui y es venue. Tu t'es retrouvée au mauvais endroit au mauvais moment. » Il enfonça les mains dans ses poches et se dirigea vers le lutrin suivant. Un autre livre y était exposé, ouvert. « Ce que tu appelles le premier livre de sorts n'est pas un manuscrit complet. C'est un tiers d'un texte plus vaste et plus élaboré. » Il désigna le volume d'un signe de tête. « La Mère et la Vieille Femme sont en ma possession, la Jeune Fille a disparu. Les déesses sont des êtres retors et leur magie l'est plus encore. Et en mettre une en colère... » Il siffla. « C'est déconseillé.

— Le premier livre de sorts appartenait à la Première Sorcière, pas aux déesses.

— Ma chère, je ne sais pas ce que les sorcières qui t'ont élevée ont raconté, ni pour quelle raison, mais ces livres ont été rédigés par les déesses. Celle que tu appelles la Première Sorcière a dérobé le livre des morts, le grimoire de magie souterraine de la Vieille Femme. Je peux te dire qu'elle n'était pas ravie. »

Il parlait de la déesse comme s'il la connaissait. « Où se trouve la Vieille Femme maintenant ? Je devrais peut-être lui parler moi-même.

— Je t'en prie, si tu la trouves, s'il te plaît, remets-lui mes hommages. »

Je poussai un soupir de frustration. Quelque chose ne collait pas dans cette histoire. Non seulement Envie possédait un livre de sorts capables d'ensorceler les crânes, mais il avait pratiquement utilisé mot pour mot la phrase que l'un d'entre eux avait prononcée. Cela *devait* être lui le mystérieux expéditeur, mais pour une raison que j'ignorais, il ne l'admettait pas.

« Y a-t-il des sorts de nécromancie ?

— La Vieille Femme est la déesse du monde souterrain. Ses sorts reflètent la lune, la nuit et les morts. Entre autres choses, parmi bien d'autres émotions plus sombres et plus violentes. » Il m'examina attentivement. « Le Bois sanglant est spectaculaire. Il se trouve entre mes terres et celles d'Avarice. Il n'appartient à aucune maison démoniaque ; tu n'as donc pas besoin d'invitation pour t'y rendre. L'astuce, cependant, consiste à traverser les territoires qui la bordent. »

Je détournai mon attention du grimoire. « Pourquoi m'en parler ?

— Pourquoi pas ? »

Si notre relation était amicale, autant en profiter. « Vous avez parlé de la Clé de la Tentation tout à l'heure. Fait-elle partie de votre collection ?

— Hélas, non. Mais ce n'est pas faute d'avoir essayé de l'acquérir. » Il commença à s'éloigner et me lança par-dessus son épaule : « Avant de te retirer pour la soirée, tu voudras peut-être lire la plaque de ce tableau. Je la trouve très instructive.

— Où allez-vous ? »

Il ne répondit pas.

Apparemment, notre temps ensemble pour ce soir avait pris fin. Je fixai la direction prise par le prince démon longtemps après qu'il eut quitté la pièce, réfléchissant à tout ce que j'avais appris. Envie était à la recherche du Miroir de la Triple Lune et de la Clé de la Tentation. Deux objets que je souhaitais à présent obtenir moi-même.

Lorsque je fus certaine qu'il ne reviendrait pas, je me dirigeai vers le tableau qu'il m'avait indiqué. Il représentait un arbre d'aspect insolite. Un grand végétal au bois noueux et aux feuilles traversées de veines d'ébène et d'argent. Quelque chose dans cette peinture me rappelait l'artiste qui avait peint le jardin des saisons qui ornait le mur de mes appartements chez Colère.

Les ombres et le soin avec lequel le peintre avait représenté chaque morceau d'écorce ou de feuille tombante étaient remarquables ; j'avais l'impression de pouvoir passer la main dans le tableau et d'arracher une feuille de l'arbre.

Je laissai courir mes doigts sur la plaque en argent et lut l'inscription.

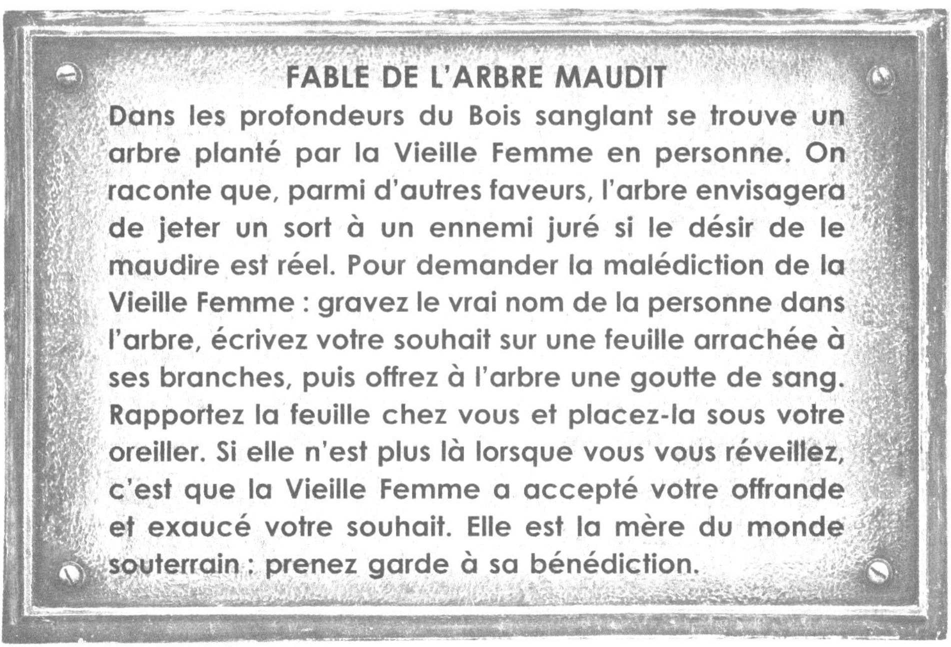

FABLE DE L'ARBRE MAUDIT

Dans les profondeurs du Bois sanglant se trouve un arbre planté par la Vieille Femme en personne. On raconte que, parmi d'autres faveurs, l'arbre envisagera de jeter un sort à un ennemi juré si le désir de le maudire est réel. Pour demander la malédiction de la Vieille Femme : gravez le vrai nom de la personne dans l'arbre, écrivez votre souhait sur une feuille arrachée à ses branches, puis offrez à l'arbre une goutte de sang. Rapportez la feuille chez vous et placez-la sous votre oreiller. Si elle n'est plus là lorsque vous vous réveillez, c'est que la Vieille Femme a accepté votre offrande et exaucé votre souhait. Elle est la mère du monde souterrain : prenez garde à sa bénédiction.

Je relus la fable, ne comprenant pas pourquoi Envie m'avait indiqué ce tableau parmi la cinquantaine accrochée aux murs de cette salle. Un prince de l'enfer ne faisait pourtant rien par hasard. J'avais l'impression qu'il m'avait piégée dans une de ses manigances, mais je parviendrais à retourner son plan en ma faveur.

Je stockai l'information et parcourus lentement le reste de la galerie, m'arrêtant devant une carte des Sept Cercles. Chaque Maison de démons trônait au sommet d'une montagne et dominait son territoire. Je repérai les portes de l'enfer et le Couloir des péchés.

Un endroit entre la Maison Luxure et la Maison Gourmandise portait la mention « VENTS VIOLENTS ». Je me demandai si c'étaient les hurlements que nous avions entendus dans le Couloir des péchés.

Je continuai à étudier le dessin, essayant de le mémoriser du mieux que je pouvais. Au sud-est, le Bois sanglant s'étendait entre la Maison Cupidité et la Maison Envie. Le Fleuve noir serpentait entre les Maisons du Péché à l'ouest et séparait le château de Colère des territoires de Cupidité et d'Envie. Il se ramifiait ensuite et l'un de ses affluents plus petit continuait derrière le château d'Avarice, serpentait à travers la partie inférieure des terres d'Orgueil et remontait le long de la frontière nord de celles d'Envie. Je suivis le fleuve principal jusqu'à ce qu'il se jette dans le Lac de feu. De l'autre côté de la plus grande partie du lac se trouvait le château du diable : la Maison Orgueil était légèrement au nord-ouest de la Maison Envie.

Une fois que je fus sûre que je me souviendrais de la plupart des points d'intérêt et de la disposition générale de ce royaume, j'abandonnai la carte et repris mon exploration de la galerie. Un membre en livrée du personnel d'Envie m'attendait dans la salle des sculptures.

« Son Altesse vous prie de l'excuser, il a dû quitter les lieux. Il vous fait dire que vous pouvez rester aussi longtemps que vous le désirez, mais il sera absent pendant un certain temps. » Le domestique hésita et s'éclaircit la gorge, comme si la suite du message le mettait mal à l'aise.

« Y avait-il autre chose ?

— Son Altesse vous informe également que si vous voulez rendre le Prince Colère jaloux, vous pouvez dormir dans le lit de Son Altesse cette nuit. Il suggère que vous soyez nue. Et que vous ayez… je cite : "des pensées impures au sujet du prince le mieux doté de ce royaume" pendant que vous vous occupez de vous-même. Il y a un portrait taille réelle du Prince Envie sur la fresque du plafond, si vous aviez besoin d'un stimulus visuel. »

Je comptai mentalement jusqu'à ce que mon besoin de courir après Envie pour l'étriper ne s'apaise. « J'aimerais envoyer un message à la Maison Colère pour les informer que je serai de retour demain à l'aube.

— Tout de suite, ma dame. » Il s'inclina. « Souhaitez-vous être escortée jusqu'à vos appartements ?

— Je trouverai le chemin. J'aimerais admirer encore les statues.

— Très bien. J'envoie la missive à la Maison Colère immédiatement. »

J'attendis qu'il soit parti pour retourner dans la galerie. Mon agacement face à Envie céda rapidement la place à l'exaltation. Je *savais* que le nécessaire de couture me serait utile.

Et pas pour raccommoder des déchirures dans de jolies robes.

Mon cœur battait au rythme des sabots des chevaux tandis que le carrosse s'éloignait de la Maison Envie. Colère n'était pas venu lui-même pour me raccompagner, il avait envoyé une émissaire et une voiture royale. La démone était ravie de préciser qu'il ne s'agissait pas du véhicule ou des montures *personnels* du prince, mais simplement d'une voiture disponible dans son écurie.

Comme si cette information était d'une grande importance. Je ne savais pas trop ce que je pensais de son ricanement ou du fait que le prince ait envoyé quelqu'un à sa place. La représentante de la Maison Colère s'assit avec aplomb de son côté du carrosse, évitant ostensiblement tout contact visuel et s'abstint de faire la conversation.

Son mépris évident me laissait perplexe.

J'étudiai la démone sous mes cils baissés, feignant d'être assoupie. Ses cheveux roux foncé étaient enroulés en une série de petits chignons agencée avec soin autour du sommet de sa tête, tandis que le bas de sa chevelure retombait en longues boucles parfaitement coiffées. Un muscle de sa mâchoire se contracta, comme si elle était parfaitement consciente que je l'observais et qu'elle se retenait de m'en faire le reproche. Peut-être que sa colère latente n'était qu'un signe de la Maison du Péché à laquelle elle appartenait et que je surinterprétais son attitude.

Je reportai mon attention sur la vitre. Pour une raison qui m'échappait, elle avait tiré la tenture avant que nous ne partions. Je l'écartai et elle me foudroya du regard. « Laissez-la fermée. »

J'inspirai profondément par le nez pour tenter d'apaiser mon agacement grandissant face à son comportement brusque. Se disputer avec elle ne servirait à rien. Et je n'avais pas besoin d'une ennemie de plus à surveiller. « Comment vous appelez-vous ?

— Vous n'avez qu'à m'appeler par mon titre. »

Je remarquai qu'elle refusait de m'appeler par le titre que Colère avait demandé à sa cour d'utiliser. Cela ne me dérangeait pas. Je n'étais pas noble. « Très bien, émissaire. Où est Colère ? »

Son regard glacial se posa sur moi. « Son Altesse est occupée. »

Son ton était franchement acerbe et me prévenait que d'autres questions ne seraient pas tolérées. Je posai la tête contre la paroi capitonnée de la voiture. Nous descendions une montagne et je me crispai pour rester plaquée contre mon siège et ne pas glisser vers l'avant. Au bout d'un temps qui me parut interminable, nous recommençâmes à grimper avant de nous immobiliser dans un fracas terrible. Sans tenir compte de sa colère, j'écartai la tenture et étouffai un cri de stupéfaction.

Je n'avais jamais vu l'extérieur de la Maison Colère. À mon arrivée j'étais en proie au délire dans les bras du prince et nous étions entrés par une montagne. Son château était imposant, il possédait un pavillon d'accueil, des tourelles, des tours et une immense muraille qui s'étendait sur tout le périmètre de la propriété. Il était édifié en pierre pâle et couvert de tuiles noires, qui formaient un contraste magnifique.

Des plantes grimpantes figées par le gel s'accrochaient aux façades et pignons.

Nous franchîmes les grilles et nous nous arrêtâmes dans une allée en demi-cercle. L'émissaire attendit qu'un valet de pied ouvre la portière et accepta son aide pour sortir. Elle s'éloigna sans m'accorder un regard. Sa mission, qui consistait à aller rechercher la fiancée égarée, était accomplie.

Je la suivis des yeux, me demandant pourquoi elle s'était montrée si froide et si j'avais fait quelque chose pour l'offenser. Je savais que ce n'était pas le cas. En dehors de ma surprise de la voir plutôt que Colère, je m'étais montrée amicale.

Un soupçon désagréable s'empara de moi quand je me demandai quelle était sa relation avec Colère, mais je le chassai. Je refusais d'y accorder la moindre importance.

Le valet de pied m'aida à descendre et je pris mon temps pour gravir les marches en pierre qui menaient à la porte principale de l'édifice. À ma droite, niché près du mur, se trouvait un jardin entouré de haies. Je notai mentalement d'aller le visiter dès que le temps se réchaufferait.

Si le temps se réchauffait un jour. Comme pour répondre à mon interrogation, de la neige se mit à tomber en légers flocons, déposant une fine couche blanche et scintillante sur le château.

Je me dépêchai d'entrer et j'époussetai ma cape. En dehors du valet, qui se chargeait de ma malle, aucun domestique n'attendait pour s'occuper de moi, ce qui me soulagea.

Je regagnai mes appartements sans croiser personne. Pas d'employé de maison en train de nettoyer le château et ses innombrables pièces. Pas de Fauna, d'Anir ou de Colère. J'étais très reconnaissante de ne voir aucun des nobles occupants, comme Seigneur

Makaden, désormais privé de langue, ou la trop bavarde Dame Arcaline.

À mesure que l'après-midi avançait, je commençais à m'impatienter. Je n'avais pas l'habitude de disposer d'autant de temps libre. Chez moi, j'étais toujours à la trattoria, ou occupée dans la cuisine, ou encore en train de lire, quand je ne m'écroulais pas sur mon lit, épuisée par une dure journée de travail. J'étais rarement seule aussi : ma famille était toujours là, à rire, discuter et m'envelopper de chaleur. Certains soirs, je me promenais sur la plage avec ma sœur et Claudia ; nous partagions nos secrets, nos espoirs et nos rêves.

Jusqu'à ce que ma jumelle soit assassinée. Mon monde avait alors irrémédiablement changé.

Ne pouvant supporter la tournure morbide de mes pensées, je me dirigeai vers la suite de Colère et frappai à la porte. Pas de réponse. J'envisageai de vérifier si elle était fermée à clé, mais je m'abstins. Lorsque je m'étais introduite chez lui après sa violente crise au dîner, c'était avec une excuse valable.

Je regagnai ma chambre et m'efforçai de retrouver ma Source. Je fermai les yeux, me concentrant sur mon puits intérieur de magie. Quelques secondes plus tard, je descendais au plus profond de mon âme, lorsque je me heurtai à quelque chose. Comme si je rencontrais un mur de briques.

J'essayai de rassembler l'énergie nécessaire pour localiser à nouveau la Source, mais j'étais plus fatiguée que je ne l'aurais cru. J'avais passé la majeure partie de la nuit précédente éveillée dans mon lit, craignant qu'Envie ne débarque en furie. Et la nuit avant, j'avais à peine fermé l'œil à cause de la confession de Colère. J'en déduisis que je devais être bien reposée pour exploiter la Source. Et c'était loin d'être le cas.

Je sortis le journal consacré à la Maison Orgueil que j'avais *emprunté* à la bibliothèque de Colère et feuilletai lentement chaque page dans l'espoir d'y trouver un passage écrit dans une langue que je connaissais.

Mes efforts furent vains. Il n'y avait même pas de dessins ou d'illustrations que je pourrais déchiffrer. Ce n'était que des pages et des pages de petites notes manuscrites dans ce qui pouvait être une écriture démoniaque. Mon attention se reporta sur mon coffre, sur l'objet que j'avais ramené clandestinement de chez Envie.

Je ne voulais pas encore le sortir de sa cachette. J'avais le sentiment que quelqu'un pourrait bientôt partir à sa recherche. Je n'en revenais pas qu'il eût été aussi facile à voler. Trop facile, même. Une partie de moi s'attendait à ce que des alarmes retentissent et que démons et vampires *Umbra* envahissent les lieux dès que j'aurais sorti le livre de sorts de son verre protecteur. Mais il ne s'était rien passé. J'avais simplement marché jusqu'à ma chambre, l'avais cousu à l'intérieur de ma malle et avais attendu un règlement de comptes qui n'était jamais venu.

Je revins au présent et feuilletai les pages suivantes. Je me concentrai sur le journal d'Orgueil, mais les lignes indéchiffrables se mélangeaient les unes les autres.

Je me réveillai plusieurs heures plus tard, le visage collé contre le volume ouvert.

Ce n'était pas mon genre de livre, évidemment. Un roman d'amour m'aurait tenue éveillée jusqu'aux petites heures, tournant les pages le plus vite possible tout en essayant désespérément de savourer chacune des interactions pleines de tension entre le héros et l'héroïne.

J'adorais que, la plupart du temps, ils ne se supportent pas et que cette étincelle de mépris finisse par se transformer en passion brûlante.

La vie réelle n'avait rien à voir avec les romans d'amour, mais une petite partie de l'ancienne Emilia espérait une fin heureuse. Il était indéniable qu'une étincelle existait entre Colère et moi – et pas mal de mépris également – mais la probabilité qu'elle se transforme en amour n'était qu'une illusion.

Je me recoiffai et retournai frapper à la porte de Colère. Le démon n'était toujours pas rentré. Ou alors il ne prenait pas la peine de répondre. Je restai là, la main pendante. Il était possible qu'il soit contrarié par le fait que je l'aie renvoyé de chez Envie. Mais cela ne me semblait pas coller.

Il avait été à mes côtés pendant des mois dans le monde des humains, puis pendant près de deux semaines ici. S'il avait une maîtresse, il pouvait s'être éclipsé pour lui rendre visite. Il ne s'attendait certainement pas à ce que je revienne si vite. J'aurais dû me réjouir de la solitude. Je n'avais personne pour regarder par-dessus mon épaule, pas de pulsions de désir pour m'inciter à concrétiser les liens du mariage. Aucune distraction. Et pourtant… et pourtant je ne voulais pas penser à la raison de mon malaise.

J'appelai un domestique pour me faire servir à dîner et mangeai dans ma chambre, en repensant à ma conversation avec Envie et à tout ce que j'avais appris. En particulier, le sort de vérité utilisé sur le vin et ce que cela pouvait signifier pour le reste de ma mission. La magie fonctionnait sur un prince de l'enfer. Mais même si *je* n'avais rien remarqué de différent au goût, cela ne signifiait pas qu'un prince n'aurait pas senti que son breuvage était *altéré*. Comme Envie était au courant, je ne pouvais pas me baser sur lui pour juger.

Ce que je voulais, c'était tester une hypothèse. Et pour cela, j'avais besoin de Colère. Si je pouvais ensorceler son vin à son insu, cela pourrait m'être très utile au Banquet du Loup. Tous les princes y assisteraient. Je pourrais murmurer le sort pendant que nous portions un toast et découvrir qui était responsable de la mort de Vittoria sans que personne ne se rende compte de rien.

À condition que Colère ne décèle pas le sort. Mon plan ne fonctionnerait que si mon test était concluant.

Je me rassurai en me disant que c'était pour cette raison que j'arpentais le couloir devant sa suite le lendemain matin, à l'affût du moindre signe de son retour. Je n'étais certainement pas nerveuse parce qu'il me manquait. Ni parce que je soupçonnais de plus en plus où il pouvait être et en compagnie de qui. C'étaient des absurdités qui avaient plutôt leur place dans la Maison Envie. Peut-être étaient-ce d'ailleurs des sentiments de jalousie résiduels, suite à ma visite dans cette Maison du Péché. Mais je ne savais pas si ce genre de conséquences était possible.

Deux jours passèrent sans nouvelle du prince de la Maison. J'avais encore essayé quelques fois d'invoquer la source de ma magie et avais rencontré la même résistance. Il n'y avait aucune information à ce sujet dans le grimoire, je devais donc attendre que cela fonctionne à nouveau. Je finirais par parvenir à m'abreuver à ce puits. Je passais mon temps dans la bibliothèque à chercher d'autres fables. Je voulais en savoir plus sur l'Arbre maudit, surtout sur cette phrase qui prétendait qu'il exauçait *plus* que des souhaits.

Je cherchais aussi des livres qui parleraient de la Clé de la Tentation ou du Miroir de la Triple Lune. Jusqu'à présent, *tous* mes efforts avaient été vains. Puis, quand je croyais que j'allais devenir folle, un coup fut frappé à ma porte.

« Bonjour, Dame Em, sourit Anir. Je suis venu pour vous emmener à l'aventure.

— Dame Em ? » Je plissai le nez. « Personne ne m'a jamais appelée Em. Je ne suis pas sûre que ça me plaise.

— C'est parce que vous n'avez jamais eu de rendez-vous clandestin. Venez. Enfilez une tunique et un pantalon et rejoignez-moi ici. Nous sommes en retard.

— Où allons-nous ? »

Il afficha un nouveau sourire. Celui-ci me noua l'estomac d'angoisse. « Vous verrez. »

Je décidai que quoi qu'il eût prévu, tout était mieux que rester seule dans ma chambre ou continuer à fouiller la bibliothèque sans succès. Je m'empressai d'aller dans ma chambre pour me changer et enfiler la tenue suggérée.

Une fois que j'eus passé des chaussures plates, je le suivis dans le couloir. Nous gravîmes une volée d'escaliers et nous nous arrêtâmes au bout d'un long corridor.

« Permettez-moi de vous présenter... » Anir poussa la porte. « ... la salle d'armes.

— Déesse du ciel. » La prestance des lieux me laissa sans voix, même si je n'aurais pas dû être surprise, étant donné que Colère

était général de guerre. Je me trouvai devant le joyau de la Maison.
« Voilà qui est impressionnant.

— On me le dit souvent, me taquina Anir. Entrez. »

Je franchis le seuil. Je parcourus des yeux la salle voûtée, qui s'étendait à perte de vue. Des colonnes divisaient l'espace en plus petites pièces interconnectées. Si la galerie d'Envie était la partie la plus révélatrice de sa personnalité, cette salle était l'âme de Colère mise à nu.

Elle était belle. Élégante. Mortelle. Affinée jusqu'à la perfection brutale. Elle ne s'excusait pas de glorifier sa violence. Je restai là, à tout cataloguer.

Le plafond en verre laissait passer la lumière et éclairait ce qui n'aurait été sans cela qu'un espace sombre. Les murs et le sol étaient en marbre noir veiné d'or. Le sol de la pièce principale dans laquelle nous étions entrés était orné d'un motif doré occulte représentant les phases de la lune d'un côté, une myriade d'étoiles de l'autre et un serpent qui avalait sa queue en formant en cercle au milieu. À première vue, chaque coin de cette partie du sol représentait l'un des quatre éléments. Le dessin était en partie recouvert par un grand tapis d'entraînement placé au centre.

Des serpents dorés s'enroulaient autour des colonnes de marbre ébène, faisant d'elles les plus fantastiques et les plus magnifiques que j'aie jamais vues.

Des épées, des dagues, des boucliers, des arcs et des flèches, ainsi qu'un assortiment de couteaux brillaient en noir et en or, là où ils étaient exposés aux murs dans des emplacements espacés avec une précision millimétrique.

Je pivotai sur place, admirant la splendeur de tout cela. Au fond de la pièce, j'aperçus une mosaïque représentant un serpent. Contrairement à l'ouroboros incrusté dans le sol, le corps de ce reptile s'enroulait en formant un nœud complexe. Il me rappelait quelque chose, mais je n'arrivais pas à trouver quoi.

Contre le mur le plus éloigné, je distinguai une botte de foin avec une cible géante peinte en son centre. Une petite table se trouvait à gauche, avec des dagues alignées en une rangée parfaite. Je les fixai. Mes doigts me démangeaient, je mourais d'envie de saisir leurs manches et de les lancer.

« Notre première leçon portera sur la posture. » Anir se dirigea vers le centre de la salle d'armes et désigna l'espace sur le tapis d'entraînement devant lui. Je me détournai des poignards et je me plaçai à l'endroit qu'il m'indiquait. « Vos pieds doivent toujours être fermement ancrés dans le sol, ce qui permet de s'élancer, de frapper ou d'esquiver rapidement dans n'importe quelle direction sans perdre l'équilibre. »

Je me déplaçai pour adopter la même position que lui. Ses pieds étaient légèrement plus écartés que la largeur de ses hanches, l'un d'eux était avancé et l'autre en retrait. Cette posture avait quelque chose de familier, mais je n'avais jamais combattu ni eu l'occasion de prendre des leçons de ce genre.

« Vous devez répartir votre poids uniformément. Assurez-vous que vos genoux suivent la direction de vos pieds. »

Je vacillai un peu, puis ajustai mes pieds. J'avais à peine levé les yeux qu'Anir se précipitait vers moi, l'avant-bras tendu comme un bélier : il entra en contact avec mon plexus solaire, me projetant en arrière. Je décrivis des moulinets avec les bras avant d'atterrir sans grâce sur le dos.

Je foudroyai mon professeur du regard. « *Signore,* vous êtes impitoyable.

— Effectivement. Et vous, *signorina,* vous venez d'apprendre votre première leçon. » Il me tendit la main et m'aida à me relever. « Ne jamais quitter son adversaire des yeux.

— Je croyais que cet entraînement portait sur la posture.

— C'est le cas. » Il m'adressa un clin d'œil. « Baisser les yeux ne vous aide pas à garder l'équilibre. Si vous devez jeter un coup d'œil rapide vers le bas, utilisez vos yeux, pas tout le haut de votre corps. La conscience de soi est essentielle. »

Nous répétâmes l'exercice avec diverses variations qui terminaient systématiquement par un atterrissage sur mon postérieur. Même si le tapis d'entraînement était rembourré, j'allais avoir mal aux fesses le lendemain. À chaque coup, je devenais un peu plus sûre de ma position, je vacillais moins. La sueur perlait sur mon front tandis que nous nous entraînions encore et encore.

Je me sentais bien, je faisais travailler mon corps, je vidais mon esprit.

Un peu plus tard, Anir réclama une pause et épongea la transpiration sur sa nuque et son visage avec un linge en lin. J'étais encore prête à l'affronter, mais je reculai, sautillant sur la pointe de mes pieds. Je me sentais pleine d'énergie, mes muscles tremblaient, mais j'avais envie de les solliciter davantage.

Il se pencha jusqu'à la taille. « Cinq minutes de pause. »

Je le suivis jusqu'à une table d'appoint où se trouvaient un pichet d'eau et des verres.

« Où est Colère ? » Je ne savais pas pourquoi je posais la question, mais il me semblait étrange que le démon de la guerre soit introuvable alors que nous nous trouvions dans sa splendide salle d'armes.

Anir me jeta un coup d'œil en coin tout en se servant un verre et en avalant la moitié. « Je ne pensais pas que son absence vous dérangerait.

— Je n'y vois pas d'inconvénient. C'est juste de la curiosité. » Comme il ne répondait pas, ma stupide bouche ne trouva rien de mieux que de combler le silence. « Il semblait mal à l'aise que je me rende à la Maison Envie. Je croyais qu'il souhaiterait me voir dès mon retour.

— Est-ce que vous demandez après moi quand je ne suis pas là ?

— Non.

— Ouille. »

Par le sang et les os. Je me maudis immédiatement tandis que le sourire d'Anir s'élargissait. Je me servis de l'eau et bus une gorgée. « Je voulais dire…

— Je ne suis pas vexé. » Ses yeux pétillaient d'amusement. « Vous pouvez vous mentir autant que vous voulez, mais avec moi, il faudra faire un peu mieux que ça.

— Très bien. L'émissaire m'a énervée.

— Dame Sundra ? » Anir ricana. « Ça ne m'étonne pas. Son père est duc, et elle ne laisse jamais personne oublier le rang élevé qu'elle occupe. Elle a toujours espéré faire un mariage intéressant avec un prince.

— Ah. C'est pour ça qu'elle officie comme émissaire. Cette position lui permet d'être proche de tous les princes.

— Vous m'impressionnez, Dame Em. Vous pensez comme une aristocrate aguerrie, maintenant. La plupart des princes n'ont pas l'intention de se laisser prendre au piège du mariage. Quelles que soient les tentatives des familles nobles comme celle de Dame Sundra, les princes sont très satisfaits de leur célibat. Et elle est naturellement en colère, ce n'est pas contre vous.

— Si je comprends bien, plus leur rang est élevé, plus les démons manifestent le péché avec lequel ils se sont alignés.

— D'après ce que j'ai appris depuis que je suis ici, oui. Mais personne ne pourra jamais être assez puissant pour renverser un prince. Ils sont à un tout autre niveau. C'est comme la différence entre un lion et un tigre. Les deux sont des félins prédateurs, mais ils ne sont pas comparables.

— Et les démons inférieurs ? Ils sont différents des nobles.

— En effet. C'est pour cette raison qu'ils choisissent souvent de vivre à la périphérie de leurs cercles.

— Si Dame Sundra est alignée sur la Maison Colère, comment pourrait-elle épouser un prince qui représente un autre péché ?

— Ce serait rare, mais c'est déjà arrivé : elle pourrait changer d'alignement. »

Je m'appuyai contre le bord de la table et je posai mon verre. « Vous saviez que Colère avait commencé à accepter le lien du mariage la nuit où le *Viperidae* m'a attaquée.

— Vous êtes la reine du coq à l'âne. » Il exécuta une révérence théâtrale. « Est-ce une question, ou cherchez-vous simplement une confirmation ?

— Je sais que je ne suis pas son premier choix comme épouse, répondis-je, pensant toujours à la fille du duc, mais j'aimerais savoir si quelqu'un l'intéressait avant... tout ce qui s'est passé. »

La lueur taquine quitta le regard d'Anir. « Ce ne sont pas mes affaires et je n'ai pas le droit de partager son histoire.

— Je ne vous le demande pas. Je veux seulement savoir s'il y avait quelqu'un d'autre.

— Est-ce que ça changerait quoi que ce soit ? »

Je réfléchis. J'étais très curieuse de le savoir, c'était certain, mais cela ne *changerait* pas les choses. Je refuserais le lien et notre destin serait décidé par le conseil des trois, dont Colère m'avait parlé.

S'il en aimait une autre, cela me mettrait mal à l'aise, mais plus rien ne m'empêcherait d'avoir une relation avec Orgueil. Ce qui restait le chemin le plus sûr pour atteindre la vengeance que j'espérais.

À moins, bien sûr, que je ne batte Envie à la course et que je mette la main sur la Clé de la Tentation et le Miroir de la Triple Lune avant lui. Et si un prince démon ne pouvait pas sentir qu'un sort avait été jeté dans un vin ou de la nourriture, je pourrais peut-être obtenir la vérité de cette façon. Mais il faudrait que je m'exerce sur un prince de l'enfer, et l'un d'entre eux était toujours absent… Qu'il soit maudit.

Je revins au sujet qui nous occupait. Je ne voulais pas être liée à Colère par un mariage sans amour, s'il se languissait toujours de quelqu'un d'autre.

« Oui, ça changerait beaucoup de choses.

— Attention. » Une voix grave s'éleva derrière moi. « Ou je vais finir par croire qu'en réalité, tu *aimerais* m'épouser. »

DIX-SEPT

Je fermai les yeux et jurai en silence, puis j'adressai un regard assassin à Anir. « Vous êtes vraiment un monstre.

— Je parie sept pièces du diable que vous aurez changé d'avis après votre prochaine leçon. » Le traître m'offrit un sourire sournois. « N'oubliez pas votre sac à main demain, Dame Em.

— Verrouille la porte en sortant. »

La voix de Colère était beaucoup trop proche. Je sentis son souffle près de ma nuque, et j'envisageai un instant de me précipiter vers la sortie ou d'imaginer un sortilège pour que le sol m'engloutisse tout entière. Au lieu de cela, je redressai les épaules et me retournai lentement. Son attention était entièrement tournée vers son serviteur. La désinvolture d'Anir avait disparu et il l'avait remplacée par un sérieux que je n'avais pas observé chez lui depuis la soirée où le Seigneur Makaden avait perdu sa langue.

« Personne ne doit entrer dans cette pièce avant que je ne donne le signal que notre entraînement est terminé. C'est compris ?

— Oui, Votre Majesté. »

Anir m'adressa une révérence polie et se dirigea rapidement vers la sortie. Quel lâche. Je souris intérieurement. En parlant de lâcheté, prétendre que le prince démon n'était pas là et qu'il n'avait pas entendu ce que je ne voulais pas qu'il entende ne m'aiderait pas non plus à devenir plus intrépide.

Je m'efforçai de fixer Colère droit dans les yeux et dissimulai ma surprise en découvrant mon nouvel adversaire. Il n'était pas entièrement vêtu de noir aujourd'hui ; il portait une chemise et une queue-de-pie d'un blanc éclatant. J'observai sa large carrure, la froideur de ses traits et déglutis avec difficulté. Il n'était pas de bonne humeur. Je décidai que ce n'était pas le moment de faire preuve de bravoure. Un fin stratège comprenait toujours quand le moment de battre en retraite était venu. Colère ne préparait rien de bon et je ne tenais pas à découvrir l'étendue de sa férocité.

« Je ne pense pas avoir besoin de ton entraînement. Anir a fait du très bon travail. »

Un sourire se dessina sur le visage du prince, sans que la moindre trace d'amusement n'apparaisse dans son expression. Cela me confirma que m'attarder dans les parages était une très mauvaise idée. Je reculai d'un pas et une lueur dangereuse illumina le regard de Colère.

« Mais il ne possède pas les compétences nécessaires pour dispenser cette leçon.

— Oh, eh bien, j'ai quelque chose de prévu. Il va falloir remettre ça à plus tard.

— C'est vrai ?

— Il se trouve que oui.

— Tu te souviens du marché que nous avons conclu dans ma chambre ? »

J'allais acquiescer lorsqu'une immense vague de léthargie s'abattit sur moi. Ma tête fut soudain trop lourde pour me permettre de bouger. L'attention de Colère se focalisa avec intensité sur mon changement émotionnel et physique. Il n'y avait pas d'inquiétude dans son expression, mais une sévérité qui aurait dû m'alarmer.

C'est d'ailleurs ce qui se serait certainement passé si je n'avais pas été dans un état de torpeur aussi horrible. Je ne parvenais pas à m'en tracasser ni même à tenir debout, apparemment. Mes jambes se dérobèrent sous moi et je m'effondrai au sol, les bras et les jambes enchevêtrés. Ma joue s'enfonça dans l'épais tapis d'entraînement. Les fibres me grattaient la peau et n'étaient pas du tout confortables. Je ne cillai même pas. Je remarquai, horrifiée, qu'un filet de bave formait une flaque sous la commissure de mes lèvres. Mais cela m'était égal.

En fait, tout m'était *vraiment* égal. Même l'éclat victorieux qui surgit dans les yeux de Colère lorsqu'il s'approcha de moi.

Il prit le temps de contourner mon corps étendu. « Regarde-moi, Emilia. »

Je le voulais, presque plus que tout, mais je manquais d'énergie. Je n'avais plus rien à puiser dans mes réserves. Je préférai fermer les paupières. Malgré ma position indigne, étalée sur le sol, de la bave entre les lèvres, je n'arrivais pas à me résoudre à…

Le sentiment de paresse prit fin brusquement, comme s'il n'avait jamais existé. Une fureur dévorante et brûlante me permit de me lever presque aussitôt. La rage faisait trembler mon corps. Ou peut-être était-ce de la colère ?

Je me jetai sur le démon. « Je vais te tuer !

— Tuer ? Je suis sûr que tu veux dire embrasser. »

Colère rit de mon revirement d'humeur inattendu, puis, avant que je ne puisse le toucher, l'atmosphère changea à nouveau du tout au tout. D'un coup, je n'étais plus en train d'essayer de mettre mes mains autour de sa gorge ; je le serrais contre moi, enroulant mes jambes et mes bras autour de son corps. Je le désirais.

Que la déesse me maudisse ! Le besoin de coucher avec lui était irrésistible, la douleur insupportable.

Je pensais avoir éprouvé du désir dans le Bassin du Croissant de lune. Mais c'était sans comparaison avec ce que je ressentais maintenant. Je ne pensais plus à rien sauf à ses mains sur moi. À mes mains sur lui.

Je savais que quelque chose n'allait pas du tout. Je ressentais exactement ce que Luxure m'avait fait subir cette nuit-là sur la plage, mais j'étais incapable de me concentrer sur autre chose que mon désir.

Notre fureur mutuelle trouverait un exutoire parfait dans la passion, elle nous permettrait à tous les deux de l'évacuer pendant que nous nous battrions pour nous déshabiller, pour nous surpasser en caresses, pour faire fondre l'autre. J'approchai le visage de Colère du mien, et j'entrevis dans ses yeux un désir aussi ardent que le mien alors que je prenais le temps de mordiller sa lèvre inférieure.

« Embrasse-moi. » Je ne quittai sa bouche que pour passer ma langue et mes dents sur le côté de son cou, goûtant et suçant sa peau tandis que j'approchais peu à peu mes lèvres de son oreille. « J'ai besoin de toi.

— Du désir, mais jamais du besoin, ma dame. » Il ne me rendit pas la pareille, mais lorsqu'il s'éloigna l'ardeur déformait son sourire. « Dans le Couloir des péchés, c'est ton envie qui a été mise à l'épreuve. Je suis curieux de savoir ce qui t'a mise dans une telle colère. Te souviens-tu de l'illusion qui l'a déclenchée ? »

Mon désir s'évapora. Une image de Colère en train de coucher avec une autre femme refit surface. Je revis l'autre enrouler ses jambes autour du corps du prince, de ses hanches qui balançaient à chaque fois qu'il s'enfonçait profondément en elle. Au lieu des gémissements de l'inconnue, j'entendais ceux du prince.

Une sombre émotion possessive me dévora. J'étais tellement jalouse de cette étreinte que je ressentais des envies de meurtre. Mon sang devint aussi glacial que mon ton. « Oui.

— Décris-moi ce que tu as vu.

— Toi et une autre femme. Au lit. »

Il y eut un moment de silence. Comme s'il ne s'attendait pas à une telle explication. « Et qu'est-ce que tu as ressenti ? »

Je soupirai bruyamment, et le son ressemblait plutôt à un grognement. « Une envie de meurtre. »

Colère recommença lentement à tourner autour de moi. Il me demanda, d'une voix calme, mais moqueuse : « C'était avant ou après avoir vu le plaisir qu'elle m'avait donné ? L'extase pure que j'ai ressentie, quand j'étais en elle. »

Une larme roula sur ma joue. Je n'étais pas triste ni même furieuse. J'étais dévorée par la jalousie. Non pas de l'autre femme, mais de la nuit d'intimité qu'ils avaient partagée. Je voulais vivre cela moi aussi. Je désirais Colère avec une intensité qui me faisait presque perdre la raison. L'envie que j'éprouvais était presque aussi intense que la nuit où j'avais rencontré le prince qui régnait sur ce péché.

Envie avait usé de son influence sur moi et je n'oublierais jamais la froideur de...

Je compris tout à coup ce qui se passait et cette prise de conscience s'accompagna d'un élan de colère qui brisa le sort. « Espèce de bête monstrueuse. Tu utilises tes pouvoirs sur moi !

— Et comme tu y as succombé facilement... » Sa fureur monta pour être au même niveau que la mienne. « Tu veux que mes frères te manipulent ? Tu veux devenir leur jouet ? Alors tu commenceras par être *le mien*. Déshabille-toi et danse pour mon plaisir.

— Tu es un porc.

— Je suis bien pire que ça. Mais un accord est un accord.

— Je n'ai pas consenti à ces âneries.

— C'est un mensonge. Tu m'as *demandé* de t'armer. Exigé si je me souviens bien. J'ai proposé en échange de t'entraîner pour que tu apprennes à résister aux menaces physiques et magiques. N'as-tu pas accepté ?

— Si, mais...

— Enlève tes vêtements. »

Une puissance étrange résonnait dans sa voix. Je tentai de la repousser, de la combattre, mais je sentais la pression monter et me forcer à céder. Je tentai de toutes mes forces d'ériger une barrière émotionnelle entre nous, mais Colère ne me laissait pas faire. Avant que je puisse toucher la marque d'invocation à mon cou, sa voix résonna haut et fort, dominatrice.

« Maintenant. »

Le barrage céda, et ma volonté aussi. Mes doigts s'empressèrent de défaire les boutons et les attaches de mon pantalon. Je me tortillai pour en sortir et laissai le tissu retomber en tas informe à mes pieds. Je me débarrassai ensuite de ma tunique. Colère fit glisser son attention du sommet de ma tête jusqu'à mes orteils, et la remonta aussi lentement. Il n'y avait ni désir ni chaleur. Pas la moindre trace d'appréciation dans son regard. De la fureur et rien d'autre.

Et il n'était pas le seul à l'éprouver. Je détestais qu'il m'ait obligée à me déshabiller. Le faire volontairement dans le Bassin du Croissant de lune avait été un geste puissant, libérateur. Là, le mouvement n'était ni l'un ni l'autre. Je le lui ferais payer. Mon envie de vengeance s'enflamma un instant, puis s'éteignit, accablée par une nouvelle vague de volonté du prince.

Je voulus retirer mes sous-vêtements, mais sa voix traversa la brume qui s'était emparée de mon cerveau. « Laisse-les. Balance tes hanches. »

Je me concentrai sur l'unique braise de fureur qui n'avait pas été étouffée par l'ordre magique du prince démon. Je tentai de toutes mes forces d'enflammer ce noyau d'émotion qui m'appartenait encore, et de l'utiliser pour repousser sa magie. C'était moi qui déciderais du moment où je me déshabillerais, devant lui ou qui que ce soit d'autre. Je resterais maîtresse de ma volonté. Et je continuerais à me battre pour moi, même si la situation devenait désespérée ou futile.

Sentant ma détermination, Colère libéra davantage de pouvoir.

« *Balance tes hanches,* j'ai dit. »

Mes pensées, mes émotions et ma volonté étaient enfermées au plus profond de moi. Je n'entendais que sa voix, le désir qu'elle exprimait. Sa volonté se répandait dans mes veines, me dominait dans tous les sens du terme. Elle ne faisait plus qu'un avec mon cœur.

Je m'exécutai. En un instant, je devins péché et vice à l'état pur. J'étais sous l'emprise de la luxure. Et j'adorais ça.

Je me déhanchai de façon suggestive en gardant les yeux braqués sur lui. Je voulais qu'il m'ordonne d'enlever mes sous-vêtements. Puis je désirais qu'il retire les siens.

Il s'approcha, son expression dissimulée derrière un masque de fureur froide. Je ne comprenais pas pourquoi il était mécontent. Je réduisis la distance qui nous séparait encore et dansai contre lui, me collant contre son corps raide. Quelque chose dans notre position me rappelait un autre temps, une autre danse. Et la même colère qui l'avait animée, près du feu de joie.

Il était déjà une créature compliquée alors, mais bien plus aujourd'hui.

« Ce n'est pas ce que tu désires ?

— Pas du tout. » Il s'éloigna d'un grand pas, plaçant une distance détestable entre nous. « Désormais, tu m'appelleras maître. Mets-toi à genoux.

— *Jamais* je ne... » Ma colère éclata, puis s'éteignit aussi vite. Je mis mes genoux au sol, la tête baissée. « Cela te plaît-il, maître ?

— Enlève ma botte droite. »

Je défis les lacets de sa botte, puis je la lui retirai, attendant sa prochaine directive.

« Glisse tes mains le long de mon mollet. » Je tendis la main vers sa jambe, mais il l'écarta brusquement. « Commence par la cheville. »

Sans hésiter, je fis remonter mes mains le long de son corps, et sur le muscle de son mollet. Mes doigts frôlèrent quelque chose de dur. Je levai les yeux. « T'ai-je fait plaisir, maître ? »

Colère s'approcha de moi pour me relever le menton et me dévisagea. Il cherchait quelque chose, mais son profond froncement de sourcils indiquait qu'il ne l'avait pas trouvé.

« Apprends à te protéger. C'est *ça* qui me procurera le plus grand plaisir. »

Avec lui, d'une certaine manière, j'entrevoyais l'essence même du plaisir. Cela, je pouvais y arriver. Je lâchai son mollet et attrapai la ceinture de son pantalon. « Laisse-moi te donner du plaisir maintenant, maître. »

La température autour de nous chuta de plusieurs degrés.

« Si je voulais que tu sois à genoux, nue devant moi, sans une seule pensée dans ta tête, je t'aurais manipulée pour que tu le fasses. Si je désirais te pénétrer pour que notre mariage soit consommé, tu m'obéirais au doigt et à l'œil. Et tu me supplierais de recommencer.

Mais ni l'un ni l'autre ne m'attire ni ne me plaît. Je souhaite une *égale*. Attrape la dague attachée à ma jambe. Lève-toi. »

Je glissai la lame hors de son fourreau de cuir et me mis debout, le cœur serré par le ton dur avec lequel il rejetait mes avances. J'attrapai sa main, espérant l'inciter à accepter ce que je lui offrais. « Je… »

La fureur, indomptée, écrasante et dévorante, eut raison de mon désir. Je serrai la dague si fort que j'en eus mal à la main. Colère ne détourna pas son attention de la mienne tandis qu'il défaisait lentement les premiers boutons de sa chemise immaculée. « Appuie la lame sur mon cœur. »

Je me rapprochai et lui transperçai la peau de la pointe de la dague. J'étais en colère. J'étais la fureur incarnée. J'allais prendre ce qui m'était dû, à moi et aux miens.

En commençant maintenant. Avec ce prince détestable.

Colère se pencha, la voix basse et séduisante. « C'est de *ça* dont tu rêves. De sang et de vengeance. Prends ta revanche, *sorcière*. Rappelle-toi ce que je viens de te faire faire. Comment tu es tombée à genoux, désirant plus que tout me satisfaire. Laisse la haine et ton péché préféré te consumer.

— La ferme.

— Peut-être que ça t'a plu quand je t'ai obligée à te déshabiller. Quand je t'ai forcée à te plier à ma volonté.

— Je t'ai dit de la fermer !

— Et si je te montrais à quel point je peux être méchant ? »

Je fixai sa poitrine, la lame qui transperçait sa peau. Un léger filet de sang ruisselait sur son torse. À travers la colère et la fureur qui brouillaient mes sens, je me souvins. J'avais déjà porté une lame à son cœur. Dans le monastère. Il avait juré qu'il faudrait bien plus qu'un poignard dans la poitrine pour l'achever. J'avais voulu vérifier la véracité de ses paroles. Il m'offrait l'occasion de le faire maintenant. Je déglutis avec difficulté, la gorge nouée. Mes larmes retenues me brûlaient les yeux.

D'une main tremblante, j'enfonçai la lame plus profondément.

« *Assouvis. Ta. Vengeance.* »

Son influence démoniaque combattait ma volonté. Et elle l'emporta.

Une larme roula sur ma joue tandis que je me penchais sur la lame, utilisant le poids de mon corps pour traverser les muscles et les os. Je regardai avec une fureur dévorante le poignard se planter dans sa poitrine. Du sang jaillit de la blessure, tacha sa chemise, rendit mes doigts glissants. Je ne retirai pas la dague. Je la tordis, serrant les dents avant de crier assez fort pour invoquer Satan en personne.

Le prince démon me regarda impassiblement dégager la lame et le poignarder encore.

Et encore.

Et encore.

DIX-HUIT

Colère me libéra d'un coup de toute son influence.

Je fixai la lame fichée dans la poitrine du démon, mon corps tremblant violemment sous l'effet de ce que je venais de faire. La rage fit place à la nausée. Je lâchai l'arme et reculai brusquement, incapable de détourner le regard. Il y avait tellement de sang. Celui de Colère.

La tache s'étendait de façon obscène sur sa chemise blanche, comme une fleur mortelle. N'importe qui d'autre serait mort sous un coup pareil. J'aurais tué quelqu'un. Je respirai à pleins poumons, oppressée par le poids de ce qui aurait pu arriver, de ce que j'avais commis.

Colère arracha la dague de sa poitrine et la jeta au loin. Je tressaillis en l'entendant s'écraser contre le mur du fond, le bruit résonna dans le silence de la salle, que seule ma respiration agitée venait troubler. Il m'avait forcée à le poignarder. En plein cœur. Je… je ne pouvais m'empêcher d'examiner l'endroit où j'avais enfoncé la lame. Je n'arrêtais plus d'entendre le craquement écœurant des os qui s'était produit lorsque j'avais transpercé sa poitrine. Je m'efforçais de garder mes bras le long du corps, de ne pas me boucher les oreilles et de ne pas hurler jusqu'à couvrir le son insupportable dans ma tête.

La blessure était déjà cicatrisée, mais sa chemise était imbibée de sang. Les souvenirs d'une autre poitrine, d'un autre cœur, envahirent mes sens. Ma jumelle. Je n'avais plus qu'une image en tête : son corps brutalisé. Cela aurait pu être elle sous ma lame. Se défendre n'avait servi à rien.

Je retournai mes mains, mes paumes poisseuses et tachées de sang orientées vers le haut, et m'écriai : « Comment oses-tu ? Comment oses-tu me soumettre à une telle dépravation ?

— Tu as raison, comment ai-je osé apprendre à ma femme à se protéger contre ses ennemis ?

— D'abord, je ne suis pas encore ta femme. Ensuite, si c'est ta manière de me prouver que nous devrions nous marier, tu as perdu la tête. Tu es la créature la plus méprisable que j'aie jamais eu le malheur de rencontrer.

— Si c'était vrai, je t'aurais abandonnée, comme Luxure l'a fait, quand je t'ai libérée de mon emprise. »

Le démon me tendit une robe de chambre. Je n'avais pas remarqué qu'il la tenait auparavant, mais je n'avais pas prêté attention à quoi que ce soit en dehors des vices dans lesquels il voulait me faire sombrer.

Et maintenant, j'aurais aimé ne rien voir du tout.

Son expression était la plus menaçante que j'ai jamais vue. Comme si sa petite démonstration de puissance l'avait exaspéré plus que moi. Ce qui me semblait impossible.

Je venais de lui transpercer le cœur avec une dague. Je n'avais jamais été bouleversé comme ça. Et j'avais pourtant ressenti de la colère sous de multiples formes depuis le meurtre de ma jumelle.

J'attrapai le peignoir et l'enfilai, détestant l'idée que le prince avait deviné que j'en aurais besoin. Je compris aussi clairement pourquoi il avait choisi de porter du blanc. Cet entraînement si soigneusement planifié me rendait encore plus furieuse. Ces détails indiquaient qu'il savait avec précision quels péchés il allait utiliser, et ce qu'il m'inciterait à faire. Il avait même prévu ce dont j'aurais besoin une fois sa petite démonstration de puissance achevée.

J'étais tentée de regagner mes appartements en sous-vêtements, ou de me déshabiller complètement, pour que sa cour me voie dans toute ma gloire.

« Fais-toi plaisir. » Il avait sans doute discerné mes pensées en analysant mon langage corporel. Il tendit la main. « Si tu préfères te promener sans le peignoir, je n'y verrai pas d'inconvénient.

— J'aimerais tellement que tu te taises, maintenant.

— Oblige-moi.

— Ne me tente pas, démon.

— Fais-le. » Il se déplaça jusqu'à être assez près pour me toiser. « Utilise ton pouvoir. Défends-toi. »

C'était une provocation infantile. Je puisai dans ma source de magie pour essayer d'en extraire juste assez d'énergie pour le faire tomber sur son stupide postérieur. Je fus à nouveau accueillie par un mur de néant. Ma frustration était telle que j'avais envie de hurler. Colère m'observait en plissant les yeux ; rien ne lui avait échappé.

« Nous nous entraînerons tous les jours jusqu'au Banquet du Loup. Tu apprendras à te protéger de mes frères. Ou tu subiras de plus grandes indignités encore que celles que je t'ai montrées aujourd'hui. Sois reconnaissante, *chère fiancée*, que je ne souhaite pas t'attaquer physiquement. Je veux juste blesser ton ego et ta fierté. Si je ne me trompe, les deux sont réparables.

— Tu m'as obligée à te poignarder.

— Je cicatrise vite. » Dommage que l'impact émotionnel de la leçon d'aujourd'hui ne guérisse pas aussi vite. Je serrai la ceinture autour de ma taille. « Je te déteste.

— Je peux vivre avec ta haine. » Un muscle de sa mâchoire tressauta. « Il vaut bien mieux que tu l'utilises à ton avantage, plutôt que de m'adorer et de succomber à la dépravation de ce monde.

— Pourquoi la violence ? demandai-je d'une voix calme. Tu n'avais pas besoin de déclencher ma colère comme ça.

— Je t'ai offert un exutoire. La vengeance est un poison, une mort lente. Cherche la justice. Cherche la vérité. Mais si tu choisis la vengeance avant tout autre chose, tu y laisseras plus que ton âme.

— Tu ne peux pas sérieusement prétendre te soucier de mon âme.

— Ton chagrin ne peut être éteint par la haine. Dis-moi, ressens-tu ce que tu imaginais ? Est-ce que faire couler mon sang a guéri tes blessures ? La balance de la justice a-t-elle enfin rétabli l'équilibre, ou as-tu glissé un peu plus vers un état que tu ne reconnais pas ? »

Je serrai les dents et lui décochai un regard noir. Nous savions tous les deux que je ne me sentais pas mieux. Au contraire, je me sentais plus mal encore.

« C'est bien ce qui me semblait. » Il tourna les talons et se dirigea vers la porte. « Je te retrouve ici demain soir.

— Je n'ai jamais accepté de suivre *plusieurs* séances d'entraînement.

— Tu n'as pas non plus précisé ce paramètre lors de notre négociation. Je te suggère de venir prête à te battre, sans quoi tu te retrouveras à nouveau en sous-vêtements devant moi, à quatre pattes, à me supplier. Ou tentant de me poignarder. Ou les deux. »

Je maîtrisai mes émotions. Colère se comportait en ce moment comme un gros salaud, mais il n'était jamais impulsif. « Le moment choisi pour cette première leçon a-t-il un rapport avec ma visite à la Maison Envie ?

— Non. » Colère ne se retourna pas, mais il s'arrêta avant d'ouvrir le battant. « L'élection pour choisir l'invité d'honneur du Banquet du loup a eu lieu hier. »

C'était donc cela. Il avait sans doute espéré que quelqu'un de plus intéressant prenne ma place. « Tu crois toujours que je serai choisie.

— Je n'ai guère de doute.

— Quelle était ton intention ce soir ? Me montrer que tu n'as pas de cœur, me prouver ta puissance ?

— Mes frères ne demanderont pas mieux que de te démontrer à quel point ils peuvent pécher devant un public nombreux et enthousiaste. » Il prit une profonde inspiration. « Si tu penses que Makaden était détestable, son comportement n'est rien comparé à un événement organisé par ma famille. Ils joueront avec toi jusqu'à ce qu'ils se lassent. Ensuite, ils jetteront les morceaux brisés. Et, ajouta-t-il d'un ton calme, si tu es atterrée par ce qui vient de se passer ici, alors que j'étais seul, tu n'as vraiment aucune idée de ce qui t'attend.

— Tu aurais dû me prévenir que nous allions commencer l'entraînement ce soir.

— Mes frères ne te demanderont pas la permission. Tu n'auras droit à aucun avertissement de leur part.

— Je ne suis pas fiancée à tes frères. Si tu veux une égale, je te suggère de me traiter comme telle. Nous avons peut-être conclu un marché, mais cela ne veut pas dire que tu ne devais pas me prévenir.

— Le but de cette leçon était de te montrer à quel point tu es vulnérable, pas de t'humilier. »

Je fixai les muscles tendus de son dos. La poignée de la porte qu'il serrait si fort que les jointures de ses doigts avaient blanchi.

« Je ne suis pas un héros, Emilia. Mais je ne suis pas non plus un méchant. Tu devrais le savoir maintenant.

— Laisse-moi. J'ai entendu assez d'excuses ce soir. »

Il resta immobile un instant, et je me préparai à entendre ce qu'il semblait avoir tant de mal à dire. Finalement, il sortit de la salle en silence et la porte se referma sans bruit derrière lui. Je fixai le battant pendant un moment en me ressaisissant.

J'en vins vite à la conclusion que cet entraînement visait sans doute autant à le former lui que moi. Si quelqu'un réussissait à ce que je me tortille à moitié nue au cours du banquet – ou pire encore –, le général de guerre pourrait en venir à rappeler à sa famille comment il avait obtenu son titre militaire. Et quelque chose me disait qu'il avait dû faire couler beaucoup de sang pour y parvenir.

Je jetai un coup d'œil à la dague que j'avais utilisée pour le poignarder : la lame était couverte de sang séché. Je n'arrivais pas à identifier l'émotion exacte qui faisait rage en moi et avait remplacé la peur. Au moins, je n'avais plus la nausée. J'avais l'impression de pouvoir cracher du feu. Et comme j'étais capable d'invoquer des flammes, avec un peu d'entraînement je pourrais y parvenir. Que la déesse vienne en aide aux princes démons, désormais.

Je retournai à mes appartements d'un pas furieux et claquai la porte avec une telle violence que le tableau suspendu au mur près de la salle de bains trembla. De tous les tours arrogants, méchants, odieux qu'il aurait pu me jouer, il avait choisi celui-là... D'accord, j'avais conclu ce maudit marché, mais je ne savais pas que c'était un contrat qui me liait.

Mes joues étaient en feu. Avoir perdu le contrôle de mes actes me dérangeait plus que ses tours démoniaques. Quand il était entré dans cette salle d'entraînement, il avait un plan en tête, et il l'avait exécuté à la lettre. Je m'étais retrouvée totalement à sa merci. *Ça*. C'était ça le noyau de ma colère.

« *Désormais, tu m'appelleras maître.* » Je l'imitai du mieux que je pouvais en prenant un ton railleur. « Quel monstre détestable ! »

Toujours furieuse, je me dirigeai vers la salle de bains et me mis à frotter le sang de mes mains, en pestant contre lui. Même s'il n'avait pas l'air d'être satisfait ou fier de ses actes, il s'était déchaîné contre moi, c'était indéniable.

Je me séchai et tournai en rond dans ma chambre sans que ma colère ne retombe. Je lui en voulais d'avoir prouvé qu'il avait raison, mais j'étais encore plus énervée de m'être retrouvée quasiment impuissante.

Cependant, je devais admettre qu'il était de loin préférable d'être soumise à l'influence de Colère, aussi odieuse fût-elle, car je savais qu'il n'irait pas trop loin. Il pouvait m'obliger à me déshabiller et à le supplier, ou à *lui* enfoncer une lame dans le cœur, mais il n'abuserait jamais réellement de sa domination et ne m'obligerait pas à m'en prendre à quelqu'un d'autre.

Je baissai les yeux vers mes mains propres. Une pensée dérangeante me vint à l'esprit. Si un prince démon le voulait, je pourrais tuer sur son ordre. Colère l'avait prouvé ce soir. Une partie de moi avait envie de le poignarder, mais je n'aurais jamais franchi cette limite par ma propre volonté.

Je pensai à Antonio, qui avait manifestement été sous une *forme* d'influence. Si Colère était capable de manipuler d'autres péchés avec tant de facilité et de force, il était logique de conclure que ses frères possédaient également ce talent.

Ce qui signifiait que n'importe lequel d'entre eux avait pu manipuler Antonio pour qu'il s'en prenne aux sorcières. Sa haine était déjà présente, depuis la mort de sa mère bien-aimée. Il n'aurait pas fallu grand-chose pour que cette émotion soit utilisée contre lui.

Je chassai de mon esprit les pensées et les inquiétudes concernant l'assassin de ma sœur et le vote du Banquet du Loup, j'ouvris ma garde-robe et enfilai une simple robe noire.

Je jetai un coup d'œil vers le bas de l'armoire lorsqu'un éclair blanchâtre surgit de l'obscurité. L'un des crânes ensorcelés avait glissé de sa cachette lorsque j'avais sorti la robe.

J'expulsai l'air de mes poumons. Il me restait à résoudre l'énigme des crânes et à déterminer si c'était Envie qui les avait envoyés. Je commençais à douter qu'il soit impliqué. Il ne me semblait pas logique qu'il envoie les crânes en secret et partage ensuite ouvertement ses informations avec moi.

Je me penchai pour remettre le foulard en place lorsque la porte de ma suite s'ouvrit en grinçant.

« Emilia, je voulais… » Colère aperçut le crâne ensorcelé et ce qu'il s'apprêtait à dire mourut sur ses lèvres. Il traversa la pièce dans un tourbillon de noir, d'or et de fureur. Il arracha le crâne de mon armoire et se retourna, me fixant comme s'il me connaissait à peine. « Qu'est-ce que…

— À moins que tu ne souhaites que je te jette un sort désagréable, je te suggère de changer de ton. Nous ne sommes plus dans ta salle d'entraînement. Je ne tolérerai pas d'impolitesse en dehors de nos leçons. »

Il inspira profondément. Puis il expira. Il répéta les deux actions. À deux reprises. À chaque inspiration et expiration, j'aurais juré que l'atmosphère se chargeait. Des nuages d'orage s'amoncelaient.

« Si vous vouliez bien avoir l'amabilité, ma dame, de m'expliquer *comment* cet objet est arrivé en votre possession, j'aimerais beaucoup le savoir. »

Une veine de sa gorge palpitait. Après ce qu'il m'avait fait subir, je ressentais une jubilation perverse à le voir si furieux. « Qu'est-ce que tu es venu faire ici ?

— M'excuser. Réponds-moi. S'il te plaît.

— Quelqu'un l'a laissé dans ma chambre. Ainsi qu'un autre crâne.

— Un deuxième crâne ? » Il parlait entre ses dents, comme s'il se forçait à rester poli malgré le trouble qui se lisait sur son visage. « Et peux-tu me dire où il se trouve, s'il te plaît ?

— Dans ma garde-robe. Derrière la robe ridicule avec la jupe extravagante. »

Sans plus prononcer un mot, il se pencha avec calme dans mon armoire pour récupérer l'objet en question. Rester serein semblait lui demander un effort herculéen. « Puis-je te demander quand le premier crâne est arrivé ?

— Le soir où Anir m'a apporté de la nourriture et du vin.

— La première nuit que tu as passée ici ? » Le volume de sa voix avait augmenté d'un cran. Je hochai la tête, ce qui sembla lui faire grincer des dents. « Pourquoi n'as-tu pas jugé bon de m'en informer ? »

Mon sourire était tout sauf aimable. « Je ne savais pas que je devais te faire un rapport, *maître*. Aurais-tu répondu à mes questions ?

— Emilia...

— Lequel de tes frères possède ce genre de magie ? Qui voudrait me provoquer ? L'un d'entre eux doit me haïr plus que les autres. Les crânes sont ensorcelés et s'expriment avec la voix de ma sœur. Encore un sale coup de poignard dans mon cœur. As-tu des hypothèses à me soumettre ? »

Je haussai les sourcils, sachant qu'il ne dirait rien. Ses lèvres se serrèrent en une ligne crispée et je ne pus retenir le rire amer qui jaillit du plus profond de mon être.

« Je m'en doutais. Je peux t'assurer que ce n'est pas la dernière fois que je choisirai de garder pour moi des informations tant que ma propre enquête n'aura pas abouti. » J'indiquai la porte. « Je t'en prie, va-t'en. Je t'ai assez vu pour ce soir. »

Il plissa les yeux. Je doutais qu'on lui eût jamais parlé de la sorte. Il était grand temps qu'il s'y habitue. « À propos de l'entraînement de tout à l'heure...

— Je suis tout à fait capable de comprendre l'importance de la leçon, même si tes méthodes sont méprisables. Peu importe le marché que nous avons conclu : à l'avenir, tu me demanderas si je veux m'entraîner. » Je feignis l'indifférence. « Si tu n'as pas l'intention de me dire ce que tu sais, cet interrogatoire prend fin maintenant. Remets les crânes à leur place et sors de mes appartements.

— Les crânes seront mis sous clé en lieu sûr.

— Je ne me contenterai pas de propos vagues. Sois précis. Si je t'autorise à prendre les crânes, où seront-ils ?

— Dans ma suite privée.

— Je les verrai quand je le souhaiterai. Et tu me diras tout ce que tu apprendras. »

Il me foudroya du regard. « Tant que nous en sommes à poser des exigences, alors, j'accéderai à ta demande... à condition que tu acceptes de dîner avec moi demain.

— Je ne peux pas te donner de réponse ce soir.

— Et si j'insiste ?

— Alors ma réponse est non, Votre Altesse.

— Tu peux renoncer à la conversation ce soir. Refuser de dîner avec moi aussi. Mais nous parlerons de tout. Bientôt.

— Non, Colère. Nous en parlerons quand nous serons *tous les deux* prêts à le faire. » Je vis qu'il avait du mal à digérer cette déclaration. « Je consentirai à l'entraînement et à ton influence *uniquement* dans la salle prévue pour cela. Partout ailleurs, tu respecteras mes souhaits.

— Sinon ? »

Je secouai tristement la tête. « Je comprends que ton royaume ne fonctionne pas comme mon monde, et que tes frères sont diaboliques et fourbes, mais toute déclaration n'est pas une menace. En tout cas, pas entre nous. Sache qu'à partir de maintenant, si tu ne respectes pas mes souhaits, je ne resterai pas ici. Ce n'est pas pour te punir, mais pour me protéger. Je te pardonnerai ton manque de décorum, de jugement et l'absence de la plus élémentaire décence, si tu t'engages à tirer les leçons de cette erreur. En revanche, tu partageras avec moi toutes les informations que tu auras glanées sur les crânes, que je décide ou non de dîner avec toi. Sommes-nous d'accord ?

Il me regarda, me regarda *vraiment*, et finit par acquiescer. « J'accepte tes conditions. »

Il ramassa les deux crânes et marqua une pause, portant son attention sur ma table de nuit. Et sur le journal de la Maison Orgueil. « Comment comptais-tu le lire ? Laisse-moi deviner. » Sa voix devint étrangement basse. « Tu allais conclure un pacte avec un démon ? Offrir une partie de ton âme.

— Je l'ai envisagé.

— Permets-moi de t'éviter cette peine. Il n'est pas écrit dans une langue démoniaque. Et aucun pacte que tu conclurais avec qui que ce soit – en dehors de moi – ne te donnera les réponses que tu cherches à partir de ces journaux. Il suffisait que tu demandes et je te l'aurais donné.

— Peut-être, mais m'aurais-tu donné un moyen de le lire ?

— Je ne sais pas. »

Il quitta la pièce à grandes enjambées et je ne bougeai pas d'un millimètre avant d'entendre le cliquetis de la porte de mes appartements qui se refermait. Je m'affalai contre le mur.

Je comptai mes respirations, attendant d'être sûre qu'il ne reviendrait pas, puis je donnai libre cours à mes larmes, qui coulèrent à flots. Je me recroquevillai, le corps secoué de sanglots qui me consumaient. En une heure, j'avais été soumise à plusieurs péchés et j'avais poignardé celui qui deviendrait peut-être un jour mon mari. C'était une vraie soirée *infernale*.

Je me redressai brusquement, la poitrine secouée par l'effort que je déployais pour maîtriser mes émotions.

J'essuyai mes joues et me jurai une fois de plus de venir à bout de mes ennemis. Même de ceux qui ne me semblaient plus être des adversaires.

DIX-NEUF

Des fleurs couvertes de givre projetaient des reflets cristallins et les branches tintaient comme des carillons d'hiver au-dessus de ma tête tandis que je me promenais dans le jardin.

Il faisait suffisamment froid pour que j'aie besoin de gants doublés de fourrure et d'un épais manteau de velours, mais la matinée était enchanteresse. Paisible. Je n'avais pas eu droit à beaucoup de journées comme celle-ci ces derniers mois, et elle me semblait presque décadente. Je plissai les yeux pour regarder entre les branches entrelacées. Sur de nombreux arbres, les feuilles s'accrochaient obstinément à la vie, attendant, gelées, que la chaleur ou les rayons solaires les libèrent.

Je n'avais toujours pas aperçu le soleil, car la neige ne cessait de tomber et le ciel restait couvert en permanence : il faudrait probablement attendre un bon moment avant que le dégel ne se produise. S'il arrivait un jour. Je me rappelai que Colère avait profité du soleil une après-midi de farniente sur le toit du palais réquisitionné à Palerme. À l'époque, j'avais supposé que les fosses ardentes de sa maison infernale lui manquaient. Maintenant, je comprenais que ce n'était pas le cas.

Des parterres de fleurs – des roses d'une couleur qui tirait entre le mauve et le rose, des pivoines et une variété dont les pétales ressemblaient à de minuscules croissants de lune argentés – étaient disposés dans les parties les plus larges du labyrinthe. Je marchai lentement le long de l'allée intérieure, délimitée de chaque côté par de hautes haies, tels de magnifiques murs végétaux saupoudrés de neige. Les jardins de la Maison Colère manifestaient de façon époustouflante ses goûts raffinés.

Je suivis les méandres du sentier jusqu'à aboutir à un bassin réfléchissant près du centre.

Une statue en marbre représentant une femme nue se tenait dans l'eau, une couronne d'étoiles sur la tête, deux poignards à lame courbe à la main, son visage affichant une expression de fureur glacée. On aurait dit qu'elle allait déchirer le voile de l'univers avec ces dangereuses lames, sans regretter ses actes.

Un serpent énorme – il faisait deux fois la circonférence de mes bras – s'enroulait autour de sa cheville gauche, glissait entre ses jambes en s'accrochant au mollet et à la cuisse gauches, puis s'enroulait autour de ses hanches et de sa cage thoracique. Sa tête imposante couvrait un sein tandis que sa langue se dirigeait vers l'autre, non pas comme s'il s'apprêtait à le lécher, mais pour le soustraire à la vue des passants curieux.

Je m'approchai, fascinée et un peu horrifiée. Le corps du reptile dissimulait en réalité la plus grande partie des parties intimes de la statue. C'était une sorte de protecteur maléfique. Ses écailles étaient sculptées avec un soin particulier : on aurait presque pu croire qu'il avait été réel avant d'être pétrifié.

Je fis le tour de la statue gigantesque. Les cheveux longs et détachés de la jeune femme étaient ornés de petites fleurs en forme de croissant de lune sculptées dans les mèches. Près du bas de sa colonne vertébrale, un symbole de déesse avait été gravé horizontalement. Je tendis la main pour caresser le serpent lorsqu'un hurlement grave et strident s'éleva des profondeurs de la terre. Je reculai d'un bond et me heurtai à un mur de chair chaude.

Avant que je n'aie le temps de réagir, un bras musclé s'enroula autour de ma taille et me serra contre un corps. Une dague acérée s'enfonça dans mon flanc. Je m'immobilisai, respirant le moins possible. Mon agresseur se pencha, et je sentis son souffle chaud contre ma peau glacée. Les poils de ma nuque se hérissèrent.

« Bonjour, petite voleuse. »

Envie.

Je refoulai ma peur au plus profond de mon esprit pour qu'il ne puisse pas déceler à quel point il m'avait ébranlée. « S'en prendre à un membre de la Maison Colère est de l'inconscience pure. Et venir ici sans invitation est une très mauvaise idée. Même pour vous, Votre Altesse.

— Voler un prince est punissable de mort. » Son ricanement ne contenait pas la moindre trace d'amusement. « Mais ce n'est pas pour ça que je suis ici, Sorcière de l'Ombre. »

Il écarta la dague et me relâcha si vite que je titubai en avant. Je redressai les épaules et lui fis face, une expression froide et dure plaquée sur le visage. « Si vous êtes venu pour le livre de sorts, vous vous êtes déplacé pour rien. Il m'appartient. »

J'avais voulu dire qu'il appartenait aux sorcières, mais quand les mots s'étaient échappés de mes lèvres j'avais eu l'impression que c'était plus proche de la vérité. Envie cligna lentement des yeux.

« Audacieuse et effrontée. Peut-être que tu as affûté tes griffes, finalement. » Son attention se détourna de moi pour se tourner vers la statue. « As-tu remarqué quelque chose d'étrange ces derniers temps ? Peut-être quelque chose de curieux dans ta magie ?

— Non. »

Il afficha un sourire narquois qui disparut rapidement. « Nous décelons *tous* les mensonges, Emilia. Permets-moi d'être franc. Tu m'as volé, mais je t'ai volé en retour. Œil pour œil, dent pour dent.

— On ne m'a rien volé.

— Une malédiction avait été lancée sur le livre de sorts. La personne qui le retirerait de ma collection perdrait quelque chose de vital en retour. »

L'angoisse s'insinua dans mes veines. Je n'avais plus réussi à puiser dans ma source de magie depuis mon retour de la maison royale. « Vous mentez.

— Tu en es sûre ? Peut-être devrais-tu me jeter un sort de vérité. »

Il rengaina sa dague et me dévisagea à nouveau lentement, attendant ma réponse. Même si je me doutais que ce serait vain, je me concentrai sur la Source en moi, essayant d'y puiser assez de magie pour le chasser de ce cercle, lui et son air suffisant.

Je me heurtai à nouveau à un mur incroyablement épais à l'endroit exact où j'avais senti cette bête endormie. Il ricana, comme si ma vue le dégoûtait.

« Je m'en doutais. Ma chère, tu n'es plus qu'une mortelle. »

Il se retourna et commença à s'éloigner.

Je le suivis, furieuse. « Vous n'aviez pas le droit de me maudire.

— Et tu avais encore moins le droit de voler. Je dirais que nous sommes quittes. »

Je pensai aussitôt au projet d'envoûter le vin au Banquet du Loup. Il fallait que je récupère mes pouvoirs. C'était non négociable. « Très bien. Je vais vous rendre le livre. Attendez ici, je vais le chercher. »

Envie enfonça les mains dans ses poches, réfléchissant à l'offre. « Je trouve la tournure des événements beaucoup plus intéressante au final. Garde le livre. Je préfère voir tes plans s'effondrer.

— Je suis prête à conclure un marché.

— Il aurait fallu y penser plus tôt. J'aurais pu me montrer réceptif à un accord qui nous aurait été bénéfique à tous les deux. Mais maintenant ? Je vais m'amuser à observer le destin suivre son cours. »

Je serrai les dents pour éviter de le maudire ou de le supplier de revenir sur sa décision. Un faible gémissement s'éleva à nouveau des entrailles de la terre. Mon corps se couvrit rapidement de chair de poule. Je me retournai pour fixer la statue.

« Je ne me montrerais pas trop curieuse à ce sujet si j'étais toi, mon chou.

— Je vous ai dit de ne pas m'appeler... »

Je me tournai à nouveau pour faire face à Envie, mais je découvris qu'il avait déjà disparu. Une volute de fumée verte et noire flottant dans l'air était la seule indication de son passage. Je jetai un coup d'œil à la statue et écoutai les cris de ce qui était torturé en dessous. Les gémissements étaient sinistres, désespérés. Un cœur brisé. Le son transperça mon armure émotionnelle.

Je me demandai ce qui était assez maudit pour que Colère l'enterre sous sa propriété dans le monde souterrain, dans la solitude et la souffrance. J'en vins vite à la conclusion que ce qui était enfermé là-dessous devait être plus horrible que ce que je pouvais imaginer pour mériter ce châtiment. Colère était l'épée de la justice : rapide, froide et brutale.

Mais il n'était pas cruel. Quoi que ce soit qui ait poussé ce cri terrible...

Je ne voulais pas l'affronter seule, sans magie. Je quittai précipitamment le jardin, et les cris de souffrance résonnèrent encore à mes oreilles longtemps après que j'eus glissé entre mes draps cette nuit-là.

Le lendemain, Fauna trépignait d'impatience devant ma porte. Ses coups étaient aussi rapides et légers que les ailes d'un colibri. Je lui ouvris et souris. Ses pieds glissés dans des chaussons se déplacèrent à toute vitesse en nous faisant tournoyer toutes les deux. « Les invitations pour le banquet arrivent cette semaine ! »

Mon sourire s'évanouit. Suite à l'entraînement diabolique de Colère, je ne partageais pas l'enthousiasme de la jeune femme. En toute sincérité, je n'étais pas emballée non plus la première fois qu'il m'en avait parlé. Mais maintenant... maintenant, je me surprenais à consulter l'horloge et à sursauter au moindre bruit dans le couloir. J'étais loin d'être prête à résister à l'influence d'un prince démon. Et être privée de magie était un obstacle de plus, que je n'avais pas anticipé.

Fauna semblait penser que nous n'apprendrions pas qui était l'invité d'honneur avant quelques jours, mais je n'en étais pas convaincue. Comme mes craintes n'avaient aucun fondement, je fis de mon mieux pour ignorer le mauvais pressentiment qui pesait sur moi comme un nuage d'orage.

Mon amie commanda du thé et des friandises et s'installa dans mon salon avec un livre. J'essayai de me détendre comme elle, mais j'étais trop nerveuse. Suite à ma rencontre avec Envie dans le jardin, j'avais épluché des livres sur la magie pour essayer de trouver un moyen de briser une malédiction ou un sort.

C'était compliqué : il faudrait soit que celui qui l'avait formulée me libère, soit que je comprenne la structure complexe de la malédiction ; un grimoire expliquait qu'elle était semblable à une série de fils magiques tissés. Je devais localiser le premier, le nœud originel à la source des autres, puis le couper. Si je me trompais ou si je défaisais le mauvais nœud, je pourrais couper magiquement le fil de ma vie. Et mourir.

L'auteur du livre sur les sorts le soulignait à plusieurs reprises, comme si on pouvait se tromper sur le sens de l'expression « couper le fil de la vie ».

J'avais brièvement envisagé de rendre visite à la Matrone des malédictions et des poisons, mais je risquais de mourir si elle ne trouvait pas le bon fil.

C'était un risque que je ne voulais pas courir. Du moins, pas tout de suite.

J'aurais voulu qu'Anir arrive et commence notre leçon plus tôt aujourd'hui. L'entraînement physique m'aiderait à me débarrasser d'une partie de ma nervosité. Et il fallait absolument que je me débarrasse du trac qui me minait.

Enfin, tard dans la soirée, un serviteur me remit l'enveloppe que je redoutais de recevoir. Il n'y avait pas d'écusson royal, aucune indication de ce qu'elle contenait, mais je n'avais pas de doute. Mon nom et mon titre étaient les seuls éléments écrits sur l'enveloppe, ce qui m'indiquait qu'il ne s'agissait pas d'un simple message du prince de cette Maison royale.

Je pris l'enveloppe des mains du domestique avec le même enthousiasme que s'il s'agissait de la nouvelle de mon exécution. Je me servis de la fine dague que Colère m'avait offerte et je l'introduisis le long du bord supérieur de l'enveloppe, tranchant proprement le pli.

VOUS ÊTES CORDIALEMENT INVITÉE À LA

Maison Gourmandise

POUR

Le Banquet du Loup

DE CETTE SAISON DE SANG.

INVITÉE D'HONNEUR : DAME EMILIA DI CARLO,

ACTUELLEMENT DE LA MAISON COLÈRE

Si mon cœur avait battu plus fort, il aurait risqué de me briser une côte. On m'avait dit que j'aurais le choix, même si, en fin de compte, on m'*encourageait* plutôt à choisir la Maison qui accueillait le banquet. Je ne pouvais m'empêcher de redouter que d'autres règles soient aussi piétinées à la dernière minute.

J'examinai l'invitation ; son élégance formait un contraste frappant avec la panique qu'elle provoquait en moi. Avoir été choisie comme invitée d'honneur n'était pas une surprise ; Colère avait déjà laissé entendre que j'aurais probablement cette malchance, mais découvrir mon nom noir sur blanc rendait la situation horriblement réelle.

Je redoutais particulièrement le moment où ma plus grande peur ou un secret de mon cœur me serait arraché de force devant tous les convives. Peut-être à cause des « leçons » de Colère, de l'humiliation et de l'horreur qu'elles m'avaient procurées et qui étaient encore fraîches dans ma mémoire, j'avais l'impression de sentir la nausée monter.

« Qu'y a-t-il ? » Fauna mit son livre de côté. « Son Altesse vous a convoquée ?

— Non. » Je soupirai. « C'est l'invitation au Banquet du Loup.

— Déjà ? » Elle se leva du divan et tendit la main avec une excitation non dissimulée. « Qui est l'hôte cette saison ? » Je lui donnai le carton et sa bouche forma un O parfait de surprise lorsqu'elle le parcourut des yeux. « La Maison Gourmandise. Intéressant. La débauche de ses fêtes est légendaire. Envie et Avarice ont dû retirer leurs demandes d'accueillir l'événement.

— J'imagine que le Prince de la Gourmandise offre de la nourriture tant et plus.

— Ce n'est pas seulement ça. Dans sa Maison, on s'abandonne à toutes sortes de plaisirs. L'alcool coule des fontaines, les vêtements sont facultatifs dans ses jardins du crépuscule et les rendez-vous galants se déroulent souvent dans les salles vitrées qui bordent la salle de bal. La clandestinité n'existe pas dans ce monde-là. Tout est disponible à la consommation : la chair, la nourriture, les boissons, le désir charnel et bien d'autres vices. La soirée promet d'être mémorable. Saviez-vous déjà que Gourmandise serait l'hôte ?

— C'est la première fois que j'en entends parler. Avez-vous déjà assisté à l'une de ses fêtes ?

— Non. La dernière fois, j'étais trop jeune. Mais ma curiosité est éveillée depuis longtemps. Certains récits ont acquis une aura surréaliste, voire légendaire. C'est difficile de distinguer le vrai de l'invention pure. Surtout avec ce que cette journaliste a publié à son propos dans son dernier compte rendu sur la royauté.

— J'imagine que les chroniqueurs ne manquent pas d'inspiration.

— Oh, oui, et elle en particulier. Elle le déteste vraiment. La rumeur prétend qu'il a détruit les chances qu'avait sa cousine d'épouser un noble, c'est pour cela qu'elle a trempé sa plume dans le venin. Que de scandales ! » Elle soupira joyeusement, puis fronça les sourcils comme si une pensée soudaine venait de gâcher son heureuse rêverie. Son attention se porta à nouveau sur l'invitation. « À votre avis, quelle peur sera arrachée de votre cœur ?

— Peu importe, je suis sûre qu'elle sera horrible.

— Nous pourrions peut-être trouver quelque chose qui ne serait pas trop affreux ?

— Si seulement ma plus grande crainte était de savoir comment danser à un bal sans marcher sur les orteils et provoquer de scandale… »

Ma nervosité à l'égard de la danse n'était pas complètement imaginaire. Je n'avais jamais assisté à un bal royal ou à une soirée dansante. Nous n'avions dansé que lors de fêtes locales, avec d'autres personnes de notre rang. Ici, tout le monde m'observerait, me jugerait. Je n'aurais pas dû me soucier de leur avis ou de leurs moqueries éventuelles, mais quand je m'imaginai tournoyer, vulnérable et exposée à tous les regards, mon estomac se noua.

« Vous êtes un génie ! » Mon amie se tourna lentement vers moi, et son visage se fendit d'un immense sourire. « Nous pouvons chercher un sort ou une potion que vous avaleriez et qui ferait de vous *la pire* danseuse des Sept Cercles, à la hauteur de la peur qui vous ronge.

— Fauna… Je plaisantais.

— Non, ça pourrait marcher. Si vous buviez une potion pour que cette crainte prenne des proportions délirantes, elle aurait encore plus de chances de vous être arrachée au banquet.

— Et si notre ruse est découverte, que se passera-t-il ?

— Nous devons utiliser un sortilège ou une potion d'expert.

— Même dans ce cas, un des princes percevrait sans doute le stratagème et le mensonge.

— Il faudra simplement s'entraîner pour que tout soit parfait.

— Il n'y a pas lieu de s'inquiéter, car nous n'allons rouler personne, Fauna.

— Nous devrions demander à la matrone si elle peut... » Fauna leva les yeux de l'invitation et observa mon expression. « Oh, par le sang des anges. On dirait que vous avez besoin de vous changer les idées. J'ai exactement l'endroit qu'il vous faut. Venez, allons-y tout de suite. »

Sans me laisser le temps d'objecter, elle me prit le bras et nous tira à toute vitesse de mes appartements. L'invitation tomba de sa main, oubliée pour le moment. Pour elle, du moins.

La peur battait comme un tambour de guerre contre ma poitrine, à un rythme régulier et implacable. Et je soupçonnais que ce serait le cas jusqu'au banquet tant redouté.

L'idée de Fauna pour me changer les idées n'aurait pu mieux me convenir. Elle me traîna le long des couloirs royaux, nous descendîmes plusieurs volées d'escaliers, pénétrâmes dans le couloir de service et finîmes par franchir les portes des cuisines en pleine effervescence. Je restai là, à m'imprégner des images et des sons.

La cuisine débordait de vie, le personnel s'affairait pour préparer le dîner.

Plusieurs tables s'étendaient sur toute la longueur de la pièce, et des groupes de domestiques avaient été affectés à différentes tâches. Certains hachaient des légumes, d'autres découpaient des viandes, d'autres encore pétrissaient de la pâte à pain et à biscuits. D'autres encore surveillaient déjà des casseroles et des poêles.

Les larmes faillirent me monter aux yeux, mais je les retins. Cela ne m'apporterait rien de bon de pleurer devant le personnel de la Maison Colère.

Le cuisinier nous observa pendant quelques secondes, puis désigna d'un signe de tête une table près d'un mur, dont les fenêtres étaient ouvertes pour laisser échapper la chaleur des fours. « Vous pouvez utiliser tout ce que vous voulez, Dame Emilia. Si vous avez besoin de quoi que ce soit que vous ne trouvez pas, il vous suffit de demander.

— Merci.

— Remerciez Son Altesse. Il nous a demandé de vous procurer tout ce que vous souhaitiez.

— Vraiment ? s'exclama Fauna d'un ton strident tandis que je m'avançais dans la pièce. C'est tellement attentionné. Vous ne trouvez pas, Dame Emilia ?

— Si, en effet. »

J'examinai les lieux. Ces cuisines n'avaient rien à voir avec le petit restaurant familial – elles étaient bien plus spacieuses et grandioses – mais je m'y sentais tout de même comme chez moi. Malgré toutes mes réticences, un sentiment de gratitude m'envahit. Colère avait deviné que je finirais par descendre ici, dans le seul endroit de ce royaume où je me sentirais vraiment à l'aise.

Je me retournai vers le chef cuisinier. « Merci de me laisser entrer dans votre domaine. »

Il inclina la tête, puis retourna aboyer des ordres aux chefs de partie.

Toute la tension quitta mon corps lorsque j'ouvris la glacière et y trouvai un panier rempli de beaux fruits rouges. Un pot de ce qui semblait être de la ricotta était posé juste à côté. C'était ma mère la spécialiste des desserts dans notre famille, mais j'en avais appris assez pour réussir une simple tarte que je cuirais sans moule.

Je rassemblai les ingrédients et j'installai mon poste près d'une haute fenêtre. En quelques minutes, j'avais déjà confectionné la pâte à tarte. J'avais rapidement rincé les fruits rouges et je les avais placés sur une serviette pour qu'ils sèchent, en attendant de les saupoudrer de sucre. Je ferais peut-être aussi de la crème pâtissière.

Je relevai la tête en entendant un cliquetis métallique. Colère et Anir allaient et venaient devant la fenêtre, leurs épées et leurs dagues s'entrechoquant dans un vacarme qui rivalisait avec le tonnerre. Je ne pus m'empêcher de les observer bouche bée tandis qu'ils se fonçaient dessus en agitant leurs armes dans les airs. Les étincelles volaient littéralement chaque fois que leurs lames entraient en contact.

Je lançai un regard accusateur à Fauna. « La cuisine n'était pas la seule distraction que vous aviez en tête, je vois. »

Son sourire était trop large pour être innocent. Elle sauta sur le rebord de la fenêtre et s'empara d'un stylo et d'un bloc-note, feignant de vouloir écrire les recettes. En réalité, elle regardait par-dessus les feuilles les deux guerriers s'adonner à leur simulacre de combat. Ils balançaient leurs épées au-dessus de leurs têtes, et leurs corps puissants haletaient sous l'effort demandé par les armes lourdes et l'entraînement.

« Je ne vois pas du tout ce que vous voulez dire, ma dame. J'ignorais qu'ils seraient ici.

— Vous mentez très mal. » Je la vis suivre Anir des yeux et me rappelai qu'ils discutaient joyeusement avant que Makaden ne se fasse couper la langue. « Depuis combien de temps êtes-vous amoureuse de lui ? »

Elle reporta son attention sur moi. « Qu'est-ce qui vous fait croire que je m'intéresse à ce mortel ?

— Lorsque nous avons fait connaissance, vous avez mentionné l'objet de vos désirs et vous n'avez pas cessé de le fixer. Je ne me mêlerai pas de vos affaires si vous préférez garder le secret, mais j'apprécie Anir. » Je désignai d'un geste du menton la table à desserts que j'avais installée, lui offrant un moyen d'éluder le sujet. « N'ayez pas peur de prendre le rouleau à pâtisserie pour me donner un coup de main. Il ne mord pas. »

Elle pouffa derrière son bloc-note. « Peut-être pas, mais avez-vous remarqué la façon dont le prince vous contemple ? C'est de *sa* morsure qu'il faut se méfier. »

J'abaissai la pâte pour le fond de tarte avec une attention toute particulière. Je m'efforçai de *ne pas* le regarder. Il avait fallu qu'il choisisse cet endroit du château et ce moment précis pour s'entraîner, en armure de cuir sans manches, juste sous les fenêtres des cuisines.

Même si je supposais que Fauna était tout aussi responsable de cette soi-disant rencontre *inattendue*.

« Il a un penchant pour les sucreries, dis-je, réalisant qu'elle attendait toujours une réponse. Il est sans doute en train de loucher sur la tarte.

— Il n'a pas l'air d'avoir juste faim de dessert, ma dame. J'aimerais qu'Anir me dévore des yeux comme cela.

— Faites le premier pas.

— Croyez-moi, s'il donnait l'impression d'être ouvert à mes avances, je me précipiterais. Son Altesse semble en proie au même dilemme. »

Mon attention – maudite soit-elle – glissa vers la fenêtre. La lumière des torches faisait luire la sueur que Colère avait accumulée en maniant son épée. Nos regards s'entrechoquèrent en même temps que le métal des lames. Fauna avait raison. Colère avait l'air de brûler la magie de notre lien. Et il était en train de perdre la bataille. Il ne prenait même pas la peine de cacher l'attention qu'il me portait.

Je me remis rapidement à rouler la pâte, en me concentrant plus que nécessaire.

Je ne pouvais pas oublier la sensation de la lame s'enfonçant dans sa chair. Je mis le rouleau à pâtisserie de côté et attaquai la préparation de la crème pâtissière, chassant de mes pensées le souvenir du craquement des os.

« Si je peux m'exprimer librement, ce n'est pas une petite faveur qu'il vous a accordée.

— Quelle faveur ?

— Ne pas insister pour que vous concrétisiez le mariage. Tout le monde ne parle que de ça. »

J'espérais que la rougeur de mes joues serait attribuée à la chaleur qui régnait dans les cuisines. Merveilleux. La cour tout entière spéculait sur nos rapports intimes. « Ce royaume devrait apprendre la différence entre les choix et les faveurs. »

Elle haussa une épaule. « Certains pourraient argumenter que vous avez fait un choix, la nuit où vous avez initié les fiançailles. Et que c'est *lui* qui n'a pas eu véritablement le choix.

— J'ai du mal à croire que Colère tolère que sa cour discute de nos affaires personnelles.

— Votre position potentielle en tant que princesse de ce cercle est l'affaire de *tous*.

— Je...

— Personne ne vous blâme, ma dame. C'est juste que... un co-dirigeant renforce le pouvoir des princes. Cette union nous mettrait à l'abri des princes qui s'ennuient dans les autres Maisons. Ceux qui aiment semer le trouble à l'occasion. Les princes sont immortels et si les démons vivent très longtemps en général, ce n'est pas notre cas. La plupart des membres de la cour craignent qu'en cas de guerre, notre prince ne fasse pas tout ce qu'il peut pour le bien de notre royaume. On murmure qu'il pourrait être en train de s'affaiblir.

— C'est ridicule, protestai-je d'un ton moqueur. C'est le prince le plus puissant que j'ai rencontré.

— Son pouvoir n'est pas en cause, seulement son cœur. Il peut vous séduire assez facilement. Et utiliser son influence si nécessaire. Et pourtant, il vous laisse décider par vous-même.

— Je suis désolée, mais j'ai du mal à comprendre en quoi ce concept vous paraît si étrange. Les gens de la cour pensent-ils vraiment qu'il devrait me forcer à me marier ? Ou coucher avec moi contre mon gré ? Il existe des lois dans le monde des mortels pour interdire cet acte révoltant.

— Je ne parlais pas de viol, ma dame. Cela n'est pas toléré ici non plus. D'ailleurs, Colère mettrait fin à la vie de celui ou celle qui ose en prendre une autre contre son gré. » Fauna me regarda droit dans les yeux. « Ne semblez pas si choquée. Les Sept Cercles sont peut-être gouvernés par le péché, mais certains actes sont trop dépravés, même pour notre royaume. Le viol est puni de mort. Et c'est Colère qui se charge d'exécuter la sentence. D'autres tribunaux préfèrent la castration. Je vous promets que si un prince décidait de vous séduire, surtout le nôtre, vous n'hésiteriez pas à vous glisser dans son lit de votre plein gré.

— Et la cour se demande pourquoi il n'essaie pas de me tenter ?

— Entre autres. » Elle haussa à nouveau une épaule lorsque j'arrêtai de préparer la crème pâtissière pour la fixer. « Vous savez, si une manchette de son costume est effilochée, cela fait jaser la cour. Les gens pensent que si un prince n'est pas capable de contrôler une chose aussi simple que ses vêtements, il n'y a aucun espoir qu'il se préoccupe des habitants de son royaume.

— Ils doivent avoir bien du temps à perdre, s'ils ragotent à propos de fils décousus.

— Ce n'est jamais vraiment une question de vêtements. Il s'agit de savoir pourquoi le prince n'accorde pas assez d'attention à ces petits détails. »

Je repensai à la réaction vexée de Colère lorsque je lui avais rapporté une chemise de seconde main du marché. Je l'avais trouvé arrogant et je m'étais dit qu'il n'avait pas l'habitude de porter des vêtements de paysans. Maintenant, je comprenais que le problème était bien plus profond : si quelqu'un de ce royaume l'avait vu dans une pareille tenue, son règne aurait été remis en question.

« Un souverain distrait est dangereux, Emilia. C'est un signe de faiblesse. Les habitants alignés sur cette Maison du Péché se demandent s'ils doivent chercher de nouvelles alliances. »

Et tous les princes de l'enfer convoitaient le pouvoir. Colère devait vraiment vouloir que leur union se concrétise. Mais il était prêt à renoncer à la stabilité de sa Maison, à faire une croix sur le pouvoir supplémentaire, à se résoudre à être l'objet des rumeurs de la cour, tout cela pour que je puisse avoir la seule chose qu'il chérissait par-dessus tout : le choix.

« Il a parlé d'une cérémonie nécessaire, si nous… » J'inspirai profondément. « Si nous devions…

— … faire l'amour de façon douce, passionnée et pleine de luxure ? compléta Fauna, le visage plein d'innocence. Vous donner jusqu'au petit matin ? Crier le nom de l'autre pendant qu'il vous penche en avant et enfonce son…

— Oui. C'est cela. Notre mariage ne serait pas complet tant que la cérémonie n'aurait pas été également célébrée, n'est-ce pas ?

— C'est exact. »

Fauna sourit, comme si elle avait suivi la direction que prenaient mes pensées. « Quoi qui ait pu se passer entre vous par le passé, ne doutez plus de lui désormais. Il doit vous respecter plus que tout pour damner sa propre cour. Même s'il ne vous le montre pas souvent. »

Je remarquai qu'elle n'avait pas dit qu'il tenait à moi ou qu'il m'aimait. Je me demandais si avoir un mari qui me respecte pouvait compenser l'absence des deux autres critères. J'étais peut-être à ma place dans la Maison Avarice ? Je n'avais pas envie de me contenter d'un mariage qui ne remplirait pas les trois conditions.

Plus perturbant encore… je ne savais pas quand exactement je m'étais mise à envisager sérieusement de prendre Colère pour époux. J'étais déjà dans le monde souterrain. J'allais bientôt rencontrer tous les princes et avoir l'occasion d'apprendre certains de leurs secrets. Je n'avais pas besoin de me marier. Et quels que soient mes sentiments actuels, je n'abandonnerais ma famille pour rien au monde. Tant que je restais concentrée sur cette certitude, toutes mes idées romantiques s'estomperaient.

C'était ce que j'espérais, du moins.

Un message griffonné de la main de Colère arriva plus tard ce soir-là.

> *L'entraînement commence à minuit.*
>
> *Porte la robe pourpre.*
>
> *C.*

J'envisageai d'ignorer sa requête, ou de choisir une blouse et un pantalon, rien que pour lui prouver qu'il ne pouvait pas me commander et qu'il ne me possédait pas. Mais je ne voulais pas me mettre à réagir par méchanceté.

Même s'il serait très satisfaisant de voir la lueur d'incrédulité briller dans les yeux de ce démon exigeant, au final, ses leçons me seraient bénéfiques.

Et je voulais profiter de tous les avantages qui m'étaient offerts. Le Banquet du Loup approchait à grands pas, et je voulais être prête à rencontrer les démons sur leur propre terrain et à les battre à plate couture à leur propre jeu. La plus élégamment vêtue et la plus sournoise possible.

Avec un soupir, je jetai le message dans les flammes et m'habillai pour la séance de formation.

VINGT

« **Dès que tu sens** la caresse de la magie, tu dois maintenir tes propres émotions à tout prix. Tu es naturellement portée vers la colère ; utilise-la au début, s'il le faut. »

Colère me tournait autour dans la salle d'armes, posant sur moi son regard de prédateur tandis qu'il examinait la robe qu'il m'avait demandé de porter. On aurait dit un chasseur accompli traquant sa proie. Il était loin de se douter que ce n'était pas lui qui avait tendu ce piège. Il n'en sortirait pas non plus victorieux.

Ce soir-là, il semblait être plus animal qu'homme, surtout pour tout ce qui avait trait au combat.

Il portait un pantalon en cuir moulant et son armure sans manches assortie, qu'il avait bouclée sur le devant, et semblait transformé. Ce n'était pas le prince aux manières raffinées qui régnait sur sa cour de démons. C'était une créature prête à se battre. Et c'était la deuxième fois que je voyais en lui le guerrier rodé au combat, après l'entraînement avec Anir plus tôt dans la soirée.

Ses dents apparurent brièvement dans une piètre esquisse de sourire, renforçant mon impression qu'il n'était plus qu'animal à présent. Et cela lui plaisait. Je laissai mon regard s'attarder sur lui. Peut-être que ça ne me déplaisait pas à moi non plus.

« Ce sera comme un murmure sur ta peau. Tellement discret que ce sera à peine perceptible. À aucun moment, tu ne dois oublier la puissance de ta volonté. Tu ne succomberas à personne si tu choisis de ne pas le faire. »

L'atmosphère entre nous était chargée. Depuis qu'il m'avait forcée à le poignarder, nous n'étions plus tout à fait en bons termes, mais nous n'étions plus non plus dévorés par la haine. Il était l'image même de la Guerre et moi de la Séduction : cette leçon promettait d'être intéressante.

« Si je comprends bien, je dois me concentrer sur mon esprit et ma volonté. Ou m'imaginer en train de te tuer pour garder le contrôle sur mes émotions. Ça ne devrait pas être trop difficile. » Je souris. « Si je maîtrise la leçon de ce soir, je pense que tu devrais accepter de ramper devant moi. En fait, j'adorerais te voir à genoux en train de me supplier. »

Son attention se porta à nouveau sur mon corsage.

De minuscules rubans laçaient le devant. Je ne me faisais pas d'illusions sur ce qu'il avait prévu pour cette robe, surtout si notre entraînement ressemblait ne fût-ce que de loin à la dernière session. Il utiliserait sans aucun doute son influence démoniaque sur moi pour défaire tour à tour chacun des nœuds. Je ne serais pas capable de m'arrêter avant de me retrouver devant lui, uniquement vêtue des sous-vêtements en dentelle que je portais en dessous.

Ou peut-être étaient-ce mes désirs secrets qui refaisaient surface. En tout cas, j'avais choisi ma lingerie avec soin.

« C'est Avarice qui aime les paris. Pas moi.

— Mais ta fierté en prendra un coup, si je gagne. C'est pour ça que tu refuses de t'agenouiller devant moi. Peut-être que tu ne supportes pas l'idée de capituler devant qui que ce soit. Même pas ta future épouse potentielle.

— Que ce soit bien clair, Emilia : lorsque je m'agenouillerai devant toi, ce sera pour te conquérir, pas pour me rendre. Si tu as le moindre doute, je me ferai un plaisir de te prouver que tu as tort. Maintenant, détache mon armure. »

Son ordre était empreint de pouvoir magique.

Je ressentis le léger picotement qu'il avait décrit tandis que son influence démoniaque cherchait à s'emparer de mes émotions pour les plier à la volonté du prince démon. J'avais déjà parcouru la moitié de la salle d'armes avant de parvenir à m'extirper de son emprise. Un petit frisson me parcourut. Je n'avais pas besoin de ma magie pour le combattre. Juste de ma volonté.

« Détache mon armure *immédiatement*. Puis approche ta dague de ma ceinture et tranche-la. »

Cette fois, Colère fit appel à toute la puissance de son pouvoir. La magie me caressa, me poussa en avant. Son armure fut défaite et jetée plus loin en quelques secondes à peine.

Je glissai ma main sous ma robe et retirai d'un geste rapide la dague qui y était cachée. Quand je repris le contrôle, la lame était à sa ceinture.

Mon professeur serra les dents et afficha une moue désapprobatrice. « Tu es distraite.

— Je me demande bien pourquoi. » Je fis semblant d'y réfléchir. « Peut-être est-ce lié à l'invitation que j'ai reçue pour le Banquet du Loup. J'ai entendu dire que les fêtes de Gourmandise sont réputées pour leur débauche.

— La plupart de ces rencontres sont des lieux débordant de péchés et de dépravations. C'est la façon de faire de ce royaume, et c'est pour ça que nous nous entraînons. Mais ce n'est pas le vrai sujet de ton inquiétude.

— Je croyais avoir mon mot à dire sur l'endroit où la fête serait organisée. » Je jouai avec ma dague. « Je ne… je ne me réjouis pas à l'idée d'y aller.

— Le jour venu, tu auras appris à détecter la plus infime manipulation émotionnelle. Et tu seras équipée pour te libérer de l'influence de mes frères, s'ils se comportent mal.

— Ce n'est pas ça non plus que je redoute. »

Il étudia mon visage. « Ce ne sera pas agréable, mais ce ne sera pas non plus la pire expérience de ta vie.

— Comme toujours, tu as le don de trouver les mots qui apaisent mon appréhension. Je… » Je secouai la tête, puis me penchai pour replacer ma dague dans le fourreau attaché à ma cuisse. « Je ne crains pas seulement la peur qui me sera arrachée.

— Mes frères ne te feront pas de mal.

— Je ne sais pas danser. »

Il ne cacha pas son étonnement. « Tu ne seras pas obligée de danser si tu n'en as pas envie. »

J'esquivai son regard. Danser me permettrait de passer du temps avec chacun de ses frères. J'imaginais qu'il faudrait parler, et je ne voulais pas que mon manque de raffinement entrave ma mission. Puisque je ne pouvais plus essayer d'ensorceler le vin, danser, et siroter un rafraîchissement après, serait l'occasion idéale pour entamer la conversation.

« Tu as sans doute raison. » Je me forçai à sourire. « C'est idiot de se tracasser pour ça. »

Colère ne réagit pas tout de suite. Il inclina la tête sur le côté, les yeux plissés. « Tu as dansé autour du feu la nuit où tu as rencontré Luxure. Tu étais magnifique. Je ne vois pas pourquoi tu aurais du mal avec une valse. »

Je soulevai une épaule et reportai mon attention sur la table près de nous. Plusieurs dagues étranges avaient été disposées avec soin. Elles étaient entièrement noires et une longue entaille striait le manche et la lame en leur centre.

« Des couteaux à lancer de vingt centimètres. » Colère s'approcha de la table et en prit quelques-uns. « Ils sont en acier solide, avec un manche lisse pour ne pas gêner la prise en main, ils sont aussi lestés à l'avant pour rendre le lancer plus précis. Veux-tu t'entraîner ? »

Je passai un doigt sur le métal froid. « Oui.

— Prends-le par le bas. Nous allons travailler une technique pour le faire tourbillonner. »

Je tins l'arme par le manche et visai la cible en bois qu'il m'indiqua à l'extrémité de cette section de la salle d'armes. Le couteau s'envola, atterrit à gauche du centre et retomba au sol. Le prince démon hocha la tête et me tendit un autre projectile. « Il n'est pas resté enfoncé parce que tu te tiens trop près.

— Comment le sais-tu ?

— Quand il tourne, si la lame est inclinée vers le bas quand elle tombe, c'est que tu dois reculer. Le succès dépend en grande partie de l'endroit où l'on se tient. »

Je changeai de posture, puis je répétai les étapes. Cette fois, l'arme se ficha à droite du cercle rouge et resta bien en place. Un profond sentiment d'euphorie m'envahit.

Je tendis la main, attendant la prochaine lame, et fus surprise de sentir les doigts de Colère se refermer autour des miens. Je me tournai, confuse. « Qu'est-ce que...

— Nous commençons une nouvelle leçon. » Il me rapprocha doucement de lui. « Pose une main sur mon épaule. Et de l'autre, tiens avec légèreté la mienne. Bien. » Il positionna nos corps, puis se redressa de toute sa hauteur. « Les pas sont simples. Nous allons danser en décrivant la forme d'une boîte. Recule sur la pointe de ton pied droit et ensuite fais pareil avec le gauche. Maintiens-les à trente centimètres d'écart pendant que nous nous déplaçons.

— On ne peut pas danser ici.

— Bien sûr que si. »

Nous formions un couple de danseurs mal assorti. Comme j'avais débarrassé Colère de son armure, il était torse nu, et son pantalon en cuir moulait sa silhouette, alors que j'étais vêtue de soie pourpre. Cela ne semblait pas le déranger. Il se comportait comme si lui aussi portait une tenue de soirée élégante.

Le prince guerrier me montra lentement les pas, nous maintenant à une distance respectueuse tandis que nous dansions, en arrière et sur le côté, décrivant une forme qui ressemblait vaguement à une boîte.

Je fixais nos pieds, redoutant de lui écrabouiller les orteils ou de m'emmêler dans ses jambes.

« Redresse le menton pour pouvoir me regarder avec admiration, droit dans les yeux. » Il sourit en voyant mon visage se renfrogner. « Je veux que tu te concentres sur ma beauté, mes talents de danseur *et* de tueur et que tu oublies tout le reste. Sauf ton envie irrépressible de m'embrasser. »

Je ne pus m'empêcher de rire. « Tu es incorrigible.

— Peut-être. » Sa voix se fit grave et séduisante, tandis que sa main glissait vers le bas de mon dos, m'attirant un peu plus près. « En tout cas, tu valses comme une déesse maintenant. »

Sa chaleur, ses louanges, les muscles durs sous le bout de mes doigts… tout cela me faisait vaciller et m'approcher de lui. Colère posa les lèvres contre mon oreille. « Tu es…

— C'est une maudite salle de bal, maintenant ? » Anir était appuyé contre le chambranle, les bras croisés. Un sourire s'étendait paresseusement sur son visage, tandis qu'il battait des cils. « Allez-vous enseigner cette nouvelle technique à tous les soldats, Votre Altesse, ou seulement à ceux qui sont aussi beaux que moi ? »

Au prix d'un effort qui semblait immense, Colère détacha son regard de mes yeux, mais ne me libéra pas. « Un bon combattant sait manier les armes. Un excellent combattant est doué pour la danse. Je vais peut-être te nommer maître de danse, qui sait ?

— Même si la proposition est alléchante, je vous apporte des nouvelles du donjon. » Anir se redressa, abandonnant sa posture nonchalante, et ajouta, l'air sérieux : « C'est le mortel. »

Le prince se raidit. « Que s'est-il passé ? »

L'attention d'Anir glissa sur moi. « Il demande Emilia.

— Antonio ? » Je m'éloignai de mon cavalier, le cœur battant à tout rompre. « Il est là ? »

VINGT ET UN

Je m'attendais à ce que les donjons de la Maison Colère soient souterrains. Plongés dans une obscurité, ponctuée çà et là par de faibles torches disposées le long de couloirs délabrés. Chargés d'une odeur de pierre imbibée d'urine et d'autres senteurs nauséabondes des oubliés et des damnés imprégnant l'air des cellules. Je m'attendais aux cris des âmes torturées, assez abominables pour se retrouver emprisonnées en enfer. Je m'étais convaincue que les gémissements que j'avais entendus dans les jardins provenaient des donjons.

La réalité était bien différente.

Nous gravîmes un large escalier de pierre dans une tour aérée par une brise vivifiante et pure, éclairée par une série de fenêtres voûtées situées en hauteur. Une belle porte en bois nous accueillit au sommet. Aucun garde n'était posté à l'extérieur. Aucune arme n'était braquée sur le meurtrier qui attendait, entre quatre murs de pierre pâle, son audience avec le prince et la possible princesse de cette Maison du Péché.

Je lançai un regard dubitatif à Colère. « Tu l'as laissé sans surveillance ?

— La porte est fermée par magie. Elle se verrouille également de l'extérieur. » Il posa sa paume sur le bois et le battant s'ouvrit avec un déclic. « Le sort prévoit que toi et moi seuls puissions l'ouvrir. »

Je clignai lentement des yeux. J'étais sans voix. Soit Colère me faisait plus confiance qu'il ne le laissait paraître, soit il ne me considérait pas comme une menace. C'était idiot de sa part de me sous-estimer.

J'entrai dans la cellule et me figeai aussitôt.

Antonio était assis dans un somptueux fauteuil, un livre à la main, une tasse de thé fumante posée sur une table basse à côté de lui. Un plaid était étalé sur ses genoux. Il se trouvait dans une alcôve qui surplombait les montagnes enneigées du royaume. Une rivière d'ébène se faufilait entre les terres comme un serpent géant. La vue était à couper le souffle, et la chambre bien plus confortable que le dortoir de la sainte confrérie. Cette cellule de prison était le summum du confort.

Je n'étais pas certaine de respirer encore.

Antonio leva la tête à notre arrivée ; ses yeux bruns étaient chaleureux et amicaux. La haine qu'il me vouait auparavant avait disparu. Le dégoût aussi.

« Emilia. Tu es venue. »

En voyant son sourire, je sentis la colère m'envahir. En entendant son ton agréable. L'arme humaine qui avait tué ma jumelle se prélassait avec un livre et une boisson chaude. Comme s'il profitait d'un répit agréable au monastère au lieu de souffrir pour ses crimes. Colère avait bien fait, finalement, de me cacher qu'Antonio était gardé prisonnier ici.

J'avais traversé la moitié de la pièce lorsque les bras du prince m'entourèrent la taille et me soulevèrent. Son contact n'apaisa guère le feu dans mes veines.

Je ruai des pieds pour tenter de frapper l'ignoble humain assis en face de moi.

« Lâche-moi tout de suite ! Je vais l'assassiner ! »

Colère me serra contre lui sans céder d'un iota. Je me débattis, folle de rage et complètement hors de contrôle. Au fond de moi, je savais que ma réaction était exagérée, mais j'avais perdu la capacité de raisonner.

Je voyais rouge.

Le rouge de la colère et le cramoisi du sang de ma jumelle, étalé sur le sol en pierre et tachant mes mains lorsque j'avais glissé dans la flaque poisseuse et perdu ma dernière lueur de tranquillité d'esprit. J'étais prête à vider Antonio de son sang jusqu'à la dernière goutte. Jusqu'à ce qu'il connaisse le même sort que Vittoria. J'arracherais son maudit cœur de sa poitrine avec mes dents s'il le fallait.

Antonio laissa tomber le livre et s'adossa au fauteuil, les yeux écarquillés. Ironie du sort : la seule chose qui se dressait entre lui et mon violent assaut était… le démon.

« Te souviens-tu de ce que j'ai dit à propos de ta colère, ma dame ? »

La voix grave du prince contenait un soupçon de taquinerie qui éteignit le brasier de la rage. L'envie de me battre me quitta, remplacée par une tension d'un autre ordre.

Sans me lâcher, Colère nous fit sortir dans le couloir et referma d'un coup de pied la porte derrière nous. Il me reposa délicatement au sol, le dos contre la pierre fraîche, ses bras placés de part et d'autre de mon corps.

Une lueur d'amusement brilla dans ses yeux lorsque je le foudroyai du regard.

« Maîtrise ta colère ou nous recommencerons demain.

— C'était une épreuve ?

— Et tu l'as lamentablement ratée. »

Il savait que j'échouerais. J'inspirai profondément par le nez et expirai par la bouche. Comme lui le soir où nous nous étions disputés au sujet des crânes ensorcelés. Je répétai l'exercice deux fois avant que mes émotions s'apaisent. « Je suis calme, maintenant. »

Un coin de ses lèvres se souleva. « Je trouve fascinant que tu continues à me mentir en face, alors que tu sais que je peux détecter quand tu ne dis pas la vérité. Dans la guerre, la rage est mauvaise conseillère. Si tu n'es pas capable de maîtriser ta fureur, tu risques d'être blessée.

— Très bien. Je suis *plus* calme. Mais pas pour longtemps si tu ne cesses pas de te coller à moi comme ça.

— Ne me tente pas. »

Et, exactement comme il l'avait prévu, je cessai d'avoir des envies de meurtre, de me sentir furieuse ou en rage. Une autre partie de moi se mit à palpiter, qui n'avait rien à voir avec mon cœur. Mon attention se porta sur ses maudites lèvres et je remarquai combien leur courbe était tentante. Il n'avait pas utilisé une once de magie ou d'influence. La vague de luxure qui me submergeait ne venait que de moi. Et de ce maudit royaume, puis de notre lien de mariage qui ne cessait de me provoquer.

Ou peut-être que Colère n'était pas le seul dont la colère se transformait rapidement en passion.

Peut-être cette émotion était-elle un aphrodisiaque pour moi aussi. « Tu es inconvenant.

— Mensonge. » Colère se déplaça lentement, plaçant son corps contre le mien. Le contact physique fut une distraction bienvenue à la colère qui couvait encore en moi. Je me concentrai sur le démon, sur la chaleur qui ne provenait pas de la fureur. « Je suis ton promis. Et l'incarnation vivante du péché, pour utiliser tes termes. Tu peux t'attendre à des comportements inappropriés de ma part. Surtout si la future princesse de la Maison Colère est si attirante.

— Tu es un barbare. Je viens d'essayer d'assassiner un homme.

— Précisément. » Il pressa ses lèvres sur ma joue. « Es-tu prête à réessayer ?

— De l'assassiner ?

— Je te suggère plutôt de lui parler, mais tu es libre, comme toujours, de choisir ta propre voie.

— Le meurtre, ou une bonne raclée au minimum, alors.

— Essaie. » Le mot sonnait comme un défi. « Et nous nous retrouverons à nouveau ici. »

Comme si cela suffisait à me dissuader. « Tu me fais confiance ?

— Le plus important est que *tu* te fasses confiance. » Il s'écarta du mur. « Tu es la seule à pouvoir décider de ce que tu vas faire. Qu'est-ce que tu veux faire ? »

La question était dangereuse. J'aurais aimé ouvrir cet assassin de part en part et voir ses entrailles répugnantes et fumantes se répandre sur le sol. Mais cette réponse ne me permettrait pas de retourner dans sa cellule. Et, peu importe ce que j'avais ressenti quelques instants auparavant, je ne voulais pas devenir quelqu'un que je ne pourrais plus respecter. Assassiner un homme, même celui qui avait violemment tué ma jumelle, me mettrait à son niveau. C'est pour cela que Colère m'avait obligée à le poignarder l'autre soir.

Je savais ce que cela faisait de blesser quelqu'un. Je ne voulais pas avoir les mains tachées de sang. Pas aujourd'hui, du moins.

Colère attendit en silence, m'accordant le temps et l'espace nécessaires pour prendre ma décision. Son expression était parfaitement impassible, sans l'ombre d'un jugement. Rien qui me permette de deviner ses pensées.

Je fis rouler mes épaules afin de relâcher la tension. « Je suis prête à lui poser des questions au sujet de ma sœur. »

« Emilia. » Antonio se leva d'un bond. « Ça fait plaisir de te voir. »

Son ton indiquait qu'en réalité, il voulait dire : « Ça fait plaisir de te voir sans que tu pousses des grognements et que tu rues comme une bête enragée essayant de m'arracher la gorge. »

Cette rencontre ne faisait que commencer. J'avais bien le temps de grogner et de le piétiner si je voulais. La retenue que je m'étais imposée vacillait déjà. Je ne lui rendis pas son timide sourire. Ce n'était pas parce que j'avais décidé de ne pas l'étriper que nous allions redevenir amis.

J'avançai prudemment dans la petite chambre de la tour, sentant Colère sur mes talons. Sa confiance avait des limites, apparemment. Il était malin, ce démon.

« Ah bon ? J'aurais cru que c'était comme si tu te retrouvais face à une de tes victimes. Et que tu découvrais qu'en réalité, elle n'est pas morte. »

Un silence gênant s'abattit entre nous.

« Je ne peux pas… Les mots et les excuses ne suffiront jamais à réparer ce que je t'ai fait.

— Ce que tu as fait à Vittoria.

— B… bien sûr. » Sa pomme d'Adam se souleva. L'émotion paraissait presque réelle. « Je prends un tonique. » Il indiqua la tasse fumante posée sur la petite table. « La matrone est douée pour briser les sorts. »

Je m'arrêtai au centre de la pièce. L'ombre de Colère planait près de moi. « C'est ce que tu prétends maintenant ? C'était la magie, le vrai coupable, pas ta haine ? »

Antonio m'observa attentivement tandis qu'il se réinstallait dans son fauteuil. Pas une seule fois son regard ne s'égara vers le prince démon derrière moi. Il ignorait que j'étais incapable d'utiliser la magie, que mes menaces n'étaient que des aboiements et que je ne mordais pas. Sa peur avait un effet sur moi. Elle me donnait envie de frapper plus fort.

« Tu te souviens de mon déplacement dans un village ? Où l'on affirmait qu'une déesse festoyait avec les loups dans le royaume des esprits, qu'elle apprenait aux habitants à se protéger du mal ?

— Laisse-moi deviner. » Mon ton était soudain glacial. « Tu prétends qu'une déesse est réellement descendue dans ce village et que c'est elle qui t'a maudit ?

— Emilia, mon Dieu. » Il avait l'air offensé. « Je n'ai pas…

— Tu t'attendais à être pardonné ? À avoir droit à de la clémence que tu ne mérites pas ? Tu as assassiné ma jumelle ! Tu as tué d'autres femmes innocentes. Au lieu d'assumer la responsabilité de tes actes, tu me parles de superstitions. D'histoires que tu n'hésitais pas à qualifier de stupides parce qu'elles étaient sans fondement, si je me souviens bien. Assume la vérité, admets tes torts, et ne me fais pas perdre mon temps avec de vieilles légendes ou des mensonges. »

Je tournai les talons et me dirigeai vers la porte. Je ne faisais pas confiance à la noirceur croissante de ma fureur. Colère s'écarta et me laissa passer, son visage toujours impénétrable.

Une fois sur le seuil, je me retournai et regardai l'homme que j'avais cru aimer. Comme j'étais jeune et bête à l'époque ! Antonio avait consacré sa vie à son ordre sacré et, pourtant, il ne serait jamais moitié aussi honorable que le prince de l'enfer qui se tenait à ses côtés.

« Quand tu auras complètement recouvré la mémoire, ou déesse sait quel élément que tu prétends que la matrone t'aide à récupérer, fais-moi venir à ce moment-là. Mais si tu me mens encore, je m'en prendrai à toi. Je t'arracherai le cœur et je le jetterai en pâture aux chiens de l'enfer. Colère ne peut pas monter la garde et te protéger éternellement. »

Antonio serra les dents. « Je sais que je dois mériter ton pardon. S'il te plaît, Emilia. Rends-moi visite bientôt. Laisse-moi te prouver que je suis digne de confiance. »

L'enfer était déjà gelé, je ne lui précisai donc pas qu'il faudrait qu'il dégèle et se transforme en jardin d'Éden pour que je recherche à nouveau son amitié.

Je laissai Colère dans la tour et m'empressai de rejoindre mes appartements, fonçant droit dans ma salle de bains. Je voulais me laver pour me débarrasser de l'impression de saleté laissée par ma rencontre avec Antonio. Je venais de m'installer sur le tabouret en verre de ma coiffeuse lorsque j'entendis un coup discret. « Entrez.

— Ma dame, permettez-moi de me présenter : je m'appelle Harlow. Je suis là pour m'occuper de vous quand vous avez besoin d'aide. »

Je levai les yeux de l'endroit où j'étais assise, tout en épinglant mes longs cheveux. Une jeune servante démone, à la peau lavande et aux cheveux couleur de neige, se tenait nerveusement dans l'embrasure de la porte. Je pris une profonde inspiration et la relâchai. Je refusais de laisser ma mauvaise humeur gâcher le reste de ma soirée.

« Ravie de vous rencontrer, Harlow. Ne vous en faites pas, je peux me débrouiller seule pour préparer mon bain. » Elle se mordit la lèvre, les yeux rivés sur la baignoire creusée. Je me demandais si mon refus n'avait pas été interprété comme une insulte plutôt que comme une tentative de me montrer amicale. Je me forçai à sourire. « Si vous pouviez ajouter quelques huiles et du savon à l'eau, ce serait merveilleux.

— Tout de suite. » Le visage de la domestique s'éclaircit et elle se précipita dans la pièce. « Je vais aller chercher un linge et le poser tout près pour que vous puissiez vous sécher après votre bain, Dame Emilia.

— Merci. »

Elle exécuta une rapide révérence, puis sortit de la salle de bains. Colère avait dit que les domestiques ne s'attendaient pas à être remerciés pour leur travail, mais il me semblait étrange d'ignorer les efforts de quelqu'un pour m'apporter du réconfort. Elle s'occupa de l'eau, étendit la serviette de lin, puis me laissa seule.

Je fis glisser la robe de chambre en soie de mes épaules et la suspendis à un crochet de cristal près de la coiffeuse. Les bougies du lustre scintillaient au gré de mes mouvements, créant une impression de sérénité dans la salle de bains déjà charmante.

Après l'explosion de fureur provoquée par Antonio et qui avait consumé toute pensée rationnelle, un bain était exactement ce qu'il me fallait. Je devais prendre le temps de respirer, de me prélasser dans l'eau et d'évacuer la colère.

Je descendis dans l'eau chaude. Les huiles parfumées s'élevaient avec la vapeur. Entre les courbatures qui remontaient de mes leçons avec Anir et la tension qui s'était emparée de mon corps à cause de la confrontation avec Antonio, le bain me semblait paradisiaque.

Je m'immergeai jusqu'au cou, m'appuyant sur le rebord de la vaste baignoire. Je tentai de faire le vide dans mon esprit et de chasser toutes mes émotions. Chaque fois que je repensais à ce qu'Antonio avait dit au sujet de la déesse et des métamorphes, je sentais monter en moi cette dérangeante rage meurtrière.

Une fois la fureur initiale passée, je tentai de faire la part des choses. Je ne le croyais pas. Mais il n'avait peut-être *pas* été influencé par un démon. Il était possible qu'une sorcière ait croisé sa route et se soit fait passer pour une déesse. À moins qu'il ne s'agisse de deux mortels influencés par la magie d'un démon ? Peut-être que la personne qui s'était présentée à lui comme l'ange de la mort était une victime également. Ce serait intelligent de la part du démon de ne jamais laisser Antonio le voir. De cette manière, il ne pourrait jamais l'identifier.

Depuis mes leçons avec Colère, je savais combien il était difficile de repousser une attaque magique, mais le pardon et la compassion me semblaient toujours hors de portée : une partie de moi détestait l'admettre, même à moi-même. Quand j'étais aussi furieuse… j'avais l'impression de quitter mon corps et que mon humanité faisait place à une rage primitive. Vidée à la fois émotionnellement et physiquement, je m'enfonçai dans la baignoire.

J'avais dû m'assoupir, car je fus réveillée par le grincement de la porte.

Ce bruit ne fut suivi ni de celui de pas s'approchant ni du retour de la femme de chambre.

Un sentiment de malaise piqua ma peau. Je n'étais pas seule dans la salle de bains. Quelqu'un m'observait. Quelqu'un qui ne s'identifiait pas.

« Harlow ? »

Un linge se resserra autour de mon cou. Mes doigts se précipitèrent vers le tissu tandis que l'air se bloquait dans ma trachée. Je me débattis dans la baignoire, des vagues violentes éclaboussant la pièce. Un son étranglé s'échappa de mes lèvres, mais il n'était pas assez fort pour alerter quiconque de cette tentative d'assassinat. Ma gorge me brûlait, des taches blanches commençaient à me brouiller la vue. La panique me fit me cabrer comme un cheval.

Je me souvins alors de la seule chose que je n'avais pas enlevée pour mon bain.

Ma main s'enfonça sous l'eau et en ressortit en serrant la fine dague offerte par Colère. Je rassemblai mon énergie, reculai le bras pour prendre de l'élan et ressentis une joie vicieuse lorsque la lame s'enfonça dans une chair tendre. L'intrus sursauta et relâcha le garrot.

Dans les quelques secondes qu'il me fallut pour arracher le tissu de ma gorge et me retourner, mon assaillant avait disparu. La seule trace de l'agression dont j'avais été victime était la quantité obscène de sang qui menait à la porte. Je me levai calmement et enfilai une robe de chambre. Puis j'appelai un domestique pour qu'il aille chercher Colère. Alors que je l'attendais, mon pouls battait à tout rompre. Quelqu'un avait tenté de m'assassiner. Et je l'avais poignardé. J'avais dû toucher un emplacement vital, à en juger par la quantité de sang sur le sol.

Je n'arrivais pas à éprouver le moindre regret. Ou peut-être étais-je simplement sous le choc.

Une chose ne m'échappa pas, cependant. À cause de la malédiction d'Envie suite au livre de sorts que je lui avais volé, j'avais dû me défendre contre l'attaque sans faire appel à la magie. Le coup que j'avais porté avec la dague avait remplacé l'utilisation de mon pouvoir.

Colère apparut dans un nuage de fumée et de lumière noire scintillante, ses traits glacés marqués par la rage. « Tu es blessée ?

— Non. » Je désignai le sang sur le carrelage. « Mais l'agresseur n'a pas eu cette chance. »

Le prince me scruta et son attention s'arrêta sur mon cou. Son expression se fit sanguinaire. Il voyait rouge, et les fondations du château se mirent à trembler.

« Veux-tu m'accompagner ? »

Je jetai un coup d'œil à mes mains, à la dague que je serrais encore, enduite de sang. Peut-être que cela me rendait faible, mais je ne pouvais me résoudre à assister à ce qui allait se passer. Je secouai la tête, évitant le regard de Colère. S'il existait une Maison Lâcheté, j'aurais pu en être la reine.

« Il faut énormément de force pour admettre ses limites, Emilia. » Sa main passa de ma tempe à mon menton, puis le souleva doucement pour que je le regarde. « Un vrai commandant délègue. Exactement comme tu le fais en ce moment. Ne doute jamais de ton courage. En tout cas, moi, je n'en doute pas. »

Il laissa retomber sa main de mon visage et jeta enfin un coup d'œil à la flaque de sang.

Il se dirigea vers elle, tel un redoutable prédateur en chasse, et ne prononça plus un mot avant de disparaître, la dague de sa Maison à la main, comme un cauchemar en chair et en os.

Pour la personne qui venait de m'attaquer entre les murs de la Maison Colère, c'était sans doute ce qu'il était. Que la déesse accorde une mort rapide à mon agresseur : Colère ne lui accorderait pas cette grâce, j'en étais convaincue.

VINGT-DEUX

Je pris une boule de pain sur un plateau sorti du four et la déposai sur mon immense planche à découper. J'allai chercher deux têtes d'ail, une généreuse portion de basilic, du pecorino, des pignons et de l'huile d'olive. Le cuisinier venait de terminer son travail à mon arrivée et m'informa que Colère avait fait venir les ingrédients du monde des mortels spécialement pour moi.

Apparemment, il avait aussi fait acheter des graines et les avait plantées dans la serre du château pour que je puisse disposer de toutes les herbes et des légumes qui m'étaient familiers. D'après le cuisinier, une touche de magie les avait aidés à pousser, et des végétaux en abondance m'attendraient chaque fois que j'avais envie de me servir dans la serre. Je fouillai dans la glacière et en sortis un morceau de ce qui ressemblait à du fromage de chèvre, puis j'enfilai un tablier que j'avais trouvé suspendu à une patère avec une armée de linge propre.

Cuisiner me détendait. Dès que je me trouvais dans une cuisine, mes problèmes s'estompaient. Il ne restait plus que moi et le plat à préparer ; les odeurs, les bruits et la satisfaction de créer quelque chose de nourrissant et de délicieux l'emportaient sur tout le reste. Les meurtres s'évaporaient. Plus d'êtres chers perdus.

Plus de mensonges ni de secrets. Je ne pensais plus aux tentatives d'assassinat ou à ce mariage provoqué par un sort qui avait mal tourné. Je ne ressentais que de la joie, et de la paix intérieure. Et j'avais absolument besoin de sérénité en ce moment.

Je coupai le sommet d'une tête d'ail, exposant toutes les gousses, les arrosai d'huile d'olive, les recouvris d'une boîte en fer-blanc et les mis à rôtir au four. Je m'attaquai ensuite au basilic, aux pignons de pin, à l'ail et à l'huile d'olive.

Je hachai, mélangeai, versai tout mon amour et mon énergie dans la sauce, effaçant la soirée de mes pensées. Ce n'était pas du déni ; juste un bref répit que je cherchais à obtenir.

Je venais de terminer le pesto lorsque je sentis sa présence. Je continuai à travailler, attendant qu'il s'exprime. Je ne savais pas si j'avais hâte qu'il trouve mon agresseur ou si j'avais soudain envie de faire comme si l'attaque n'avait pas eu lieu. Au bout de quelques instants, je finis par lever les yeux. « Tu as besoin de me dire quelque chose ? »

Colère était adossé au bout de la table à laquelle je travaillais, les bras et les pieds croisés. L'image même du calme et de la décontraction. Je remarquai qu'il avait enfilé une nouvelle chemise et que ses cheveux étaient légèrement humides. « Je n'ai pas besoin de grand-chose, mais j'en désire beaucoup.

— Je ne retournerai pas dans cette chambre ce soir.

— Je ne te l'ai pas demandé. » Il se redressa, vint se placer à mes côtés et désigna d'un signe de tête le pain. « Je peux te donner un coup de main ? »

Je l'observai du coin de l'œil. « Il n'y a plus grand-chose à faire, mais tu peux nous servir du vin. Du rouge, ce serait bien.

— Du rouge, d'accord. »

Il partit et revint un peu plus tard, une bouteille et des verres à la main. Il fouilla dans la glacière et en sortit une barquette de mûres. Après avoir débouché la bouteille, il déposa quelques baies dans chaque verre, puis plaça le mien à côté de l'endroit où j'avais coupé le pain.

Je posai les tranches sur une plaque de cuisson et les arrosai d'un filet d'huile d'olive. Je les enfournai et réglai la minuterie avant de boire une gorgée de vin. Colère fit tinter son verre contre le mien, l'air satisfait. « Puissions-nous toujours festoyer après avoir versé le sang de nos ennemis. »

Je lui souris par-dessus mon verre. « Tu es un barbare.

— Tu t'es défendue. Si être fier de toi fait de moi un barbare, j'assume.

— Tu crois que je l'ai tué ? »

Il fit tourner le liquide dans son verre à pied, les yeux rivés sur le vin. « Est-ce que ça aurait une importance si c'était le cas ?

— Bien sûr. Je ne veux pas être un assassin.

— Te défendre n'est pas la même chose qu'attaquer sans motif ou raison.

— À en juger par ton refus de répondre, je suppose que j'ai tué mon agresseur.

— Tu ne portes pas le fardeau de la mort de ce démon, Emilia. » Il posa son verre et me fit face, l'expression dure. « C'est ma responsabilité, pas la tienne. » Le sourire qui relevait les commissures de ses lèvres n'était ni chaleureux ni amical. Il était froid, calculateur. Conçu pour effrayer, pour susciter la peur et la contrôler. « Me voici, l'essence même du mal et du péché. Suis-je le monstre que tu craignais ? »

Je l'observai. L'observai vraiment. Rien dans son visage n'indiquait ouvertement ses émotions, mais *quelque chose* dans la façon dont il avait posé la question me poussa à formuler ma réponse avec soin. Il ne voulait pas que je le prenne pour un monstre.

Et que la déesse me maudisse, je ne le considérais pas comme tel. « Est-ce qu'il a souffert ?

— Certainement pas assez.

— As-tu réussi à lui soutirer des informations ? »

Colère secoua la tête. « Sa langue avait été coupée récemment. Il semblerait que c'était un choix, au cas où il serait pris. »

Je ne sais pas quelle folie s'empara de moi : je posai mon vin et m'approchai de lui. Il attendait son jugement dans une posture rigide. Lentement, comme si je m'approchais d'un animal prêt à bondir, je passai mes bras autour de sa taille et posai ma tête contre son torse.

Pendant de longs instants, il respira à peine. Puis il m'entoura de ses bras et posa le menton sur ma tête. Nous restâmes là, serrés l'un contre l'autre, jusqu'à ce que la petite minuterie sonne. Et même alors, je ne le lâchai pas tout de suite. Ce démon, cette incarnation vivante du péché, était bien plus que le monstre qu'il était censé être.

Je me retirai progressivement et me hissai sur les orteils, posant mes lèvres sur sa joue dans un chaste baiser. « Merci. »

Sans lui donner l'occasion de réagir, je me précipitai vers le four et en sortis le pain grillé et l'ail rôti. Je les plaçai sur la planche à découper, puis j'ajoutai le morceau de fromage de chèvre et le bol de pesto. Je pris deux petites coupelles et je disposai un couteau à beurre près de chaque élément de la planche. Je souris en contemplant mon travail, très satisfaite du résultat.

« Tu devras te servir toi-même, mais c'est facile. » Je pris une tranche de pain grillé et j'y étalai quelques gousses d'ail rôties comme de la confiture. « Ensuite, tu ajoutes du fromage de chèvre sur l'ail. Et enfin – je terminai avec une généreuse cuillerée de pesto – tu recouvres le tout de pesto.

Colère me regarda travailler, puis attrapa une tranche de pain grillé et se lança dans la préparation. Il mordit une bouchée et reporta son attention sur moi. « Je crois que j'aime presque encore mieux ça que les sucreries que tu avais préparées.

— C'est un fameux compliment, venant du roi du *cannoli.* » Je lui souris. « Parfois, j'ajoute un œuf poché s'il m'en reste du petit-déjeuner ou du déjeuner. Vittoria aime… »

Je m'interrompis brusquement et repoussai mon casse-croûte.

Colère me toucha légèrement le coude, me ramenant au moment présent. « Qu'est-ce qu'il y a ?

— Elle me manque.

— Ta jumelle.

— Oui, horriblement. Parfois, pendant une seconde, j'oublie qu'elle n'est plus là. Puis tout me revient. Une partie de moi s'en veut d'avoir oublié. Et l'autre a envie de déchaîner sa colère. Ces derniers temps, j'ai l'impression d'être en guerre avec moi-même, et je n'arrive pas à décider quelle partie va l'emporter.

— Je n'ai pas d'expérience personnelle de la mort, mais je sais que ce sentiment est normal pour certains mortels.

— Je me pose la question. » Je le regardai dans les yeux. « Je suis consumée par la rage et la colère depuis son décès. L'intensité de ces émotions ne me fait pas peur, et c'est *ça* qui m'effraie. Je n'ai jamais été comme ça. Mais ce soir… ce soir, quand ce démon a essayé de me tuer, je n'ai pas eu peur. J'étais furieuse. Je voulais lui infliger de la douleur. L'une de mes premières pensées n'a pas été la terreur, mais la colère qu'on ne m'ait pas appris la magie noire.

— Ta famille mortelle aurait dû t'apprendre à te protéger. »

J'inspirai profondément. Autant mettre toutes mes peurs à plat. Après les événements de la soirée, j'avais besoin de me purger complètement des sentiments sombres. « Parfois, je redoute que ce ne soit pas le diable qui soit maudit. Mais moi. »

Le prince s'immobilisa. « Pourquoi crois-tu ça ?

— Ma jumelle a été assassinée. Ma grand-mère a été attaquée. Mes parents ont été pris en otage par Envie. Et moi, que m'est-il arrivé ? En dehors de la tentative d'assassinat de ce soir, je veux dire. » Je cherchai des réponses sur son visage. « Peut-être que je suis maudite et que tous ceux que j'aime sont en danger. Et si c'était moi, la méchante ? Celle qui est si cruelle, si redoutable, que l'on m'a punie en me faisant oublier ? Et si les sorcières assassinées commençaient à se souvenir ? Peut-être que c'est moi le monstre et que je ne le sais même pas. »

Colère resta silencieux pendant un moment si long que cela en devint gênant. Alors que je commençais à me sentir idiote d'avoir partagé tant de craintes avec lui, il déclara avec douceur : « Ou peut-être ont-ils mis le nez là où ils n'auraient pas dû. Et c'est toi qui paies les pots cassés. »

Du vin de baies démoniaques s'écoulait sur mon menton et tachait ma robe de soirée sans manches, mais je continuai à boire au goulot sans prendre la peine de m'essuyer le visage. La sensation magique qui me gardait sous son emprise s'évanouit. Je reposai la bouteille et envisageai sérieusement de la projeter de l'autre côté de la table. Colère me décocha un sourire suffisant.

Il avait fait apporter une grande table dorée et deux somptueux sièges dans la salle d'armes. C'étaient plutôt des trônes qui n'en étaient pas. Des serpents métalliques – ni en or ni en argent, mais forgés dans un métal entre les deux – composaient le bord extérieur des chaises. Chaque centimètre carré de la nappe était recouvert de plateaux en or chargés de fruits, de dessert et de crème fouettée, ainsi que de plats salés. La nourriture s'amoncelait si haut dans certains plats que la pile s'écroulait et tombait sur le sol. C'était un horrible gâchis.

Je secouai la tête. « C'est honteux.

— Les chiots festoieront comme des rois.

— Les chiots, ricanai-je. Tu veux dire ces chiens de l'enfer à trois têtes ?

— Dois-je te rappeler que c'est *toi* qui as voulu qu'on s'entraîne ? Arrête d'éviter le sujet.

— Étant donné que je ne bois pas avec excès, je ne vois pas très bien ce que je suis censée apprendre de cette petite séance. Tu dois bien avoir quelque chose de plus utile à m'enseigner.

— Permets-moi de redoubler d'efforts pour te prouver que j'ai raison. »

J'aurais dû me douter que le prince ne me ménagerait pas lors de notre séance d'entraînement du lendemain soir. Le plus souvent, il semblait jouer avec la luxure, l'envie, la colère et la paresse, mais ce soir, il m'avait exposée au péché de gourmandise. Tout, de mes vêtements aux bijoux que je portais, en passant par le riche repas que nous avions dégusté et le vin que j'avais bu, était excessif.

Je lui *avais* envoyé un message pour lui demander de reprendre nos leçons. Suite à la tentative d'assassinat, j'étais plus déterminée que jamais à me protéger des princes démons. J'avais du mal à comprendre l'intérêt de boire du vin à outrance, et je ne voyais pas comment cette compétence allait m'aider à atteindre mes objectifs.

Colère versa un énorme verre et me le tendit. C'était la troisième fois qu'il le faisait. Et c'était sans compter les deux bouteilles de vin de baies démoniaques que j'avais déjà consommées au cours de la dernière heure… ou des deux dernières.

J'avais de plus en plus de mal à lutter contre l'influence démoniaque, ou même à sentir ce léger picotement qui indiquait que la magie était utilisée sur moi. J'inspirai profondément pour tenter de dissiper le brouillard qui m'étourdissait. Je ne m'étais saoulée au vin qu'une seule fois, mais je savais reconnaître les symptômes.

« Bois tout aussi vite que tu le peux. Puis sers-t'en un autre et recommence. »

Sa magie effleura mes sens. Je serrai les dents et me concentrai sur mon agacement. Il me sourit par-dessus un plateau de fruits rouges enrobés de chocolat. Puis son pouvoir me submergea.

Je le maintins à distance pendant un long moment de tension, puis j'engloutis le vin.

Ma tête tournait et je voyais double. Je m'essuyai la bouche, souriant comme une idiote, et je me resservis. Le vin déborda du verre à pied sur le sol. Les taches sur mes pantoufles en soie donnaient l'impression que j'avais traversé une scène de crime, mais je m'en moquais.

Plus il m'influençait pour me pousser à boire, plus il m'était impossible de me concentrer sur ma volonté. Malgré les vapeurs d'alcool qui embrumaient mon cerveau, je compris enfin pourquoi.

Si ses frères me poussaient à boire, une lente ivresse m'empêcherait de me soustraire à leur influence. Plus je perdrais le contrôle, plus il leur serait facile de franchir mes défenses. Colère avait une idée derrière la tête.

Il n'essayait pas seulement de me faire lutter contre la gourmandise.

Je me levai de mon siège et titubai jusqu'à son côté de la table, mon verre vide se balançant au bout de mes doigts. Il m'avait fait revêtir une longue robe argentée en soie extravagante. Elle était luxueuse jusqu'à l'excès. Je ne portais pas de sous-vêtements et le tissu ne dissimulait aucune partie de mes formes. Comme le corsage était imbibé de vin, j'aurais tout aussi bien pu être nue. Il ne l'avait sûrement pas prévu.

Colère n'avait même pas baissé les yeux sur mon décolleté. Un vrai gentleman. Du moins quand il n'était pas en train d'arracher des langues ou de torturer à mort des assassins en puissance.

De lourdes rangées de diamants pendaient autour de mon cou. Il y en avait tellement, de différentes longueurs, que j'avais l'impression de porter deux kilos autour de la gorge. C'était tellement excessif que même Envie aurait été consterné plutôt que jaloux.

Je me penchai sur Colère en essayant de ne pas perdre l'équilibre, mon visage placé tout près du sien. J'avais envie de l'embrasser. Peut-être de casser une bouteille et de le poignarder d'abord. Mais ensuite, l'embrasser, c'était certain.

« Tu fais exprès de me saouler. » Je lui adressai ce que je pensais être un sourire coquin. « Vilain démon.

— Être sous l'influence de l'alcool ou d'autres substances réduit considérablement ta capacité à sentir la magie d'un prince de l'enfer. Surtout celle de Gourmandise. Il te poussera à boire petit à petit jusqu'à ce que tu perdes le contrôle et qu'il puisse prendre le dessus. » Son ton devint dur. « Tu dois te défendre. »

J'essayais d'être attentive à la leçon, mais j'étais fascinée par la forme de ses lèvres alors qu'il parlait. Je tendis la main pour les toucher. Il les serra et m'adressa une moue sévère.

« Emilia. Concentre-toi.

— Oh, je t'assure que je le suis. Je suis *extrêmement* concentrée. Fascinée. Peut-être même… ensorcelée ? » Je levai les yeux. Les siens me lançaient des regards noirs, je voyais deux visages. Je battis des cils jusqu'à ce qu'il ne reste plus qu'un seul démon agacé. « Pourquoi ne m'as-tu pas séduite ? »

J'avais du mal à en être sûre, mais il me semblait qu'il avait retiré son influence.

« Si tu ne peux pas lutter contre les brumes de l'alcool, il vaut mieux éviter de boire quoi que ce soit au cours de la fête. Tu peux accepter de porter un toast, mais tu devras faire semblant de boire.

— Tu t'inquiètes trop. » J'effaçai le sillon entre ses sourcils. « Nonna dit que la vapeur des cuisines éloigne les rides. Vittoria et moi resterons sans âge. Comme toi.

— Vu que tu n'es pas humaine, j'imagine qu'il y a du vrai là-dedans.

— Tu n'as pas répondu à ma question. À propos de la séduction. » Je titubai légèrement. Ses genoux me semblaient confortables. Je m'y installai. Il se raidit, mais ne me chassa pas. Je souris intérieurement à cette petite victoire. « Fauna m'a dit que toute la cour aimerait savoir.

— Dame Fauna a la langue trop bien pendue. Je devrais peut-être insister pour qu'elle aille rendre visite à un parent éloigné.

— Ne passe pas ta mauvaise humeur sur elle, elle ne faisait que me rapporter des ragots. Et j'aimerais savoir, moi aussi. J'ai peut-être envie que tu me séduises maintenant. » Je m'appuyai sur son épaule et posai mon menton dans ma paume, le regardant fixement. Je réalisai un peu tard que je devais avoir l'air d'une folle à force de le dévisager comme je le faisais dans notre position actuelle. « Tu sais, certains pensent que l'évitement est un signe de lâcheté.

— Je sais à quoi tu joues, et ça ne marchera pas. » Son air renfrogné s'accentua. « Je ne te séduis pas, parce que je n'en ai pas envie pour le moment. C'est aussi simple que ça. »

S'il *m'*avait planté un couteau dans le cœur, ça m'aurait peut-être fait moins mal.

Je me retournai et tirai l'assiette de fruits rouges enrobés de chocolat vers moi. J'y ajoutai une cuillerée de crème fouettée et j'en piquai un avec une fourchette. Je ratai mon coup. La fourchette heurta le plat. Une baie fut catapultée sur la table. Saletés de fruits maudits par la déesse !

C'était sans aucun doute à cause de leur forme minuscule et ronde, et pas à cause de mon état d'ébriété.

Je visai et louchai sur l'assiette. Les baies étaient floues, mais elles ne me résisteraient pas. Je visai à nouveau et une autre baie s'envola. Je jurai vertement.

Le profond soupir de Colère chatouilla mon épaule nue tandis qu'il s'approchait de moi et me prenait la fourchette. Il transperça un fruit recouvert de chocolat et le fit tourner dans la crème fouettée.

Il s'arrêta, la fourchette juste devant mes lèvres.

« Si tu en souffles ne serait-ce qu'un mot, je jure de me venger, ma dame.

— Très bien. Même si je ne me souviendrai sans doute pas de cet acte chevaleresque demain matin. »

Je m'appuyai contre son épaule, la tête rejetée en arrière, et j'attendis qu'il place le fruit dans ma bouche. Avec une fraction d'hésitation, il le fit. J'aurais imaginé que ce dessert aurait un goût plus sucré. J'avais l'impression d'être une déesse romaine choyée tandis qu'il me nourrissait, une délicieuse baie à la fois.

« Mmm. J'ai déjà du mal à me souvenir d'un seul mot de notre conversation.

— Menteuse. » Il posa la fourchette et approcha sa bouche de mon oreille, prenant soudain le lobe entre ses dents. La chaleur se répandit en moi et mes orteils se recroquevillèrent sous l'effet de la sensation. Je ne savais pas si c'était l'œuvre de Colère, mais mon ivresse s'était évanouie. « Mais après tout, je suis un menteur aussi. Dans un sens. »

VINGT-TROIS

Colère déposa une traînée de baisers brûlants dans mon cou, décuplant mon désir.

Les baies enrobées de chocolat furent vite oubliées. Un nouveau plaisir m'était servi. Et je ne laisserais pas une miette de ce mets délicieux. J'avais demandé à être séduite, et le prince accédait à mes désirs. Ses mains glissèrent le long de mon corps et s'arrêtèrent à ma taille.

Le geste n'était pas possessif ; on aurait plutôt dit qu'il se retenait. Ou peut-être qu'il réfléchissait à des moyens astucieux de me torturer lentement. Il tripota le fermoir d'un de mes colliers. La parure de diamants n'était pas un obstacle, mais je voulais tout de même qu'elle disparaisse. Je voulais que rien ne s'interpose entre nous.

Il approcha à nouveau sa bouche de mon corps et mon esprit se vida d'un coup.

Je rejetai la tête en arrière, perdue dans l'extase, tandis que sa langue lissait la peau à l'endroit où il m'avait légèrement mordillée. Il m'attira contre lui, et ses dents titillèrent l'endroit où mon épaule et mon cou se rejoignaient. Des frissons dansèrent sur mon corps de la manière la plus alléchante qui soit. Ces sensations… Ce n'était pas un péché, comme les mortels essayaient de l'enseigner à leurs filles. C'était naturel. Délicieux. S'il était socialement acceptable que Colère prenne une maîtresse, je devais avoir le droit aussi de prendre un amant.

Après tout, il fallait être deux pour ce genre d'étreintes.

Je me cambrai sous ses caresses. Ce désir m'appartenait, je m'en délectais. Et cela ne faisait pas de moi une jeune femme facile ou dévergondée. Je me sentais humaine, maîtresse de mes désirs. Je refusais de nier plus longtemps mes passions.

Je pris appui sur chacune de ses cuisses, m'agrippant à lui tandis qu'il concentrait toute son attention et ses baisers sur mon cou et mes épaules. Je voulais me retourner pour lui faire face, j'avais envie d'explorer son corps aussi langoureusement que lui. Mais pour une raison ou une autre, malgré mes nouvelles convictions, j'hésitais.

« Y a-t-il quelque chose que tu attends de moi, ma dame ?

— Tu n'as pas à m'appeler ainsi lorsque nous sommes seuls. Inutile de jouer la comédie. »

Il sourit dans mon cou. « D'autres demandes ?

— Je…

— Affirme tes désirs. Tu n'as pas besoin de t'excuser d'en avoir.

— Même si je veux que tu t'arrêtes ?

— Surtout dans ce cas.

— Enlève mes diamants. S'il te plaît. »

Le prince défit l'un après l'autre les rangs de pierres précieuses, les laissant s'entrechoquer sur le sol.

« Je suis curieux. » Sa voix était douce comme du velours lorsqu'il se pencha pour retirer le dernier collier. « À propos du Couloir des péchés. Ce que tu as vécu la nuit où tu as prononcé mon nom. Raconte-moi. »

Il n'y avait pas de commandement magique ou d'emprise démoniaque dans sa demande. Juste une curiosité sincère. Je me rendis compte que la sensation de vertige provoquée par la boisson avait également disparu. Je n'étais plus sous l'influence de quoi que ce soit, si ce n'est de l'ivresse de mes passions, et je ne l'étais plus depuis qu'il m'avait embrassée pour la première fois.

Notre position actuelle – le fait que je n'avais pas à regarder son visage – rendait sans doute ma confession plus facile. Ou peut-être que je ne voulais tout simplement pas ressentir de culpabilité ou de honte par rapport à mon corps et aux choses que je désirais et dont j'avais envie. Je rassemblai mon courage, sachant précisément où cet aveu me mènerait. Je priai pour qu'il emprunte ce chemin, en fait.

« Tu étais… tu étais derrière moi, comme ça. Sauf que nous étions allongés. »

Il récompensa mon honnêteté en me caressant doucement le bras. « Et ?

— Je portais ta chemise et tu la déboutonnais. Avec une telle lenteur que j'en devenais folle.

— J'imagine que tu as exigé que je l'enlève. » Le bout de ses doigts parcourut mon épaule, puis ma clavicule, avant de descendre plus bas, taquinant la peau nue au-dessus de mon décolleté. Ma respiration se coupa lorsqu'il interrompit ses caresses pour glisser une main sous une bretelle de ma robe. Seule la fine bande de soie nous séparait. « Et je me suis exécuté. C'est exact ?

— Plus ou moins.

— Aimerais-tu que je fasse la même chose maintenant ? » Après une très légère hésitation, j'acquiesçai. « J'ai besoin d'entendre les mots, Emilia. Veux-tu que je m'arrête ?

— Non. » Je serrai ses cuisses, comme si je pouvais le maintenir là pour l'éternité. « Non, je ne veux pas. »

Il écarta mes cheveux et s'adossa à sa chaise, laissant suffisamment d'espace entre nous pour pouvoir me masser délicatement les épaules. Il saisit une bretelle dans chaque main et appuya ses lèvres sur ma colonne vertébrale, m'embrassant tandis qu'il faisait glisser le haut de ma robe.

L'air frais souffla sur ma peau rougie.

« Que s'est-il passé ensuite ? »

Le fantasme et la réalité se confondaient. L'impatience accélérait ma respiration. « Tu voulais que je te dise que tu es mon péché préféré. »

Son rire était bas, profond. J'avais encore plus envie de lui. « Le suis-je ?

— Pour l'instant, oui.

— Tu ne l'as pas avoué à ce moment-là. »

J'entendis la question dans sa phrase, même s'il ne l'avait pas formulée ainsi.

« Non. » Je battis des cils. « Tu as commencé à me toucher et j'ai été incapable de penser à autre chose. »

Il me caressa la nuque avant de se pencher sur mes seins. La chaleur m'envahit. Ses doigts tracèrent les contours de mes courbes avant de se rapprocher des pics au centre. Lorsqu'il les effleura, ils se durcirent. J'eus le souffle coupé et me mordillai la lèvre inférieure. Je reculai pour être plus près de lui, désireuse de profiter davantage de sa chaleur, et je remarquai à quel point il était affecté par notre étreinte.

« Dis-moi ce que j'ai fait dans ton illusion pour que tu m'appelles. »

Je rougis. Il était hors de question que je lui parle de *cette* partie. Je fermai les yeux et me forçai à ne pas être gênée. Avec une confiance renouvelée, je me laissai aller : « Tu me tirais doucement contre ton excitation et ta main s'est glissée sous ma jupe. Tu m'as touchée. Là. Avec tes doigts.

— Est-ce que ça te faisait le même effet que dans le Bassin du Croissant de lune ?

— Presque. C'était incroyable, mais ça n'a duré qu'un instant. Après, je me suis réveillée.

— Avant d'atteindre l'orgasme ?

— Je… crois que oui.

— Accorde-moi le privilège d'y remédier maintenant. »

Il ne bougea pas tout de suite, et je compris qu'il attendait mon consentement. Colère ne prendrait jamais sans permission. « S'il te plaît.

— Volontiers. »

Il passa une main sous la robe de soie et ses doigts glissèrent le long de mon mollet, contre l'intérieur de ma cuisse, puis y tracèrent lentement des motifs circulaires, remontant un peu plus haut à chaque caresse audacieuse, jusqu'à ce que je n'en puisse plus. Je cessai de presser mes genoux l'un contre l'autre et il fit glisser un doigt vers le centre de mon plaisir. C'était plus agréable que le Couloir des péchés et le Bassin du Croissant de lune réunis.

Il me poussa en avant jusqu'à ce que je sois presque pliée en deux, puis déposa des baisers le long de ma colonne vertébrale. Ma peau frémissait à chaque passage de ses lèvres. Pendant ce temps, ses doigts me taquinaient et dansaient sur mon corps, faisant monter l'extase.

Une fois que je fus convaincue que j'allais mourir de plaisir, il les glissa en moi. Je m'immobilisai, m'habituant à la sensation, tandis qu'il commençait lentement à les faire bouger.

Incapable d'affronter ces assauts de plaisir, je me redressai et me collai contre lui, sentant son excitation dure et bienvenue contre mon dos. Il interrompit ses baisers et me mordilla le cou.

Ma respiration s'accéléra à nouveau. Je cherchais à atteindre une sensation, presque familière, mais pas tout à fait. C'était magnifique. Une extase à nulle autre pareille. Sentant mon désir monter, les doigts de Colère bougèrent plus vite et ce désir se transforma en un merveilleux raz-de-marée d'euphorie.

Je cessai de me sentir gênée et fis abstraction de tout ce qui me venait à l'esprit, à l'exception de cette sensation incroyable. Je bougeai contre lui, à la recherche de l'extase, réalisant que Colère me laissait prendre mon plaisir. Que c'était moi qui donnais le rythme, allant aussi vite ou lentement que je le souhaitais. Que j'étais aux commandes de mon corps, de mes désirs, qu'aucune règle mortelle ne me contraindrait… Je fus soudain submergée par l'extase.

Je criai lorsque le plaisir déferla en une succession de vagues sublimes et frémissantes, puis je m'effondrai sur le torse de mon amant, haletant comme si je venais de courir pour sauver ma vie.

Lorsque je cessai de trembler, Colère retira sa main de sous ma jupe et redressa mon corsage. Un long silence embarrassé s'installa entre nous, tandis que je rajustais mes bretelles avec plus de soin et d'effort que nécessaire.

Je me déplaçai sur ses genoux, remarquant que son excitation n'avait pas diminué. Mon rythme cardiaque s'accéléra. Nous pouvions franchir l'une des prochaines étapes de l'acceptation de notre mariage en quelques instants.

Ici même. Dans la salle d'armes. Seuls son pantalon et ma robe s'interposaient entre nous. Et ils pouvaient être enlevés assez facilement.

Peut-être était-ce l'euphorie qui courait encore dans mes veines et mes sens, mais l'idée ne me paraissait pas si mauvaise.

Si une cérémonie était nécessaire comme étape finale, nous n'avions pas à l'accomplir. Nous pouvions nous adonner au plaisir charnel et rester libres de tout lien qui nous unirait pour l'éternité. Je me déplaçai de façon à ce que nos corps se frottent intimement l'un contre l'autre. La sensation que cela provoquait, surtout après le plaisir que Colère venait de me procurer, était un nouveau niveau d'extase.

Le prince ne bougeait pas. Il me laissait le choix.

Je saisis le bord de ma jupe et la remontai lentement, sur mes cuisses, mes fesses. Colère n'avait plus qu'à se libérer de son pantalon. Je m'assis plus en arrière, et le frottement de son excitation contre mon corps me fit étouffer un gémissement. Ses mains se resserrèrent sur mes hanches.

Un éclair d'inquiétude me traversa, me coupant le souffle. Je ne savais plus si coucher ensemble était une bonne idée, ou si mon jugement était altéré par ce que nous venions de faire. C'était probablement dû à la nervosité. Je rassemblai mon courage, refusant de me laisser aller à des hypothèses.

« Notre entraînement pour ce soir est terminé. »

D'un seul mouvement, Colère se leva, nous mettant tous les deux debout.

Je me retournai et le dévisageai. Son expression était totalement indéchiffrable. « *Entraînement* ? C'est comme ça que tu décris ce qui vient de se passer ?

— Tu as demandé à être séduite. J'ai obtempéré. » Il s'inclina poliment. « Maintenant que tu sais ce qui te plaît, tu peux te procurer seule le même plaisir. Bonne nuit. »

VINGT-QUATRE

« Il a dit *quoi* ? » Fauna ouvrait des yeux comme des soucoupes. Elle passa son bras dans le mien et nous escorta jusqu'à un sentier couvert. « Peut-être l'avez-vous mal entendu. Ou mal interprété ses paroles. C'est possible. N'est-ce pas ?

— C'est la pire chose qu'il aurait pu dire dans un moment pareil. » Je soupirai, et mon souffle forma un petit nuage dans l'air glacial du matin. J'étais trop agacée pour être gênée. Après l'incident de la salle d'armes, je n'avais plus revu Colère de toute la nuit. « Je déteste vraiment ce démon. »

Mon amie émit un petit rire, mais se retint de faire le moindre commentaire. Nous nous promenions sur l'un des longs parapets couverts qui entouraient le château. À notre passage, des gardes nous adressèrent un signe de tête depuis leur poste sur la muraille.

Une fois que nous fûmes suffisamment éloignées, Fauna se pencha. « Peut-être qu'il l'a juste dit parce qu'il vous imaginera en train de faire ça seule, à partir de maintenant.

— J'en doute. Il a quitté la pièce à toute allure.

— Je parie toute la Maison Avarice qu'il s'est pris en main la nuit dernière et qu'il a pensé à vous pendant qu'il répandait sa semence. »

Malgré ma nouvelle confiance en moi, et ma résolution d'assumer mes désirs et de ne pas avoir pas honte, mon visage se réchauffa suite à la franchise avec laquelle Fauna discutait de sujets aussi privés.

Elle m'avait appelée à la première heure du matin et avait réussi à me faire avouer ce qui me préoccupait, avant que je ne m'enveloppe dans mon manteau de velours. Elle n'avait ni rougi ni sourcillé à propos de ce sujet qui, chez moi, aurait provoqué choc et scandale. Elle m'avait simplement demandé si je lui avais rendu la pareille avec ma main ou ma bouche, et s'était ensuite esclaffée lorsque je lui avais demandé des éclaircissements sur ce dernier point.

« Peut-être qu'il ne voulait pas vous prendre dans la salle d'armes où n'importe qui aurait pu entrer. Vous allez être sa femme. Il n'est pas exclu qu'il ait voulu vous protéger des regards indiscrets.

— Je vous en prie. » Je faillis ricaner. « La moitié de ce royaume n'est pas gênée de forniquer en public. Je doute que l'idée qu'on nous surprenne le dissuade. »

Cela ne l'avait pas dérangé d'avoir un public lorsque nous nous étions retrouvés dans le couloir devant nos chambres. Je serrai les dents en y repensant. L'affronter après cette rencontre n'avait pas été gênant. Hélas, je ne pourrais pas en dire autant de la prochaine fois que je le verrais. Je ne savais pas du tout comment me comporter.

« En réalité, les rendez-vous galants en public ne sont pas si fréquents en dehors de la Maison Luxure et de la Maison Gourmandise. Bien sûr, d'autres princes font preuve de débauche à l'occasion, comme Avarice et son enfer de jeu, mais pas autant que ces deux Maisons. Son Altesse veut peut-être que vous soyez certaine de le choisir en ayant l'esprit lucide. Peut-être qu'il n'était pas sûr que c'était ce que *vous* vouliez et qu'il est parti avant d'entreprendre quelque chose qu'il pensait que vous regretteriez. »

La frustration monta dans ma poitrine. « Soulever ma jupe était une indication claire de mes désirs. S'il souhaite sécuriser le lien du mariage, il ne me convainc pas que c'est ce qu'*il* veut.

— D'après votre récit, ma dame, l'attirance physique ne semble pas être le problème. »

Je m'arrêtai net. Je ne savais pas pourquoi j'étais si irritée. Indépendamment de ce qui s'était passé la nuit précédente, *je* ne voulais toujours pas achever le rituel. L'idée qu'il soit du même avis n'aurait pas dû me tracasser. Surtout alors que j'avais de nombreuses autres préoccupations. Comme le Banquet du Loup, qui approchait à grands pas.

Je repoussai ma contrariété et me dirigeai vers la tour avec mon amie. « Assez parlé de princes pour l'instant. Je ne veux pas que la matrone nous entende et fasse un rapport à Colère. »

Fauna rit. « Je peux vous promettre que cela n'arrivera jamais.

— Je devine que leur animosité ne date pas d'hier.

— Pas du tout. » Fauna nous arrêta, puis jeta un coup d'œil autour d'elle. « La rumeur prétend qu'elle remonte à plusieurs siècles. Certains disent que la fille de la matrone était maudite et que le prince n'a rien fait pour la sauver.

— Sa fille se trouve-t-elle dans le château ?

— Justement… personne ne le sait. On raconte que Son Altesse l'a bannie de ce cercle. Pour un temps, au moins. Il est possible que la matrone l'ait récupérée et qu'elle soit cachée quelque part. »

Pour une raison qui m'échappait, la chair de poule se répandit sur ma peau. Je repensai aux gémissements qui s'élevaient de sous la statue de la femme et du serpent. Je ne pouvais pas imaginer que Colère punisse quelqu'un en l'envoyant sous les profondeurs de la terre. Peut-être était-ce parce qu'*il* ne l'avait pas fait.

Même si je la connaissais à peine, je ne doutais pas que la matrone ait pu faire une chose pareille. Surtout si ce n'était pas pour punir, mais pour protéger.

Peut-être que la créature désespérée que j'avais entendu gémir était sa fille disparue. Et si la matrone avait ramené sa fille et la gardait enfermée, j'étais encore plus curieuse de savoir pour quelle raison elle faisait cela.

Colère était au courant de tout ce qui se passait dans son cercle, et la matrone n'aurait pas pu lui cacher ce secret bien longtemps. Ce qui indiquait qu'elle mettait sa fille à l'abri d'un autre prince.

Un nouveau soupçon s'insinua dans mes pensées. Cette histoire ressemblait à une autre que j'avais entendue. Celle de la *Prima Strega* et de sa fille. On disait que la Première Sorcière avait maudit le diable parce que sa fille était tombée amoureuse de lui et qu'ils refusaient de renoncer à leur amour.

La Matrone des malédictions et des poisons était-elle en réalité la Première Sorcière ?

Si c'était le cas et qu'elle avait maudit le diable, je voulais savoir pourquoi elle se trouvait actuellement dans le château de Colère, prétendant être quelqu'un d'autre. Il devait connaître sa véritable identité. Ce qui signifiait qu'il savait aussi ce qu'elle avait fait à son frère, ce qui aurait pu expliquer la haine qu'ils se vouaient depuis si longtemps. Mais alors pourquoi serait-il prêt à garder son secret ? À moins qu'elle ne connaisse l'un des siens elle aussi ? Et si mes soupçons étaient justes, il devait s'agir d'un secret terrible pour qu'il soit disposé à pactiser avec une ennemie jurée.

Étant donné ce qu'il avait fait pour me sauver, cela ne semblait pas si incroyable.

« Fille de la Lune, Dame Fauna. » Celestia ouvrit sa porte avant que je n'aie fini de frapper. Je dissimulai mon sourire. Colère serait furieux qu'elle ait répondu si vite. « En quoi puis-je vous être utile ?

— J'ai quelques questions. À propos des malédictions. »

Sa joie semblait sincère. « Je vous en prie. Vous êtes au bon endroit. Entrez. »

Je pénétrai dans la chambre de la tour et fus immédiatement frappée par l'arôme agréable des herbes et des huiles. Je ravalai le mal du pays, le souvenir soudain de Nonna Maria en train de fabriquer des bougies sortilèges dans notre petite cuisine familiale. *Ma famille était en sécurité*. Et j'allais terminer ce que j'avais entrepris, et reviendrais pour créer d'autres souvenirs heureux avec mes proches. Bientôt.

Je me forçai à revenir au moment présent. Celestia traversa la pièce et retira livres et casseroles des tabourets, faisant de la place pour que nous puissions nous asseoir autour de son établi. Pendant qu'elle s'affairait, mon attention se porta sur des objets que je n'avais pas remarqués lors de ma première visite.

La matrone possédait encore bien d'autres objets étranges et étonnants dans sa collection. De bocaux fermés par un bouchon en liège remplis d'yeux clignotants, des paniers contenant de becs d'oiseaux, un autre qui débordait de griffes et un troisième de plumes. Des pots de pommades, d'onguents et de lotions de toutes sortes. Un crâne d'oiseau sur lequel étaient gravées de runes était posé sur une pile de livres à reliure de cuir.

La matrone vit ce qui m'intriguait et désigna le crâne d'un signe de tête. « Les corbeaux symbolisent beaucoup de choses. La mort, la guérison, la fertilité. La sagesse.

— Et les runes ? » Je m'approchai en me gardant d'y toucher. Si elle était la Première Sorcière, elle pouvait avoir ensorcelé les crânes et me les envoyer. Je ne savais pas si c'était elle qui essayait de m'aider ou si ma théorie était totalement fausse. Elle était peut-être exactement ce qu'elle prétendait être, et j'étais en train d'assembler des pièces de puzzle qui ne s'emboîtaient pas. « Est-ce qu'elles animent le crâne ?

— Non. » Celestia m'observa d'un air méfiant. Si elle était la Première Sorcière, elle était directement issue d'une déesse. Je ne savais pas si elle pouvait percevoir les émotions comme Colère, mais je fis de mon mieux pour garder mon calme. « Elles me viennent quand je médite sur le crâne. Je grave ce que le corbeau veut que je voie. Les symboles ésotériques peuvent être un allié puissant pour ceux qui ont la magie dans le sang. »

Fauna semblait mal à l'aise, elle avait les yeux rivés sur les bocaux qui tintaient sous l'effet de forces invisibles, à l'autre bout de la pièce. Je me tournai vers la matrone et baissai la voix. « Peuvent-ils être utilisés pour améliorer la Source ?

— Pour les sorcières, oui. Pour ceux qui *sont* la Source, non. Les symboles ésotériques proviennent de leur essence.

— Ceux qui… Vous voulez dire les déesses ? »

Celestia acquiesça, étudiant mon visage de son regard pénétrant.

D'après les légendes de Nonna, les déesses étaient la source originelle de notre pouvoir, dilué au fil du temps à travers les descendantes de la Première Sorcière.

J'examinai attentivement la femme aux cheveux argentés et lavande.

Son visage était légèrement ridé, mais rien n'indiquait clairement son âge. Fauna avait mentionné que l'animosité entre la matrone et Colère remontait à plusieurs siècles, ce qui signifiait qu'elle était probablement immortelle. La nuance de violet de ses cheveux ne m'avait pas échappé non plus. C'était la même couleur que le tatouage que je partageais avec Colère, et celle du *luccicare*, la légère aura qui entourait les humains.

Je n'arrivais pas à savoir si c'était de l'excitation ou de la peur qui battait dans mes veines.

« Donc, si un sorcier utilise des symboles ésotériques avec ses sorts, ça augmente la puissance du sort.

— C'est exact. »

Je tournai la tête vers Fauna, qui inspectait l'intérieur d'un chaudron. « Est-ce que quelqu'un peut ensorceler un crâne et envoyer un message ? Un prince de l'enfer, ou une sorcière par exemple ?

— Tout est possible, mais ça ne veut pas dire que c'est probable. Ceux qui connaissent les symboles ésotériques pourraient en être capables. » Celestia me fit signe de m'asseoir. « Y avait-il des symboles gravés sur l'os ? » Je secouai la tête. « Alors je doute qu'un prince démon ou une sorcière soit responsable. Il s'agit probablement de quelqu'un de beaucoup plus proche de la Source. »

Quelqu'un comme la Première Sorcière. Je m'efforçai de garder une respiration régulière, ne voulant alerter personne de l'intensité de mes émotions. Si Celestia était la Première Sorcière et que sa fille était maudite, cela signifiait que la première femme du diable n'était pas morte. Et si elle était en vie, alors j'avais raison de penser que les sorcières de mon île avaient été assassinées pour une autre raison.

Une raison qui n'avait rien à voir avec le fait que le diable se cherchait une épouse.

Et tout à voir avec la vengeance.

« Dame Emilia ? » Fauna interrompit le tourbillon de mes pensées. « Si nous retournions au palais principal ?

— Oui. » Je me levai, puis me retournai pour faire face à la matrone. « Une dernière question. L'Arbre maudit. On m'a dit qu'il accordait plus que des souhaits, qu'il offrait la connaissance. Comment peut-on obtenir des informations plutôt qu'un souhait ou un sort ? »

L'attention de Fauna se porta sur moi avec la rapidité d'une flèche, mais je l'ignorai.

Celestia plissa les yeux.

« Gravez dans le tronc le vrai nom de la personne sur qui vous voulez obtenir des informations. Puis prenez une feuille de l'arbre. Faites attention, elles sont aussi fragiles que du verre. Quand vous souhaitez connaître la vérité, brisez la feuille en présence de la personne dont vous avez gravé le nom. »

Je pensai à la Première Sorcière, aux légendes et aux fables qu'on nous avait racontées. Aucune n'avait jamais mentionné son nom. « Et si je ne suis pas sûre du vrai nom de la personne ? Son titre fera-t-il l'affaire ?

— Les noms *ont* du pouvoir. Les titres sont une *démonstration* de pouvoir. L'un peut être pris ou donné sur un coup de tête, l'autre non. » Celestia m'adressa un sourire qui me rendit nerveuse. « Y avait-il autre chose, *ma dame* ? »

La façon dont elle avait prononcé « ma dame » soulignait son propos. Il s'agissait d'un titre de courtoisie, qui m'avait été décerné et qui n'avait pas beaucoup de sens en dehors de ce royaume. Mon vrai nom était différent. Je n'étais une dame qu'ici. En Sicile, je resterais à jamais Emilia Maria Di Carlo, à moins que je ne me marie. Et seul mon nom de famille changerait, jamais mon prénom.

« Non, merci. Cette conversation a été très… instructive. »

VINGT-CINQ

Je posai délicatement un livre sur le sol. Le chaos régnait dans mon coin de paradis, le pendant céleste de l'enfer personnel de Colère. On aurait dit qu'une tempête s'était abattue sur les étagères aux couleurs de l'arc-en-ciel. J'attrapai un autre tome ancien et le feuilletai, attentive aux pages délicates.

Les ouvrages de cette bibliothèque étaient tous rédigés en latin, ce qui me permettait de comprendre la majeure partie de leur contenu. Ce qui n'arrangeait pas ma situation.

« Par le sang et les os ! »

Un grimoire de plus, une nouvelle déception. Il n'y avait pas une seule mention de la Première Sorcière, mais c'était peut-être dû au fait que je ne connaissais pas son vrai nom. À Palerme, Colère avait dit un truc du genre « la Première Sorcière, comme tu l'appelles », ce qui signifiait que ce n'était pas le nom sous lequel les princes démons la connaissaient. Si je ne trouvais pas rapidement cette information, je devrais lui poser la question. Ce que je préférais éviter pour plusieurs raisons. La première était que s'il savait que la *Prima* se trouvait ici et qu'il l'hébergeait, il allait peut-être contrecarrer mes efforts pour percer ce mystère.

J'avais cherché des références à Celestia, mais il n'y avait aucune mention de la Matrone des malédictions et des poisons. Si elle était à la fois guérisseuse royale et empoisonneuse, je m'attendais à trouver son nom dans les archives judiciaires. Une trace du fait qu'elle ait sauvé des vies ou qu'elle en ait écourté.

Or, il n'y avait rien.

C'était comme si elle n'existait pas en dehors de la pièce dans la tour.

Cela me confortait dans l'idée qu'elle n'était peut-être pas celle qu'elle prétendait être.

Je me laissai tomber au sol, et mes jupes se déployèrent autour de moi. Je portais une belle robe bleu marine et or, avec des fleurs brodées sur le corsage, assez élégante pour une dame de la Cour Royale Démoniaque, mais suffisamment confortable pour passer des heures à genoux dans un recoin mal éclairé de la bibliothèque, à chercher de réponses.

Je feuilletai un carnet assez fin, rempli de notes et de croquis. Il y était question de démons créés par des moyens surnaturels. Pas tout à fait des démons inférieurs, mais presque. Le bestiaire parlait de créatures à l'apparence humaine et d'autres à mi-chemin entre le monde naturel et les mortels. Je m'arrêtai sur une illustration représentant un démon de forme humanoïde, dont la peau était faite d'écorce d'arbre, sa barbe de mousse et ses doigts, ses bras et ses jambes de branches plus ou moins longues et larges.

L'image suivante représentait un jeune homme dont la tête était surmontée d'une impressionnante paire de bois d'élan. Une autre illustration montrait une femme aux oreilles pointues, dont les cornes de bélier s'enroulaient jusqu'à ses épaules.

Les notes parlaient de sorts et de maléfices qui avaient mal tourné, transformant les mortels en cauchemars. Rejetés et maudits dans leur monde, ils se retrouvaient ici, où ils pouvaient errer dans le monde souterrain, sans craindre d'être persécutés.

Toujours d'après ce fascicule, la plupart s'étaient dispersés à travers le royaume et avaient fini par se regrouper dans les Terres immortelles, au nord-ouest, et dans une chaîne de montagnes de l'est appelée Les Confins impitoyables.

Une note attira mon attention.

Les créatures issues de la peur primordiale ont souvent soif de sang. Elles cherchent la vie et il n'y a pas de plus grand symbole de vie que le cœur.

« Charmant. » C'étaient les vampires à la sauce de ce monde souterrain.

Je mis de côté ce cahier illustré et parcourus le grimoire suivant, une oreille tournée vers l'entrée. Toutes les pages étaient consacrées aux sorts, aux sortilèges et aux maléfices. Je laissai tomber le livre sur l'imposante pile à côté de moi. Puis je relevai les genoux et m'appuyai contre les rayonnages.

J'avais beau essayer d'arrêter d'imaginer des créatures se régalant de cœurs, je n'arrivais pas à chasser de mon esprit le corps mutilé de ma sœur.

Un soir, à Palerme, Colère avait dit que la femme d'Orgueil avait eu le cœur arraché, elle aussi. Il avait également mentionné que la Première Sorcière avait utilisé la magie la plus obscure pour priver sa fille de tout pouvoir magique et que cette opération avait eu des effets imprévus.

Et si son cœur disparu n'avait pas de lien avec le rituel de meurtre ? Si c'était l'une des conséquences provoquées par la *Prima* ? C'était peut-être aussi un moyen de la libérer de toute contrainte mortelle. Je me souvenais vaguement que Nonna avait dit quelque chose du genre un jour.

Si la fille de la *Prima* n'était pas morte, mais victime d'une malédiction, *elle* pouvait être le monstre qui errait dans Palerme pour arracher le cœur des sorcières et les dévorer.

Peut-être voulait-elle se venger de sa mère, furieuse de la part d'humanité qui lui avait été volée en même temps que ses pouvoirs. Si le diable était son amour éternel, elle était peut-être devenue folle et s'était mise à tuer l'une après l'autre les futures épouses qui auraient pu prendre sa place.

À moins que ce ne soit aussi simple que le prétendait le cahier illustré… Si elle n'était plus en possession de son humanité, peut-être voulait-elle s'emparer des cœurs pour récupérer la vie qu'on lui avait prise.

« Il y a trop de *peut-être* et pas assez de réponses définitives », déplorai-je à haute voix.

Je me levai et rejetai les épaules en arrière. Maintenant que j'étais seule, j'allais retourner voir la matrone et lui exposer directement mes soupçons. Si elle *était* la Première Sorcière, je ne pensais pas qu'elle s'en prendrait à moi. Elle devait bien m'envoyer ces crânes ensorcelés pour une raison, et ce n'était pas pour m'effrayer. Elle pourrait peut-être m'en apprendre plus au sujet du Miroir de la Triple Lune et me donner des idées sur le lieu où je pourrais le trouver, ou la Clé de la Tentation, d'ailleurs.

J'effleurai le fourreau attaché à ma cuisse.

Et si elle essayait de me faire du mal, je ne me laisserais pas faire sans me battre.

J'étais si impatiente que je me trouvai devant la chambre de la tour de la matrone en quelques instants à peine. La déception me fit serrer la mâchoire lorsque j'arrachai le billet collé à la porte et que je lus le message griffonné à la hâte.

Il était impossible de savoir si elle était partie pour plusieurs jours ou pour quelques minutes. Au cas où son absence serait de courte durée, je me mis à faire les cent pas devant sa tour jusqu'à ce que la neige ne tombe et ne me chasse.

J'avais à peine fait deux pas dans le couloir de mes appartements quand un picotement m'alerta d'une présence. Colère était appuyé contre la porte de ma suite, les yeux braqués sur moi. I

Je ravalai la montée de… du sentiment non identifié qui m'envahit alors et je haussai un sourcil comme je l'avais vu faire à maintes reprises. Je ne l'avais toujours pas revu et je ne lui avais donc pas parlé depuis notre dernière séance d'entraînement. Et cette visite tombait au plus mauvais moment.

Je m'arrêtai à bonne distance. « Je peux t'aider ?

— J'étais venu te demander la même chose. »

Il ne rentra pas dans les détails et je n'étais pas d'humeur à jouer à *je pose mille questions à Colère pour n'obtenir que des réponses frustrantes*. Je me dirigeai vers ma porte, m'attendant à ce qu'il s'écarte, et inspirai profondément lorsqu'il ne bougea pas. Je croisai les bras et attendis.

Sentant ma détermination, ou tentant de revoir son plan de bataille, Colère changea de tactique. « La bibliothèque est en pagaille.

— Tu exagères. Il y a quelques piles de livres éparpillées dans une section. Je rangerai tout ce soir.

— Tu cherches des informations sur la Première Sorcière.

— Je m'intéresse à mon histoire. Elle en fait partie. »

Son expression s'assombrit. Elle n'était pas tout à fait furieuse, mais certainement orageuse. « Mensonge.

— Ce que je cherche ne te concerne pas.

— Tout ce qui se trouve dans ce château me concerne. Toi, en particulier.

— Je ne te pose pas de questions sur tes projets et je ne fourre pas mon nez dedans. J'attends la même courtoisie de ta part.

— Alors que je suis venu te proposer mon aide ?

— Après notre dernière *leçon*, j'ai eu l'impression que tu voulais que je prenne les choses en main à partir de maintenant. Littéralement… »

L'attention du prince se porta sur ma silhouette. On aurait dit qu'il se rejouait mentalement notre séance dans la salle d'armes, remontant ma robe le long de mes cuisses, me touchant et me caressant comme si mon plaisir était le sien. Lorsque ses yeux plongèrent dans les miens, il n'y avait plus ni chaleur ni trace de l'émotion qui venait de l'envahir. Il était distant, impassible. Un mur se dressait peu à peu entre nous. Je n'arrivais pas à savoir si c'était le soulagement qui me rongeait l'estomac ou autre chose.

« Nous partons pour la Maison royale de Gourmandise dans trois nuits. Envoie-moi un message si tu veux t'entraîner avant. »

Il tourna les talons et, que le diable me maudisse, je lui lançai : « Très bien. Retrouve-moi dans la salle d'armes à minuit. Une toute dernière leçon avant que les vrais jeux ne commencent. »

J'arrivai à la salle d'armes avec près d'une demi-heure d'avance sur l'horaire prévu. Je voulais donner le ton de cette séance et, à chaque tic-tac de l'horloge, mon pouls s'accélérait. Je jetai un coup d'œil à mon reflet dans un bouclier particulièrement brillant suspendu au mur, soulagée de constater que mon apparence était toujours impeccable, malgré l'état chaotique de mes entrailles.

Je me secouai pour me débarrasser de ma nervosité et allai me placer au centre de la pièce.

À minuit pile, Colère entra dans la salle et s'arrêta près de la porte. Le battant se referma avec un bruit qui me rappela une épée tirée du fourreau. Un son approprié, compte tenu du combat qui allait s'engager entre nous.

Le prince examina ma robe de soirée : un corsage noir aux épaules dénudées couvert de fleurs et de plantes grimpantes en perles claires et une jupe vaporeuse champagne foncé, fendue d'un côté, un peu au-dessus du genou.

Son attention s'arrêta sur mes chaussures. Je les avais fait fabriquer exprès pour cette toilette et j'étais certaine qu'elles lui plaisaient presque autant qu'à moi.

Elles étaient à talons, et un serpent noir scintillant s'enroulait de ma cheville à ma cuisse. Le reptile avait la langue sortie, mais elle était à moitié couverte par ma robe.

Si Colère voulait admirer le spectacle au complet, il devrait relever ma jupe. Les escarpins s'inspiraient en partie de la statue des jardins.

« Ce soir, nous allons…

— Nous allons travailler sur l'orgueil. » Je souris, remarquant que mon rouge à lèvres myrtille avait attiré son attention. Je pivotai lentement sur place. « J'ai fait fabriquer cette tenue pour cette leçon et je suis assez satisfaite du résultat. C'est la première fois que je crée quelque chose de toutes pièces à partir de mon imagination.

— C'est beau.

— Je sais. » Je lui adressai un clin d'œil et il pouffa de rire. « Elle est parfaite.

— Je vois que ton orgueil est déjà prêt pour la leçon. » Ses yeux brillaient d'un éclat sombre et dangereux. « Commençons alors.

— Montre le pire dont tu es capable, Altesse. Je suis prête. »

Cette fois, la magie était comme une petite perle roulant entre mes épaules, glissant le long de ma colonne vertébrale, agréable et séduisante. Je me cambrai presque pour l'accueillir, me rappelant au dernier moment de la repousser, de me concentrer pour dresser une barrière entre l'influence démoniaque et moi.

J'inspirai profondément, et ma poitrine se gonfla d'euphorie. Je résistais à l'influence de Colère, et cela ne me demandait pas énormément d'effort. Combattre l'orgueil était de loin la chose la plus facile que j'avais faite jusqu'à présent.

J'adressai un sourire arrogant au prince, qui se tenait à moitié dans l'ombre.

Il n'avait pas fait un pas de plus dans la pièce, il était resté près de la porte, semblant prêt à s'enfuir. Il était temps de le déstabiliser. Dernièrement, chaque fois qu'il était près de moi, j'avais l'impression que mon monde avait basculé de son axe.

« Tu devras te donner plus de mal. Je suis devenue plutôt douée pour te résister.

— Vraiment ? » L'amusement fit briller son regard. « On dirait que tu es un peu orgueilleuse. »

Je haussai une épaule et la laissai retomber avec désinvolture. « Pas orgueilleuse. Sincère. Tu as été un bon professeur, mais l'élève a surpassé les attentes. J'accepte mes désirs. Je suis prête à relever tous les défis. Je n'ai pas peur de perdre. Je pense que tes frères devraient être inquiets.

— Ah bon ?

— Évidemment. Il n'y a rien de plus dangereux qu'une femme qui assume qui elle est et ne s'excuse auprès de personne. » Je l'observai lentement des pieds à la tête. « Je suis convaincue d'être puissante. Par conséquent, je le suis. N'est-ce pas le principe qui régit ta vie ? Eh bien, je *sais* que je suis puissante. Je sais que le pouvoir provient de plusieurs sources et je dispose désormais de nombreuses armes dans mon arsenal, Altesse. En fait, je peux te posséder dès maintenant si je le souhaite. Et tu serais impuissant, pour une fois.

— Sûre de toi. Prétentieuse. Une estime de toi démesurée. » Colère cocha chacune de ces qualifications sur ses doigts. « Tu as raison. On ne dirait pas du tout que tu es sous l'influence de l'orgueil.

— Tu sais ce que je crois aussi ? Je crois que tu *aimerais* secrètement que je te possède. Au moins dans certaines… zones. »

Je traversai la pièce d'un pas délibéré et régulier, en balançant les hanches. Ma jupe flottait sur les côtés, montrant le serpent qui s'enroulait le long de ma jambe.

Si Colère voulait une leçon, j'allais lui en donner une qu'il n'oublierait pas de sitôt.

Je le plaquai contre le mur, et mes lèvres s'incurvèrent vers le haut tandis que je posais un doigt sur son torse, puis que je suivais la rangée de boutons jusqu'à son pantalon. Démon tordu. Il était déjà excité. Je remontai mon regard jusqu'au sien, l'observant attentivement tandis que je glissais ma paume sur le renflement. De l'air siffla entre ses dents. Je suivis les contours durs de son pantalon et sa respiration s'accéléra.

La magie démoniaque qu'il utilisait se brisa net et disparut.

Comme je m'y attendais. Les règles de morale personnelle de Colère s'étaient révélées au cours de chacun de nos entraînements, et je les avais observées attentivement, apprenant tout ce que je pouvais, même lorsque je n'étais pas capable de bloquer son influence. Il n'utilisait *jamais* la magie lorsque la situation devenait intime entre nous.

« Emilia. »

Ces syllabes tenaient plus de la supplication que de la mise en garde. Maintenant que je n'étais plus sous son influence, notre leçon ne faisait que commencer. Je me penchai vers lui, pressant ma poitrine contre la sienne, appréciant la façon dont son attention se déplaçait vers mon décolleté. Je savais pertinemment que mon corsage était serré et que notre nouvelle position mettait mes atouts en valeur juste sous ses yeux.

Il semblait tiraillé entre l'envie de profiter au maximum du spectacle et celle de rester un gentleman. Ce qui ne me convenait pas. Je voulais qu'il perde complètement le contrôle.

Soudain, une image s'infiltra dans mes sens, si vivante et réelle que la réalité se confondit avec l'illusion. Pendant un instant stupéfiant, je me retrouvai à deux endroits à la fois.

Un léger bourdonnement de musique filtrait, des instruments à cordes et des pianos, un son me parvenait à travers les murs, assourdi et obsédant. Nous nous étions éclipsés tous les deux, loin des bruits d'une fête qui battait son plein au détour du couloir. Il était tapi dans l'ombre, mais me trouva assez vite. Sa main attrapa mon sein par-dessus mon corsage, et il me couvrit de baisers possessifs. Ma passion brûlait aussi intensément que la sienne. Je lui mordillai la lèvre, le défiant de faire de même. Il fit mieux. Il baissa le haut de ma robe, remplaçant sa main audacieuse par sa bouche.

Je me glissai dans son pantalon, le trouvant dur et enflé de désir, puis je souris lorsque, sous ma première caresse, il lâcha un juron. J'approchai mes lèvres de son oreille. « Chut ! On va nous entendre. »

Je le pris en main comme si j'avais déjà fait ça des centaines de fois. Je savais exactement ce qu'il aimait et comment lui procurer le plus de plaisir. Son corps, son cœur, je les connaissais aussi bien que les miens. Et j'utilisais cette connaissance à mon avantage maintenant.

Ça ne semblait pas le déranger.

Quelques minutes plus tard, il frissonna contre moi, sa respiration plus rauque et haletante que jamais. Une fois qu'il cessa de trembler, je me hissai sur la pointe des pieds et je l'embrassai, longuement et profondément. « Retrouve-moi dans le jardin à l'heure de la sorcellerie ce soir. Tu sais où. »

Il avait à peine refermé son pantalon que je m'enfuyais déjà, jetant un dernier coup d'œil par-dessus mon épaule, avant de m'éclipser du couloir sombre.

Colère m'appela par mon nom, me ramenant au présent. Je n'avais jamais eu de vision comme celle-là et je ne savais pas quoi en penser. Quelque chose en elle ne ressemblait pas à la magie de ce royaume.

Plutôt à un souvenir.

Le prince traça la courbe de ma joue et dit à voix basse : « Emilia…

— Je… »

Je m'éloignai, nous offrant la distance dont nous avions besoin, et je réfléchis avec soin à ce que j'allais dire. J'avais l'impression de perdre pied. Voyant l'inquiétude se glisser dans ses traits, je fis de mon mieux pour retrouver ce sentiment d'orgueil. Pour le manipuler à mon avantage.

Je baissai volontairement mon attention vers son pantalon ; il n'y avait plus le moindre signe d'attirance ou de convoitise. Apparemment, ma distraction n'était pas passée inaperçue.

Je lui offris un sourire dédaigneux. « Notre leçon semble terminée. »

Avant que mon masque ne tombe, je tournai les talons et me dirigeai vers la porte. Il s'était passé quelque chose d'étrange. Et cela semblait se produire chaque fois que Colère et moi nous trouvions dans des situations passionnées.

S'il s'agissait de souvenirs et non d'illusions créées dans ce royaume… j'avais peut-être découvert un des secrets de Colère.

Même si je n'avais aucune idée de comment tout cela était possible.

Mais j'étais bien décidée à le découvrir.

VINGT-SIX

Des flocons de neige dansaient furieusement derrière ma fenêtre.

Le givre montait le long des vitres comme s'il s'agissait d'une plante grimpante hivernale. J'étais assise sur le large rebord de la fenêtre et je contemplais le monde recouvert d'une nouvelle couche de neige. La nuit tombait rapidement, teintant tout d'un bleu profond. Deux jours s'étaient écoulés depuis la dernière fois où j'avais vu le prince de ce cercle. Je l'évitais depuis la vision qui avait surgi à l'improviste, ne sachant toujours pas s'il s'agissait d'un souvenir ou d'un fantasme. Sans doute quelque chose que le royaume avait conjuré, mais cela *semblait* si réel qu'il était difficile de l'oublier.

La Matrone des malédictions et des poisons n'était pas encore revenue, et je ne voulais confier à personne ce que j'avais vu ou vécu. J'espérais qu'elle puisse créer un tonique ou qu'elle connaisse une magie capable de débloquer la vérité tapie en moi.

S'il *s'agissait* d'un souvenir, alors j'étais déjà venue dans ce royaume.

Et Colère et moi... Je n'arrivais pas à concevoir comment il avait pu prétendre ne pas me connaître à Palerme. À certains moments, je m'étais demandé comment il était au courant des détails que je n'avais pas partagés avec lui. Comme l'endroit où je vivais. Ou mon nom. Je m'étais rassurée en pensant que cela avait un rapport avec ce que j'avais pris pour son sort de renaissance, la nuit où j'avais été attaquée par le *Viperidae*, nous avions été dans l'esprit l'un de l'autre pendant quelques secondes à peine.

Était-ce ce qui se passait en ce moment ? Il était possible que je voie *ses* souvenirs, avec une autre. Peut-être que je vivais le monde à travers ses yeux à *elle*, que je revivais *ses* souvenirs à elle. Je savais que les démons étaient capables de posséder les gens, mais je n'avais jamais entendu dire qu'une sorcière en était capable. À ce stade, rien ne pouvait plus me surprendre.

J'avais passé la majeure partie des deux dernières journées à essayer de décrypter toutes les significations possibles. Aucune hypothèse n'était trop absurde. Je notais tout. De l'idée que Colère pourrait être Orgueil, à la possibilité que *je* sois la Première Sorcière, condamnée à l'oubli en punition de ce que j'avais fait.

Au bout d'un moment, les détails de ma vision s'étaient estompés, me rendant encore plus perplexe. Je ne me rappelais plus si j'avais aperçu le visage de Colère, ou si c'était juste une impression que j'avais eue de lui.

Je me souvenais que la pièce était sombre dans la vision, qu'on y entendait les bruits d'une fête lointaine, mais je n'arrivais pas à me souvenir de la voix de mon amant. S'il avait juré bruyamment en atteignant l'orgasme, ou si cela n'avait été qu'un murmure. Et si ce n'était pas Colère qui était avec moi dans la vision…

J'expirai, et mon souffle forma des nuages sur la vitre. Cela compliquait encore les choses. Quand j'arriverais à la fête ce soir, je reconnaîtrais peut-être l'amant de ce souvenir. Si nous dansions ensemble, cela débloquerait-il d'autres souvenirs qui avaient été occultés ?

Je me glissai au bas du rebord de la fenêtre et je feuilletai les notes que j'avais prises au sujet des crânes ensorcelés. *Passé, présent, futur, trouve.* J'avais pensé que cela faisait référence au Miroir de la

Triple Lune qu'Envie cherchait. Maintenant, je me demandais si cela n'englobait pas plus que cela.

Ces visions faisaient-elles partie de mon passé, de mon présent ou de mon futur ? Si c'étaient des images de l'avenir, elles avaient peut-être un lien avec la prophétie. La partie qui disait que je pouvais redresser un tort terrible.

Quand j'avais été sous l'influence de Luxure, j'avais eu cette impression de choix, d'équilibre. Que je pouvais maudire tout le monde ou régler les choses. Mais *de quoi s'agissait-il* ?

Je n'arrêtais pas de revenir à la fiancée assassinée du diable. Est-ce que tomber amoureuse pourrait être la clé qui briserait la malédiction ? En apparence, cela semblait simple. Mais ça ne l'était pas. Je devais tomber follement amoureuse d'Orgueil. Et pour cela, je devais mettre fin à mes fiançailles avec Colère pour de bon.

« Que la déesse me vienne en aide, c'est un désastre. »

Orgueil serait présent à la fête. S'il était l'amant mystérieux de ma vision, et si ces images appartenaient au passé et non à l'avenir, il était tout à fait possible que ni lui ni moi ne puissions nier la forte attirance entre nous, une fois que nous serions ensemble. Ce qui m'effrayait.

Si *c'était* le passé que je voyais… cela signifiait que j'étais déjà la femme d'Orgueil. Peut-être que pour briser la malédiction, je devais tomber amoureuse de lui à nouveau, sans me souvenir de lui ni de notre relation.

Cette piste était si farfelue qu'elle pourrait bien être vraie. Et qui pourrait expliquer pourquoi Orgueil ne m'avait pas invitée dans son cercle. Peut-être que la raison était plus profonde que mes fiançailles accidentelles avec Colère.

J'avais peut-être brisé sans le savoir le cœur d'Orgueil et les avais tous maudits en choisissant le mauvais frère. Cela expliquerait aussi la haine de Colère lorsque je l'avais invoqué pour la première fois et qu'il avait exigé que j'annule le sort avant qu'il ne soit trop tard.

Un coup frappé à la porte de mes appartements me tira de ma rêverie.

« Entrez ? »

Harlow fit une rapide révérence, puis brandit un sac à main.

« Le cordonnier aura bientôt terminé vos chaussures. Voulez-vous que j'étende votre robe ?

— Oui, s'il vous plaît. »

À cause de toutes ces inquiétudes, j'avais complètement perdu la notion du temps. Nous allions nous rendre à la Maison Gourmandise dans l'heure qui suivait. Ce soir marquait la première des trois soirées consacrées au Banquet du Loup, un événement que j'aurais préféré éviter si ce n'était pour les informations que j'espérais recueillir. L'idée que ma plus grande peur allait m'être arrachée fit battre mon cœur trois fois plus vite.

Au début, je redoutais que ma plus grande peur ne soit que ma mission secrète de vengeance ne soit révélée. Maintenant, il pouvait s'agir de ma peur au sujet de cette créature qui gémissait sous la statue, ou de ma famille qui risquait de mourir sous les coups de nos ennemis, ou même de ma magie qui pouvait ne jamais revenir, voire de la possibilité que mes souvenirs aient été volés et que la vie que j'avais vécue jusqu'alors n'ait été qu'un mensonge.

La plus grande peur de toutes tournait en boucle comme un présage de mort et de fatalité.

Je ne pouvais m'empêcher de penser que *j'étais* la fiancée du diable et que je n'avais pas été assassinée : on m'avait maudite pour que j'oublie. Mes paumes devinrent moites. Ce n'était tout simplement pas possible.

Pourtant, cette pensée me hanta pendant toute la durée de mes préparatifs en vue de la soirée. Que ce soit vrai ou non, si je ne parvenais pas à écarter cette peur, elle risquait d'être révélée à chacun de mes ennemis et à leurs sujets.

Ce serait non seulement humiliant, mais cela leur indiquerait que je n'avais pas tourné la page sur mon passé lorsque j'avais vendu mon âme et que je travaillais activement à détruire l'un d'entre eux.

Si les princes démons se méfiaient des raisons pour lesquelles j'étais venue ici, ils verraient leurs soupçons confirmés. Et je préférais ne pas savoir ce qu'ils feraient pour se venger.

Je descendis les escaliers, la silhouette bien droite, la tête haute. Je m'attendais à voir Fauna et Anir, mais c'était le Prince de la Colère qui m'attendait, tiré à quatre épingles. Il n'avait d'yeux que pour moi. Je n'avais pas choisi de porter l'une des couleurs emblématiques de sa Maison, mais ma robe en velours rouge froissé ne semblait pas lui déplaire, pas plus que la façon dont elle épousait mes courbes avant de descendre jusqu'à mes pieds.

Je faillis rater une marche lorsque je remarquai la couleur de sa chemise sous son gilet et sa veste à queue-de-pie noirs : elle était d'un joli canneberge foncé. Harlow ou la couturière avait dû lui faire savoir quelle toilette j'allais porter.

Lorsque j'arrivai au bas des escaliers, je pivotai lentement sur moi-même. Mes chaussures arboraient le même motif de serpent que quelques nuits auparavant, mais elles étaient dorées au lieu d'être noires. C'était le seul hommage que je rendais à ma Maison du Péché actuelle. Quelles que soient mes hypothèses, dans cette réalité, dans cette version de moi-même, c'était là où je me sentais à l'aise. Il ne servait à rien de nier que j'étais alignée avec le péché de colère plus que tout autre.

« Alors ? demandai-je. Comment suis-je ? »

Le regard de Colère s'assombrit, porteur d'une multitude de péchés. « Je pense que tu le sais parfaitement.

— Allez, fais-moi plaisir.

— Tu es dangereusement belle.

— Un fameux compliment de la part d'un des Damnés. » Je parcourus des yeux le vestibule désert. Il était silencieux, ce qui n'aidait pas à apaiser ma nervosité grandissante. Plus j'essayais de ne pas penser à mes théories, plus elles me hantaient. « Où sont Fauna et Anir ?

— À l'heure qu'il est, ils sont déjà presque arrivés chez Gourmandise.

— Qui d'autre se joindra à nous ?

— Personne. » Il me tendit le bras. Je me demandais s'il savait qu'il était lui aussi dangereusement beau. Et qu'il était la tentation incarnée. Mais si Orgueil était l'homme de ma vision, Colère pourrait ne plus être qu'un bon souvenir avant la fin de la soirée. Cette idée me provoqua un pincement dans la poitrine. « Ce soir, nous utiliserons mon carrosse. C'est considéré comme impoli d'arriver à la fête par la magie du *transvenio*. »

J'acceptai son bras et nous sortîmes par la double porte monumentale.

Dehors, notre véhicule nous attendait, la neige sur le toit ressemblait à du sucre glace. La voiture de Colère était plus sombre que la nuit, des taches d'or mouchetaient la finition laquée. Il n'y avait pas de cocher, juste des chevaux.

« Tu vas conduire le carrosse ?

— Non. Il sera guidé par mon pouvoir.

— La magie du *transvenio* est impolie, mais piloter un carrosse par magie ne l'est pas ? » Je secouai la tête. « Je pourrais vivre mille ans sans parvenir à comprendre ces règles démoniaques ridicules. »

Les quatre étalons couleur d'ébène humèrent l'air ; leurs yeux rouges étaient la seule indication qu'ils n'étaient pas tout à fait semblables aux chevaux du monde des mortels. Colère vérifia leurs brides et émit un *tss* désapprobateur quand l'un des destriers de l'enfer le mordilla.

J'étouffai un cri. Je m'étais trompée. Leurs yeux n'étaient pas la seule chose qui les distinguait de leur équivalent sur terre. Ils avaient des dents métalliques scintillantes, qui indiquaient qu'ils étaient plus des prédateurs que de simples équidés. Le cheval de l'enfer mordit à nouveau, avec plus d'insistance.

« Doucement, Mort.

— Déesse, donne-moi la force ! » Je jetai un coup d'œil aux trois autres bêtes.

« Famine, Peste et Guerre, je présume ? » Le sourire amusé de Colère confirma mes suppositions lorsqu'il tourna la tête vers moi. « Je n'en reviens pas que tu leur aies donné les noms des quatre cavaliers de l'Apocalypse. En même temps, je ne suis pas très étonnée. »

Il me rejoignit et m'aida à monter dans le carrosse. « Peut-être ne leur ai-je pas donné ces noms que pour eux. » Il s'installa sur la somptueuse banquette de velours en face de moi, l'air suffisant, tandis que je laissais l'information infuser mon esprit. Il frappa un petit coup rapide au plafond, et nous démarrâmes.

Les roues rebondissaient sur les pavés, mais le bruit et les secousses étaient atténués par les sièges bien rembourrés et les couches de tapis épais. Je n'avais jamais pris place à l'intérieur d'un véhicule aussi luxueux. Mais je n'étais jamais montée dans un véhicule minable non plus. Avant mon trajet avec l'émissaire, ce qui se rapprochait le plus d'un voyage en carrosse était un trajet en carriole tirée par des chevaux.

Je fronçai les sourcils. Ce n'était pas juste… Après avoir débarqué d'un bateau, nous avions dû nous déplacer en carrosse pour rendre visite à l'amie de Nonna dans le nord de l'Italie. Sauf que je ne me souvenais plus comment nous étions arrivées là.

Colère m'étudia. « On dirait que tu essaies de résoudre une énigme compliquée. »

Je haussai une épaule. « Je suppose que c'est la nervosité.

— Au sujet de la partie du Banquet consacrée à la peur ?

— La peur, tout l'événement. Rencontrer tes autres frères. Danser. »

Il garda le silence pendant un moment. Il ne s'attendait sans doute pas à une telle honnêteté et ne savait pas comment réagir. Il finit par se pencher vers moi. « Il ne te sera fait aucun mal. Je ne le permettrai pas.

— C'est peut-être pour tes frères que tu devrais t'inquiéter.

— S'ils sont assez stupides pour déclencher ta fureur, ils méritent d'en sentir la brûlure. »

Je lui souris. « Pourtant, tu jettes tout le temps de l'huile sur le feu.

— La colère et la fureur sont mes péchés préférés. *J'aime* quand tu es fâchée. »

Après un temps indéterminé passé à descendre et à gravir quelques sommets, notre voiture s'arrêta brusquement. Colère jeta un coup d'œil à l'extérieur. Son expression se figea à nouveau avec soin dans ce masque froid et impitoyable que je ne lui connaissais que trop bien.

« Nous sommes arrivés. » Il tendit la main vers la poignée, puis marqua une pause. Ses muscles étaient tendus sous son costume bien taillé. Il secoua brièvement la tête, puis me regarda. « Si tu as besoin d'un partenaire, je danserai avec toi. »

Avant que je ne puisse réagir, il poussa la portière et descendit du carrosse. Sa main sortit de l'ombre et attendit la mienne.

Je m'accordai un moment pour mettre de l'ordre dans mes émotions. Je n'avais pas menti au sujet de la source de ma nervosité, mais je n'avais pas exprimé toutes les raisons pour lesquelles mon cœur battait la chamade. J'allais avoir l'occasion de parler à tous les princes démons de l'enfer. Et l'un d'entre eux avait très probablement orchestré le meurtre de ma sœur.

J'avais beaucoup à perdre ou à gagner au cours des prochains jours. Et si le meurtrier de ma sœur se trouvait ici, il essaierait peut-être d'arracher mon cœur de ma poitrine.

Si j'étais sur le point de me lancer dans une bataille pour sauver ma vie, au moins j'aurais Colère à mes côtés.

Ses doigts se resserrèrent sur les miens, alors que je descendais du carrosse et découvrais la Maison Gourmandise. Elle était immense et originale : un mélange de styles, où l'on voyait des terrasses romaines ouvertes avec de hautes fenêtres voûtées et des tours médiévales. Le château était construit sur le flanc d'une montagne escarpée et semblait sorti tout droit d'un conte de fées gothique.

« Prépare-toi. » Mon compagnon m'escorta jusqu'à une petite volée d'escaliers et s'arrêta juste devant la majestueuse entrée du palais. « La débauche de mon frère n'a pas de limites. »

Je restai sans voix lorsque nous entrâmes dans la Maison Gourmandise. Le prince de ce cercle ne cachait ni le péché ni les vices qui portaient son nom. Dès que nous mîmes le pied dans le vestibule palatial, nous fûmes accueillis par la scène la plus scandaleuse dont j'avais jamais été témoin.

Une table de la taille de quatre énormes matelas était placée bien en évidence. Les invités devaient se faufiler pour la contourner afin d'entrer dans le château. La table n'était pas couverte de nourriture ou de vin, mais d'amants. Certains s'adonnaient à des actes dont je ne soupçonnais même pas l'existence.

D'un côté, une femme était nue, jambes écartées, et un homme lui versait de la sauce au chocolat sur les seins, puis le long de son ventre pour aboutir entre ses cuisses. Il jeta le pichet de côté, s'agenouilla et commença à se régaler. Il n'y avait pas de romantisme, pas de séduction. Juste une faim pure et animale. Ce qui ne semblait pas déranger sa partenaire.

Mon attention se porta sur l'autre extrémité de la table, où un jeune homme était allongé, un bras replié derrière la tête, et regardait sa partenaire sucer la crème fouettée qui recouvrait son membre, tandis qu'un autre amant la pénétrait par-derrière. Mon visage s'enflamma devant cette scène érotique.

Avant que je n'apprenne qu'Orgueil ne m'était pas destiné, Colère avait mentionné que son frère invitait des partenaires dans le lit matrimonial. Maintenant, je comprenais ce qu'il avait voulu dire. Je comprenais aussi très clairement ce que Fauna avait sous-entendu lorsqu'elle m'avait demandé si j'avais rendu la pareille au prince avec ma bouche.

« Mon frère aime choquer les invités dès leur arrivée. » La voix grave de Colère à mon oreille envoya des frissons le long de ma colonne vertébrale. « Ses sujets sont ravis de s'adonner à ses vices préférés. Les amants qui sont ici veulent être vus. Ils souhaitent que nous nous laissions emporter par leur plaisir. Notre attention les nourrit comme leurs ébats nous nourrissent. Ce ne sera pas comme ça dans toute la Maison. »

Sa main dans mon dos ne suffit pas à me faire décoller – j'étais clouée sur place. « Est-ce que l'influence de Gourmandise me poussera à faire cela ? Devant tout le monde ? »

Colère suivit mon regard, le visage impénétrable. « Non. »

Je l'observai discrètement. Il ne semblait pas du tout affecté par ces corps nus ni par les grognements et les gémissements. Il regardait la table comme si c'était un simple meuble devant lequel s'asseoir, qui ne méritait pas plus qu'un coup d'œil superficiel. On ne pouvait pas en dire autant pour moi. Je me forçai à me détourner de l'homme qui léchait et suçait avec un abandon fébrile.

« Comment peux-tu en être sûr ? Luxure a réussi à m'influencer. Envie aussi. Je suis sûre que ton frère peut obtenir ce qu'il veut de qui il veut. Peut-être que nos entraînements n'étaient pas suffisants. Et si…

— Respire. Personne ne te touchera tant que nous sommes ici, Emilia. Ce serait un acte de guerre et nous avons convenu d'une trêve pour ces festivités. Tu appartiens à la Maison Colère. S'ils l'oublient, je me ferai un plaisir de le leur rappeler. »

Ses traits durs confirmaient que ce n'était pas une promesse en l'air.

Je ne doutais pas que ce prince mettrait en pièces quiconque toucherait à un cheveu de ma personne sans mon consentement. Je lui enviais ce pouvoir. J'aurais voulu assurer moi-même ma sécurité et j'avais l'impression d'en avoir été capable un jour. C'était peut-être pour cela que je m'étais sentie si envieuse lorsque j'avais rencontré Envie et qu'il avait usé de son influence sur moi. Je désirais ardemment pouvoir me défendre et défendre mes proches.

Mon attention se reporta sur l'homme agenouillé entre les cuisses de sa partenaire. Il lui donnait du plaisir avec sa bouche et sa main. Une femme s'approcha d'elle et étala plus de crème fouettée sur ses seins, qu'elle lécha avant d'en rajouter encore.

Gourmandise souhaitait choquer ses invités, les déstabiliser. Mais la plupart étaient de ce royaume et avaient sans doute été témoins de bien pires débauches. Non, cette mise en scène n'était pas pour *tous* ses hôtes. Elle m'était destinée. Elle visait à bouleverser l'invitée d'honneur bien avant qu'elle n'entre dans la salle de bal.

Et il y était presque parvenu.

La nudité, les gens qui cherchaient le plaisir sexuel… J'avais beau essayer de dépasser le mode de pensée des mortels qui considéraient ces pratiques comme immorales et honteuses, ce jugement revenait sans cesse. Ce genre de scène continuait à me choquer et à m'embarrasser parce qu'au fond de moi, je redoutais encore d'être détruite par le scandale, cette notion si humaine. Et surtout, je m'inquiétais du qu'en-dira-t-on.

Cela suffisait. J'en avais assez de retomber dans mes vieilles peurs. Je m'approchai de la table et trempai mon doigt dans un bol de crème fouettée, puis je me tournai lentement vers Colère en léchant la crème. Son expression ne reflétait plus l'ennui ou le désintérêt. Il suivait chaque mouvement comme s'il le mémorisait.

Un serveur apparut portant un plateau chargé de flûtes.

J'adressai un petit sourire perfide à mon compagnon et pris un verre de vin de baies démoniaques pétillant. « Au scandale. »

Sans attendre sa réaction, je tournai les talons et passai devant la table des amants.

Lorsque je fis mon entrée au Banquet du Loup et que le héraut annonça mon nom, j'étais parvenue à me convaincre que j'étais la plus redoutable de l'assemblée.

VINGT-SEPT

Le Prince de la Gourmandise n'était pas du tout ce à quoi je m'attendais. Il n'était pas perché sur un trône, n'avait pas l'air horriblement blasé ou royalement arrogant. Il n'avait pas non plus l'air particulièrement dangereux. Si on mettait de côté la menace qu'il représentait pour les cœurs.

Il se tenait près d'une fontaine d'eau-de-vie, entourant de ses bras des femmes plantureuses, sa bouche pulpeuse étirée en un sourire goulu. Il se pencha pour chuchoter quelque chose à l'oreille de chacune de ses compagnes, qui éclatèrent d'un rire sulfureux, chargé de promesses dévoyées.

Je haussai un sourcil tandis qu'il mordillait tour à tour leur cou. Gourmandise était un débauché jusqu'au bout des ongles. Et il semblait adulé pour cela.

Il n'était pas aussi grand que Colère, mais ses épaules étaient larges, ses hanches étroites, et la largeur de ses cuisses laissait deviner un corps bien entretenu sous son costume couleur de mûre.

Ses cheveux bruns légèrement ébouriffés avaient des mèches dorées et rouges sous certaines lumières, même si le brun ne cédait jamais longtemps le terrain. Il portait une couronne en bronze ornée de pierres précieuses multicolores. Ses yeux noisette étaient un mélange de nuances vertes, dorées et brunes. Ces couleurs rivalisaient pour prendre le dessus et se régalaient de leur propre beauté.

Ces iris époustouflants étaient maintenant dirigés vers l'endroit où Colère et moi nous trouvions. Un sourcil se redressa.

« Frère ! Viens rencontrer mes nouvelles amies, Drusilla et Lucinda. Elles me racontaient une histoire passionnante.

— Je n'en doute pas. » Le manque de décorum de Colère ne semblait surprendre personne d'autre que moi. Il posa une main dans le bas de mon dos. « Mon épouse, Emilia Di Carlo. »

L'attention de Gourmandise se reporta sur moi. Son nez semblait avoir été cassé une ou deux fois, mais cette imperfection ne faisait que le rendre plus intéressant. Son regard se posa sur moi et une étincelle de malice jaillit. « Future épouse, d'après ce que j'ai compris.

— En fait, ajoutai-je, je n'ai pas encore décidé d'accepter le lien.

— Tu entends ça, mon frère ? » Gourmandise s'éloigna de ses compagnes et passa un bras autour des épaules de Colère. « Il y a encore de l'espoir pour moi.

— Respire dans sa direction sans sa permission expresse, et elle t'éventrera. » Colère prit un verre de vin de baies démoniaques sur un plateau qui passait par là et en but une gorgée. Il était l'élégance décontractée incarnée. « Je lui ai demandé de s'abstenir de toute violence pendant de notre visite, mais si j'étais toi, je ne réveillerais pas sa fureur. »

Les frères échangèrent un long regard. Colère venait de débarquer et il édictait ses propres règles à la cour royale de son frère. Comme il l'avait fait dans la Maison du Péché d'Envie. J'étais étonnée que le maître des lieux ne cille pas face à cette impertinence. « Vous êtes violente, alors ?

— Ça peut m'arriver, Votre Altesse. »

Il éclata d'un rire plein et riche.

« Expliquez-moi comment vous avez réussi à attirer son attention. » Il se pencha et fit semblant de chuchoter d'un ton sérieux, comme s'il partageait un important secret. « Colère a un appétit insatiable pour la fureur. Bien qu'il n'en abuse jamais. Au grand dam de tous. »

Colère ne répondit pas au sourire de son frère, ce qui ne fit qu'enchanter davantage le prince de ce cercle. « Tu nous surprendras peut-être tous, cher frère. Ce sera peut-être l'année où tu te lâches, finalement. Où tu réponds à nos attentes. Où tu te goinfres d'un peu de plaisir pour une fois.

— Tu pourrais te montrer reconnaissant que je mette un frein au divertissement qui me plaît le plus, mon frère.

— Eh bien, la chasse commence à l'aube. Tu pourras monter sur un cheval d'enfer et libérer ton esprit guerrier à ce moment-là. » Il se tourna vers moi avec un sourire taquin. « Vous aussi, Dame Emilia. Voyons si vous êtes également inspirée par la soif de sang.

— Je ne monte pas à cheval.

— Non ? » Ses yeux pétillèrent d'amusement. « Alors je resterai pour vous tenir compagnie. Pendant qu'ils font des bêtises, je suis sûr que nous pourrons en faire nous aussi. »

La légèreté dont notre hôte faisait preuve cessa brusquement, remplacée par une expression glaciale. Je suivis son regard, surprise de constater que l'objet de sa haine était une jolie noble guindée. Ses cheveux bleu pâle étaient coiffés à la manière d'une véritable lady anglaise et sa robe élégante était boutonnée jusqu'au cou.

Elle portait des gants en peau de chevreau qui lui arrivaient plus haut que le coude et afficha une expression de dégoût dès qu'elle aperçut Gourmandise à l'autre bout de la pièce. Elle se pencha vers sa compagne, noble elle aussi, et lui murmura quelque chose qui la fit glousser.

« Si vous voulez bien m'excuser. » L'humeur du maître de cérémonie s'assombrit encore. « Une trouble-fête s'est glissée parmi nous. »

Sans dire un mot de plus, il s'élança vers les dames qui ricanaient.

Je me tournai vers Colère. « Qu'est-ce qui lui arrive ?

— C'est une journaliste des Îles changeantes. Et elle a rarement quelque chose de flatteur à dire sur les souverains de ce royaume. Elle a été particulièrement cruelle avec Gourmandise. »

Je repensai aux amants sur la table. « Elle n'apprécie pas ses excès, je suppose.

— Au contraire. » Un sourire en coin lui échappa. « Elle a qualifié la dernière fête de mon frère de “parfaitement ordinaire et totalement forcée. Une soirée prévisible et sans inspiration”.

— Je n’en reviens pas que tu aies appris cette citation par cœur.

— Mon frère l’a répétée tellement souvent que je l’ai retenue. Il était furieux. Depuis, il organise les fêtes les plus somptueuses, les plus exagérées, les plus débauchées possible.

— Il veut lui faire ravaler ses paroles.

— Entre autres choses, sans doute. »

Je ne pus m’empêcher de sourire. « La haine est un puissant aphrodisiaque pour certains.

— En effet. C’est très vrai. » L’attention de Colère se porta brièvement sur mes lèvres. « Veux-tu visiter les jardins du plaisir ou préfères-tu t’installer dans tes appartements ? »

Je me souvins de ce que Fauna avait dit à propos des jardins du crépuscule et mon estomac se noua nerveusement. Si Colère et moi nous éclipsions maintenant, je raterais l’occasion de rencontrer le reste de sa famille.

Sans compter que je n’étais pas sûre que c’était une bonne idée d’être seule avec lui dans un lieu où la séduction était servie en pâture pour la consommation publique.

Comme s’il avait lu cette idée dans mes pensées, il ajouta à voix basse : « Orgueil fera sa grande entrée au bal masqué demain. Paresse apparaîtra juste avant la cérémonie de la peur. Avarice et Envie arriveront élégamment tard ce soir.

— Et Luxure ?

— J’imagine qu’il est déjà ici et qu’il profite des plaisirs. Même s’il a tendance à détourner le bonheur des autres pour augmenter son pouvoir, il se laisse tenter par les propositions charnelles, quand elles lui sont offertes. Ces fêtes nourrissent généralement son péché à de multiples niveaux. »

Je jetai un coup d’œil en direction de la véranda, dont les portes étaient ouvertes et où une brise froide repoussait les flocons de neige du patio vers l’intérieur. De minuscules sphères argentées flottaient dans l’obscurité.

La meilleure décision était d'aller dans ma chambre, mais je me surpris à répondre : « Pourquoi pas une petite promenade dans les jardins ? »

Sans surprise, l'idée que Gourmandise se faisait de jardins du plaisir était tout ce qu'il y a de plus littérale. Nous passâmes devant des amants à peine dissimulés dans l'ombre. Le bruit de leurs peaux nues qui s'entrechoquaient et leurs gémissements créaient une symphonie étrangement obsédante. Je faisais de mon mieux pour ne pas quitter des yeux le sentier éclairé par les torches, n'osant pas tourner la tête vers les ombres qui ondulaient près des haies.

Colère, comme d'habitude, ne semblait pas affecté par ce spectacle.

« As-tu déjà visité les jardins ? » Je regrettai aussitôt d'avoir posé la question.

« Oui. » Il me jeta un regard en coin. « J'inspecte toujours les lieux pour m'assurer qu'ils n'abritent rien de menaçant. »

Juste à ce moment, une femme cria le nom de son amant.

« Bien sûr. » Je levai les yeux au ciel. « De toute évidence, ces jardins sont pleins de *dangers*.

— Des armées cachées, des invités indésirables, des réunions clandestines entre Maisons intrigantes. » Le prince se rapprocha et baissa le ton. « Bien des choses peuvent se passer dans l'obscurité, ma dame.

— Il n'a pas tort. » Le Prince de la Luxure s'avança vers nous sur le chemin, arborant un sourire presque félin. Il tendit les bras au-dessus de sa tête, dévoilant un rectangle de peau dorée au-dessus de son pantalon. Ses yeux anthracite m'examinèrent, puis se détournèrent avec un désintérêt manifeste. « Rebonjour, petite chérie.

— Luxure. » Malgré la voix intérieure qui me poussait à fuir, je tins bon. Tous mes sens étaient en éveil, prêts à percevoir les premiers signes de son influence dévastatrice. « J'aurais pu prétendre qu'il est agréable de vous revoir, mais... »

Je soulevai une épaule, laissant le reste de la phrase en suspens.

« Je vais devoir remédier à cela. Plus tard. » Il se tourna vers son frère. Il ne semblait y avait ni colère ni menace dans son expression. Pourtant, pour autant que je sache, la dernière fois qu'ils s'étaient vus, Colère lui avait planté un poignard dans la poitrine. « Je dois te parler. En privé. »

Colère hésita avant de hocher brièvement la tête. Il se tourna vers moi. « Je passerai dans tes appartements plus tard. À moins que tu ne souhaites que je t'y accompagne maintenant.

— Non. » Je secouai la tête, ravie d'avoir une excuse pour quitter Luxure et son influence gênante. « Je suis capable de trouver le chemin toute seule. »

Il acquiesça, mais ne suivit pas encore son frère. Je sentis son regard sur moi jusqu'à ce que je disparaisse au premier croisement. Un peu plus loin, un domestique apparut. Colère avait dû s'arranger pour qu'il vienne à ma rencontre. « Dame Emilia, si vous voulez bien me suivre. Je peux vous accompagner à vos appartements. »

Après m'être installée dans ma chambre aménagée avec soin – tout était décoré soit dans des tons bleu cobalt soit dans des variantes d'argenté, et la surabondance de luxe était presque écœurante – j'attendis, perchée sur le bord de mon lit, pendant ce qui me sembla être des heures. Je gardais l'oreille tendue, à l'affût des légers coups de Colère sur le battant.

Ils ne vinrent jamais.

Je craignis d'abord que son frère ne s'en soit pris physiquement à lui, pour se venger de ce qui s'était passé entre eux à Palerme. Puis une nouvelle inquiétude me gagna. Nous séjournions dans une maison de débauche. Si Colère n'avait pas rejoint ce lit, il avait peut-être fini dans celui de quelqu'un d'autre.

Jardin givré,
tour sud-est à l'aube
Tenue à se damner
et masque exigés

J'examinai le message qui m'était parvenu bien après minuit. Papier bleu cobalt, encre platine, parchemin épais et luxueux.

Aucune indication sur l'expéditeur. Pour le découvrir, je devrais accepter l'invitation. Rien ne précisait non plus à quelle sorte de problèmes je risquais d'être confrontée, alors que je faisais déjà face à bien des complications. Ce n'était pas l'écriture de Colère, qui n'était toujours pas apparu.

Vu la richesse du papier et de l'encre, j'imaginais que la missive avait été envoyée par Gourmandise, mais rien n'empêchait l'un des autres princes présents d'en être l'auteur.

Porter une tenue « à se damner » n'était peut-être pas un euphémisme démoniaque.

Je réfléchis soigneusement aux options qui s'offraient à moi. Je pouvais ignorer ce rendez-vous. C'était certainement la solution la plus sûre. J'avais déjà fait une tentative d'assassinat dans l'enceinte de la Maison Colère : il n'était pas exagéré de penser qu'il pouvait s'agir d'un piège.

Comme tout le monde se réunissait à l'aube pour la partie de chasse, je serais seule et vulnérable. L'expéditeur devait savoir que j'avais choisi de ne pas accompagner le groupe.

Et la seule personne au courant – en dehors de Colère – était Gourmandise.

Si ma tenue avait de l'importance, cela pouvait indiquer qu'il s'agissait d'une fête clandestine, où les masques permettaient de préserver l'anonymat des participants. Un événement mystérieux organisé dans le monde souterrain, par un inconnu, n'était pas le genre de divertissement auquel j'espérais participer.

Mais maintenant... Je soupirai. Je ne pouvais pas refuser une opportunité d'interroger un prince de l'enfer sans être chaperonnée par Colère.

Je fis tourner le carton entre mes mains en réfléchissant à toute vitesse. Ce n'était pas parce qu'on m'avait donné rendez-vous au jardin givré que je devais m'y présenter. Du moins, pas dans un premier temps.

Un plan prit bientôt forme dans mon esprit. Il y avait une grande véranda à l'extérieur de la salle de bal de la tour sud-est, d'où un escalier majestueux menait aux jardins. J'arriverais tôt et j'attendrais tapie dans l'ombre de cette véranda. Je sortis du lit et m'habillai rapidement d'une robe aux teintes sombres.

Gourmandise s'avança dans la véranda déserte, tenant un verre en cristal où ondulait un doigt d'alcool, une carafe calée sous son autre bras. J'aurais dit qu'il était trop tôt pour boire, mais il ne semblait pas s'être couché. Ses cheveux étaient décoiffés, son costume légèrement froissé. Comme si la personne qui avait partagé son lit l'avait occupé toute la nuit et une bonne partie de la matinée. Il jouait à la perfection son rôle de débauché.

Il but une gorgée de son verre. Tous les princes semblaient apprécier l'alcool de la même manière, même si les quantités différaient.

Je m'enfonçai davantage dans l'ombre et observai son approche à travers mes cils baissés, retenant mon souffle pour ne pas être repérée. Comme si la moindre inspiration pouvait me trahir.

« Je n'arrive pas à décider si je suis amusé ou vexé. »

Mon corps tout entier se raidit d'être découverte si rapidement. J'attrapai ma dague et me détendis lorsque je sentis son poids familier dans ma main. Je fis un pas pour apparaître dans la lumière aqueuse de l'aube.

Il était inutile de me cacher plus longtemps.

J'attendis en silence qu'il continue. Il était clair qu'il souhaitait que cette rencontre se déroule en tête à tête. Autant le laisser m'éblouir avec le discours qu'il avait préparé.

Il se pencha sur une balustrade de pierre, observant le jardin décadent en contrebas. Les fleurs argentées recouvertes de givre brillaient comme des diamants. « Peut-être que votre stratégie fonctionnera à merveille.

— Quelle stratégie ?

— Gagner la chasse. Dans cinq minutes, tout le château sortira des écuries. » Il posa son verre sur la large balustrade devant lui, puis indiqua d'un geste le toit sombre des écuries au loin. Des collines enneigées descendaient vers une forêt verdoyante. « On remarque rarement ce qui se trouve devant soi, surtout lorsqu'on s'attend à trouver autre chose.

— Je ne suis pas sûre de comprendre ce que vous voulez dire. »

Il se tourna lentement pour me regarder, avec une expression faussement chagrinée. « J'ai peut-être omis quelques détails importants dans mon message. Comme le prix offert au gagnant de la chasse. »

Je ne laissai pas transparaître mon inquiétude. Je pensais qu'il s'agissait simplement d'une traditionnelle activité de plein air. « Je ne savais pas qu'il y avait un prix.

— Un prix. Une proie. Certains disent que c'est la même chose. » Son sourire se fit perfide. « L'hôte choisit la proie chaque Saison de sang. Les participants n'apprennent ce qu'ils cherchent qu'une fois dans les écuries, juste avant le début de la chasse. »

Mon sang se glaça. « Colère m'a dit qu'il n'y aurait aucun sacrifice pendant les trois jours de l'événement.

— Je n'ai jamais parlé de sacrifice. J'ai juste dit que *quelqu'un* ou *quelque chose* serait chassé. » Il m'examina de plus près que je ne l'aurais cru possible, compte tenu de la quantité d'alcool qu'il avait ingurgitée. « Personne ne tue la proie choisie. » Il ponctua ses paroles d'un clin d'œil. « Nous ne sommes pas monstrueux à ce point.

— Pourquoi vouliez-vous que je sois masquée ?

— Pour savoir si vous vous plieriez à mes exigences. » Il haussa une épaule et la laissa retomber. Comme si c'était une réponse suffisante. J'étais soulagée d'avoir décidé de ne pas porter de masque. « Quelqu'un vous a expliqué pourquoi on appelait ces festivités une Saison de sang ?

— Non, mais je suis sûre que ce sera une histoire charmante.

— Si un démon inférieur ou un noble remporte la chasse, le vainqueur a la possibilité de boire l'élixir de la vie.

— Du sang. »

Mon estomac se souleva lorsque Gourmandise acquiesça. Nonna nous racontait que les Damnés s'abreuvaient de sang. Maintenant, je savais quelle était l'origine de cette rumeur. « Et si un prince gagne ?

— Nous avons la possibilité de recevoir la récompense de notre choix si au moins quatre d'entre nous votent favorablement. Mais boire l'élixir de vie n'est pas la seule raison pour laquelle on l'appelle la Saison de sang. Le vainqueur de la chasse est celui qui fait couler le sang le premier. Les participants choisissent la quantité et la façon dont ils le répandent. Griffes, lames, flèches, dents. » Son regard se tourna vers les écuries. Un coup de feu retentit, me faisant sursauter.

« Ah, oui. Ils ont trouvé les fusils de givre. Si j'étais vous, je joindrais la chasse maintenant.

— Je vous l'ai dit, je ne monte pas à cheval.

— C'est dommage. Cette année, ils chassent un dragon de glace. Une créature majestueuse et violente. » Il détourna son attention du bâtiment au loin et me fixa à nouveau. « Et pour ce qui est de monter à cheval, à votre place, je ne serais pas aussi catégorique. Parfois, notre corps se souvient de ce que notre esprit a oublié. »

Il inclina la tête, puis regagna à grands pas l'intérieur du château, me laissant soupeser ses dernières paroles. Un deuxième coup de feu retentit comme un coup de tonnerre, suivi du vacarme d'une cavalcade qui fit gronder le sol sous mes pieds. Quelque chose s'agita dans mon sang.

Avant de pouvoir changer d'avis, je relevai mes jupes et courus vers les écuries.

VINGT-HUIT

Devant les écuries, une jument à la robe violet pâle foulait la neige de ses sabots de métal, avant de tourner vers moi des yeux vif-argent. L'intelligence brillait dans ses yeux liquides tandis que je m'approchais lentement de cette impressionnante monture de l'enfer. Un croissant de lune argenté scintillait sur son front et une traînée d'étoiles s'étalait comme une constellation sur son arrière-train.

« Tu es divine. » Je m'approchai. « Je ne sais pas comment tu t'appelles, mais je dois te donner un nom. Pourquoi pas Tanzie ? Le diminutif de Tanzanite. »

Je souris lorsque la jument inclina la tête en signe d'approbation.

Ce moment de répit fut de courte durée. Des cris retentirent au loin, suivis d'un rugissement qui fit trembler la terre. Je supposai que c'était le dragon de glace dont Gourmandise avait parlé.

La chasse battait son plein, mais j'étais surtout préoccupée par le besoin pressant de chevaucher le plus vite possible sur les terres gelées.

Mon cœur battait comme un tambour de guerre. Galoper sur ce terrain aurait été dangereux sans les fers à cheval munis de griffes. Je caressai le flanc de Tanzie avec confiance, devinant qu'elle ne tolérerait rien de moins de la part de la personne qui aurait l'honneur de grimper sur sa selle. Et quelle belle selle c'était : sombre et huilée avec soin, on aurait dit de l'encre gelée.

Une petite sacoche était suspendue sur le côté. Gourmandise avait dû la faire préparer.

Je plaçai un pied dans l'étrier et me hissai en selle, ravie d'avoir choisi de porter des bas épais sous ma robe. Monter à califourchon n'était pas une position très appropriée pour une femme, mais les habitants du monde souterrain n'avaient certainement pas les mêmes préjugés que les mortels.

Mes cuisses se resserrèrent autour de la jument tandis que je me préparais. Je fis claquer ma langue et levai les rênes. L'immense animal n'avait pas besoin de plus d'encouragement. Tanzie s'éloigna au trot de l'écurie et se dirigea vers une colline en pente, prenant de la vitesse au lieu de ralentir.

À en juger par les bruits étouffés des sabots qui martelaient la neige, le groupe de chasseurs était derrière nous, soit dans la forêt ou à sa lisière. Aucune règle ne m'obligeait à prendre part à la partie de chasse, mais je ne voulais pas qu'on me surprenne ici et qu'on insiste pour que je rejoigne les autres.

Mon souffle forma de la buée devant moi lorsque je me penchai en avant sur ma selle, le cœur battant au rythme des sabots du cheval. Nous contournâmes le château de Gourmandise et la pente douce se transforma en un dénivelé abrupt. Mes cheveux lâchés volaient derrière moi tandis que le vent mordant piquait ma peau. Des larmes me brûlaient les yeux, mais je ne pouvais pas cligner des paupières, je ne pouvais rien faire d'autre que me tenir plus haut sur la selle pendant que la jument dévalait la montagne. Un souvenir se réveillait...

J'avais l'impression d'être déjà venue ici, d'avoir foncé dans le vent et chevauché comme une guerrière au combat.

J'oubliai la chasse, le Banquet du Loup et tous les démons qui étaient à l'affût non loin de là. Je n'avais aucune idée de l'endroit où j'allais, mais quelque chose m'appelait, depuis les profondeurs de mon sang. Cette sensation me hurlait de me souvenir, de laisser tomber les pensées rationnelles et de simplement *sentir*.

Tanzie hennit comme pour confirmer cette impression. Comme si elle voulait que je me rappelle que c'était pour cela que nous avions été créées. Pour cette sensation de liberté absolue, débarrassée de toutes contraintes. La seule chose qui comptait, c'était le terrain sur lequel nous galopions et le sang qui pompait dans nos veines.

Alors que nous arrivions au sommet d'une immense colline, j'aperçus un champ noir qui s'étendait comme une tache d'encre au milieu du paysage de neige. Je nous fis prendre un petit trot et conduisis Tanzie plus près de la masse scintillante. De près, je remarquai qu'elle n'était pas solide, mais composée de millions de petites fleurs noires qui poussaient à travers la glace. J'arrêtai ma monture et sautai à terre. Les pétales d'ébène étaient parsemés de petites taches argentées.

Intriguée, j'en cueillis une et fus surprise de constater que toute la racine s'arrachait facilement. Les étranges racines argentées scintillèrent de mille feux, avant de se dessécher sous mes yeux. C'était de la magie ou cette étrange plante était une création de l'enfer. Je voulais les étudier plus tard et voir de quoi d'autre ces végétaux étaient capables. Je ramassai une poignée de fleurs et les fourrai dans la pochette de cuir attachée à la selle.

Tanzie hennit, piétinant impérieusement le sol, signalant que la cueillette l'ennuyait. Sans me retourner vers le champ vallonné, je remontai en selle et nous chevauchâmes encore plus vite qu'avant.

J'étais tellement absorbée par l'aspect sensoriel du galop, par l'exaltation de l'air glacial qui m'effleurait la peau et me coupait le souffle que je ne remarquai pas le château qui se dressait devant nous. Je n'avais pas non plus réalisé que nous avions franchi une frontière invisible.

Ce ne fut que lorsqu'une première ronde de gardes nous encercla, épées pointées vers nous, et m'ordonna de m'arrêter, que je réalisai mon erreur. J'étais entrée sur le domaine d'un autre prince démon sans y avoir été invitée. Tanzie se cabra, puis se laissa retomber au sol en battant des sabots, tandis qu'un garde faisait taire ses collègues et me donnait un ordre clair.

« Descendez de votre monture et mettez-vous à genoux.

— C'est un malentendu. » Je m'accrochai aux rênes. « Je chevauchais sur les terres de la Maison Gourmandise, je n'ai pas réalisé que je m'étais aventurée aussi loin.

— J'ai dit : descendez de votre monture et mettez-vous à genoux. »

Le garde qui avait parlé sortit de la formation. Son casque en fer était surmonté d'ailes mortelles des deux côtés. Sur la partie supérieure, là où le casque couvrait son front, des traces de griffes en or étaient gravées dans le métal.

Je remarquai qu'aucun de ses compagnons n'arborait ce motif, ce qui le désignait sans doute comme chef de ce groupe. Une autre rangée de gardes sortit du château, des flèches déjà encochées dans leurs arcs.

Je ne leur accordai que peu d'attention, me concentrant plutôt sur la menace plus immédiate et directe.

Je dévisageai le premier garde, mémorisant ses traits au cas où les choses tourneraient mal et que j'aurais besoin de me souvenir des détails lors de mon évasion. Des cheveux blond foncé émergeaient de sous son casque. Sa peau dorée par le soleil n'avait pas la moindre imperfection, en dehors d'une pâle cicatrice argentée qui coupait en biais ses lèvres arrogantes.

De là où je me trouvais, je ne pouvais pas distinguer la couleur de ses yeux, mais je ne risquais pas d'oublier la dureté qui se dégageait de son regard fixe. Tanzie huma l'air et recula tandis que les autres gardes faisaient un pas de plus vers nous, resserrant leurs rangs. Si je descendais de cheval maintenant, je le regretterais certainement.

Je me redressai, adoptant mon ton le plus autoritaire. « J'exige de parler au prince de cette Maison. Il y a eu une erreur.

— Descendez, avant que mon épée ne s'enfonce dans vos tripes.

— Si vous me touchez, je vous promets que vous sentirez bien plus que ma colère. » Le sourire qui étira mes lèvres était aussi redoutable que son arme. « Cela vaut peut-être la peine de souffrir, juste pour voir le Prince de la Colère vous découper en morceaux. Je doute qu'il se montre tendre avec ceux qui s'en prennent à sa princesse. »

Un éclair de surprise illumina son regard, avant qu'il ne se reprenne. « Excusez-moi, mais je n'ai pas été prévenu que vous étiez invitée sur nos terres. » Il se rapprocha et aligna sa lame avec mon cœur. « Ce qui m'autorise à éliminer la menace que vous représentez envers notre territoire de la façon que je juge appropriée. Maintenant, descendez de votre putain de cheval, *princesse.* »

Si j'avais absolument dû trouver des aspects positifs à la situation particulièrement délicate dans laquelle je me trouvais, j'aurais dit que je n'étais pas enchaînée et que l'on ne m'avait pas conduite directement dans une cellule. On m'amena dans un salon somptueux où je fus rapidement enfermée, alors que de nombreux gardes armés étaient postés aux portes et aux fenêtres. J'ignorai leurs regards glacés et parcourus des yeux la pièce.

Le sol et les murs de marbre blanc brillaient joyeusement sous la lumière vacillante des bougies. Les fauteuils tendus de soie, dorés et ornementés, auraient pu rivaliser avec le mobilier du célèbre palais du Roi-Soleil en France. Je m'assis sur le bord d'un canapé de brocart couleur perle. Mes doigts avaient envie de serrer ma dague cachée. Personne ne parlait. Les sentinelles ne portaient pas d'écussons royaux sur leurs uniformes, rien n'indiquait quelle Maison royale du Péché j'avais envahie sans le vouloir.

Même si, de toute façon, je n'aurais pu identifier que le blason en forme de grenouille couronnée d'Avarice, si j'avais pu apercevoir une marque distinctive. J'avais la certitude de ne pas être dans la Maison Colère, Envie ou Gourmandise. Pour autant que je m'en souvienne, presque tous les princes démons devraient être au Banquet du Loup à l'heure qu'il était. C'était sans doute pour cela que les gardes ne connaissaient pas le protocole à suivre pour gérer une intruse. Le bon côté de cette mésaventure était que j'avais trouvé la cachette idéale pour éviter la chasse. Sur le manteau de la cheminée, une horloge impériale rococo égrenait les secondes. Le chef des gardes m'avait amenée ici et était parti en murmurant des ordres aux deux sentinelles qui flanquaient la porte. Leur attention s'était portée sur moi, puis ils avaient acquiescé d'un mouvement du menton. Un quart d'heure s'était écoulé. J'étais l'invitée d'honneur, quelqu'un de la Maison Gourmandise allait sûrement remarquer mon absence. Colère allait certainement venir me chercher.

Une heure passa. Personne ne vint. Une autre heure la suivit, bien que le temps ne m'eût jamais paru aussi long. Pourtant, aucun prince ne se présenta, poignard à la main, pour voler à mon secours.

Il était temps de jouer les héroïnes et de me sauver moi-même.

Je me raclai la gorge. « Dans quelle Maison royale suis-je ? »

Silence.

Personne ne bougea ni ne cilla. C'était comme si je n'avais pas ouvert la bouche. Je m'installai confortablement sur mon siège. Une troisième heure s'écoula et, alors que j'allais devenir folle, la porte s'entrouvrit. L'un des gardes me bloquait la vue, et les voix étaient trop faibles pour que je puisse distinguer quoi que ce soit de la conversation. La sentinelle hocha la tête, puis referma le battant.

Il se tourna dans ma direction, une expression froide sur le visage. « Levez-vous. »

Mes genoux se bloquèrent. « Où allons-nous ?

— Son Altesse vous libère.

— Je ne comprends pas… Il ne veut pas me parler ? »

Le visage du garde se fendit d'un sourire cruel. « Mieux vaut ne pas connaître ses souhaits. Je pense qu'ils vous donneraient des cauchemars. »

Le trajet de retour vers la Maison Gourmandise fut glacial et désagréable.

Je ne parvenais pas à chasser l'horrible pressentiment qui me poursuivait comme une ombre. Tanzie semblait aussi perturbée que moi. Elle galopait avec force, ses sabots s'enfonçaient brutalement dans la neige et la glace comme si elle ne parvenait pas à nous éloigner aussi vite qu'elle l'aurait voulu de cette satanée Maison de démon. Nous gravîmes la colline et fonçâmes vers le sud du château. Gourmandise était appuyé contre la rambarde devant les écuries, sa pèlerine cobalt flottant dans la brise. Il nous regarda approcher, un sourcil levé.

« Il s'est passé quelque chose d'intéressant ? »

Je descendis de monture et tapotai le flanc de Tanzie. « À quel jeu jouez-vous ?

— En ce moment ? » Il consulta une montre à gousset. « Un jeu où je vous escorte jusqu'à vos appartements. Le bal masqué commence dans quelques heures. Votre petite escapade a failli nous faire prendre du retard. »

Mon escapade qui s'était soldée par un enfermement de plusieurs heures. Avant que je puisse rétorquer, il était devant moi. Sa lame étincela au moment où il coupa la petite pochette de cuir de la selle de Tanzie.

« Ceci… » Il sortit une fleur et la brandit. Les racines argentées scintillèrent en se tordant dans la brise légère. « … est la racine du sommeil. Capable d'endormir même le plus puissant des princes. Quel genre de plans infâmes avez-vous concocté pour ce soir ?

— Aucun.

— Vraiment ? » Il avait l'air déçu. « Vous avez en votre possession une plante que la plupart des princes redoutent, et vous n'avez pas l'intention de l'utiliser contre nous ? » Il me lança le sac contenant la racine de sommeil. « Peaufinez votre stratégie, mon amie. Laissez libre cours au côté perfide qui sommeille en vous.

— Maintenant que je sais quel effet a cette fleur, répondis-je d'un ton doucereux, je ne manquerai pas d'en faire usage.

— Parfait. Maintenant, préparons-nous pour la débauche. »

VINGT-NEUF

Ma robe de perles était extravagante. Et lourde. Déesse du ciel, j'aurais juré que ma toilette pesait presque le quart de mon poids. Un corset était intégré dans le haut ajusté, et il était si serré au niveau des hanches que j'avais l'impression d'être engoncée dans de l'or liquide. Des paillettes métalliques dessinant une série de motifs géométriques accentuaient mes courbes : mes hanches, ma taille, mes seins. Chaque section était ornée d'un mélange de perles, de paillettes et de motifs destinés à attirer le regard.

Je me tortillai devant le miroir, admirant le dur labeur qu'avait nécessité la fabrication d'une robe pareille.

La soie couleur champagne chuchotait sur ma peau. Les jupes se fendaient au centre, quelques centimètres au-dessus de mes genoux, et la partie recouverte de perles ondulait sur de la soie pure et immaculée. Une ceinture en or brillant ornée de plantes grimpantes et d'épines apportait une touche menaçante à la beauté de la tenue.

Mon masque… était un hommage à la Maison Colère. On m'avait dit que les princes étaient seulement autorisés à porter des masques de loup, et que les autres convives pouvaient porter ce qu'ils voulaient.

Le demi-masque que j'avais fait fabriquer était du meilleur goût. En or foncé, il était parcouru de délicats fils dorés et évoquait avec subtilité la peau d'un serpent. J'avais détaché mes cheveux, qui retombaient en cascade dans mon dos, y ajoutant quelques pinces en or pour les écarter de mon visage. Je venais d'apporter les dernières touches à mes préparatifs lorsque Colère entra dans la pièce et se figea sur place. Je ne pus empêcher un sourire timide de se dessiner sur mes lèvres lorsque je replaçai dans mon nécessaire de couture l'aiguille et le fil que je tenais en main. « Je pense que ça fera l'affaire. »

Son regard intense se porta sur le masque. « Où as-tu trouvé ça ? »

Je levai la main et effleurai le métal froid. « Un gentleman digne de ce nom commente la beauté de sa cavalière. Pas l'endroit où elle a trouvé son masque.

— Tu es ma cavalière ce soir ? »

Son ton était taquin, mais je perçus une note de tension dans sa voix. J'essayai de ne pas me demander où il avait passé la nuit précédente, pourquoi il n'était jamais venu dans mes appartements, alors qu'il avait promis de passer. Je n'avais aucune idée de ce que Luxure lui voulait, mais je devinais le genre de divertissement qui lui plaisait et auquel il pouvait inciter son frère à participer. La pression soudaine que je ressentis dans ma poitrine ressemblait étrangement à de la peine.

« Tu m'escortes au Banquet. » Je haussai une épaule. « Je ne vois pas comment appeler ça autrement. Mais si tu veux, je peux essayer de trouver d'autres termes plus adaptés.

— Je n'en doute pas. »

Je ne me privai pas d'admirer son costume ébène et doré. Son gilet imitait la peau de serpent, lui aussi, mais il était en métal forgé, comme une armure de cotte de mailles. « Tu t'attends à te battre ?

— Seulement si tu me demandes de repousser des prétendants.

— Où est ton masque ? »

Il me tendit le bras. « Un peu de mystère est toujours le bienvenu.

— Je vais avoir *l'honneur* de me faire arracher du cœur ma plus grande peur ou mon plus terrible secret. Apprécier quoi que ce soit au cours de cette soirée me semble au-dessus de mes forces. J'aimerais savoir à quoi m'attendre exactement au cours de chaque partie de la soirée.

— Elle commence par le dîner. Et je suis certain qu'il te plaira. »

Sans plus d'indications, il me conduisit au pied d'un superbe escalier, dans un vestibule où une foule d'invités masqués sirotaient des flûtes de champagne et discutaient à voix basse. L'atmosphère de ce soir était plus feutrée, mais pas moins enchanteresse.

Gourmandise remarqua notre arrivée et frappa rapidement dans les mains pour attirer l'attention des convives. « Chers convives, veuillez entrer dans la salle à manger et vous asseoir. Le banquet va commencer. »

Colère me mena à nos places, et je fus heureuse de constater que Fauna s'était vu attribuer le siège voisin du mien. Anir était en face d'elle, et c'est là que ma chance s'arrêtait. Dame Sundra arriva, rayonnante comme le soleil, et son expression s'assombrit dès qu'elle m'aperçut.

« Dame Sundra. »

Sa mâchoire se crispa et je réalisai immédiatement le piège involontaire que je lui avais tendu. En présence du prince, je l'obligeais à utiliser mon titre. « Dame Emilia. »

Envie pénétra dans la pièce et se laissa tomber sur la chaise en face de son frère – juste à côté d'une Dame Sundra toujours aussi furieuse –, un sourire complice aux coins des lèvres.

Avant qu'il ne puisse me provoquer avec ce qu'il mijotait, un chef fit irruption dans la salle à manger. « Bonsoir, gentilshommes, gentes dames et princes du monde souterrain. Le thème du menu de ce soir est le Feu et la Glace. Chaque plat du pays des mortels représentera ces éléments sous une forme ou une autre. Notre premier service est une salade frisée avec de la glace. Vous découvrirez bientôt pourquoi. »

Une armée de domestiques apporta des assiettes et les posa devant chaque convive en une subtile chorégraphie synchronisée. J'oubliai immédiatement mes inquiétudes au sujet de Dame Sundra. J'étais incapable de détacher les yeux de la nourriture. Les feuilles étaient disposées en cercle sur une planche de bois. On aurait dit un nid d'oiseau retiré d'un arbre.

La frisée était parsemée de morceaux de fromage et de noix de pécan concassées. Au centre était posé un aliment en forme d'œuf couleur rubis et partiellement rempli de liquide. Ce n'était pas une simple salade, c'était un chef-d'œuvre, un travail passionné. Je n'avais jamais rencontré un génie créatif d'un tel niveau.

J'étais heureuse de constater que je n'étais pas la seule à n'avoir pas encore empoigné mes couverts, à ne pas être tout à fait prête à endommager cette sculpture comestible.

« Une vinaigrette aux fraises glacées. » Le Prince de la Gourmandise tapa sur le faux œuf pour le casser et répandre l'assaisonnement. Il mêla les morceaux de fromage et les noix concassées aux feuilles, puis mélangea le tout à la vinaigrette. Tout le monde l'imita, et les bavardages enthousiastes emplirent la grande salle à manger.

Colère m'observait, les lèvres frémissantes, tandis que je brisais l'œuf contenant la vinaigrette et que je m'émerveillais. « Tu passes un moment affreux, à ce que je vois.

— Épouvantable. » Malgré l'attention indiscrète que je ressentais de l'autre côté de la table, je lui rendis son grand sourire. « C'est presque trop beau pour être mangé. »

Des morceaux de menthe finement ciselés, de l'oignon rouge râpé et du fenouil s'accordaient parfaitement avec l'amertume des feuilles de salade frisée. Une fois nos assiettes vides, les serveurs les emportèrent rapidement pour laisser la place au délice culinaire suivant. Comme s'il était un maestro et que les plats étaient l'orchestre qu'il dirigeait, le chef réapparut, annonçant fièrement le deuxième service.

« Le deuxième plat que nous vous proposons ce soir met en scène le feu. La "bougie" est fabriquée à partir de graisse de lard. En se consumant lentement, elle créera une sauce dans laquelle vous pourrez tremper vos coquilles Saint-Jacques et vos choux de Bruxelles grillés au parmesan râpé. »

Les serveurs se penchèrent et allumèrent toutes les bougies au lard dans un même mouvement. Gourmandise encouragea chacun à boire une gorgée de vin et à regarder les bougies fondre. Ennuyé par le spectacle, Envie se tourna vers le démon assis à côté de lui. « Des nouvelles des Étoiles des sept ?

— Rien de nouveau, Votre Altesse. Toutes les pistes mènent à la forêt. »

Colère se tourna vers son frère. Il but précautionneusement une gorgée de son vin. « Toujours en train de courir après les contes de fées ?

— Je me demande, cher frère, si tu te moqueras encore de moi quand je serai le plus puissant. » Le sourire d'Envie était cruel. « Ou te prosterneras-tu devant ton nouveau roi ? »

Dame Sundra jeta un coup d'œil discret au prince à côté d'elle, d'un air calculateur.

Je serrai les lèvres pour essayer de retenir les questions qui me venaient à l'esprit. Anir se pencha sur la table, une lueur malicieuse dans les yeux. « Ici, le pouvoir est une monnaie d'échange. Les mortels accumulent des richesses ; nos princes font de même avec la magie.

— Les princes de l'enfer peuvent-ils être détrônés par des démons inférieurs ?

— Non. Ils restent toujours maîtres de leurs cercles. C'est un test pour savoir lequel d'entre eux détient le plus de pouvoir. Une rivalité fraternelle, en quelque sorte.

— *Le diable* est donc un titre qui peut être transmis à différents souverains ? »

Les princes près de nous se raidirent, mais Anir ne leur prêta guère attention.

« Pas toujours. Le plus puissant influence plus ou moins les différentes époques de la Terre. On peut voir à travers les âges lequel des sept princes a eu le plus de pouvoir et d'influence sur le monde des mortels. Les guerres, la cupidité, la libération des mœurs. Pourtant, poursuivit-il d'un murmure bien trop audible, je n'ai aucun souvenir d'une ère d'envie. »

Le prince de ce péché reposa violemment son verre sur la table. « Surveille ta langue, mortel.

— Sinon... »

Avant qu'ils n'en viennent aux mains, le chef réapparut, et sa voix porta dans la salle. « Le troisième plat est le plus interactif. Je vous demande de placer les tranches de bœuf cru mariné sur la braise et de les saisir rapidement sur les deux faces. Une fois la viande retirée de la braise, saupoudrez-la de miettes de fromage bleu congelé. »

Colère fit un mouvement à ma droite, attirant mon attention. Il était concentré sur la porte, qu'Avarice venait de franchir avant de s'incliner poliment. Il portait un costume dans des nuances de bronze ; ses cheveux et ses yeux étaient de la même teinte que le métal dans lequel il semblait avoir été coulé. Son regard vif traduisait la même perplexité qu'à l'habitude, comme s'il n'était pas aussi habitué à l'étiquette que ses frères.

Il adressa un petit signe de tête à Colère avant de s'asseoir à l'autre bout de la table. « Je vous prie d'excuser mon retard. N'interrompez pas le Banquet par ma faute.

— Installe-toi, putain, grommela Gourmandise. Chef ! Apportez une autre assiette. »

Profitant que la scène familiale détournait l'attention de mon cavalier, je me penchai pour chuchoter à l'oreille de Fauna. « Avez-vous déjà entendu parler des Étoiles des sept ?

— Oh, tu veux dire les Sept Sœurs ? Tout le monde ici en a entendu parler. Les vieilles légendes racontent qu'elles apparaissaient aux voyageurs dans le besoin sous une forme qui n'était pas plus substantielle que l'ombre. Certains affirment que les rencontrer est une bénédiction, mais la plupart ici sont convaincus que c'est une malédiction.

— Pourquoi ?

— Si on interrompt leur filage céleste, il y a une chance qu'elles commettent une erreur et arrachent ou tissent le mauvais fil du destin. Les résultats de ces interférences peuvent être immédiats, ou mettre des décennies à se manifester.

— Comme c'est… intéressant. Si elles tissent les fils du destin, elles doivent être capables de se souvenir du passé. De voir les fils qu'elles ont déjà tissés. » Fauna me jeta un regard méfiant, mais acquiesça. « Alors si quelqu'un peut savoir où se trouvent des objets perdus, ce sont les Sept Sœurs.

— Emilia…, me mit en garde Fauna, vous ne pouvez pas aller les interroger. Poser des questions sur un être vivant peut endommager le passé et l'avenir.

— Je n'avais pas l'intention de poser des questions sur un être. Juste sur un objet.

— Je ne sais pas ce que vous maniganciez, mais arrêtez, je vous en prie. C'est beaucoup trop dangereux. »

Dangereux ou pas, je trouverais les mystérieuses fileuses de destin. L'un des crânes ensorcelés avait parlé des « Sept étoiles » et « Sept péchés ». J'avais immédiatement deviné qu'il s'agissait des princes démons, mais au moment où le crâne avait parlé, je ne savais pas ce que signifiaient les sept étoiles. Maintenant, j'étais pratiquement certaine de le savoir. Et le démon à qui Envie avait posé la question au début du dîner avait parlé d'une forêt.

Je sentis l'excitation m'envahir. Lorsque j'avais rendu visite à la Maison Envie, le prince m'avait parlé de la forêt de Bois sanglant. Je n'avais pas encore compris pourquoi il voulait que je connaisse la fable de l'Arbre maudit. Je commençais à soupçonner qu'il faisait également allusion à autre chose.

Le choix du sujet de conversation ce soir n'était pas non plus dû au hasard. Envie voulait que je cherche les Sept Sœurs. Et j'étais prête à parier que cela avait un rapport avec les objets magiques qu'il voulait se procurer : la Clé de la Tentation et le Miroir de la Triple Lune. Pour une raison qui m'échappait, il devait croire que j'aurais plus de chances que lui de recueillir les informations auprès des Sœurs. Quelles que soient ses motivations, ces réponses pouvaient m'être utiles aussi.

J'essayai de me remémorer la carte que j'avais aperçue dans la Maison Envie. Je voyais la forêt, mais je ne me souvenais plus où était située la Maison Gourmandise par rapport à celle-ci.

« Où se trouve la forêt de Bois sanglant d'ici ? Le Prince de l'Envie m'a dit qu'elle ne faisait partie d'aucune terre royale, mais qu'il fallait traverser l'un des territoires pour y arriver.

— D'ici ? » Fauna réfléchit. « Le chemin le plus rapide serait de passer par le cercle d'Orgueil. »

Je parcourus du regard la longue table. Colère, Avarice, Envie, Gourmandise. Je ne voyais pas Paresse, mais je me souvenais que Colère avait dit qu'il ferait son apparition juste avant la cérémonie de la peur. Je bus une gorgée de vin et laissai mon regard errer vers le fond de la pièce. Luxure me sourit depuis l'autre bout de la table, pliant le doigt pour m'adresser un salut moqueur.

L'ignorant, je demandai à voix basse : « Le diable est-il arrivé ? »

Les conversations se turent. Les fourchettes et les verres s'arrêtèrent à mi-chemin des bouches. J'aurais tout aussi bien pu jeter un sort pour figer le temps.

Apparemment, poser des questions au sujet du diable était tabou.

« Pour notre dernier service... » La voix du chef s'éleva dans la salle à manger silencieuse. « ... nous vous avons concocté une combinaison de feu et de glace. Crème brûlée directement à votre place, surmontée d'une garniture de perles de framboises gelées et de feuilles de menthe concassées. »

Une fois que le chef nous laissa à nos desserts, des doigts chauds effleurèrent mon poignet. Je levai les yeux vers le visage de Colère. « Danse avec moi ce soir. »

Il se leva et les autres princes présents firent de même. Les serviteurs s'empressèrent d'écarter leurs chaises avant de disparaître dans l'ombre.

« Où allez-vous ?

— Il est temps pour nous d'enfiler nos masques.

— Et de nous débarrasser de notre décence, me taquina Gourmandise. On se retrouve au bal masqué. »

TRENTE

Ce prince de l'enfer savait comment organiser un événement inoubliable.

Malgré tout le mal que la chroniqueuse mondaine pourrait sans doute écrire de négatif à propos de la soirée, celle-ci était divertissante. Et spectaculaire. La salle de bal dans laquelle Fauna et moi entrâmes était un sommet de décadence. Dans le monde des mortels, on croyait que le péché de Gourmandise était limité à la nourriture, mais ici, au sein des Sept Cercles, c'était de l'excès à l'état pur.

L'événement d'ouverture de la veille au soir n'était qu'un avant-goût de jusqu'où Gourmandise pouvait pousser son péché de prédilection. Du vin de baies démoniaques pétillant coulait à flots de coupes en diamant et se répandait sur les tables et les plateaux incrustés de pierres précieuses. Plus d'une douzaine de lustres en cristal étaient suspendus à des perches courbes disposées à intervalles réguliers autour de la piste de danse. Des guirlandes de fleurs dont les pétales étaient ornés de cristal transparent montaient à l'assaut des hauts piliers. J'avais l'impression de me trouver dans un conte de fées hivernal où la glace était faite en diamants plutôt qu'en eau. Quand la lueur des bougies touchait les cristaux et les gemmes, on aurait dit que les flammes étaient prisonnières dans la glace. Le thème choisi par Gourmandise pour le dîner se prolongeait en beauté.

« C'est...

— Regardez, s'écria Fauna d'une voix perçante. Là-bas. »

Des desserts – pailletés d'or comestible et façonnés en forme d'animaux fantastiques – se dressaient aussi haut que les invités. Des dragons de glace ailés, de magnifiques licornes dans des tons pastel, des chiens de l'enfer à trois têtes. Je trouvais ce spectacle aussi fascinant que peu appétissant. Les convives masqués, eux, ne semblaient pas dégoûtés : ils découpaient le flanc d'une licorne, se laissant tenter par le gâteau fourré aux fruits rouges qui ressemblait un peu trop à du sang à mon goût. Mon attention se porta sur un plateau de fruits enrobés de chocolat, empilés aussi haut qu'au cours de la nuit où Colère m'avait mise à l'épreuve pour affronter le péché de la maison où nous nous trouvions en ce moment.

Je balayai la salle des yeux, le cherchant lui et les autres princes. Aucun d'entre eux n'était encore revenu prendre part à cette partie du Banquet. Je jetai un coup d'œil à la sculpture du dragon de glace. « Qui a gagné la partie de chasse tout à l'heure ?

— Je crois que c'est Son Altesse, répondit Fauna. Il semblait vouloir gagner à tout prix.

— Colère ?

— Hmm ? Oui. » Elle m'attrapa le coude comme pour s'empêcher de partir. « Regardez là-bas. Les rumeurs étaient vraies. » Le ton de Fauna était chargé d'admiration. « Ce sont les fameuses chambres du plaisir. »

Comme des papillons de nuit attirés par la flamme de la débauche, nous nous approchâmes. Les tristement célèbres chambres de verre bordaient le côté ouest de la salle de bal. Une faible lumière de bougie scintillait à l'intérieur, et les tentures étaient soigneusement attachées en position ouverte, afin que tous ceux qui passaient puissent contempler les spectacles érotiques qui se déroulaient dans ces espaces qui n'avaient rien de privé.

Fauna s'agrippait plus fort à mon bras. Ses yeux s'écarquillaient derrière son masque irisé à chaque fois que nous passions devant une pièce et un couple. Les scènes devenaient de plus en plus désinhibées, de plus en plus osées.

Je remerciai silencieusement la déesse que nous soyons masqués. Même si j'avais assisté plus d'une fois à ce genre de démonstrations publiques de sexualité, je ne pouvais m'empêcher d'être spontanément embarrassée.

Je sentais la chaleur envahir mes joues et je savais que mon visage devait être proche de l'écarlate.

Fauna n'avait pas la même réaction ; elle étudiait les couples, comme si elle mémorisait certaines positions. Je n'aurais pas été étonnée de la voir sortir un carnet de notes.

« Vous avez vu ça ? » Sa voix contenait une pointe d'admiration. « Je n'aurais pas imaginé qu'autant de personnes puissent tenir dans une si petite chambre, et encore moins faire ce qu'ils font et maintenir le rythme. Ça demande une grande habileté.

— Et de l'endurance. C'est *là* que réside le véritable exploit. »

Elle gloussa et me donna une tape sur le bras. « Et dire que… ce sont les scènes les plus chastes. J'ai entendu dire que les jardins du crépuscule sont beaucoup plus osés qu'on ne me l'avait dit à l'origine. »

Sans le vouloir, je pensai à Colère. J'essayai de ne pas laisser les soupçons s'insinuer dans mes pensées. Ce qu'il avait fait, et avec qui il avait pu passer la nuit précédente, ne me concernait pas. Je me grondai en silence. S'il était là, il sourirait et soulignerait que c'était un mensonge éhonté.

Avant que je n'aie le temps d'analyser mes sentiments avec plus de précision, un étrange silence s'abattit sur la salle, comme un régiment de soldats encerclant le bal masqué. Je balayai les lieux du regard, cherchant la cause de cette réaction. J'en eus le souffle coupé. Six silhouettes imposantes portant des masques de loup émergeaient des coins de la salle de bal. Élancées, silencieuses, menaçantes.

Quelque chose dans le fait que les princes étaient rassemblés – mettant de côté leurs batailles internes et leurs plans oubliés, pour former un groupe redoutable – transforma mon malaise en envie de fuir. Même les gentilshommes et les dames de l'enfer semblaient prêts à prendre leurs jambes à leurs cous.

La tension dans la foule était palpable.

Mon attention se porta sur le plus grand des six, qui s'avançait comme un prédateur. Malgré le masque qui couvrait son visage, j'aurais reconnu cette démarche assurée n'importe où. Colère ne se contentait pas de poser le pied dans une pièce, il y entrait à grandes enjambées et la dominait. Et cela ne lui coûtait même pas d'effort. Tous les autres pouvaient s'effacer, il continuerait à irradier. Il était une source inépuisable de puissance et de vitalité.

Les princes tournaient lentement autour des convives, comme s'ils rassemblaient un troupeau.

Fauna et moi avancions à petits pas en même temps que les autres, l'espace entre nous se réduisant peu à peu. Puis, une fois que tout le monde fut près de la piste de danse, les princes se retournèrent et surveillèrent les marches.

Je me forçai à détourner mon attention de Colère et attendis comme tout le monde. Dans un mouvement bien chorégraphié, un prince se mit à descendre seul le majestueux escalier, les mains dans les poches, ses chaussures scintillant comme des pierres précieuses sous la lumière vacillante des bougies. Même de là où j'étais, j'entendais le léger claquement de ses pas à chaque fois que ses semelles de cuir martelaient le sol de marbre.

Fauna se pencha près de moi. « C'est le Prince de l'Orgueil. »

Je regardai la silhouette impressionnante déambuler à travers la foule. Comme les autres princes, il portait un masque de loup qui couvrait tout sauf sa lèvre inférieure et son menton. Le sien était argenté et doré. Il était décoré sans excès, pour préserver son élégance. Orgueil ne regardait personne et ne saluait pas les convives qui effectuaient la révérence sur son passage. Ses cheveux étaient d'un brun châtain où se mêlaient quelques fils d'or. Ils étaient coupés court sur les côtés et plus longs sur le dessus. Toutes les mèches étaient arrangées avec soin.

Pas un pli dans son costume en queue-de-pie.

Vêtu de bleu marine et d'argent, il ne se fondait pas dans l'ombre. Il se tenait légèrement en retrait, comme s'il souhaitait que les invités se souviennent de qui était leur véritable propriétaire.

Jusqu'à ce que j'expire, je ne m'étais pas rendu compte que je retenais mon souffle en le fixant ouvertement derrière mon masque. *Le diable* n'était qu'à quelques mètres de moi. Un personnage vilipendé et détesté de tous ou presque. Si les histoires qu'on racontait à son sujet étaient vraies, c'était un ange rebelle chassé du paradis.

Et désormais, il était le roi des démons. Tellement corrompu par le péché, tellement monstrueux, qu'il régnait sur les pires habitants de chacun des royaumes. Ses yeux argentés rencontrèrent les miens et brillèrent comme une étoile filante dans le ciel. Un frisson me parcourut l'échine. Si je ne m'étais pas fiancée accidentellement à Colère et s'il n'avait pas accepté le lien, ç'aurait été mon mari que j'aurais fixé en ce moment.

Orgueil m'examina du masque aux pieds, la tête inclinée sur le côté. J'avais l'impression horrible qu'il me jaugeait, se demandant comment mettre en valeur ses talents tandis qu'il s'emparait de sa proie. Si Colère me rappelait parfois une panthère en cage, Orgueil était un lion à crinière d'or.

Les deux princes étaient féroces. Mortellement dangereux. Mais seul l'un d'entre eux pouvait se fondre dans la nuit, frapper fort et vite sous couvert de l'obscurité puis s'éclipser sans se faire repérer. Je me détournai du diable et cherchai Colère des yeux. Il avait disparu.

« Bonjour, Dame Vengeance. »

La voix basse et légèrement rocailleuse s'était exprimée dans mon oreille. Je dus faire un énorme effort pour ne manifester ni surprise ni tension. J'espérai qu'il ne décèlerait pas l'objet que j'avais caché sur moi. Je reportai lentement mon attention sur le prince à mes côtés et lui adressai un petit signe de tête. Ce n'était pas mon roi. Et je n'avais jamais reçu l'ordre de m'incliner. « Votre Altesse.

— Voulez-vous m'honorer d'une danse ? »

Fauna enfonça ses dents dans sa lèvre inférieure, sautillant pratiquement sur la pointe des pieds en hochant vigoureusement la tête en signe d'encouragement.

« Je...

— Vous ? » Il balaya la salle du regard, une lueur amusée dans les yeux. La foule recula, comme si les gens étaient terrifiés à l'idée que son attention se pose sur eux. La piste de danse se dégagea. « Y a-t-il quelqu'un d'autre avec qui vous espériez danser en premier ? Si c'est le cas, faisons-lui regretter de ne pas l'avoir demandé avant moi.

— Je danserai avec vous, mais sans arrière-pensée.

— Cela va de soi. »

Son amusement se prolongea alors qu'il m'entraînait sur la piste de danse et que l'orchestre entamait immédiatement une valse. Au début, nous n'échangeâmes pas un mot. Il nous faisait simplement tournoyer à travers la piste. Ma nervosité à l'idée de danser en public n'était plus qu'un vieux souvenir tandis qu'il nous guidait avec aisance, me montrant les pas. Il était charmant. Un diamant brillant incrusté dans du platine pur.

Ou peut-être était-ce ce qu'il voulait me faire croire. Peut-être en réalité était-il dangereux comme une lame. Forgée dans le feu de l'enfer et mortelle comme le péché. Tandis que nous nous rapprochions, j'attendais qu'une étincelle de souvenir s'allume et ranime les flammes cachées du désir. S'il était l'amant de ma vision, mon corps en tout cas ne semblait pas le reconnaître.

Il se pencha scandaleusement près. « Si mon masque vous intrigue autant, attendez que je l'enlève.

— Je vous assure que je ne regarde pas votre masque, Votre Majesté. Honnêtement, j'essaie de repérer de nouvelles cornes ou des crocs. »

Les yeux d'Orgueil brillèrent. « Je peux être terrifiant. Quand je le souhaite.

— J'en suis sûre, mais pas autant que quelqu'un que je connais.

— Colère ? » Les coins de sa bouche s'abaissèrent tandis que je fouillais la piste des yeux, espérant que son nom suffirait à le faire apparaître. « Je n'ai pas l'habitude que de si belles partenaires de danse pensent à mon frère alors qu'elles sont dans mes bras. »

Je ne pus m'en empêcher. Je ris au nez du diable. « Vous êtes extrêmement vaniteux.

— C'est l'une des caractéristiques les plus marquantes de notre famille. Mais je vous assure que mon ego est parfaitement justifié.

— Je vais devoir vous croire sur parole, Votre Altesse. »

Nous continuâmes à valser, entre d'autres couples qui s'étaient joints à nous. Les pas de mon cavalier étaient réguliers et fluides tandis qu'il me faisait tourner. Malgré la leçon impromptue de Colère, je redoutais de rater des pas ou de lui marcher sur les pieds, mais grâce à son habileté, je surmontai toutes mes erreurs. J'étais un peu déçue. Si cela s'était mal passé, la danse aurait pu redevenir ma plus grande crainte du moment.

« Le Prince de la Colère est plutôt sérieux comparé à vous autres.

— C'est son tempérament. Il excelle dans la guerre et la justice. Deux sujets sérieux. Et c'est pourquoi aucun d'entre nous n'a à se préoccuper des aspects moins amusants du pouvoir. » Je fronçai les sourcils. « Ce royaume se serait entre-tué s'il ne l'avait pas soumis par la terreur.

— Je ne suis pas sûre de comprendre. »

Orgueil nous fit tourbillonner jusqu'à ce que je puisse voir Colère adossé à une colonne de marbre. Il avait retiré son masque et ses yeux suivaient chaque pas, chaque glissement dans la salle de bal.

Il n'avait l'air ni ravi ni fâché, mais quelque chose dans son expression me faisait penser qu'il était… jaloux. Orgueil baissa la main, effleurant ma colonne vertébrale, sans doute dans le but d'attiser la colère de son frère. Je lui marchai sur le pied et souris intérieurement lorsqu'il grimaça.

« Ma très chère, il est l'équilibre. Et c'est généralement la seule chose qui se dresse entre nous et la destruction totale. Colère est la justice impartiale faite chair. On le craint parce qu'il n'hésite pas à exécuter une sentence, à rendre la justice à ceux qui méritent d'être punis. S'il doit condamner quelqu'un à la Prison de la damnation, ce que les mortels considèrent comme leur version de l'enfer, ce n'est pas une mince affaire. »

Jusqu'à présent, personne n'avait évoqué les âmes mortelles envoyées ici. « Où se trouve-t-elle ?

— C'est adorable que vous puissiez imaginer que je vais vous le révéler. Avez-vous posé la question à Colère ? »

Je l'avais fait et il me semblait qu'il avait parlé d'une île au large de la côte ouest. « J'avais cru comprendre que c'était de votre ressort.

— Les règles sont plus amusantes lorsqu'on les enfreint. » Il haussa une épaule. « Déléguer est aussi une forme de pouvoir, n'est-ce pas ? »

Avant que je puisse répondre, il nous fit à nouveau traverser la piste, avec des mouvements fluides, gracieux et imposants. Comprenant que cela ne l'intéressait plus de parler de pouvoir, je changeai de tactique. J'attendis que nous soyons suffisamment éloignés des autres couples pour déclarer à voix basse : « Je sais que c'est un sujet privé, mais je tenais à vous présenter mes condoléances. »

Mon cavalier se raidit. Je ne l'aurais sans doute pas remarqué si nous n'étions pas en train de danser. C'était exactement pour cela que j'avais décidé d'aborder le sujet tant que nous étions sur la piste.

« Perdre un être aimé, poursuivis-je comme il ne répondait pas, c'est une douleur horrible que je ne souhaiterais pas à mon pire ennemi.

— Comme je suis sûr que mes frères et moi en faisons partie, cela me fait plaisir de l'entendre. »

Ce n'était qu'en partie vrai, mais je ne le corrigeai pas. Lors de la rotation suivante de la valse, son masque remonta et dévoila sa bouche. Une petite cicatrice diagonale barrait sa lèvre supérieure et se terminait juste en dessous de la lèvre inférieure. Je l'avais déjà vue et j'espérais que les battements rapides de mon cœur se confondraient avec le rythme accéléré qu'il imprimait à notre danse.

Nous nous rapprochions du bord de la piste de danse et d'une alcôve cachée par une série de grandes fougères en pot. Au moment où nous arrivâmes à portée des plantes, je nous fis pivoter et je l'attirai dans l'ombre, à l'abri des regards indiscrets. Je ne voyais pas toute son expression, mais je l'entendis inspirer brusquement lorsque je le plaquai contre le mur et que j'approchai ma bouche de son oreille.

Sans avoir besoin de plus d'encouragement, il retira son masque et le laissa tomber sur le sol, puis s'affaira à retirer le mien, prenant notre position actuelle pour ce qu'elle n'était pas.

C'est ce que j'espérais.

« Votre frère pense que vous êtes un débauché. Trop ivre de vin et de conquêtes pour vous occuper de quoi que ce soit d'important. » Je reculai suffisamment pour l'étudier. La méfiance se lisait sur ses traits. « Pourtant, vous étiez à la tête de vos gardes sur les terres de la Maison Orgueil ce matin et vous n'aviez pas l'air enivré.

— Je vous demande pardon ? » Il feignit de ne pas comprendre, comme un acteur doué.

Je remarquai qu'il n'avait pas répondu directement à ma question, ce qui lui permettait d'éviter de mentir. « Je suis là pour un baiser, pas pour un interrogatoire. Si vous voulez parler, je peux trouver des sujets plus intéressants. »

Il approcha sa bouche de la mienne et je le retins en plaçant ma paume sur son torse.

« Permettez-moi d'être plus claire, Votre Majesté. Ne faites pas comme si je ne me souvenais pas que c'est vous qui m'avez fait descendre de cheval. Pourquoi m'avez-vous gardée en otage dans votre Maison pendant si longtemps ? Était-ce pour cacher le nombre de gardes qui patrouillent sur vos terres ?

— Vous ne pouvez pas espérer que je partage ce genre d'informations avec une autre Maison.

— Très bien. Alors, répondez à cette question. Pourquoi cachez-vous le fait que vous n'êtes pas aussi ivrogne et orgueilleux que vous voudriez le faire croire ?

— Par principe, je montre rarement mon vrai visage à qui que ce soit. Vous feriez bien d'en faire autant. »

Mon regard se porta sur sa cicatrice. Je doutais que ce soit la seule raison pour laquelle il avait choisi de se cacher. « Vous n'êtes pas venu au monastère la nuit où vous avez possédé Antonio. Était-ce pour garder l'anonymat ?

— Ne devriez-vous pas m'interroger sur la malédiction ? »

C'était une tactique de démons que je connaissais : pour éviter de répondre à une question, en poser une autre.

« Je sais que ma naissance a marqué la fin de votre malédiction. Vous deviez donc avoir d'autres raisons de vous cacher. »

Il s'emporta. Le coup à son orgueil que j'avais frappé avait atteint son but. « Je ne me cachais pas. J'étais occupé ailleurs.

— Même si je suis sûre que nous pourrions passer une éternité à tourner autour du pot, je ne vous ai pas emmené à l'écart pour me lancer dans une conversation frustrante.

— Alors, passons à la partie amusante. » Orgueil fit glisser sa main le long de ma silhouette et la remonta lentement, s'arrêtant près de ma cuisse.

Ses sourcils se froncèrent. « Qu'avons-nous là ?

— Ma dague. » Je lui adressai un grand sourire alors qu'il me lâchait brusquement les mains. « Voici la partie amusante. Je traverserai vos terres, deux fois, à l'heure et à la date de mon choix, sans aucune interférence de votre part, de vos gardes ou de quiconque se considère chez lui dans la Maison Orgueil ou dans son cercle.

— Pourquoi devrais-je accepter ce marché ?

— Parce que je connais un de vos secrets.

— Tout le monde sait déjà que je suis très doué dans la chambre à coucher. »

Sa taquinerie était une nouvelle tentative de détourner le sujet. Je l'avais coincé et il montrait les dents en souriant comme s'il n'était pas gêné. Il dégageait une insouciance parfaite. Suspecte.

« Je ne parlerai pas à votre frère de la racine de sommeil. Vous en possédez assez pour assommer toute une armée. Et cela, Votre Altesse, c'est le genre d'information que vous devez vouloir à tout prix garder pour vous. Contrairement à vos talents dans la *chambre à coucher,* dont vous vous vantez. »

Son regard était dur, calculateur. Un muscle de sa mâchoire se contracta et il hocha la tête en signe d'assentiment. « D'accord.

— Vous allez devoir être plus précis.

— Vous pourrez traverser mes terres, deux fois, sans que personne qui appartienne à mon cercle ne s'y oppose. En échange, vous ne direz rien à mon frère au sujet de mes racines de sommeil. Voilà. » Il me foudroya du regard. « Satisfaite ?

— Plus que vous ne pouvez l'imaginer, Votre Altesse. »

La suspicion assombrit ses traits. À juste titre. Il venait de commettre une grave erreur.

Je me retournai et sortis à grands pas de notre petite alcôve, mais je n'allai pas loin avant d'être interceptée par un autre prince. Envie avait retiré son masque lui aussi, et ses yeux verts brillaient pratiquement de fureur lorsqu'il jeta un coup d'œil derrière moi. « Bien joué, Sorcière de l'Ombre. Une pierre, deux princes.

— Vous êtes déjà ivre ?

— Pas de spiritueux. » Il me sourit en exhibant sa fossette. « Je suis venu chercher l'invitée d'honneur. Il est temps pour toi de nous offrir ta plus grande peur. Et tu n'imagines pas à quel point je suis affamé tout d'un coup. »

TRENTE ET UN

J'aperçus Fauna dans la foule ; sa peau brune avait considérablement pâli sous son masque. Mon amie regardait autour d'elle, comme si elle cherchait un moyen de distraire l'assemblée et de mettre fin à ce cauchemar avant qu'il ne commence. Anir se tenait à côté d'elle, les traits déformés par une colère digne de la Maison du Péché qu'il avait adoptée. Il semblait prêt à saisir la lame cachée sous sa tenue de soirée et à se frayer un chemin jusqu'à moi. Son regard dur promettait que quiconque tenterait de l'arrêter subirait sa fureur. Fauna et lui savaient tous deux qu'il n'y avait aucun moyen de me tirer de là, mais ils n'étaient pas obligés d'approuver la situation ni de faciliter la tâche des princes. Malgré l'immense inquiétude qui m'envahissait, leur démonstration d'amitié me remonta le moral.

Je me dégageai du bras d'Envie et jetai un coup d'œil autour de moi, à la recherche de Colère. Pour me calmer, j'avais besoin d'apercevoir son air renfrogné que je connaissais si bien. Je me hissai sur la pointe des pieds pour regarder derrière des épaules et des têtes à la recherche de l'imposante silhouette du prince démon. Bien sûr, il avait disparu une fois de plus.

Je ne repérai pas non plus Luxure ou Avarice dans la foule. Et Paresse devait être présent – sept princes portant des masques étaient présents plus tôt dans la soirée – mais il était lui aussi introuvable. Ou il se prélassait à l'écart de la foule.

Peut-être y avait-il une salle de jeu où ils s'étaient retirés.

Une partie de moi avait envie de parcourir le château jusqu'à les trouver. Ce qui ne ferait que retarder l'inévitable. Peut-être était-ce une bénédiction que les sept princes ne soient pas présents au moment où ma plus grande peur serait dévoilée.

Orgueil sortit de l'alcôve où nous avions conclu notre marché et se dirigea vers un pilier, me laissant seule face à cette épreuve. Ce qui ne me surprit pas.

« Viens. » Envie ne se donnait pas la peine de contrôler l'excitation dans sa voix. « Permets-moi de te présenter au maître de cérémonie. »

Je le suivis à travers la foule qui s'écartait sur notre passage, le pouls battant plus vite à chaque pas qui nous rapprochait d'une estrade qui venait d'être apportée. Un démon à la peau bleue et aux yeux rouges attendait, une dague diabolique à la main.

C'était un miracle que mon cœur ne bondisse pas hors de mon corps. Je tenais les deux côtés de ma jupe ornée de perles tandis que je montais les marches pour rejoindre le démon. Il m'adressa un bref salut, puis brandit la lame au-dessus de sa tête en exhibant les runes qui y étaient gravées. Un tollé s'éleva dans la foule.

« Sans plus attendre, s'il n'y a pas d'objection, nous allons libérer notre invitée de sa plus grande peur. » Le maître de cérémonie me tendit la main. « Dame Emilia. Si vous voulez bien avoir l'amabilité de m'offrir votre poignet. Je dois prélever un peu de sang pour que la magie opère. »

La panique résonnait dans chacune de mes cellules. De petites taches blanches brouillèrent mon champ de vision lorsque je levai mon bras. Toute notre vie, Nonna Maria nous avait répété de ne jamais donner notre sang à nos ennemis. Et j'étais là, prête à le céder de mon plein gré. À une lame gravée de runes magiques qui allaient s'emparer de mes secrets.

Je tendis le bras sans trembler, luttant contre l'envie irrépressible de le replier et de m'enfuir.

À sa décharge, le maître de cérémonie n'exsudait ni la joie ni le triomphe. Il me regarda d'un air compatissant et chuchota : « Un petit picotement et ce sera bientôt terminé. »

Le contact de lame était glacé sur ma peau. Je fus prise de panique. Le pire était vraiment en train de se passer. Je serrai les paupières et priai en silence la déesse…

« Arrêtez. » Une voix profonde résonna dans la salle. « C'est moi qui sacrifierai un secret de ce cœur. »

Le métal s'écarta aussitôt de ma peau. Je rouvris les yeux et les posai sur le maître de cérémonie, puis sur la foule. Comme un seul homme, l'assistance se retourna, fixant d'un air abasourdi le démon qui avait pris la parole. Je suivis leurs regards jusqu'à ce que je le trouve.

Colère se tenait debout, les bras croisés, les yeux rivés sur moi.

« Avec tout le respect que je vous dois, Votre Majesté, vous ne pouvez pas vous substituer…

— J'ai remporté la chasse. Je choisis ça comme prix. »

Le maître de cérémonie secoua la tête, comme s'il réfléchissait à la manière de formuler son objection. « Je… je ne crois pas que cela soit possible, sans que cela ne vous coûte cher.

— Je suis bien conscient du prix. »

Incrédule, je vis Colère remonter l'allée et gravir les marches de l'estrade. Craignait-il que ma plus grande peur n'ait des répercussions plus graves que la révélation de sa vérité ? Il m'avait appris à résister à l'influence des démons, mais il n'avait jamais semblé préoccupé par cette partie du Banquet. Avait-il toujours su qu'il me remplacerait ?

C'était une manigance, mais je n'avais aucune idée de l'objectif qu'il poursuivait.

Sans me quitter des yeux, il se débarrassa de sa veste de costume et retroussa la manche de son bras gauche. À la vue de nos tatouages assortis, un murmure s'éleva parmi les convives. Apparemment, tout le monde ne savait pas que nos fiançailles étaient forcées.

Pour eux, c'était une chose de faire la cour à un prince, et apparemment une autre de le contraindre par magie au mariage. Peut-être craignaient-ils que son acte d'héroïsme inattendu soit dû à un sortilège. Le maître de cérémonie observait, bouche bée, le prince démon. Je doutais que Colère eût jamais proposé ce genre de chose auparavant. Même moi, je n'arrivais pas à y croire. Le démon qui accordait plus d'importance que quiconque à ses secrets, en offrait un. Pour moi. Devant toutes les cours ennemies. Ce n'était pas une déclaration d'amour, mais ça en avait tout l'air.

Colère détourna enfin son attention de moi. « Prends la dague.

— Je… » Le maître de cérémonie chercha la lame à tâtons, visiblement mal à l'aise à l'idée d'entailler l'un des souverains de l'enfer. « Avant de commencer, vos frères doivent encore voter, ce sont eux qui doivent vous autoriser à recevoir cette faveur comme prix.

— Oh, bordel. Ça suffit. » Orgueil se redressa et s'éloigna de la colonne contre laquelle il était adossé. Ses yeux argentés étaient plissés en signe d'avertissement. « C'est incroyablement ennuyeux. Il y a sûrement un autre prix plus divertissant à réclamer ? Je trouve que les secrets n'ont aucun intérêt. » Il défia son frère du regard. « Peut-être que le sacrifice de cette année prendra la forme d'un rendez-vous galant interdit. Je suis sûr que nous pouvons trouver un volontaire qui acceptera de coucher avec l'invitée d'honneur. Ensuite, mon frère pourra choisir un autre prix. »

Les démons rassemblés regardaient tour à tour Colère et leur roi, le souffle coupé.

« Non. »

Le ton de Colère était aussi froid que la glace. Il me jeta un coup d'œil, probablement pour voir si l'idée m'avait tentée et s'il n'avait pas parlé trop vite. J'imaginais que si j'acceptais la proposition, il se tiendrait à l'écart et ne prononcerait pas un mot de protestation si mon choix était de coucher avec Orgueil. Même s'il trouvait l'idée insupportable. Et il détesterait cela. Le masque d'indifférence de Colère était tombé, et il n'avait pas pris la peine de le remettre en place.

« Il semble y avoir un malentendu. » Le sourire du diable était le péché incarné tandis que Colère le contemplait avec méfiance. Orgueil roulait pratiquement des mécaniques, ravi d'avoir tendu l'appât parfait et que son frère soit tombé dans son véritable piège. « Je ne voulais pas dire que j'offrirais *mes* services. Comme Dame Emilia est ta promise, je crois que c'est *toi* qui devrais coucher avec elle, mon frère. »

Je me raidis. Si Colère et moi partagions un lit… nous serions encore plus près de compléter notre lien matrimonial.

Et Orgueil le savait. Il n'avait pas l'air perturbé par l'idée, il semblait impatient que j'épouse son frère. Ce qui indiquait qu'il ne s'était jamais soucié du contrat que j'avais signé et que je n'avais jamais été sa promise. Par les sept enfers, que se passait-il donc vraiment ? Si la malédiction du diable avait été brisée par la naissance de Vittoria et la mienne, je ne comprenais toujours pas pourquoi les démons avaient menti à propos des futures épouses.

Envie, furieux depuis le début de l'interruption, s'illumina d'un coup.

Colère me regarda alors, le visage impassible, à l'exception d'une légère crispation autour de la bouche. C'était la seule indication qu'il n'était pas content de la tournure que prenaient les événements.

Ce qu'il lut sur mon visage lui fit durcir le ton lorsqu'il s'adressa à nouveau à son frère. « Choisis une autre option ou reste en retrait et votons pour terminer la cérémonie.

— Je te l'ai dit, insista Orgueil, j'en ai assez des secrets.

Il est temps d'instaurer une nouvelle tradition. Je suis sûr que notre hôte est prêt à nous aider. »

Il adressa un signe de tête à Gourmandise. Le prince de ce cercle se frotta les mains. « En effet, j'adore enfreindre les règles. Vous avez deux choix. Soit vous couchez ensemble dans l'une des chambres de verre ici. » Il s'écarta et, d'un geste théâtral, tira un cordon en or pour ouvrir les draperies. À l'intérieur, une chambre inoccupée éclairée à la bougie brillait d'une douce lueur. « Ou…

— Ta suite royale, proposai-je, stupéfiant tout le monde, et surtout moi-même.

— Ma suite ? » Colère me fixa tandis que j'acquiesçais. « Nous n'avons pas à changer les règles, Emilia. Si je veux que la peur soit mon prix, je l'obtiendrai.

— Seulement si tu récoltes suffisamment de voix. » Le sourire de Gourmandise s'élargit tandis que la fureur de Colère grondait dans la salle de bal. « Tu as peut-être remporté la partie de chasse, mais ce n'est plus le prix que tu peux réclamer. Nous remplaçons le sacrifice de l'invitée d'honneur. Et elle a pris sa décision. Vous pouvez choisir la suite royale, la chambre de verre, ou, mieux encore, vous pouvez rester ici. Prends-la sur l'estrade, ou contre la colonne. Ainsi, nous pourrons être sûrs que tu as accompli la tâche.

— À moins que tu ne souhaites rester en retrait et que quelqu'un d'autre se porte volontaire », proposa Envie. Son sourire trop innocent indiquait qu'il utilisait le péché sur lequel il régnait pour provoquer son frère. « Je vote pour soutenir Gourmandise. C'est notre hôte.

— Non. »

Le ton de Colère indiquait qu'il n'y avait aucune chance, dans ce cercle de l'enfer, qu'il transforme nos ébats en spectacle et qu'il déclarerait la guerre si ses frères tentaient une quelconque manœuvre.

Gourmandise prenait tout cela avec bonhomie et je me demandais si son humeur devenait parfois maussade ou s'il était rayonnant en permanence. « Un rendez-vous galant dans ta suite royale, alors. » Il frappa deux fois dans les mains. « Maître de cérémonie, complète le rituel. »

Colère faisait les cent pas dans la suite royale silencieuse, comme un puissant prédateur enfermé dans une cage. Même si sa cage était des appartements aménagés avec soin où le champagne était au frais, les fruits recouverts de chocolat, les lustres en cristal et les draps en soie. Et que dans cette cage une fiancée avait envie qu'il la touche.

Même s'il n'avait pas proposé de révéler un de ses secrets pour me permettre de garder le mien, je l'aurais désiré. Il était temps d'arrêter de me mentir. De cesser de prétendre que ce n'était que la magie séduisante de ce monde et notre lien qui créaient cette attirance. Je le désirais. C'était sa silhouette imposante que je cherchais dans chaque salle bondée. Sa protection que j'acceptais de bonne grâce et son péché avec lequel je m'alignais le mieux.

Indépendamment de notre passé et des circonstances qui nous avaient amenés ici, à ce moment, ensemble, je désirais partager une nuit de passion avec lui.

Le prince ne semblait pas ressentir la même attirance. Il se dirigea vers la cheminée et s'appuya sur le manteau, contemplant les flammes qui devenaient argentées et s'élevaient devant lui. Il n'avait rien dit au cours du trajet et n'avait pas posé les yeux sur moi depuis que nous étions entrés dans sa suite.

Sans se retourner pour croiser mon regard, il déclara : « Il n'est pas trop tard pour que je renonce à un secret. Nous ne sommes pas obligés de faire cela. J'ai juré que tu aurais le choix. Ma parole tient toujours. Mes frères ne voteront pas contre moi, même s'ils ont affirmé le contraire tout à l'heure.

— J'ai *choisi.* »

Il se retourna enfin, les traits assombris par une expression torve. « Choisir entre deux solutions qui sont loin d'être idéales, ce n'est pas un choix. »

Un sourire effleura mes lèvres. « Coucher avec toi sera-t-il loin d'être idéal ?

— Ne tourne pas la situation en dérision.

— Je ne le fais pas. » Ma voix perdit sa pointe de taquinerie. « Je n'ai jamais eu envie de sacrifier une peur ou un secret. En revanche, passer une nuit avec toi... »

Son attention glissa de mes yeux à ma bouche. « Ce n'est pas la même chose.

— Les circonstances ne sont pas très romantiques, je te l'accorde. Cependant, je ne peux pas prétendre que ça me déplaise. Comme tu es un expert pour percevoir les émotions et les mensonges, je pense que tu le sais déjà. J'en conclus que tu es surtout contrarié parce que tu as l'impression qu'on t'a privé de *ta* liberté de choisir. » Une autre théorie me vint à l'esprit. « Ou alors tu ne veux pas coucher avec moi.

— C'est ce que tu crois ?

— Si tu as rendu visite à quelqu'un d'autre hier soir et que tu ne veux pas être avec moi, je peux le comprendre. Nous pouvons redescendre et je terminerai la cérémonie de la peur. Tu ne me dois rien. »

Colère traversa la pièce d'un pas ferme et je me tins immobile. Il posa doucement les mains sur mes hanches et m'attira contre lui. Un frisson me parcourut à l'endroit où nos corps se touchaient. Même à travers son pantalon et ma robe ornée de perles, je sentais son désir presser contre moi.

« Tu vois ? » Sa voix était rude, profonde. Elle provoquait un trouble en moi, me donnait envie de me coller encore plus contre lui. « Le problème n'est pas mon désir pour toi, Emilia.

— Alors qu'est-ce que c'est ?

— Appelle ça de l'égoïsme. Mais je ne veux pas que des forces extérieures te poussent dans mes bras. » Il releva mon visage, et ses lèvres frôlèrent les miennes. « Quand tu décideras de venir dans ma chambre, je veux que tu saches dans les draps de qui tu te glisseras. Je veux que tu cries mon nom.

— Je sais qui tu es.

— Le sais-tu vraiment ? » Ses lèvres frôlèrent ma peau, touchant presque la zone sensible de mon cou, mais pas tout à fait, tandis qu'il portait sa bouche à mes lèvres. « J'aimerais bien t'entendre le dire.

— Tes frères ont juste parlé de *rendez-vous galant*. » Je changeai brusquement de sujet. « Ils n'ont pas précisé que nous devions…

— Que nous devions… ? » Il s'écarta légèrement et un sourire en coin illumina son visage tandis qu'il attendait ma réponse. Le diable savait exactement ce que je voulais dire. Et il feindrait de ne pas comprendre jusqu'à ce que je le dise explicitement.

« Baiser. Ou forniquer. Même si je n'ai entendu le premier mot que dans ce cercle, répété comme une prière maudite quand j'ai quitté le jardin des plaisirs hier soir. »

Son rire était bruyant et charmant. J'aurais voulu ravaler les mots grossiers, car mes joues se colorèrent et je les maudis en silence, elles et le démon.

Il me caressa la mâchoire avec une expression pleine de chaleur. « Non, c'est vrai, ils n'ont pas spécifié que nous devions forniquer. » Ses yeux s'assombrirent, prenant une teinte d'or fondu. « Que préféreriez-vous que je fasse, ma dame ? Ceci ? »

Je n'eus pas le temps de répondre. Il traça de petites morsures d'amour le long de ma gorge. Je n'essayai même pas de contenir le soupir qui glissa entre mes lèvres lorsque sa langue effleura mon pouls.

« Dis-moi ce que tu désires et tu l'auras. »

Je fermai les paupières et me laissai aller à ses caresses. L'image des amants qui s'ébattaient sur la table de l'entrée lors de notre arrivée me revint à l'esprit. Les lèvres de Colère descendaient le long de mon épaule. Ses baisers chauds et enivrants s'approchaient de mon décolleté.

« Je veux... »

Il s'arrêta suffisamment longtemps pour reculer et me regarder dans les yeux. « Oui ?

— ... que tu m'enlèves ma robe. »

Ses doigts agiles commencèrent à défaire les boutons sur le côté du vêtement. Contrairement à la fois où il m'avait aidée lors de notre traversée du Couloir des péchés, ses gestes étaient lents. Il prenait son temps, comme s'il savait que chaque bouton défait me rendait folle de désir. Chaque frôlement accidentel de ses doigts sur ma peau, chaque fois que mon souffle se coupait... J'étais déjà proche de la combustion et mes vêtements n'avaient même pas été enlevés.

Il fit glisser les bretelles d'une épaule, déposant au passage de délicieux baisers à cet endroit. Puis l'autre bretelle glissa, et sa langue et ses dents explorèrent ma peau mise à nu. Il tira avec précaution sur le corsage, ne s'arrêtant que lorsqu'il eut libéré mes seins.

« Tu es si merveilleusement belle. » On aurait dit un homme à qui l'on avait offert le meilleur repas possible, après qu'il avait failli mourir de faim. Mais au lieu de se régaler, il avait l'intention de profiter de chaque bouchée, de les savourer toutes. Un pouce passa lentement sur mon mamelon, le faisant se contracter de plaisir. La chaleur s'accumula dans mon bas-ventre. « Qu'aimeriez-vous d'autre, ma dame ?

— Plaisir. Séduction. » Je rassemblai mon courage. « Je veux que tu restes. Toute la nuit. Avec moi. Et si tu envisages de filer après, comme tu l'as fait la dernière fois que tu m'as touchée, je te traquerai et je te le ferai regretter.

— Menace-moi encore. »

Sa voix rauque indiquait que cela lui plaisait beaucoup.

« Barbare vicieux.

— Rien que le meilleur pour toi. »

Sa bouche s'empara de la mienne. Son baiser me dominait, me possédait. Je n'étais que trop heureuse de me soumettre. Pour un temps. Je passai la langue sur sa lèvre inférieure, soupirant lorsqu'il en profita pour glisser la sienne dans ma bouche. Conquérant, séduisant. Comme je l'avais demandé.

Je l'attirai le plus près possible. Cela m'avait manqué. *Il* m'avait manqué. Ce qu'il me faisait ressentir, le son de son souffle lorsqu'il me touchait, libérant ses désirs et s'abandonnant à notre connexion.

Ses doigts habiles prirent mes seins, les caressèrent avec une légèreté exaspérante qui fit monter mon désir. Ma robe s'accumulait autour de ma taille. Je voulais l'enlever. Je voulais sentir sa peau nue contre la mienne, que ses mains soient libres d'explorer chaque centimètre de mon corps.

Je le tirai pour que nous quittions le petit salon et que nous rejoignions la chambre à coucher. J'avais envie que le poids de son corps me presse contre le matelas. Pour cela, il m'autorisa à le guider, sans jamais cesser sa lente exploration de ma bouche.

Il me suivit sur le lit et termina lentement de m'enlever ma robe. Je soulevai les hanches pour l'aider à la faire passer et il la jeta sur le côté.

Ce fut ensuite au tour de sa veste et de sa chemise de toucher le sol. Les seuls obstacles qui restaient entre nous étaient mes dessous scandaleusement fins et son pantalon.

Il examina les rubans sur les côtés, impatient de déballer le cadeau qu'ils contenaient. Et, que la déesse me maudisse, je voulais qu'il les taille en pièces. Un sourire triomphant se dessina lentement sur son visage : il avait probablement senti mon excitation.

Il se plaça entre mes cuisses et se pencha en avant, tirant les rubans entre ses dents. Je me tortillais sous lui, ne sachant pas exactement ce que je voulais qu'il fasse, mais trouvant sa position actuelle terriblement excitante.

Il cessa tout mouvement. « Tout va bien ?

— Oui. » Je pris son visage dans mes mains et je lui caressai la joue. « S'il te plaît, ne t'arrête pas. »

C'était la permission qu'il attendait. Il termina immédiatement la tâche qu'il avait commencée. Une fois mes sous-vêtements enlevés, il m'admira longuement, d'un regard brûlant d'intensité. Je luttai contre l'envie de fermer les jambes ou de me couvrir.

Comme s'il avait lu cette crainte dans mon esprit, il m'adressa un regard sévère. « Ne te cache jamais de moi. Sauf si tu veux que je m'arrête ou si je ne te donne pas le plaisir que tu souhaites. Tu es magnifique. Et il n'y a rien que je désire plus que faire ceci… » Il passa un doigt entre mes cuisses et je vis presque des étoiles. « … avec ma langue. »

Il plongea profondément ses yeux dans les miens, s'assurant que je lisais la sincérité dans son regard, puis il approcha sa bouche de mon entrejambe. Le premier coup de langue fut un choc de plaisir, qui m'électrisa tout entière. Je me redressai sur le lit, le corps fourmillant d'impatience à l'idée du prochain contact.

Colère passa ses bras autour de mes jambes et abaissa sa bouche une fois de plus. Cette fois, il me maintint en place, en inclinant mes hanches plus haut pour me donner le plus de plaisir possible.

Le sang battait dans ma tête. Oh, déesse, chaque contact était une douce torture. Juste au moment où je pensais que ça ne pouvait pas être mieux, il plongea un doigt en moi, tandis que sa bouche m'explorait avec encore plus d'intensité.

Je me contorsionnais de plaisir, cherchant quelque chose à saisir, désespérée de m'accrocher pour résister à la tempête tourbillonnante du plaisir qui me soulevait et m'emportait. Je m'agrippai aux draps tandis que ses baisers continuaient à dévorer mon espace intime et que ses doigts entraient et sortaient au rythme des battements de mon cœur. J'étais en train de me déliter, de courir après cette sensation brûlante qui me traversait le corps.

Mes doigts s'enfoncèrent dans ses cheveux si doux ; ma respiration devint haletante, mon pouls battait à toute allure dans chaque centimètre carré de mon corps. J'étais si près du but.

Les baisers de Colère devinrent exigeants : le démon de la guerre ordonnait à mon désir de se plier à sa volonté et d'exploser contre sa bouche. Parce qu'il le voulait. Le désirait.

J'approchai mon bassin de son visage et il grogna en signe d'approbation. Le son et la vibration me firent presque défaillir. Avant que je ne puisse crier son nom, il remonta le long de mon corps, pressa sa propre excitation contre moi et colla ses lèvres contre les miennes.

Il balançait ses hanches d'avant en arrière, et nos corps entraient en contact au fil de mouvements délicieusement vigoureux. Il s'écartait et se frottait contre moi, encore et encore.

J'enfonçai mes ongles dans ses épaules et accueillis avec avidité chacun de ses mouvements en bougeant sous lui.

Chaque poussée me rapprochait du bord. La friction et le glissement de son renflement rigide contre ma peau décuplaient mon plaisir.

Son maudit pantalon était toujours en place, rendant le contact direct entre nos peaux impossible, mais cela ne m'empêcha pas d'exploser finalement sous son corps puissant.

Avec un gémissement si fort qu'il faillit faire trembler le lit, Colère me suivit au bord du gouffre.

TRENTE-DEUX

J'étais allongée entre les bras de Colère qui m'encerclaient, le dos lové contre son torse, tandis que nous reprenions tous deux notre souffle. Il traça le contour de mon tatouage du bout des doigts, et ces caresses distraites suscitèrent de nouvelles émotions en moi. Ce geste avait quelque chose de plus intime que n'importe quel acte sexuel ou expression physique de l'amour. Je n'étais pas certaine que Colère était pleinement conscient de ce qu'il faisait. Ce qui compliquait encore les choses.

Je me blottis contre lui, essayant de repousser mes inquiétudes et de profiter de l'instant présent.

Il posa ses lèvres sur ma tempe. « S'il te plaît, évite de te tortiller comme ça. Au moins pendant quelques minutes.

— Ça te fait mal ? »

Il sourit contre ma peau. « Bien au contraire. »

Intriguée, et pas très douée pour obéir aux ordres, je repris mes mouvements. Je le sentis durcir contre moi. Déesse du ciel ! Sa soif était inextinguible.

Je me fis rouler pour être face à lui. « Enlève ton pantalon. »

Il fronça les sourcils. Je désignai mon corps d'un geste pour souligner que je ne portais pas de vêtements.

« Je refuse d'être la seule à être complètement nue.

— Si j'enlève mon pantalon, je ne peux pas garantir que nous fermerons l'œil. »

J'imitai son haussement de sourcil et attendis. Je n'avais pas parlé de dormir. C'était audacieux de sa part de supposer qu'il avait compris mes intentions. Avec un soupir, il fit disparaître son pantalon. Il me serra contre lui et je souris en me rapprochant. Je l'entendis inspirer brusquement.

« Emilia.

— Oui ? » Mon ton était innocent, doucereux. « Il y a un problème ? »

J'aurais dû savoir qu'il ne fallait pas se moquer du général de guerre. Colère ne jouait pas franc jeu, il ne jouait que pour gagner. Par-derrière, il se plaça juste à l'entrée de mon corps, ce qui me coupa le souffle. Je me raidis et me détendis à la fois, prête à ce qu'il s'enfonce plus profondément.

« Dis-moi, fiancée. Es-tu certaine de vouloir de moi comme mari ? »

Il saisit ma hanche d'une main et glissa l'autre sous moi, me rapprochant de lui. Le peu de self-control qui me restait encore était en train de m'échapper. Je me cambrai contre lui.

« Es-tu prête à passer l'éternité ici, avec moi, et en as-tu envie ? »

Si mon cerveau n'avait pas encore décidé, mon corps, lui, frémissait d'impatience.

Cette fois, lorsqu'il balança les hanches, ses mouvements furent délibérément lents, excitants. Sans son pantalon, sa peau de velours glissait sur la mienne. La sensation était un pur bonheur. En cet instant, j'aurais renoncé à presque tout pour le sentir tout entier. Sauf à ma mission.

Avec un effort surhumain, j'échappai à ses bras et me levai. Il n'opposa aucune résistance. Pour atténuer le choc de mon rejet, je me penchai sur le lit et lui donnai un baiser chaste.

« Que dirais-tu d'un verre avant de se coucher ? »

Colère m'observa attentivement, mais il n'y avait ni déception ni peine dans son expression. Du triomphe et rien d'autre. Il savait que je n'irais pas jusqu'au bout et que je ne coucherais pas avec lui ce soir-là. « Tu veux que j'aille chercher à boire ?

— Je suis déjà debout. Reste là. » Il se redressa sur un coude et me jeta un regard perplexe quand je le pointai du doigt. « Pas bouger. Pas de soumission forcée. Tu as promis.

— Je suis un démon qui tient parole.

— Bien. »

Je ramassai ma robe et me rendis dans le salon où le champagne attendait au frais. Le cœur battant, je jetai un coup d'œil par-dessus mon épaule pour m'assurer qu'il était resté au lit, puis j'adressai une prière rapide à la déesse du mensonge et de la tromperie pour qu'elle guide ma main.

J'avais fait une promesse à quelqu'un que j'aimais avant de connaître Colère. Et cette occasion était trop belle pour la laisser passer. Même si mon cœur souffrait déjà, anticipant la rupture.

Avec des mouvements sûrs et rapides, je saisis l'objet que j'avais cousu dans mes jupes. Avant de pouvoir m'en dissuader, je saupoudrai une pincée du mélange dans le verre du prince, puis je versai le champagne par-dessus. Je laissai tomber un fruit enrobé de chocolat dans chaque coupe. Des bulles pétillèrent autour de la petite sphère, couvrant à merveille ma trahison.

Je revins dans la chambre d'un pas joyeux, ravie de trouver le démon – toujours aussi respectueux – distrait par le balancement de mes hanches. Je n'avais pas pris la peine d'enfiler une chemise de nuit. Lui ne s'était pas couvert non plus, d'ailleurs. Son torse musclé était dénudé, mais il avait remonté les draps autour de sa taille. Il tapota l'espace à côté de lui, ses maudites lèvres étirées par un sourire paresseux.

Dans une autre vie, je l'aurais volontiers embrassé pour l'éternité.

« Aux lendemains qui nous attendent. » Je lui tendis son verre avant de lever le mien. *« Iucundissima somnia. »*

Le front de Colère se plissa lorsqu'il entendit la seconde partie du toast que je venais de porter. S'il se rappelait me l'avoir déjà dit, il ne fit pas de commentaires. Il fit tinter sa coupe contre la mienne, puis vida le champagne d'un trait.

Je sirotai le mien et comptai en silence. Son verre tomba au sol avant que j'aie terminé ma première gorgée.

« Emilia. » Il tourna vers moi des yeux alourdis de sommeil, étincelants de fureur. Il se savait trahi. La température chuta autour de nous, puis revint à la normale tandis qu'il luttait farouchement contre un ennemi invisible, avant de s'affaisser lentement.

Le puissant démon de la guerre n'était plus une menace.

Je posai mon verre sur la table de nuit, puis je m'approchai de lui pour écarter les cheveux de son front. La paix que nous avions conclue prendrait fin à son réveil. C'était un sacrifice que j'étais prête à consentir, mais cela ne rendait pas les choses plus faciles. Je lui embrassai le front, savourant le moment avant de me redresser.

« Faites de beaux rêves, Votre Altesse. »

Je parcourus comme une voleuse le couloir qui séparait la suite de Colère de la mienne, me faufilant dans l'ombre comme un pickpocket qui s'empare de sacs à main. Je rentrai dans ma chambre sur la pointe des pieds et je courus jusqu'à la malle. J'en sortis le pantalon de cuir doublé de fourrure, le pull épais et les chaussettes que j'avais apportés, enfilai mes bottes et passai ma cape d'ébène autour de mes épaules en un temps record. J'accrochai ma dague dans l'étui à ma cuisse et tirai dessus pour m'assurer qu'elle était bien en place.

En quelques instants, j'étais de retour dans le couloir et je dévalais les escaliers des domestiques. Alors que la fête battait toujours son plein, personne ne risquait de s'approcher de cette partie du château. Du moins, je l'espérais.

Le cœur battant la chamade pour m'implorer la prudence, je jetai un coup d'œil au coin du couloir. Une porte était ouverte à l'arrière des cuisines – comme je m'en doutais – pour laisser s'échapper la chaleur du four.

Avec une prière rapide à la déesse du mensonge et de la tromperie, je fonçai dans le couloir, puis ralentis en entrant dans la cuisine. Je ne savais pas combien de temps la racine de sommeil maintiendrait Colère inconscient ; étant donné le pouvoir dont il était gorgé, je ne pensais pas avoir beaucoup de temps. Je devais être assez loin pour qu'il ne puisse pas me rattraper avant que je ne me trouve sur le territoire d'Orgueil. Je me précipitai sur la vaste étendue qui reliait l'arrière du château aux écuries et ne m'arrêtai pas avant d'avoir atteint l'entrée.

Je fouillai du regard l'extérieur du bâtiment, posant les yeux sur chaque recoin, tentant de repérer le plus infime mouvement dans la pénombre. Les palefreniers devaient être couchés, après s'être occupés des chevaux à la fin de la chasse du matin. J'entrouvris la porte juste assez pour me glisser à l'intérieur et me hâtai de longer les stalles jusqu'à trouver Tanzie. Elle hennit en signe de bienvenue, ses sabots aux griffes argentées déchiquetant le foin.

« Nous partons à l'aventure, ma douce. »

Je sellai rapidement ma monture, à la fois impressionnée et ravie de me souvenir des étapes que j'avais vues effectuer chez moi à plusieurs reprises. Je la conduisis par les rênes et, bénédiction, la jument sortit rapidement et sans bruit par la porte principale, comme si elle savait que la discrétion était de rigueur.

« Conduis-moi à la Maison Orgueil. » Je me hissai sur elle et, après une rapide tape sur le flanc, elle se mit à trotter. « Nous allons visiter la forêt de Bois sanglant. »

Tanzie s'élança dans la nuit, projetant de la neige derrière nous, alors que nous survolions pratiquement les pentes de la Maison Gourmandise. Je m'agrippai en serrant les genoux, penchée dans le vent.

Chaque cavalcade tonitruante m'incitait à jeter un coup d'œil par-dessus mon épaule, persuadée que les gardes du château avaient été alertés et étaient à notre poursuite. Nous chevauchâmes les collines de racines de sommeil, et sur notre droite, j'aperçus la rive du Lac de feu, que je n'avais pas remarquée la dernière fois.

Le vent froid charria une odeur de soufre, souleva des mèches de mes cheveux et provoqua un frisson sur ma peau. Je concentrai mon attention sur le château qui se profilait au loin, à l'affût des gardes d'Orgueil. Comme si elle refusait de tomber à nouveau entre les mains d'hommes en armes, Tanzie galopa plus vite, ses sabots faisant défiler à toute vitesse la terre gelée. Nous contournâmes les limites de la Maison Orgueil et les dépassâmes à toute allure sans nous arrêter ni être arrêtées.

Je poussai un cri de joie. Une petite victoire de plus.

Si ma mémoire était bonne, j'étais passée du cercle d'Orgueil à celui d'Envie. J'avais déjà été invitée sur le territoire de ce dernier et il n'avait pas révoqué cette permission. Avec un peu de chance, je passerais et j'arriverais indemne à la forêt de Bois sanglant.

Tandis que nous chevauchions comme si le diable en personne était à nos trousses, mon esprit s'emballa, préoccupé par toutes les pensées que j'avais essayé de repousser pendant le Banquet. Envie était sur les traces des Sept Sœurs. Et il m'avait indiqué l'Arbre maudit lorsque je m'étais promenée dans sa galerie. Je ne connaissais peut-être pas tous les détails de la forêt, mais je pouvais localiser cet arbre inhabituel, car la fable indiquait qu'il se trouvait « en plein cœur » du bois.

Et avec un peu de chance, les êtres mystiques qui pourraient m'aider à trouver la Clé de la Tentation ou le Miroir de la Triple Lune se trouveraient à proximité de l'arbre redoutable. À ce stade, toute information qu'ils pourraient m'offrir sur l'un ou l'autre de ces objets magiques me serait utile.

Nous traversâmes la Maison d'Envie sans encombre. Comme le prince de cette Maison laissait échapper des indices subtils en ma présence, je ne pensais pas qu'il m'empêcherait de chevaucher sur ses terres. Nous arrivâmes bien vite au petit affluent du Fleuve noir qui coupait en deux le territoire d'Envie et s'ouvrait sur la forêt de Bois sanglant. Tanzie ralentit jusqu'à s'arrêter presque complètement et frappa le sol de son sabot, réfléchissant au saut à entreprendre. Quant à *moi*, je contemplais la vue qui s'offrait à nous. La forêt de Bois sanglant portait bien son nom. Même sous la couverture d'un ciel nocturne, je voyais que l'écorce des arbres était d'un cramoisi foncé.

Au fond des bois, des volutes de fumée flottaient comme un brouillard fantomatique. Je soupçonnais qu'il ne s'agissait pas d'un feu, mais du souffle de créatures gigantesques qui rôdaient dans le bois cramoisi. Ou des démons que j'avais vus en illustrations dans les carnets. Ceux qui étaient assoiffés de cœur et de sang. J'inspirai et expirai lentement.

« Prête à trouver l'Arbre maudit, ma belle ? »

Tanzie hocha la tête, puis s'élança vers le fleuve d'ébène. Je forçai mes yeux à rester ouverts alors que nous quittions momentanément le sol, mon estomac se soulevant pendant que nous étions en l'air. Lorsque nous atterrîmes, Tanzie ne fit pas de pause pour reprendre son souffle ; elle fonça dans la forêt, contournant les troncs et les fourrés.

Je m'attendais à un silence stressant. En réalité, un chœur d'insectes bourdonnait si bruyamment que j'en fus d'abord désorientée. Si un prédateur était proche, il serait impossible d'entendre son attaque avant qu'il ne soit trop tard. Tanzie semblait le savoir. Mon puissant cheval de l'enfer rentrait le menton et se faufilait entre les obstacles, déterminé à amener sa cavalière à destination indemne.

Nous traversâmes une clairière, et en bordure de celle-ci, j'aperçus un démon *Aper*. Il projeta sa tête géante en l'air, et c'est tout ce que je vis ; nous le laissâmes baver derrière nous. Des arbres cramoisis défilèrent, les couleurs s'allongeant dans le coin de mon œil comme des étoiles filantes dégoulinantes de sang. Je serrai plus fort les rênes, comptant les battements de mon pouls. Nous devions nous approcher du cœur de la forêt, maintenant.

Quelques minutes de galop plus tard, Tanzie s'arrêta brusquement. Là, au milieu d'un épais bosquet de bois cramoisi, se dressait un immense arbre argenté. Nous l'avions trouvé ! Je l'observai un moment. L'Arbre maudit était reconnaissable entre tous : plus grand, plus large et d'une couleur différente de tous les autres végétaux de la forêt. Au clair de lune, son écorce argentée brillait comme une terrible épée enfoncée profondément dans la terre. Il était beau et effrayant à la fois.

Je descendis de cheval et tapotai le flanc de Tanzie. « Ne t'en va pas et reste vigilante. »

Elle me donna un petit coup de museau sur l'épaule comme pour me répondre la même chose.

Je me dirigeai vers l'arbre, ma dague à la main. Les insectes s'étaient tus. Un brouillard inquiétant flottait au-dessus du sol gelé, cachant d'éventuelles traces récentes. Les racines ressemblaient aux doigts en putréfaction de géants abattus. Je m'approchai pour inspecter les feuilles. Elles ressemblaient à celles d'un bouleau ordinaire, sauf qu'elles étaient couleur d'ébène, striées par des veines argentées.

D'après les légendes que j'avais lues, elles étaient à la fois tranchantes comme des lames et aussi fragiles que du verre.

« Êtes-vous venue demander un vœu de sang ? »

Je me retournai, rabattant le capuchon de ma cape. Une silhouette solitaire s'appuyait sur une canne, trop loin et tapie dans la brume pour que je la distingue clairement. Tanzie était introuvable.

Je saisis la poignée de ma dague et adoptai discrètement la position de combat qu'Anir m'avait apprise. « Qui êtes-vous ?

— La question la plus pertinente est : qui êtes-vous, mon enfant ?

— Je suis quelqu'un qui a besoin d'informations. »

Je ne distinguais pas le visage de l'inconnue à travers la brume, mais j'avais l'impression qu'elle souriait. « Comme ça tombe bien. Je suis justement quelqu'un qui possède des informations. Et qui attend un paiement en retour. »

Je marquai une pause, refrénant ma réaction initiale pour lui offrir ce qu'elle voulait. Ce serait dangereux dans n'importe quel royaume, et encore pire dans ce royaume de péché. « Je vous rétribuerai en vous offrant un seul secret.

— Non. » La silhouette se rapprocha. Le capuchon de sa cape dissimulait son visage. « Je connais vos secrets. Mieux que vous, j'imagine. Je souhaite que vous m'accordiez une faveur. Et je la réclamerai dans le futur quand je le souhaiterai. »

Que la déesse me maudisse. C'était un très mauvais marché. « Je ne commettrai pas de meurtre.

— Soit vous acceptez la faveur, soit vous la refusez. Tout dépendra, je suppose, d'à quel point vous avez besoin d'informations. Considérez cette proposition comme un test de courage. Que choisissez-vous ? La bravoure ou la peur ? »

La bravoure signifiait le plus souvent l'absence de peur, mais dans le cas présent ça revenait à se montrer imprudente… pour une bonne cause. Me montrer courageuse n'avait aucune importance à mes yeux. Ce qui m'intéressait, c'était de me préserver, et de prendre la meilleure décision possible. Si la femme mystérieuse me connaissait effectivement mieux que moi-même, le meilleur choix était d'accepter. Et tant mieux si les conséquences étaient aussi maudites que mon âme.

« J'accepte. »

Avant que les mots n'aient fini de quitter mes lèvres, la silhouette s'élança. Le mouvement fut si rapide que j'eus à peine le temps de sentir la piqûre dans mon bras. Elle m'avait entaillée. Je levai les yeux, prête à me défendre contre une deuxième attaque, et me figeai lorsqu'elle se coupa la paume et la plaça sur ma plaie.

Elle murmura un mot et un éclair de lumière aveuglante fendit le ciel nocturne.

« Allez-y, mon enfant. Posez vos questions.

— Je veux trouver les Sept Sœurs. Sont-elles ici ?

— Non, elles habitent là où aucun péché ne règne en maître.

— Ce n'est pas une réponse.

— Quand le moment sera venu, vous comprendrez. »

Je serrai les dents. Bon. « Je voudrais des informations sur ma jumelle. Elle a été assassinée et j'ai besoin de savoir quelle Maison de démons est derrière tout ça. Et si c'est l'une d'entre elles.

— Vous ne pouvez pas vous attendre à trouver les réponses aux mystères des autres alors que vous ne comprenez pas encore ceux qui pèsent sur votre existence.

— N'est-ce pas le but de notre petite conversation ? Je n'ai pas accepté votre marché simplement pour que vous répondiez avec de nouvelles questions. Vous ne pouvez pas me dire où se trouvent les Sept Sœurs, vous ne pouvez pas me parler de ma jumelle… En quoi pouvez-vous m'aider exactement ?

— Si vous espérez trouver ce que vous cherchez, vous devrez passer mon test de courage.

— Cela ne faisait pas partie de notre marché.

— Oh, mais si. Vous, mon enfant, vous êtes au centre de votre propre mystère. Tant que vous n'aurez pas découvert vos propres secrets, vous ne comprendrez rien au destin de votre sœur. Et c'est quelque chose que je ne peux pas vous expliquer. Il y a des vérités que vous devez découvrir par vous-même. Qu'est-ce qui vous préoccupe encore ? »

Je déglutis avec difficulté. « Ma magie. Je ne peux plus y accéder.

— Je connais peut-être un moyen de la regagner. Et de trouver une réponse à laquelle votre cœur aspire. En ce qui concerne votre prince. » Tout à coup, la silhouette de mon interlocutrice se dressa devant l'arbre. « Si vous voulez connaître sa vérité à lui, gravez son nom dans l'arbre et cueillez-en une feuille. »

Je repensai à la fable que j'avais lue, et un sentiment de malaise s'enfonça en moi comme une lame. Cette femme encapuchonnée devait être la Vieille Femme. La déesse du monde souterrain. Et elle était redoutable. « Si je fais ça et que je me trompe, il y aura un prix à payer.

— Un véritable acte de courage s'accompagne toujours d'un prix élevé. » Son sourire acéré était la seule chose que je devinais dans l'obscurité, ce qui ne contribuait pas à apaiser mes nerfs. « Après avoir gravé son véritable nom et pris la feuille, vous devrez la briser en sa présence. Si vous avez raison, vous le saurez. Sinon… »

Je refoulai la terreur qui montait en moi. Si j'avais raison et qu'elle était la déesse de l'enfer, le prix à payer serait la mort. Un petit détail qu'Envie et Celestia avaient omis de m'expliquer quand ils m'avaient parlé de tout cela.

« Je n'en suis pas certaine.

— Vous savez qui il est, mais vous choisissez de rester dans l'ombre, car vous êtes à l'aise dans l'obscurité. Peut-être que ce n'est pas la vérité à son sujet que vous redoutez, mais la vôtre.

Peut-être que vous refusez de le regarder de trop près parce qu'il en révèle trop sur vous. Il est votre miroir. Et on apprécie rarement le reflet qu'il nous renvoie. C'est là, mon enfant, qu'est le véritable test. Êtes-vous assez courageuse pour affronter vos démons ? Peu de gens le sont. »

Je jetai un coup d'œil à mon tatouage magique, celui qui racontait notre histoire. « Ce n'est pas la question pour laquelle je suis venue ici.

— Non. Mais c'est celle que vous redoutez de poser. C'est pourquoi je vous le demande à nouveau, Fille de la Lune, non pas qui il est, mais qui vous êtes ?

— Je… je ne sais pas.

— Mauvaise réponse. » Elle frappa du pied, déplaçant la brume par son mouvement soudain. « Dites-moi. Qui êtes-vous ?

— Je ne m'en souviens pas. Mais je suis bien décidée à le découvrir !

— C'est bien. C'est un début. » Elle m'adressa un petit signe de tête entendu. « Qu'est-ce que vous allez faire ? »

Je jetai un coup d'œil par-dessus mon épaule. Tanzie était revenue de l'endroit où la Vieille Femme l'avait cachée, ses yeux luisants étaient solennels. Le choix que je devais faire pouvait me coûter la vie.

Je brandis ma dague et appuyai la lame contre l'Arbre maudit.

J'allais graver le véritable nom de Colère dans l'écorce et faire ce que la Vieille Femme suggérait : affronter la vérité que je fuyais.

Et si je me trompais… j'allais devoir prier les déesses pour que ce ne soit pas le cas, sinon je rejoindrais Vittoria dans le caveau familial avant la fin de la nuit.

TRENTE-TROIS

Colère n'était ni dans ses appartements ni dans sa bibliothèque. J'étais allée voir sur son balcon et je m'apprêtais à descendre au Bassin du Croissant de lune quand je décidai de passer par les cuisines.

C'était l'un des derniers endroits où je m'attendais à trouver le démon de la guerre, mais il était là, me tournant le dos, un couteau en main, en train de découper du fromage à pâte dure et d'entasser ses cubes parfaits sur un plateau qu'il avait déjà rempli de divers fruits.

« Tu n'as pas besoin d'invitation pour te joindre à moi, Emilia. » Il ne s'était pas retourné. « Sauf, bien sûr, si tu ne veux pas être en ma compagnie.

— Je te cherchais. Ça veut dire que je souhaite ta compagnie.

— Depuis que tu m'as drogué pour sortir seule de ma chambre à coucher, je me demande si cela n'a pas changé.

— Cela… n'avait rien à voir avec toi. »

Il continua à couper le fromage, la lame heurtant régulièrement la planche à découper. « Ça m'a semblé assez personnel, vu ce qui s'était passé entre nous.

— Je...

— Tu n'as pas besoin de t'expliquer.

— Je n'allais pas le faire. J'allais m'excuser que tu te sois retrouvé victime de ce que j'avais à faire. » Le silence s'étira entre nous. « Combien de temps es-tu resté endormi ?

— Tu n'espères tout de même pas que je partage cette information avec toi.

— Non, je comprends. »

Je m'approchai de l'endroit où il travaillait, admirant ses talents pour manier le couteau. La façon dont il avait disposé les fruits et les avait présentés était également impressionnante. Les figues étaient coupées en quartiers, les fruits rouges et les raisins formaient des piles appétissantes. Il avait même déniché une grenade.

« Je ne pensais pas que tu aimais passer du temps en cuisine.

— Moi non plus. » Il haussa une épaule, concentré exclusivement sur sa tâche. « Je n'aime pas beaucoup faire de la pâtisserie ou mélanger des ingrédients, mais dépecer, tailler et trancher sont des activités que je trouve étrangement relaxantes. »

Je souris. Bien sûr. Je n'étais pas étonnée que cette partie de la cuisine lui plaise. Au lieu d'ajouter un commentaire ou d'interrompre ce moment, je chipai une tranche de pomme sur le plateau et la fourrai en bouche. J'étais en train de gagner du temps et je le savais bien. Mon test de bravoure commençait mal.

« Dans certaines religions mortelles, on dit que la pomme est le fruit défendu. »

Colère s'interrompit moins d'une fraction de seconde, mais je le remarquai, car j'étais très attentive. Il ne se détourna pas de sa mission. « Pour quelqu'un qui a été élevé parmi les sorcières, je suis surpris que tu accordes autant de crédit aux croyances humaines. »

Je choisis un autre fruit. « J'ai aussi entendu dire que les figues, les raisins, et les grenades sont des prétendants au fruit défendu.

— Tu as beaucoup réfléchi aux aliments interdits.

— J'ai rendu visite à l'Arbre maudit. » Le prince continuait à débiter soigneusement le morceau de cheddar sur sa planche. Je me déplaçai de l'autre côté de la table pour lui faire face. « J'ai conclu un marché avec la Vieille Femme. Et elle m'a dit quelque chose qui m'a fait penser au fruit défendu et aux arbres de la connaissance. »

Les jointures des doigts de Colère blanchirent lorsqu'il serra le couteau plus fort. « Et ?

— Je voulais obtenir des informations au sujet de ma sœur et elle a insisté pour que je découvre d'abord *ma* vérité. Pour que j'affronte mes peurs. Elle a dit qu'une partie de ma vérité peut être trouvée si je reconnais ton identité. » Son regard se heurta au mien. « Elle m'a dit de graver ton vrai nom dans l'arbre.

— S'il te plaît, dis-moi que tu as refusé. La Vieille Femme est pire que mes frères. »

Je secouai lentement la tête et posai la feuille d'ébène aux veinures d'argent. Colère la fixa, horrifié, comme si j'avais introduit une vipère dans la pièce. Je levai le poing pour écraser la feuille, mais il s'empressa de tendre la main pour recouvrir la mienne. Il me serra contre lui, tenant ma main contre son cœur.

Il battait à tout rompre.

« Nous allons y retourner et conclure un nouvel accord avec la Vieille Femme. »

Je reculai suffisamment pour le regarder dans les yeux. « Tu es nerveux.

— Tu as gravé un nom dans un arbre qui exige du sang en échange de la vérité. » Il laissa échapper un soupir frustré. « Évidemment que je me méfie. »

Je posai ma main libre contre son visage. Ce n'était pas uniquement pour cela qu'il était nerveux, et nous le savions tous les deux. « Je sais qui tu es.

— J'en doute fort. »

Son ton indiquait que si j'avais connu la vérité, je ne me serais pas tenue si près de lui, l'enlaçant comme je le faisais. Son secret me terrifiait, mais je ne surmonterais jamais ma peur si je ne le révélais pas au grand jour. Je ne découvrirais jamais qui j'étais ni ce qui s'était passé, ce qui était arrivé à ma jumelle, si je continuais à esquiver la vérité. La Vieille Femme avait raison. Je m'étais habituée à l'obscurité, j'y avais été maintenue trop longtemps. D'abord par Nonna, et maintenant par ma propre volonté. Il était temps de mettre de côté mes peurs et d'entrer dans la lumière.

Avant qu'il ne puisse se rendre compte de ce que je faisais, je donnai un coup de pied à la table aussi fort que possible, la faisant basculer avec les fruits, le fromage et la feuille maudite, qui se brisa dans les décombres.

Colère m'entoura de ses bras, comme s'il pouvait me protéger et empêcher l'Arbre maudit de réclamer son prix. Mais je ne ressentis pas de douleur soudaine. Je ne m'affaiblis pas non plus ni ne perdis connaissance. Je ne mourus pas. Je ne saignai même pas.

Le prince me serra plus fort. Sa respiration était à présent laborieuse et saccadée.

Les larmes me montèrent aux yeux, mais je refusai de les laisser couler. Être là, en sécurité dans les bras de Colère, signifiait que j'avais vu juste. Et que la Vieille Femme avait raison une fois de plus.

Maintenant que je détenais la vérité, je ne savais pas quoi en faire. Je croyais être prête, je pensais pouvoir gérer la divulgation de son secret. Je m'étais trompée.

Et je me détestais.

J'expirai en tremblant… J'avais besoin d'un moment pour digérer complètement ce que je venais de découvrir. Colère sentit que je m'enfonçais dans mes pensées et s'éloigna, mettant entre nous l'espace dont nous avions besoin. Il ne dit rien, attendant patiemment que je parle.

Par le sang et les os. C'était dur. Mais j'avais connu pire, et j'avais survécu. Peu importe ce qui se passerait ensuite, je survivrais aussi.

« Quand tu as réfuté le nom que je t'avais donné au monastère, je me suis demandé s'il y avait une raison pour laquelle tu n'avais pas réagi plus vivement. » Je m'essuyai les yeux en continuant à éviter son regard. « Tu as fait comme si cela n'avait aucune importance, comme si je t'avais simplement irrité. » Je souris en fixant mes mains. « Parce que, d'après Nonna, un prince de l'enfer ne révélera jamais son vrai nom à ses ennemis. »

Je sentais son attention rivée sur moi, mais je ne pouvais toujours pas soutenir son regard.

« Je sais que les sorcières et les démons sont ennemis. Mais notre histoire ne s'arrête pas là, si ?

— Emilia…

— Tu es la tentation. La séduction. » Je levai enfin les yeux vers son bras et désignai d'un signe de tête le tatouage complexe de serpent. « Le serpent dans le jardin. Celui qui a encouragé les mortels à pécher. »

Je portai mon attention plus haut, pour finalement le dévisager. Je l'observai, le plus objectivement possible. Son visage, son corps, toute sa présence et sa façon de se comporter exsudaient l'autorité. La domination. Et il était né pour séduire. Il était la tentation faite chair.

Son expression se figea alors qu'il attendait. Maintenant plus que jamais, j'aurais tellement voulu percevoir ses émotions. Même si je le soupçonnais de sentir les miennes, et c'était sans doute pour cela qu'il se montrait soudain si distant.

Son armure était à nouveau en place. Et c'est de moi qu'il se protégeait.

« Je ne sais pas comment tu as pu tromper l'humanité si longtemps, mais comme l'a dit Envie, tu es le plus habile des menteurs. *Samaël.* »

Son véritable nom sembla le déstabiliser. On aurait dit qu'il n'avait plus respiré depuis le début de notre conversation. Il relâcha son souffle bruyamment.

« Le prince des ténèbres. Le roi des Damnés. On m'a appelé de bien des façons, mais je ne suis pas un menteur. »

Je scrutai son visage. J'avais raison. Je l'avais su dès que l'arbre n'avait pas exigé son dû, mais la vérité était difficile à digérer. Colère était le diable en personne. Le mal redouté dans le monde entier.

Et j'avais bêtement succombé à ses charmes. J'avais craqué pour ses yeux couleur d'or et son esprit vif. Sa fierté pour son apparence. La façon dont il protégeait ceux dont il avait la charge et préférait la justice à la vengeance. Pas étonnant que le monde des mortels ait si facilement confondu les deux princes : Orgueil et Colère partageaient certainement plus d'une similitude.

« Tu as eu de nombreuses occasions de me dire que tu étais le diable. C'est toi qui as été maudit par la *Prima*. La femme d'Orgueil est-elle vraiment morte, ou était-ce ta consort ?

— Je ne t'ai pas menti directement.

— Tu as omis beaucoup de choses.

— Contrairement à Orgueil, je n'ai jamais eu de consort. Mais oui, j'ai été maudit par la Première Sorcière. Comme tous mes frères. Ma punition pour ne pas l'avoir aidée était plus sévère : elle m'a dérobé quelque chose de très important. Et je ferais presque n'importe quoi pour récupérer ce qu'elle m'a pris.

— La Corne d'Hadès », devinai-je en pensant aux amulettes.

Elles ne m'avaient pas manqué. Au contraire, je me sentais... soulagée par l'absence de mon talisman ces dernières semaines. C'était exactement le contraire de ce que j'avais ressenti lorsqu'il m'avait repris les cornes pour la première fois. Je me doutais que c'était lié à ma douloureuse expérience dans le Bassin du Croissant de lune.

Je me souvins que je redoutais que le diable en veuille à Colère de m'avoir permis d'emprunter le *cornicello* ce soir-là. Comme il avait dû me trouver stupide !

« Tu étais le seul qui ne semblait pas vouloir la Corne. Ça signifie probablement que tu les voulais plus que les autres et que tu ne voulais pas avoir l'air trop empressé pour ne pas éveiller les soupçons.

— Ce sont mes ailes, pas des cornes. Ta première sorcière les a maudites et les a transformées en cette imitation ridicule d'un pendentif mortel, avant de les cacher. » Il semblait perdu dans un souvenir qui le faisait serrer les poings. Quand il me regarda à nouveau, une fureur froide brûlait dans ses yeux. « Pour les restaurer, j'ai besoin d'un sort qui figure dans son grimoire.

— Tu as des ailes. » Parce que c'était un ange. Déesse du ciel ! C'était une chose de le soupçonner, et une autre de voir mes soupçons confirmés.

« J'en avais. »

Sa voix contenait un monde de colère et de souffrance. Une partie de moi avait envie d'aller près de lui, d'apaiser la douleur émotionnelle qui était toujours à vif. Mais je restai où j'étais, encore sous le choc.

Ses ailes étaient un lien avec le monde angélique. Le royaume qu'il avait laissé derrière lui. J'avais du mal à croire que le diable pleurait un accessoire qui le rattachait à l'endroit qu'il avait détesté au point d'en être chassé pour l'éternité. Ou peut-être que rien de tout cela n'était vrai. Peut-être que ce n'étaient que des histoires de mortels, déformées par le passage du temps et plus très exactes. Colère ne semblait pas être le mal incarné. Ni un grand séducteur. Sauf que… il s'était lentement immiscé dans ma vie. Et dans mon cœur. N'était-ce pas là une preuve de séduction ? Et d'une lente machination ?

« Emilia. » Il tendit la main vers moi et je tressaillis. Il la laissa retomber. « Je suis capable de percevoir tes émotions basiques, mais je veux savoir ce que tu ressens vraiment.

— Tu es le diable.

— Tu me l'as déjà rappelé.

— Mais Lucifer… Orgueil… Je ne comprends pas. »

Il poussa un lourd soupir. « Le péché choisi par mon frère fait qu'il lui est impossible de nier être le roi des démons. Les mortels supposent que c'est son statut, et sa fierté l'empêche d'admettre la vérité. Il est ravi de nourrir son ego. Je n'éprouve aucune émotion, ni dans un sens ni dans l'autre, à propos de mon véritable titre. C'est un devoir pour moi. Une obligation qui m'a été imposée. Rien de plus. Qu'Orgueil se charge du prestige me permet d'accomplir mon travail sans devoir prendre des gants.

— Est-ce que ce qui s'est passé entre nous a quoi que ce soit de réel, ou est-ce qu'il s'agit d'une séduction tactique ? Un peu de vérité saupoudrée de mensonges ?

— Dis-moi. » Il plissa les yeux. « Quand tu as accepté d'épouser Orgueil, en pensant que c'était le diable, est-ce que ça avait de l'importance ? »

Un souvenir me revint soudain en mémoire. « Dans le Bassin du Croissant de lune, la nuit où nous... tu m'as appelée ta reine.

— Tu es venue ici en pensant que tu serais la reine des Damnés. C'est tout à fait vrai. Si tu choisis de compléter notre lien de mariage, tu ne seras pas simplement ma reine, mais *la* reine. » Il scruta mon visage avec un air plus détaché. « Le seul changement est de savoir quel frère tu épouseras. Tout le monde dans ce royaume sait qui je suis, connaît mon véritable titre. Seuls les mortels supposent le contraire. Alors, je te le demande à nouveau, est-ce vraiment important maintenant que tu sais qui je suis ?

— Honnêtement, je n'en suis pas certaine. C'est beaucoup d'informations à assimiler. Tu es le diable. Le mal incarné.

— Est-ce comme ça que tu me connais ?

— En dehors de ce royaume, c'est ce que le monde entier pense de toi.

— Ce que pensent les autres ne m'intéresse pas. Je veux juste savoir ce que toi tu penses. » Il recula et inclina la tête. Ses mouvements étaient raides. « Je te remercie pour ta sincérité. C'est tout ce que je voulais entendre, ma dame.

— Colère, attends. Je... »

Il se volatilisa dans un nuage de fumée.

TRENTE-QUATRE

« Je suis désolée », murmurai-je dans la pièce déserte. De la fumée resta en suspension dans l'air pendant plusieurs longues minutes après le départ de Colère. Je fixai les volutes, les yeux brûlants. J'aurais voulu pouvoir jeter un sort pour remonter le temps. Ce serait tellement plus facile qu'oublier ce qui s'était passé. Ou mieux encore, un sort pour oublier la réalité de son nom. Son titre. Et mon cœur qui se serrait douloureusement à l'idée que tout ou partie de ce que nous avions vécu n'était qu'une manière d'avancer dans un plan bien plus large.

J'appuyai la hanche contre une table, observant le désordre qui régnait sur le sol. On aurait dit une métaphore de ma vie. Chaque fois que je croyais apprendre la vérité sur le meurtre de ma jumelle, quelque chose de nouveau s'ajoutait au chaos, et me détournait de mon objectif en me donnant plus de nœuds à défaire.

Comme la malédiction était intelligente et déployait des trésors d'imagination pour garder ses secrets, il était presque impossible d'assembler les pièces du puzzle.

Une ancienne inquiétude refit surface en moi. Je m'étais mise à penser que je vivais des souvenirs oubliés, généralement après ou pendant des rencontres amoureuses avec Colère.

Si je n'étais pas la consort, pouvais-je être la Première Sorcière ? J'avais fini par croire que la Matrone des malédictions et des poisons était la Première Sorcière, mais maintenant, cela me semblait moins probable. Je ne pouvais pas imaginer que Colère l'autorise à rester dans ce royaume alors qu'elle lui avait volé ses ailes.

Les meurtres avaient-ils en réalité pour objectif de localiser la Première Sorcière ? Ce serait logique que quelqu'un essaie de la retrouver et de se venger pour tout ce qu'elle avait volé. Et si tous les princes de l'enfer avaient perdu leurs ailes, ou d'autres biens aussi précieux, n'importe lequel d'entre eux pouvait être le coupable.

Si j'étais la Première Sorcière, cela expliquerait pourquoi Colère m'avait détestée la nuit où je l'avais invoqué. Il m'avait traitée de créature, jurant qu'il ne serait jamais tenté par moi quand je croyais, à tort, que les marchés démoniaques étaient scellés par des baisers passionnés.

« Félicitations, Emilia, raillai-je. Tu as complètement cédé à la folie. Et à la paranoïa. »

Parler toute seule ne me rassurait pas sur ma possible folie grandissante. Je gloussai presque à cette idée. Peut-être étais-je en train de perdre tout sens de la réalité.

Peut-être existait-il un tonique que je pouvais avaler pour débarrasser mon esprit de tous les souvenirs et de toutes les pensées stupides. Pour effacer l'ardoise et repartir à zéro.

Je ricanai. C'était absurde et… et tout à fait possible.

Une personne résidant dans ce château était douée pour créer des toniques et des mixtures. Elle pouvait posséder les compétences nécessaires pour briser n'importe quelle malédiction jetée sur moi. Première Sorcière ou pas, j'allais avoir besoin de son aide.

Je me dépêchai d'aller rendre visite à la Matrone des malédictions et des poisons, priant toutes les déesses pour qu'elle soit de retour dans sa tour.

« Fille de la Lune. » Celestia me regarda d'un air interloqué lorsque j'entrai en trombe et lui fis signe de fermer la porte. « Qu'est-ce qui vous amène ici ?

— Savez-vous qui je suis ? »

Il était difficile de dire si son hésitation était due à une inquiétude pour mon bien-être, ou si elle traitait la vérité avec prudence.

« Oui, ma dame.

— Je ne parlais pas de mon titre de courtoisie. Nous sommes-nous déjà rencontrées ? »

Son regard se fit plus perçant. « Avez-vous ingéré quelque chose de particulier ?

— Non. » Je fis le tour de la pièce en décrivant un cercle agité. « J'ai retrouvé des souvenirs dont j'ai d'abord cru qu'il ne m'appartenait pas. Maintenant, je n'en suis plus si sûre. Y a-t-il un tonique que vous puissiez me donner ? Quelque chose pour détecter une malédiction ou la briser ?

— Asseyez-vous. » Elle se dirigea vers son petit établi et ses tabourets. Je la suivis et me perchai sur le bord d'un siège, puis fis nerveusement rebondir mon genou. « Donnez-moi vos mains. » Je me penchai par-dessus la table et m'exécutai. « Parfois, l'oubli est une bénédiction. »

J'entourai ses mains des miennes, reposant les pouces sur ses poignets. « Parlez-vous en connaissance de cause ?

— Je parle comme quelqu'un qui souhaiterait oublier.

— Suis-je la Première Sorcière ? »

L'expression de Celestia s'adoucit. « Non, mon enfant.

— L'êtes-vous ?

— Non. »

Je libérai ses mains et me rassis. Son pouls ne s'était pas accéléré lorsque je lui avais posé les deux questions. « J'admets n'être que partiellement soulagée. Plus j'en apprends sur elle, moins elle ressemble à l'héroïne de nos fables.

— Tous les méchants se prennent pour des héros. Et vice versa. En réalité, il y a un peu de méchant et de héros en chacun de nous. Cela dépend des circonstances. »

Je parcourus des yeux la pièce circulaire, et mon attention s'arrêta sur le crâne sculpté. « J'ai tenté de résoudre une énigme. À propos d'une clé qui n'ouvre pas nécessairement une serrure. De sept étoiles et de péchés, et de l'ange de la mort.

— Vous cherchez la Clé de la Tentation. » Celestia poussa un gros soupir. « Je peux vous dire, Fille de la Lune, que vous l'avez déjà trouvée. » Je reportai mon attention sur elle. « Si j'étais vous, je réfléchirais à deux fois. Quand on s'engage dans cette voie, on ne peut plus revenir en arrière.

— La personne qui a tué ma jumelle aurait dû y penser. » Je me levai. « La Clé de la Tentation est-elle ici, dans la Maison Colère ?

— Elle est dangereuse. Les objets divins ne sont pas à prendre à la légère.

— Mais elle se trouve ici. »

Celestia serra les lèvres. C'était une confirmation suffisante à mes yeux. Je repensai à ma conversation avec Envie, quand j'avais pris ses divagations pour de l'ivresse le soir où nous avions bu du vin de vérité. Il m'avait dit que toutes les clés ne rentraient pas dans des serrures, que certaines étaient bien plus fourbes.

Le sang était la clé qui permettait de débloquer la magie démoniaque, par exemple.

En gardant cela à l'esprit, il n'y avait pas de limites à ce qui pouvait réellement déverrouiller le Miroir de la Triple lune. La Clé de la Tentation pouvait très bien être un élixir, pour ce que j'en savais. Pourtant, une pensée faisait son chemin dans mon esprit.

Si Colère possédait un objet divin et voulait le cacher, il n'y avait pas d'endroit plus sûr que de l'exposer à la vue de tous. C'était sa spécialité de jeter le doute sur l'évidence. Il avait agi de la même façon quand je l'avais appelé Samaël pour la première fois à Palerme.

Je doutais qu'il garde la Clé de la Tentation dans sa chambre à coucher. Ce qui m'amenait à penser que la clé se trouvait à l'un des deux endroits suivants. Dans sa bibliothèque ou dans la salle d'armes.

Je me levai, prête à me précipiter et à réduire les deux pièces en charpie s'il le fallait.

Celestia attrapa la manche de ma robe, m'empêchant de partir. « Si vous faites cela, préparez-vous à subir des conséquences qui échapperont à votre contrôle.

— Je ne contrôle plus grand-chose, matrone. La seule chose qui changera, c'est que je connaîtrai enfin la vérité. »

Celestia lâcha mon bras et s'écarta. Je me rendis à la salle d'armes sans attendre. Je redoutais un peu que Colère soit sur place, pour se défouler et évacuer ses émotions après notre conversation. La salle était silencieuse, déserte. Je me hâtai de parcourir ses moindres recoins, passant les mains sur chaque motif doré, cherchant un compartiment secret ou un objet qui pourrait servir de clé.

Je m'arrêtai au fond de la salle, près de la mosaïque du serpent. Comme la première fois que je l'avais aperçue, j'avais l'impression de l'avoir déjà vue… Mon esprit fonctionnait à toute allure, à la recherche d'un souvenir.

« Par le sang et les os ! » J'attrapai la racine de mes cheveux et tirai doucement. « Réfléchis. »

Je l'avais déjà vue. J'étais prête à parier le reste de mon âme. Si seulement je pouvais…

« Démon perfide. Tu es brillant. » Je plaquai une main sur ma bouche pour ne pas crier de joie. « Je te tiens maintenant. »

Je me penchai sur le bureau de Colère et je pris son presse-papier en serpent. Ou ce que j'avais d'abord pris pour un presse-papier. Je le retournai et examinai d'un autre œil les stries et les motifs géométriques. Il pouvait tout à fait s'agir d'une clé. Et, au vu de sa forme, elle s'emboîterait à merveille au-dessus d'un miroir à main. Cela expliquerait pourquoi Envie avait partagé cette information.

Sans invitation à la Maison Colère, il ne pourrait pas fouiller le château lui-même. Se montrer à l'extérieur dans le jardin une minute ou deux était une chose, mais fouiner dans la bibliothèque personnelle de son frère en était une autre. Bien que, connaissant Colère, il avait probablement fait garder l'intérieur pour empêcher ses frères d'entrer. Rien de tout cela n'avait d'importance.

Je serrai la Clé de la Tentation contre ma poitrine, ressentant les premiers élans d'espoir. Je ne savais pas pourquoi Celestia s'inquiétait tant à l'idée de toucher un objet divin. Jusqu'à présent, il ne m'apportait que de la paix. De la joie. Après tant de faux départs, c'était enfin une piste tangible. Un vrai fil sur lequel tirer. Il ne me restait plus qu'à mettre la main sur le Miroir de la Triple Lune. Et, armée de la clé, un nouveau plan se dessinait.

De retour dans ma suite personnelle, je sortis mes notes et un stylo. Si je parvenais à déchiffrer le message des crânes ensorcelés, j'aurais une direction à suivre.

~ Crânes ensorcelés ~

Crâne numéro un : Angelus mortis est vivant Fureur. Presque libre. Jeune Fille, Mère, Vieille Femme. Passé, présent, futur, trouve.

Crâne numéro deux : Sept étoiles, sept péchés. Comme en haut, comme en bas.

Je me tapotai la lèvre avec la plume en examinant mes notes et en m'efforçant de trouver la solution. Le message du premier crâne était un peu plus clair, maintenant. J'étais certaine qu'il faisait référence au Miroir de la Triple Lune et à sa capacité à voir le passé, le présent et le futur.

Je coinçais toujours sur le message du second crâne. Comme je savais que les sept étoiles étaient un autre nom donné aux Sept Sœurs et qu'Envie voulait les retrouver, je me demandais…

Je pris une inspiration brusque, distraite par une nouvelle pensée. Si Colère gardait la Clé de la Tentation à la vue de tous, il avait peut-être fait la même chose avec le Miroir de la Triple Lune. Peut-être qu'il ne pouvait rien me révéler au sujet de la malédiction, mais qu'il avait essayé de m'aider d'une manière plus subtile.

L'écrin d'Envie conviendrait à un miroir à main. Un miroir de ce type m'avait été offert avant mon départ pour la Maison Envie. L'espoir me fit serrer la clé et je me précipitai dans ma salle de bains, sortant le magnifique miroir de l'endroit où je l'avais rangé dans le meuble-lavabo. J'avais déjà admiré la gravure au dos, mais je n'avais pas imaginé que ça puisse être autre chose plus qu'un joli motif.

La poitrine gonflée par l'excitation, je plaçai la Clé de la Tentation au dos du miroir et je la tournai. Ou plutôt, j'essayai de le faire. Ce n'était pas simple de trouver le bon alignement. Je la déplaçai plusieurs fois, essayant différentes positions. Je retournai la clé et examinai les lignes en relief. Une partie de mon excitation se dissipa. Elles ne semblaient pas correspondre, mais je ne voulais pas abandonner si rapidement.

Mais après avoir tenté par tous les moyens d'assembler les deux objets, je finis par accepter que les pièces ne correspondissent pas.

Je retournai dans ma chambre en traînant les pieds et me laissai tomber sur le lit, pour relire encore une fois mes notes. Il fallait que je trouve les Sept Sœurs et que je leur demande si elles savaient où était le Miroir de la Triple Lune. Les crânes devaient être la clé pour le découvrir, si seulement je pouvais résoudre leurs énigmes.

Sept étoiles, sept péchés. Comme en haut, comme en bas.

J'inspirai et expirai, évacuant de mon esprit la frustration et les hypothèses précédentes. La Vieille Femme avait dit une chose à laquelle je n'avais que partiellement prêté attention. Je me concentrai à nouveau sur cette conversation, les mots qu'elle avait prononcés à propos des Sept Sœurs me revenaient lentement. *Elles habitent là où aucun péché ne règne en maître.*

C'était tout. Je relus le message délivré par le deuxième crâne.

Sept étoiles, sept péchés. Comme en haut, comme en bas.

J'étais persuadée que les sept péchés étaient la partie la plus facile à déchiffrer, mais ce n'était peut-être pas le cas. Peut-être que la simplicité apparente de cette partie de la devinette devait attirer l'attention. Je m'étais dit que ce passage faisait référence aux sept princes de l'enfer. Mais il s'agissait peut-être d'un lieu précis au sein des Sept Cercles ? « Comme en haut, comme en bas » était utilisé pour indiquer l'équilibre.

L'indice pourrait pointer vers un lieu où les sept péchés étaient utilisés de manière égale, où aucun ne dominait les autres. Exactement comme l'avait suggéré la Vieille Femme.

Le Couloir des péchés.

Le cœur battant, je relus mes notes, un large sourire se formant peu à peu sur mon visage. Cela semblait plausible. Les Sept Sœurs devaient se trouver dans le Couloir des péchés et j'avais l'intuition qu'elles étaient en possession du miroir. Cela expliquerait pour quelle raison elles continuaient à se déplacer dans le royaume, en se cachant des princes. C'étaient soit des voleuses magiques, soit des gardiennes de la paix.

Quel que soit le rôle qu'elles jouaient pour les princes démons, elles étaient *mon* salut.

Je m'empressai de remplir une sacoche avec du matériel : la Clé de la Tentation, le livre de sorts de la Vieille Femme que j'avais dérobé à Envie, des bas supplémentaires et des fruits secs que j'avais chapardés dans les cuisines, et je me changeai pour enfiler des vêtements plus chauds.

Je troquai ma robe contre mon pantalon en cuir fourré, une tunique à lacets et une cape de velours. J'enfilai des cuissardes et j'attrapai la courroie du sac en me précipitant dehors. Je m'arrêtai près des écuries. J'aurais aimé emmener Tanzie pour avoir de la compagnie, mais je n'avais aucune idée de ce que je cherchais et je ne voulais pas passer à côté de quoi que ce soit en allant trop vite.

C'était une mission que je devais accomplir seule.

Avant d'avoir l'occasion de m'en dissuader ou d'attirer l'attention d'un membre curieux de la Maison Colère, je me dirigeai vers la lisière à l'arrière de la propriété et dévalai la montagne escarpée. En un temps record, je me retrouvai sur un terrain en faux plat. Je jetai un coup d'œil dans mon dos : la montagne que Colère avait ouverte en chuchotant un mot était aussi haute et imposante que dans mon souvenir.

J'espérais la revoir bientôt.

Gardant à l'esprit l'image de ma jumelle, je commençai ma traversée du col impitoyable, armée de ma seule détermination. Cette fois, j'étais préparée aux provocations discrètes d'émotions. Et je savais comment lutter contre l'influence démoniaque. Je sentis les premières ondes de pouvoir glisser sur ma peau, cherchant un endroit où planter leurs griffes. *Je* montrai les dents à ce royaume maudit. Même sans magie, je n'étais pas sans défense. J'avais une dague et du courage à revendre.

« Balance-moi ce que tu as de pire. »

De mon côté, j'allais adopter la même attitude. Mes bottes s'enfonçaient dans la neige qui montait bientôt plus haut que mes genoux, mes pas étaient lents et mal assurés. Je ne pensais pas au froid et à la glace. C'étaient des distractions. Je focalisais mon attention sur ce qui m'entourait, guettant la moindre trace des Sept Sœurs.

La première fois que nous étions passés par ici, j'avais eu l'impression de voir des femmes tricoter avec des os en guise d'aiguilles. Je m'étais convaincue que c'était mon esprit qui me jouait des tours, mais je ne le pensais plus. Si les Sept Sœurs s'étaient montrées à moi ce jour-là, je priais pour qu'elles le fassent à nouveau, surtout maintenant que je n'étais plus en compagnie de l'ennemi.

Alors que j'étais au tiers de l'ascension d'un pan de la montagne, une tempête de glace s'abattit sur moi. Je relevai le capuchon de ma cape et je continuai à grimper. De petits grêlons me frappaient, encore et encore, comme s'ils étaient furieux que je me sois lancée dans ce défi. Le royaume se trompait. Ce n'était pas la défiance qui me poussait à avancer, à faire un pas après l'autre dans cet enfer. C'était l'amour.

Ce voyage avait peut-être été provoqué par la vengeance et la revanche, au départ, mais en réalité, j'avais toujours été motivée par l'amour pour ma jumelle. Nonna avait raison, l'amour était la plus puissante des magies. Et j'y puiserais ma force… Déesse du ciel ! Je cessai de marcher, l'attention attirée par quelque chose qui ne se formait pas naturellement dans les arbres.

J'examinai de plus près un immense cèdre et me sentis blêmir lorsque je remarquai ce qui était gravé dans son tronc.

VII

« Il y a quelqu'un ? »

Je saisis ma dague et jetai un coup d'œil autour de moi. Il n'y avait aucun bruit, aucune trace de pas, aucune indication surnaturelle que les Sept Sœurs soient proches. Mais ce sept gravé dans l'écorce… On m'avait appris à ne jamais négliger les signes. Et celui-là était flagrant.

Je fis le tour du tronc, sans rien trouver d'autre d'inhabituel. L'arbre était de taille moyenne, peut-être un peu à l'écart du groupe de cèdres qui l'entourait. Je remis mon arme dans son fourreau et m'agenouillai pour creuser la neige. Il devait y avoir quelque chose.

Quelques douloureux instants plus tard, les doigts congelés, mes ongles rencontrèrent la terre durcie. Je tentai de gratter la surface et ne réussis qu'à me casser plusieurs ongles.

Je me levai, les poings serrés le long du corps, et tentai de me calmer.

Le Couloir des péchés sentit ma perte de contrôle momentanée et profita de cette faiblesse. Mon péché favori déchaîna ma fureur et je me mis à hurler, mes cris étouffés par la neige qui venait de tomber.

Je libérai toutes mes émotions, donnant des coups de pied dans la neige, arrachant des branches et frappant le sol. La sueur perlait sur mon front et je ne parvenais plus à m'arrêter. J'approchai mon poing de l'arbre et le cognai le plus fort possible.

« Bordel ! »

La douleur irradia dans mon bras. Je grimaçai en voyant les articulations de mes poings ensanglantées. L'envie de me battre et la fureur m'abandonnèrent immédiatement. Fichue mission vouée à l'échec. Des énigmes ridicules et… Une pensée me vint à l'esprit alors que le sang perlait dans la neige. Sur un coup de tête, j'en étalai quelques gouttes sur l'arbre, traçant un trait à travers le sept en chiffre romain. Il n'y eut pas un moment d'hésitation.

Le tronc s'ouvrit avec un déclic, révélant un escalier qui était caché à l'intérieur. Je refis le tour de l'arbre. Il ne semblait pas possible qu'un escalier aussi large puisse être installé dans le tronc, mais je ne me posais plus de questions.

Le moment était venu d'obtenir des réponses.

Je fis une prière aux déesses et me faufilai par l'ouverture. La porte dérobée se referma derrière moi et des torches s'allumèrent. Je voulus saisir à nouveau ma dague, mais un sentiment inné m'en dissuada. Je ne sais pas comment, j'avais la certitude de ne pas rencontrer d'ennemi ici. En réalité, je craignais plutôt qu'un acte d'agression de ma part ne se retourne contre moi. Si j'étais sur le point de localiser un objet divin, je devais avoir confiance que tout allait bien se passer.

J'inspirai profondément et me mis en marche. Les escaliers en colimaçon étaient en bois et s'enroulaient autour d'un énorme pilier de la même matière. Je me mis à descendre d'un pas sûr et confiant. L'excitation et l'inquiétude se mêlaient dans mes veines à mesure que je m'enfonçais sous le sol. Une fois arrivée en bas, une petite salle en pierre m'accueillit, son centre était occupé par un piédestal solitaire. C'était là. Cela *devait* être là. Je m'arrêtai, admirant la beauté du miroir qui était exposé. Fabriqué à partir de ce qui semblait être de la nacre et de la pierre de lune brute. C'était l'objet le plus magnifique que j'avais jamais vu.

Il brillait de l'intérieur. Je restai immobile à l'admirer, remarquant à peine les larmes qui roulaient sur mes joues, jusqu'à ce qu'elles tombent sur le miroir et grésillent. Je posai ma sacoche et m'apprêtai à attraper le miroir lorsque des bougies s'allumèrent soudain autour de la pièce.

Sept silhouettes fantomatiques ondulaient dans la lueur vacillante. Elles ne parlèrent pas. Ne firent pas un geste en ma direction. Elles attendaient. Les Sept Sœurs étaient arrivées. Ce n'était pas de la peur, mais de l'admiration que je ressentais au plus profond de mon âme.

Et un sentiment de familiarité.

« Bonjour, je suis…

— Sur le point de faire un choix critique. Ce que vous avez mis en mouvement ici ne peut être défait. » Celestia émergea de l'autre côté de la pièce ; ses étranges yeux étoilés brillaient. Son apparition aurait dû me surprendre, mais ce ne fut pas le cas. « Je vous offre une dernière chance, mon enfant. Allez-vous-en.

— Je ne peux pas. »

Elle m'observa longuement, puis sourit. J'avais déjà aperçu ce sourire auparavant, à moitié caché sous une cape, au fin fond de la forêt de Bois sanglant. *Maintenant*, j'étais surprise. Je la fixai encore une seconde, incapable de croire à la vérité qui s'offrait à moi. « Vous êtes la Vieille Femme. » Elle acquiesça et je pris rapidement mon souffle pour digérer l'information. « Colère est-il au courant ?

— Nous n'avons pas de temps à perdre à discuter de lui. Le moment est venu de vous réclamer la faveur que vous me devez, Fille. » Elle s'approcha du Miroir de la Triple Lune et le contempla avec amour. « Une fois que vous aurez activé le miroir, je vous demanderai de me rendre mon grimoire.

— C'est tout ?

— Non, mon enfant. » Elle reporta son attention sur moi. « C'est le *tout*. »

Celestia fit un geste de la main dans ma direction et un étrange picotement parcourut ma peau, comme si des fils invisibles étaient coupés et me fouettaient la peau en rafale.

Une vague de magie monta en moi et je plongeai dans ma source, retenant un cri de joie lorsque je parvins à franchir le mur qui s'était dressé.

Elle m'adressa un regard complice et fit signe aux ombres.

Celles-ci se détachèrent du mur et s'approchèrent d'elle.

« Quand vous aurez reçu les réponses, venez me trouver. J'attendrai mon paiement sans délai. »

TRENTE-CINQ

Je me laissai tomber sur le sol à l'intérieur de l'arbre magique et feuilletai le grimoire. Le papier bruissait comme des feuilles mortes sous mes doigts tremblants. Un message qui ne se trouvait pas là auparavant tomba d'entre les pages. Je le ramassai précautionneusement et lus avec soin les mots écrits à la main.

Certaines vérités n'apportent pas
la liberté que tu cherches.
Une fois que tu sais,
tu ne peux pas revenir en arrière.
Choisis intelligemment.
S.

Samaël. *Colère.* Son message était étrangement similaire à la mise en garde de la Vieille Femme, mais pour moi, les conséquences n'avaient aucune importance, aucun retour en arrière et aucune avancée n'étaient envisageables tant que je n'aurais pas offert à ma sœur le repos et la paix éternels. Je traçai les contours du S avec lequel il avait signé le message, cette vérité que je ne pouvais désormais plus nier.

Je n'étais pas surprise que Colère ait trouvé le grimoire volé. Après tout, il était à la recherche d'un sort qui lui permettrait de restaurer ses maudites ailes.

En revanche, j'étais étonnée qu'il ait laissé le livre de sorts sans surveillance, même après avoir compris que je l'avais pris dans sa Maison du Péché.

Il était bien placé pour savoir que la vérité pouvait blesser autant qu'elle pouvait guérir. Je lui en avais fait la démonstration. Il avait prouvé par ses actions qu'il n'était pas aussi mauvais que le monde le croyait. Il était le bras armé de la justice et éliminait sans émotion ceux qui avaient été condamnés.

Un soldat qui suivait les ordres, gouverné par le devoir et l'honneur.

Et j'avais été incapable de lui avouer que j'avais vu cela. Que je l'avais vu, *lui*. Qu'il était l'équilibre entre le bien et le mal. Et qu'il n'était ni bon ni mauvais.

Il existait simplement, comme il me l'avait dit un jour.

Les bougies clignotaient follement, projetant des ombres sur les murs de la pièce sombre. La Vieille Femme et les Sept Sœurs avaient disparu, me laissant seule à ma tâche.

J'ignorai la peur qui m'envahissait et troublait ma respiration. Peut-être était-ce ma rencontre avec une vraie déesse – un fait que je n'avais pas encore tout à fait assimilé – ou simplement cette pièce souterraine, mais je n'avais jamais été du genre à être effrayée par les petits espaces ou les caves. Je refusais de m'y mettre maintenant. J'étais si près du but. Si près de la vérité qui m'échappait depuis des mois.

Si tout se passait bien, dans quelques minutes, je saurais enfin ce qui était arrivé à ma sœur.

Je marquai un temps d'arrêt. Le Miroir de la Triple Lune pourrait me montrer les moments qui avaient précédé la mort de ma jumelle. Ou pire, je pourrais être le témoin direct de son assassinat. C'était une chose de tomber sur son corps brutalisé après coup, mais assister à une mise à mort… Je frémis.

« Sois courageuse. » Je trouvai le sort que j'avais marqué quelques nuits auparavant et soupirai. C'était le moment. Peu importe ce que j'allais voir, je saurais qui avait tué ma sœur. « Passé, présent, futur, trouve. Montre-moi mon plus grand désir caché au plus profond de l'esprit de l'univers. »

Au début, comme pour le sort d'invocation que j'avais utilisé sur Colère, rien ne se produisit. Je fixai le miroir, concentrant mes pensées sur ce que mon cœur chérissait le plus. J'imaginai ma jumelle et, pour la première fois depuis des mois, je me la représentai clairement.

J'entendis son rire insouciant, je sentis son parfum de lavande et de sauge blanche, je sentis la force de son amour pour moi.

Le lien entre nous était si puissant que la mort ne pouvait l'atténuer.

De la lumière vacilla dans le miroir, suivie de nuages sombres et tourbillonnants.

On aurait dit qu'une tempête se préparait sous la surface réfléchissante. La magie bourdonnait à travers le métal, me faisant tressaillir, mais je serrai plus fort le Miroir de la Triple Lune, ne voulant ni détourner les yeux ni lâcher cet artefact, maintenant que je l'avais enfin.

La tempête à l'intérieur persistait, mais des voix étouffées s'y glissaient. Mon pouls battait la chamade. J'implorai la tempête qui me bloquait la vue de s'apaiser pour me laisser entrevoir ma jumelle.

Lentement, comme si la scène avait été capturée dans un pot de miel et que le contenu se renversait paresseusement, dégoulinant de lumière, une pièce émergea derrière le rideau de fumée. Je distinguai des fenêtres dans une alcôve. Au-dehors, on apercevait des montagnes aux sommets enneigés. Il me fallut un moment pour l'identifier, mais on aurait dit la cellule où Colère retenait Antonio prisonnier.

Le point de vue que m'offrait le miroir recula, me laissant contempler plus d'espace.

Je clignai des yeux lorsque l'énorme fauteuil en cuir apparut, en même temps que l'humain qui avait assassiné ma jumelle. Il était en pleine conversation, mais son interlocuteur était en dehors de mon champ de vision. Puis j'entendis l'autre voix. Et mon cœur eut des ratés.

« … ma demande. »

Vittoria. Les larmes que je retenais me piquèrent les yeux lorsque je me rendis compte qu'il devait s'agir d'une illusion. Antonio ne parlait pas à une personne : quelqu'un lui avait probablement envoyé un crâne ensorcelé. Je ne savais pas comment la voix pouvait ressembler à ce point à celle de ma sœur, alors que le crâne que j'avais reçu sonnait légèrement faux, mais je voulais qu'il parle à nouveau. Peu importe si le ton était sec et tranchant, c'était ce que j'avais entendu qui se rapprochait le plus de la voix de ma jumelle depuis sa sinistre disparition.

Je suppliai silencieusement la voix de parler à nouveau.

Mes prières furent exaucées : une femme s'approcha d'Antonio et se percha sur l'accoudoir de son fauteuil. Elle portait de la gaze couleur lavande qui semblait se soulever légèrement sous l'effet d'une brise magique. Ses cheveux noirs tombaient en boucles lâches dans son dos, et sa peau bronzée rayonnait presque.

On aurait dit un tableau représentant une divinité romaine qui aurait pris vie. Pourtant, sa pose décontractée avait quelque chose de familier.

« Saintes déesses du ciel. Ce n'est pas possible. »

La jeune femme ressemblait étrangement à ma jumelle. Du moins de profil.

Elle se retourna comme si elle sentait une présence magique dans la pièce qui n'aurait pas dû être là. Ses yeux lavande, et non d'un brun intense, me fixèrent. Ou fixaient ce qu'elle avait perçu dans le miroir. Son visage était à la fois familier et étrange.

C'était Vittoria, mais ça ne l'était pas.

J'avais du mal à comprendre ce que j'avais sous les yeux. Des émotions contradictoires se bousculaient dans mon esprit tandis que j'essayais d'analyser l'image qui m'était montrée. Vittoria se trouvait dans la Maison Colère. Avec Antonio. Elle avait dû s'y rendre avant d'être tuée. Mais Colère avait juré qu'il ne la connaissait pas… et je refusais de douter à nouveau de lui. Ce qui signifiait que ce n'était pas une image du passé. C'était soit le présent, soit le futur. Et d'une manière ou d'une autre, ma sœur était en vie. Du moins dans ce royaume.

Les larmes menacèrent à nouveau de couler, mais je les retins, ne voulant pas rater la moindre miette de la scène qui se jouait dans le verre magique.

La Vittoria du miroir inclina la tête, fixant toujours la magie créée par ma présence. Je pensai à son journal, au passage dans lequel elle affirmait pouvoir entendre des objets magiques lui parler.

Peut-être que le Miroir de la Triple Lune était en train de discuter.

« Vittoria ! criai-je en agitant les mains. Tu m'entends ?

— C'est l'heure. » Elle détourna son regard et fixa son attention sur Antonio. « Tu es prêt ?

— Oui. » Je ne voyais pas le visage d'Antonio, mais il semblait à bout de souffle. Comme s'il savait qu'il était en présence de quelque chose d'impressionnant. « Je voue ma vie à ta cause, mon ange. »

Vittoria lui tapota la tête, puis se leva. « Accorde-moi un moment et nous partirons.

— Non ! » hurlai-je. Si c'était le présent, je ne pouvais pas perdre à nouveau ma jumelle. Je faillis faire tomber le miroir dans ma hâte d'arriver au donjon de la tour. Je réussis à le glisser dans ma sacoche et m'élançai dans les escaliers, tournant en rond jusqu'à atteindre la porte dissimulée dans le tronc d'arbre.

Je m'élançai dans la nuit, courant à travers le Couloir des péchés, trébuchant sur les racines et les rochers que je n'avais pas remarqués la première fois. Ensanglantée et meurtrie, je redoublai d'efforts et de vitesse. Je devais rejoindre la Maison Colère. En moins de temps qu'il n'aurait fallu pour le dire, je franchis les portes, me pliant en deux pour reprendre mon souffle. La dague d'Anir se posa sur ma gorge.

« Par le sang du diable, Emilia, j'ai cru… » Il rengaina son arme et me tendit la main. « Vous êtes blessée ? Colère n'arrivait à déceler votre présence nulle part.

— Où se trouve-t-il ?

— Vous saignez. »

Je m'en fichais complètement.

— *Où est-il ?*

— Il vient de partir pour le Couloir des péchés. C'est le seul endroit où il ne peut pas détecter votre présence.

— Je dois aller à la tour du donjon. Allez chercher le prince immédiatement. »

Anir cria quelque chose, peut-être un juron ou un appel, mais je ne voulais m'arrêter sous aucun prétexte. Je ne savais pas si la scène qu'on m'avait montrée était le présent ou le futur. Mais d'une manière ou d'une autre, ma sœur était ici ou le serait bientôt, et je ne savais pas si je devais rire, crier ou fondre en larmes.

Je montai les escaliers à toute allure, avec une énergie et une force qui semblaient inépuisables. Sans prendre le temps de me ressaisir, j'ouvris brutalement la porte. Colère m'avait dit que la magie qui la verrouillait réagirait à ma main pour me permettre d'ouvrir, et il n'avait pas menti.

« Antonio ? » appelai-je en entrant dans la pièce. Une bougie fumait sur la table à côté du fauteuil, comme si elle venait d'être soufflée ou qu'elle avait été éteinte par un mouvement rapide. Je portai la main à ma dague.

La cellule n'était pas grande, juste assez pour contenir le lit, le petit coin lecture et un paravent muni d'un rideau qui lui permettait d'être à l'abri des regards lorsqu'il se lavait ou utilisait le pot de chambre. Je fixai le paravent. Aucun son ne provenait de là. « Il y a quelqu'un ? »

Un sentiment de malaise m'envahit tandis que je m'approchais lentement du paravent et de ce qui se cachait derrière. Je tirai le rideau et lâchai un soupir frustré.

Là, à côté d'un pichet et d'une bassine, se trouvait un autre crâne enchanté. Les battements de mon cœur s'emballèrent tandis que je m'approchais, le corps raidi dans l'attente du message. Il s'anima au moment où j'effectuais une dernière enjambée pour m'approcher.

« Viens aux Îles changeantes, ma sœur. Nous avons beaucoup à nous dire sur la façon de briser le reste de notre malédiction. Les réponses attendent ton arrivée. À plus tard. Recule. »

Sans réfléchir, je bondis sur le côté et le crâne explosa en un nuage de poussière scintillante, ne laissant que le message glacial qui résonnait dans mes oreilles. Je restai là, la poitrine soulevée par l'impossible qui devenait réalité. Ma sœur était vivante.

Vittoria était en *vie*.

J'étouffai un fou rire qui montait de ma gorge. Vittoria pouvait rentrer à la maison. Nous pourrions retourner auprès de Nonna et de nos parents. Nous pourrions cuisiner, rire et apprendre à nos propres filles à cuisiner à *Mer & Vigne*. La vie reprendrait son cours. Nous pourrions encore connaître l'avenir dont nous avions rêvé. Ensemble. Et si pour une raison ou une autre elle ne pouvait pas retourner dans le monde des mortels, je resterais ici. Quoi qu'il arrive, nous serions bientôt réunies. Elle était là. Je l'avais ratée de quelques minutes, de quelques secondes peut-être.

Le soulagement se transforma lentement en une impression plus sombre à mesure que le choc se dissipait. Vittoria était là, si proche, et pourtant elle avait emmené Antonio et disparu sans me voir.

Elle avait laissé un crâne ensorcelé avec un message. Comme si elle était trop occupée pour s'embarrasser d'une simple visite dans mes appartements. Ou pour attendre mon arrivée ici. Ce soir. Elle avait dû me sentir. Et elle était tout de même partie. Comme si je ne comptais pas à ses yeux et mon cœur en miettes encore moins.

J'avais passé des *mois* noyée sous la rage et la vengeance.

Des mois de chagrin et de fureur.

De deuil.

Pendant tout ce temps, ma jumelle était en vie. En bonne santé. Elle allait mieux que bien, à en juger par la puissance de sa nouvelle magie. C'était ma sœur qui avait ensorcelé les crânes. Les laissant derrière elle comme des indices morbides. Alors qu'il aurait suffi qu'elle s'introduise en cachette dans ma chambre. Au lieu de cela, elle avait joué avec moi. Avait essayé de me briser.

Elle avait failli me transformer en monstre.

J'inspirai profondément et j'expirai. L'air était comme du feu dans mes poumons.

Ma fureur était telle que les leçons de Colère pour m'apprendre à contrôler mes émotions se retrouvèrent réduites en cendres. Ma jumelle était vivante. Elle était venue chercher Antonio. Et ce n'était pas pour l'attaquer ou lui faire payer ce qu'il avait fait.

Au contraire, on aurait dit qu'il avait reçu sa bénédiction. Il l'appelait son *ange*. Comme l'ange de la mort dont il avait parlé une nuit au monastère. J'avais cru qu'il faisait référence à Colère ou à un autre prince de l'enfer. S'il n'avait pas tué Vittoria, cela signifiait qu'il n'avait jamais été sous l'influence d'un prince démoniaque. Je n'en avais pas encore de preuve, mais j'avais de nouveaux soupçons.

Tromperie. Mensonges. Trahison.

Tous les mots que j'avais associés aux Damnés se rapportaient maintenant à Vittoria. Elle avait tout orchestré… comme un dramaturge élaborant son scénario alambiqué, distribuant des rôles à des acteurs sans méfiance, moi y compris. J'en avais assez d'être un pion dans son jeu.

Peu importe si son objectif final était de briser la malédiction : elle n'avait pas le droit de me mentir. De me laisser dans l'ignorance. Je n'étais plus tapie dans les ombres. Je brûlais de rage.

Mes mains me piquaient. Je baissai les yeux et remarquai de minuscules entailles dans mes paumes là où mes ongles s'étaient enfoncés si fort que la peau avait cédé. J'expirai, réussissant enfin à éteindre les feux de la colère.

J'avais un nouveau plan en tête, une nouvelle direction à suivre. Je rendrais volontiers visite à ma sœur bien-aimée. Et ce ne serait pas ma faute si elle regrettait bientôt d'avoir lancé son invitation. Il était grand temps que Vittoria rencontre la sorcière furieuse et impitoyable qu'elle avait contribué à créer.

Je tournai les talons et me dirigeai vers la porte. Les Îles changeantes m'appelaient. Mais j'avais une dernière chose à faire avant de quitter la Maison Colère.

Je traversai les couloirs à grands pas, l'esprit tourbillonnant de stratégies et de plans. Je ne me souciais plus de savoir qui avait commencé à jouer à ces jeux. Les sorcières ou les Damnés ? Ma jumelle ? Ou toutes les créatures maudites et redoutées à mi-chemin entre les deux. Si ma sœur était vivante, cela remettait en question les meurtres qui avaient précédé et suivi le sien. Les sorcières étaient-elles *vraiment* mortes ou cela faisait-il partie d'une conspiration plus vaste visant à accumuler plus de pouvoir ou à le transférer ? Je n'avais aucune idée de ce que les vrais « tueurs » pouvaient gagner en commettant de faux meurtres, si ce n'est déclencher une guerre entre les royaumes, plutôt que briser la malédiction.

Et je refusais de laisser une guerre éclater. Quelle que soit la stratégie de ma jumelle, je protégerais ma famille et le monde mortel à tout prix.

Chaque pas vers les appartements de Colère m'apportait un peu plus de clarté. Mon choix était fait. Et le seul regret que j'avais était le temps qu'il m'avait fallu pour arriver ici.

Je poussai la porte d'un coup de pied et jetai un coup d'œil autour de moi. Le salon était désert, le feu éteint. Colère n'avait pas mis le pied dans sa suite de la nuit.

Il avait dû commencer à me chercher peu après mon départ. Même après que j'eusse douté de lui, de la bonté de son cœur, de son âme… il m'avait cherchée.

Je retirai ma cape et me dirigeai vers sa chambre à coucher, attrapant une bouteille de vin de démon sur une étagère, et continuai jusqu'à son balcon. Il pouvait sentir mes allées et venues ici grâce à notre tatouage. Je fis sauter le bouchon et but directement au goulot en contemplant le lac. À cette heure, les eaux cramoisies ressemblaient à une mare de sang. C'était un présage en quelque sorte. Et pour une fois, je m'en réjouis.

Une fumée noire et scintillante dériva vers moi sous l'effet de la brise, tandis que le roi des démons se rapprochait. Sa voix gronda comme le tonnerre à mon oreille.

« Emilia. »

Je me retournai lentement et le contemplai. Le danger se cachait dans son regard, ainsi que le péché qui portait son nom. Il n'était pas le seul à être en colère, mais la mienne n'était pas dirigée contre lui ; il était le seul à m'apporter de la lucidité. Je plongeai dans la source de ma magie, libérant toute la rage et la fureur que j'avais refoulées depuis que j'avais vu ma jumelle.

Mon pouvoir répondit immédiatement à mon appel.

Je levai les mains, l'attention rivée sur le visage de Colère, tandis qu'une fleur enflammée apparaissait dans chacune de mes paumes. Il n'y eut pas d'éclair de surprise dans son expression. Il n'écarquilla pas les yeux ni ne serra les lèvres. Je relâchai mon emprise sur mon pouvoir, le laissant s'éteindre. Les fleurs noircirent, les minuscules braises d'or rose scintillèrent un instant avant que la brise n'emporte les cendres.

Colère savait que je possédais ce talent. Ce pouvoir. Et il ne l'avait jamais laissé transparaître. Je voulais connaître tout ce qu'il savait d'autre sur moi, quels autres secrets j'avais encore à découvrir sur mon passé.

La Vieille Femme m'avait dit de résoudre le mystère que je représentais pour moi. Et c'était ce que j'avais l'intention de faire.

Peut-être que, malgré ce que Celestia avait dit dans sa tour, j'étais vraiment la Première Sorcière, et mes souvenirs bloqués étaient le prix à payer pour avoir utilisé la magie obscure. Cela expliquerait pourquoi Nonna m'avait mise en garde contre certains sorts.

Je serrai les dents, me rappelant qu'elle nous faisait bénir nos amulettes à chaque pleine lune. Connaissait-elle la vérité sur qui j'étais ? Elle devait le savoir. Et sa trahison me faisait beaucoup de peine.

Peut-être que – alors que Nonna prétendait que nos amulettes nous cachaient du diable – mon *cornicello*, ses ailes, servait en réalité à contrôler *mon* pouvoir, pas celui du diable. Et si c'était le cas, alors peut-être que Colère avait pris mon amulette non seulement pour lui, mais aussi pour moi. Mon pouvoir avait bel et bien changé depuis qu'elle m'avait été enlevée.

J'expirai, me concentrant sur la question pour laquelle je voulais d'abord obtenir réponse.

« Depuis combien de temps sais-tu que je peux invoquer le feu ? » Il pinça les lèvres. Je secouai la tête, lâchant un rire amer. « Ma jumelle est vivante. Mais je suppose que tu le sais déjà, aussi. »

L'émotion se manifesta enfin dans ses yeux, mais il garda le silence, plus attentif que jamais. Sur ses gardes. Comme si j'étais à craindre. Et il n'avait pas tort.

« Je veux des réponses. »

Je n'attendrais pas que ma jumelle me donne *sa* version des faits quand je la verrais le lendemain matin. Je voulais l'obtenir moi-même. Sans attendre. Je fixai Colère droit dans les yeux. Il m'avait dit un jour d'étudier de près mes ennemis. De chercher tout signe de vérité dans leur comportement. Il ne parlait pas. Et c'était inhabituel.

« À en juger par ton silence, j'imagine que la malédiction opère à nouveau. Nous évoquons des choses qu'elle ne veut pas que j'apprenne. »

Une lueur d'approbation apparut dans son regard. Elle disparut aussitôt.

« Si j'accepte le lien du mariage, j'ai l'étrange sentiment que cela changera en partie. La malédiction ne se brisera peut-être pas complètement, mais je pense qu'il y a d'autres liens plus puissants que ceux de la magie obscure. Qu'y a-t-il de plus dangereux que l'amour, non ? Les gens se battent et meurent pour lui. Ils commettent des actes de guerre, des trahisons et toutes sortes de péchés en son nom. »

J'étais bien placée pour le savoir. J'avais été prête à commettre le pire pour venger ma jumelle.

Une lueur qui ressemblait à de l'inquiétude apparut dans le regard du prince. « Les sentiments ne sont pas des faits.

— Intéressant. »

Mes lèvres esquissèrent une moue séductrice. Il venait de mentir. Ou du moins d'exprimer la chose la plus proche d'un mensonge qu'il pouvait articuler.

Au diable la malédiction, il voulait à nouveau que j'exerce mon pouvoir de décision. Que j'accepte notre lien sans que des forces extérieures n'interfèrent dans ma liberté de choisir. Le prince des pactes renonçait à triompher. Et il le faisait pour moi. Toujours pour moi.

« Parle-moi de nos amulettes, de tes ailes. Je veux savoir pourquoi Vittoria et moi les portions vraiment. Était-ce pour contrôler notre pouvoir ou était-ce, comme le prétendait ma famille, un moyen de te les cacher ?

— Je n'ai pas de preuve, mais je crois que ces deux affirmations sont vraies. Il est également possible qu'on leur ait jeté un sort pour faire en sorte que tu oublies certaines choses.

— Tu m'as demandé de les porter dans le Bassin du Croissant de lune pour tester cette hypothèse. »

J'inspirai lorsqu'il hocha la tête en guise de confirmation. Au moins, son expression reflétait une certaine culpabilité.

« J'espérais que la propension du Bassin à révéler la vérité débloquerait ton esprit. Je n'avais pas prévu les réactions extrêmes que les eaux ont provoquées.

— Nos amulettes verrouillent-elles vraiment les portes de l'enfer ?

— Oui. »

Intérieurement, je poussai un soupir de soulagement. Au moins, on ne m'avait pas raconté que des mensonges.

« J'ai une dernière question pour l'instant, Altesse. » Je posai la main sur sa poitrine, sentant le battement régulier de son cœur sous ma paume. Son attention se porta sur cette petite connexion avant qu'il ne repose les yeux sur moi. « Imaginons qu'il n'y a pas de malédiction. Pas de fiançailles magiques. Ou de pulsions romantiques créées par notre lien. Est-ce que tu me choisirais ? Pour régner à tes côtés. Pour être ta reine. Ton amie. Ta confidente. Ta maîtresse.

— Emilia…

— Tu m'as trompée afin que je conclue un pacte de sang avec toi avant de te suivre dans le monde souterrain. Te souviens-tu de ce que tu as dit ? » J'eus l'impression que son cœur avait raté un battement avant de reprendre sa course effrénée. « Tu m'as dit de ne jamais conclure de pacte avec le diable. *Ce qui est à lui est à lui.*

— C'était une façon de parler. Un pacte de sang n'est pas un titre de propriété.

— Peut-être pas techniquement. » Je retirai ma main et reculai d'un pas. « Tu l'as à nouveau fait pour me protéger. Au cas où je ne voudrais pas accepter notre lien. Tu as prétendu qu'aucun autre prince de l'enfer ne serait assez stupide pour te défier. C'était ta façon secrète de m'offrir un moyen d'échapper à tout contrat qui me lierait à une autre Maison. Y compris au pacte de sang que j'ai conclu avec Orgueil. Je me trompe ?

— Non.

— Ne réponds pas maintenant, mais je veux savoir si ce que tu as dit à ce moment-là tient toujours.

— Il va falloir que tu sois plus précise. J'ai dit beaucoup de choses.

— Si je suis toujours à toi. »

Il s'immobilisa. Mes mots restèrent suspendus entre nous, lourds et prégnants. Comme son regard.

« Si je le suis, je te dirai que tu es à moi. Que je te choisis comme mari. Il n'y a personne avec qui je préférerais affronter mes démons, aucune âme avec laquelle je traverserais l'enfer. Et personne d'autre que je désirerais avoir à mes côtés pour me rendre demain sur les Îles changeantes. »

Il resta silencieux pendant un long moment, semblant évaluer ma sincérité et la mettre en balance avec ses propres sentiments. « Et si je n'ai pas besoin de temps pour y réfléchir ? »

Je remerciai la déesse.

J'expirai doucement et quittai le balcon pour retourner dans sa chambre à coucher, dénouant les lacets de ma tunique en passant à côté de lui.

Je jetai un coup d'œil par-dessus mon épaule, notant avec satisfaction le désir qui assombrissait son regard, tandis que je faisais glisser la chemise de mon corps et la laissais tomber sur le sol.

« Alors je vous suggère de me rejoindre au lit, Majesté. »

REMERCIEMENTS

Écrire un livre pendant une pandémie a été un véritable défi, et je voudrais dire un immense merci aux personnes suivantes qui m'ont encouragée (et encouragé cette histoire !).

Stephanie Garber : je te suis à jamais reconnaissante pour les heures passées à réfléchir et à discuter des scènes. Mais plus encore, je te remercie pour notre amitié en dehors de l'édition.

Anissa de Gomery : notre amitié et notre amour des livres, de la nourriture et de tout ce qui touche à la romance est top, comme TOI.

Isabel Ibañez : je suis heureuse de pouvoir te considérer comme une amie très chère. Merci d'avoir lu tôt, de m'avoir fait d'excellentes remarques et d'avoir parcouru des kilomètres pour venir me rendre visite avec tout le monde.

(Un grand bonjour à notre équipe du déjeuner : Kristin Dwyer, Adrienne Young, Stephanie Garber et ma sœur Kelli).

À ma famille : je vous aime et vous apprécie au-delà de toute mesure. Merci en particulier à ma sœur Kelli d'avoir été parmi les premières lectrices et dont la boutique (Dogwood Lane Boutique) continue d'inspirer tant de détails de mes livres.

Barbara Poelle, mon agente et amie qui me soutient depuis toujours, nous célébrons une DÉCENNIE de complicité dans l'édition.

À mes équipes d'IGLA, de Baror International et de Grandview :

Maggie Kane, Irene Goodman, Heather Baror-Shapiro et Sean Berard, merci mille fois pour tout ce que vous faites.

À ma nouvelle équipe de Little Brown Books for Young Readers et à la NOVL : vous avez repris cette série avec enthousiasme et votre amour des personnages brille plus fort que le tatouage de Colère. De mes éditeurs à l'équipe éditoriale, en passant par le marketing, les relations avec les bibliothèques et la publicité, l'incroyable équipe de production, le département artistique et nos départements des ventes et des droits secondaires, je suis à jamais reconnaissante pour le travail acharné que vous accomplissez en coulisses.

Je remercie tout particulièrement mon éditrice, Liz Kossnar, d'avoir accueilli à bras ouverts la romance dans ce livre, à Virgina Allyn pour la création de la splendide carte, Alvina Ling, Siena Koncsol, Savannah Kennelly, Stefanie Hoffman, Emilie Polster, Victoria Stapleton, Marisa Finkelstein, Scott Bryan Wilson, Tracy Shaw, Virginia Lawther, Danielle Cantarella, Shawn Foster, Claire Gamble, Karen Torres, Barbara Blasucci, Carol Meadows, Katharine Tucker, Anna Herling, Celeste Gordon, Leah Collins Lipsett, Janelle DeLuise, Elece Green, Michelle Figueroa, la narratrice du livre audio en anglais Marisa Calin, et mes éditrices Megan Tingley et Jackie Engel. Publier un livre n'est pas une mince affaire, et vous avez tous fait en sorte que la magie opère malgré la pandémie.

JIMMY Patterson Books : je resterai toujours reconnaissante pour tout ce que cette équipe et James Patterson ont fait pour contribuer à lancer mes livres dans le monde.

Ma famille britannique chez Hodder & Stoughton : Molly Powell, Kate Keehan, Maddy Marshall, Laura Bartholomew, Callie Robertson, Sarah Clay, Iman Khabl, Claudette Morris et toute l'équipe. Vous êtes de vraies stars et je suis très heureuse de pouvoir travailler avec chacune d'entre vous.

Aux libraires, bibliothécaires, libraires indépendants, blogueurs, Instagrammeurs, les services de souscription The Bookish Box, FairyLoot, The Librarian Box, et les fans enthousiastes et bien-aimés de BookTok : vous êtes les vrais magiciens. Merci d'avoir parlé de cette série, d'en avoir fait la promo et de l'avoir fait connaître grâce au bouche-à-oreille. Chacun de vos efforts est apprécié plus que vous ne le saurez jamais. J'espère que la magie que vous aidez à créer vous reviendra décuplée.